光鲜

THE × GLAMOUR

有 胆

行烟烟 著

北京燕山出版社

图书在版编目（CIP）数据

光鲜 / 行烟烟著 . — 北京：北京燕山出版社 ,2023.6
ISBN 978-7-5402-6909-8

Ⅰ . ①光… Ⅱ . ①行… Ⅲ . ①长篇小说 – 中国 – 当代
Ⅳ . ① I247.5

中国国家版本馆 CIP 数据核字 (2023) 第 076116 号

光　鲜
GUANGXIAN

作　　者：行烟烟
责任编辑：王月佳
出版发行：北京燕山出版社有限公司
社　　址：北京市西城区椿树街道琉璃厂西街 20 号
电　　话：（010）65240430（总编室）
印　　刷：北京盛通印刷股份有限公司
开　　本：710mm×1000mm 1/16
字　　数：900 千字
印　　张：34.75
版　　次：2023 年 6 月第 1 版
印　　次：2023 年 6 月第 1 次印刷
定　　价：98.00 元

谢谢我的妈妈丽宝、苗苗、小初和刘念老师。

当奢侈品牌碰撞街头文化，

当精致商业碰撞反叛不羁，

当姜阑碰撞费鹰，

"你所目睹的光鲜，并不是时尚的全貌。"

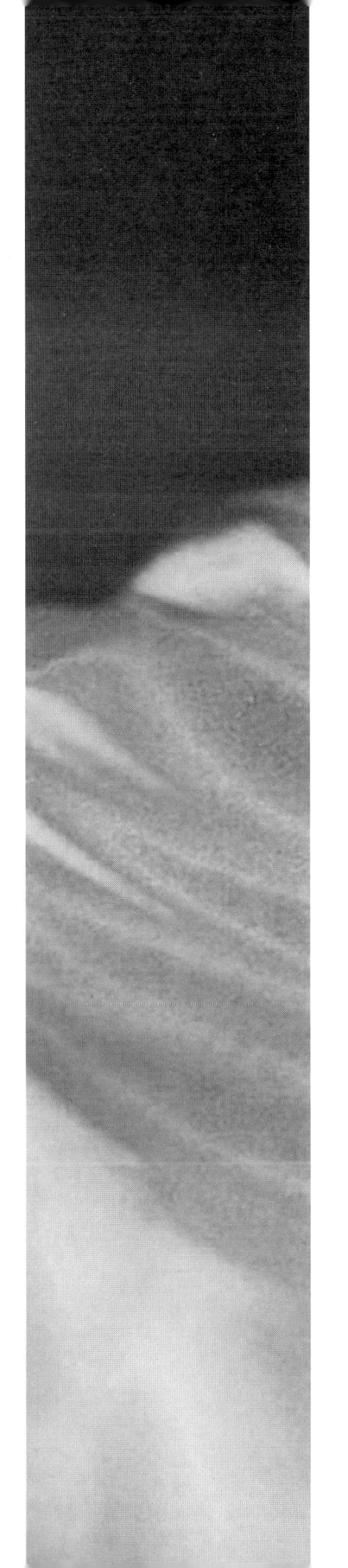

目 录

第 1 章	Fashion Week	001
第 2 章	Hi	029
第 3 章	Original	047
第 4 章	狂妄	065
第 5 章	本能	085
第 6 章	南山	115
第 7 章	母亲	137
第 8 章	品位	161
第 9 章	45/32	181
第 10 章	传奇	203
第 11 章	表情	225
第 12 章	失控	247

BOLDNESS ★ WUWEI

第1章

Fashion Week

THE GLAMOUR

001　*Fashion Week*　（时装周）

早上 5:30。

姜阑是被振醒的。

她摸到手机，按亮，看了一眼时间。这是她这次来纽约出差的这几天中睡得最熟的一觉，虽然只有不到两个小时。

这几天对她而言实在是太累了。

酒店房间的遮光帘没拉，外面灰蒙蒙的，天在下雨。

姜阑从床上爬起来，一边看手机里的微信未读消息和工作邮箱的新邮件，一边去冰箱里拿出一瓶冰水。

水喝下去，清醒了。

姜阑穿上运动装，拿上房卡出门，进电梯，下行到酒店健身房。

早上 6:30。

回房间冲澡前，姜阑接到了温艺的电话。

温艺已经坐上车了："阑姐，起了？纽约总部又更新了一版 run sheet（时间控制表），我重新加了中国区这边的内容，刚刚发你邮箱了。"

姜阑说："我看了。"

温艺问："没问题吧？没问题我就让小 K 打印了送去你房里。我现在出发去半岛酒店候着，一会儿就专心致志地伺候徐鞍安了啊。"

姜阑说："你辛苦。"

温艺笑着说了个 bye bye。

温艺说去伺候徐鞍安，那是说笑，不可能的。温艺是担心徐鞍安和她的团队不成熟，没见过世面，在今天这种关键时刻又给她找麻烦。温艺要亲自去徐鞍安下榻的酒店盯着，再亲自跟车把她接到秀场。

路上，温艺忍不住又给姜阑发了个微信吐槽："徐鞍安的大经纪说她要吃小笼包，不然小孩的起床气顺不过来，问我这会儿上哪儿能买到小笼包。阑姐，你说说咱们品牌这次签了个什么人。"

姜阑仍然是那句："你辛苦。"

温艺吐槽的这句话，已经不知道被多少业内人士吐槽过了。徐鞍安是什么人？她出生于 2000 年，是近两年来中国内地的头部艺人，在社交平台坐拥数千万的粉丝，连走在

第一章

路上崴个脚都能挂上热搜。

VIA 品牌居然签了徐鞍安。

VIA 作为欧洲老牌高级时装屋，在时尚奢侈品界的地位一直举足轻重。年初，VIA 被美国时装巨头 SLASH 集团以大幅溢出品牌估值的高成交价收购，当时在业内引发了巨大舆论。

与欧洲家族企业的保守和清高不同，SLASH 集团对于如何在全球范围内加速 VIA 的品牌扩张并进一步实现品牌生意的高额同比增长抱有极强的野心。而在全球时尚奢侈品市场中，年年贡献超过 30% 的华人市场至关重要。

在被 SLASH 集团收购了一个财务季度后，VIA 品牌总部首先宣布将加快其在中国内地的自营门店的拓展速度，并表示将考虑在本财年内试水电商渠道。紧接着，VIA 中国区正式宣布欢迎中国新生代明星及歌手徐鞍安加入品牌大家庭，成为 VIA 有史以来首位获得全球品牌代言人 title（头衔）的中国明星。

这一消息再次引发业内的讨论热潮。

徐鞍安年轻，知名度高，拥有庞大的粉丝基础，但她的个人形象与"高奢""精致""经典"等标签毫不沾边。VIA 看中了徐鞍安的商业影响力及带货能力，在签下徐鞍安后立刻将她送上她从未有机会得到的国际时尚大刊的封面。不少业内资深人士纷纷吐槽，VIA 竟然不顾从二十世纪传承至今的品牌调性，如今为了销售业绩而急功近利地选择了这样一条路来扩张在华生意，看来连 VIA 这样的品牌都摆脱不了被美国上市集团收购后的运作套路。

还没等这一波热度降下去，VIA 总部又扔出一篇新闻稿——

VIA 今年将首次缺席米兰时装周，转而选择登陆纽约时装周，把品牌下一季的春夏时装秀搬到 SLASH 集团的总部所在地——纽约。

这无疑是个重磅消息。

在过去的五十一年里，VIA 在米兰时装周上拥有难以撼动的统治力。这次，VIA 在被收购后首次亮相纽约时装周，不费吹灰之力就吸引了全球时尚界顶尖人士及广大奢侈品牌拥趸的注意力和目光。

早上 6:50。

门外的"DO NOT DISTURB（请勿打扰）"灯亮着。Ken 不敢敲门，拿出温艺交给他的备用房卡，刷开了门。

窗外的天空阴沉灰暗，雨越下越大。

姜阑正坐在窗边打电话。她开着免提，右手划拉着电脑触控板，快速翻看屏幕上展示的一页页内容。

Ken 把三页 A3 打印纸放在姜阑手边，看了一眼旁边客房服务的移动餐桌，上面简简单单放着一杯橙汁、一碟纯蛋清煎蛋卷和一碗蓝莓燕麦酸奶。

他没多打扰姜阑，见她没有多余的嘱咐就转身走了。

离开房间后，Ken 给温艺发微信："Ceci 姐姐，我把你交代的事情都办完啦，今天忙完之后你们想吃点啥？吃个中餐吧？阑总喜不喜欢吃火锅？我去提前订。"

温艺回他："少拍马屁。你们今天能把中国的媒体老师们和那几个媒体带来的艺人照顾好就是给我长脸了。"

Ken 秒回她："放心放心，姐姐放心！"

Ken 是 NNOD 的高级客户经理。NNOD 作为 VIA 中国区的品牌公关代理公司，过去两年来服务质量一直不错，给 VIA 配的团队也算稳定。原本一直带 VIA 的客户总监上个月休产假去了，碍于竞品条款，NNOD 的老板没办法从负责其他奢侈品牌的团队里抽人，于是在征得姜阑同意后直接让原本就在 VIA 客户团队里的 Ken 顶了上来。这次遇上 VIA 纽约时装周大秀，NNOD 更是让 Ken 带了两个人飞来纽约做场外支持。

THE GLAMOUR

　　Ken 听说过姜阑和 NNOD 的老板关于自己的对话。当时他们老板有些担心 Ken 太年轻，资历毕竟是浅了些。

　　姜阑对他们老板说："年轻怎么了？只要能力 OK，就让他上。"

　　姜阑也很年轻。她只有三十二岁，是行业内最年轻的国际奢侈品牌中国区的 Head of Marketing & Communications（市场及传讯总监）。她手下负责品牌 PR（公共关系）的温艺，也只比她小半岁而已。

　　早上 7:30。

　　VIA 将于美国东部时间早上 10:00 开秀，VIA 中国区将于北京时间晚 10:00 在品牌官网及官方微博进行全程同步直播。

　　姜阑的微信语音通话一直没断。团队里负责 Digital Marketing（数字营销）的唐灵章在向她汇报直播信号推流测试的情况："测完了，没问题。在这方面美国人还是比意大利人强点。"

　　老派的意大利家族企业在品牌数字化转型方面的保守与古板都快让唐灵章抓狂了。

　　姜阑问："Social（社交媒体）上的实时舆情呢？"

　　唐灵章说："徐鞍安的粉丝太厉害了，把所有和我们相关的话题全洗了一遍。实时搜索品牌关键词几乎看不到除了徐鞍安之外的用户原生内容。"

　　姜阑说："知道了。你拉个群，把奔明那边负责这事的小朋友都加进来。实时舆情监测全部发进群里，我直接看。"

　　唐灵章说："好的。"

　　三十秒后，群拉好了。

　　奔明的几个小朋友先在群里发了"阑总好"和一堆兴高采烈的表情包，然后以令人目不暇接的速度开始往群里丢各个平台关于 VIA、VIA 纽约时装周首秀、VIA 徐鞍安、徐鞍安 VIA 全球代言人、徐鞍安纽约时装周等关键词的实时舆情汇总和热度分析。

　　姜阑看了大约五分钟，然后把群调整成静音模式。

　　奔明，全称奔明传媒有限公司，是姜阑一个在国内巨头美妆公司做 CMO（首席营销官）的朋友推荐的。

　　当时朋友听说 VIA 签了徐鞍安，就给姜阑提了个醒："你们过去没签过流量类艺人，得小心这把双刃剑，我给你推荐个公司，你看能不能看得上。"

　　美妆行业向来是用流量明星的先锋军，姜阑的朋友操盘的这个品牌一年几十个亿人民币的营销预算，谁在风口就用谁，一年从头到尾合作过的流量少说也有十几二十个，怎么做流量明星营销下的品牌舆情监测，没有谁比这样的品牌公司更有经验。

　　姜阑问朋友是怎么找上奔明的，朋友如实相告，奔明是一个艺人中介给她推荐的，三年前还是个普通的网络舆情管理团队，三年后已经是业内小有名气的传媒类初创公司了，从舆情监测到风险预案及响应、跨平台小 V 评论引导到泛娱乐营销方案策划及实施，都在奔明的业务范畴之内。它家做过不少知名的艺人营销案例，如今融资都到 B 轮了。

　　当时姜阑听完，最后问了一句："你司找他们，比稿了吗？"

　　朋友笑得不行："当然比了，我司采购当时找了四家来比，都不如奔明的综合实力强悍。"

　　和奔明合作这件事，着实拓宽了姜阑的认知。

　　奔明的商务总监是 1997 年出生的，娱乐策划总监是 1998 年出生的，下面拉来服务 VIA 的另外五个人，最大的 1996 年出生，最小的 1999 年出生。

　　姜阑一直觉得自己年轻，但认识奔明这群比自己小了十多岁的小孩后才知道什么是真的年轻。

　　一开始，奔明的娱乐策划总监来加姜阑微信，姜阑看了一眼对方工作微信的昵称：小小窦语重心长地说。

第一章

姜阑觉得这未免也太不专业了。

后来"小小窦语重心长地说"接了姜阑团队给出的需求,在十二个小时内就发来了一份将近四十页的"VIA×徐鞍安 品牌代言人官宣舆情预案"。

这份方案里包括了品牌相关艺人分析,有近期艺人热点事件、微博热搜统计、抖音热榜统计、艺人在百度、微博、抖音等平台的粉丝画像分析、艺人在微博超话、官方粉丝群、豆瓣小组的粉丝属性和粉丝力量分析、艺人所代言的其他品牌营销方案分析、艺人路感概览、艺人黑粉属性及行为分析、艺人微博端自发声量数据及分析;也包括了品牌官宣艺人各平台负面舆情预设,有微博营销号挑事、艺人黑粉在广场吐槽品牌、豆瓣娱乐性小组中的黑粉群体嘲讽艺人波及品牌声誉,并在抖音和小红书等其他平台持续发酵;还包括了舆情应对方式预案,有重要时间节点采取舆情监测、品牌官方动作及建议话术、外围主动传播计划及各平台负面应对具体实施方案。

姜阑读得叹为观止,心想这简直太专业了。

最开始NNOD的人听说姜阑另外找了奔明来做舆情监测及传播预案,一度表示不满。NNOD作为业内闻名的、服务过众多国际奢侈品牌中国区的精品公关公司,无论如何也接受不了本该由自家全权负责的事被一家小破水军公司插一手。后来姜阑拿着奔明那份十二个小时内就交付的初版方案给NNOD的老板看,对方看得哑口无言。

不过这世上的事,有利就必然有弊。奔明团队的英文水平不行,读不行,写也不行,做不了全英文的汇报物料,对国际奢侈品牌调性的理解十分有限,同时对这些品牌在乙方公司输出交付物上的严苛精致审美要求也表示十分不解。

后来还是NNOD的人帮着奔明把所有资料和方案都翻译成了英文,做成了简洁大气、审美高级的会议文件,再派自家文案手把手地指导奔明如何写出符合VIA品牌调性的传播内容。

再就是流量艺人、粉丝经济、水军公司这些极具中国特色的娱乐营销生态,是美国人和意大利人很难理解的,姜阑也没工夫费劲去给总部做扫盲教育,最后由NNOD和奔明签了合同,让奔明作为丙方继续为VIA提供后续舆情监测服务。

NNOD的老板和姜阑说:"奔明的事,我们做不了;但我们的事,他们也做不了,谁也取代不了谁。"

姜阑回应:"那是自然。"

早上8:00。

唐灵章在群里和奔明的小朋友确认在微博的品牌广场铺素人号的预案。姜阑从头到尾没在群里说一个字,像是隐身了一样。

姜阑给了唐灵章足够的授权。姜阑让唐灵章拉群,只是需要对目前最新的情况有个实时且直观的了解。姜阑知道唐灵章很忙,她这么做是在给唐灵章节省二次汇总汇报的时间。

姜阑的意图,唐灵章心里很清楚。她加入VIA刚满一年,工作中最爽的事就是拥有一个脑子清楚并且肯授权让她在自己的业务领域做决策的老板。

忙完这一阵,唐灵章单独发微信给姜阑:"阑姐,出发去秀场了?"

姜阑回:"在路上了。"

唐灵章:"祝一切顺利呀!"

姜阑:"你辛苦。晚上加班带大家吃点好的,回头找我报销。"

唐灵章这次没跟来纽约,带着自己的小团队留在上海。品牌官方直播、社交媒体传播、线上投放、舆情监测及响应,这些事都得她压阵张罗。她实在不乐意去纽约远程操心这些事,那样她会抓狂。

这会儿,她看着时间给温艺送去了提醒:"Hello!"

温艺过了好一会儿才回她:"急什么急?"

唐灵章:"我能不急?徐鞍安的粉丝头条在发微博之后还要提交平台审核,不然放不

THE GLAMOUR

出来呀。媒介代理和微博销售的同学都在加班等着呢。这都几点啦，她从酒店去秀场的出发照还没拍好？咱们自己的官微也一直眼巴巴地等你投喂素材呢。"

温艺："小孩还在磨磨蹭蹭地做妆发，我已经快疯了。你再逼我一个字，我立刻给你表演一个原地爆炸。"

唐灵章："唉……"

温艺心烦意乱。除了因为徐鞍安动作慢，她刚刚还收到了一个知名时尚博主发来的今天要临时取消看秀的消息。

这次 VIA 纽约首秀星光灿烂，同时也一座难求。各国时尚媒体出版人、总编、时装主编、明星艺人、当红时尚博主、顶尖时尚买手、顶级 VIP 顾客……挤满了秀场座位表的头排。之前为了给中国区的时尚博主多争一个头排的座位，温艺和总部 PR 前后磨了三周，硬是挤掉了一个日本提报的名额。就因为这个座位，温艺还差点得罪了好几个长期合作但这次来看秀只能坐第二排的博主。

温艺烦的不是别的，烦的是她拼命从别的国家手里抢来的一个头排座位如今居然要空着，这事搁在哪个国家的 PR 团队身上都是难堪。

她刻不容缓地给姜阑发微信："Linxi 说有突发状况，不能来了。"

过了大约一分钟，姜阑回复："知道了。"

温艺的这颗心立刻就放下了。

姜阑说知道了，那就不光是她知道了，她在知道了之后还能把这事解决了。至于姜阑要怎么解决这事，那就不是温艺现在要操心的了。温艺没有对唐灵章说谎，她已经快被徐鞍安搞疯了。

早上 8:20。

消息发出去没多久，姜阑就收到了木文的语音回复："离开秀已经一个多小时了，你这会儿找我去填头排座位，是哪个脸大的把你坑了啊，阑阑？"

姜阑笑了，没回。

过了一会儿，木文又发来一条："之前你们家 Ceci 给我安排第二排座位的时候，想到今天了吗？"

姜阑还是没回。

木文："你们这些品牌 PR 就是势利得很呢。"

姜阑："帮不帮忙？"

木文："必须帮！"

木文是业内非常有名的造型师。之前某次活动，他帮某个女明星从 VIA 这儿借了一条零售价约十七万人民币的裙子，结果这条裙子被糟蹋得惨不忍睹。那次温艺气得要命，恨不得把他从此拉黑，结果还是姜阑出面解决了这事。

那时候他欠了姜阑人情，就知道总有一天姜阑得找他还上这个人情。

临开秀了才调换座位，换了谁心里能舒服？但木文不能不舒服。不光不能不舒服，他还特别清楚欠过姜阑人情的绝不止他一个人，姜阑关键时候来找他帮忙，那分明是给他面子。

谢过木文后，姜阑顺手发了一条微信给 Ken："从你们的日常维护名单里删掉 Linxi。"

车外雨点如豆，噼噼啪啪地砸在车窗上。

姜阑听着声音，远程提醒温艺："雨非常大。最晚 8:40，徐鞍安必须从酒店出发。"

早上 8:35。

徐鞍安的大经纪丁硕也很无奈："亲爱的，再给我们一刻钟吧。一刻钟后肯定能走。"

温艺的不耐烦已经溢于言表："等不了。雨这么大，路上堵得要命，再等就要迟到。

第 一 章

一开秀就不能入座,这事不是闹着玩的。"

丁硕把徐鞍安的贴身助理叫过来,问:"她在卫生间里待这么久干吗呢?"

助理说:"不知道哎,拿着手机进去的,还把门反锁了。"

丁硕忍着怒气没发作。

温艺在这一刻丧失了所有的耐心,转身直接往套房里间走去。

酒店套房卧室连通的衣帽间里,乱七八糟地堆着各种各样的球鞋、T 恤、帽衫、bomber jacket(紧腰短夹克)、宽得估计能塞下温艺两条腿的长裤、短得不行的 crop top(露脐上衣)……

温艺快速走过这一室狼藉。

衣帽间那头,徐鞍安的化妆师兢兢业业,正在第 101 次检查徐鞍安今天看秀要穿的鞋服配饰。

他回头,给温艺递上一个略带歉意的笑容。

温艺对着这笑,一时说不出话来。

徐鞍安的团队也真是怪不容易的。

徐鞍安拿下 VIA 全球代言人这个 title、跻身拥有一线时尚资源的本土明星名单,是她的经纪公司、团队和粉丝们梦寐以求的事情。当初 VIA 官宣徐鞍安,她的粉丝在微博上疯狂庆祝,刷得满屏只见"人间争气机"。

别人到底是怎么想的温艺不知道,但"争气机"本人徐鞍安对这有多么不热衷、多么不在乎,温艺在这几次合作下来可是太清楚了。

徐鞍安出生在江南,六岁随父母移居海外,十四岁被现在这家经纪公司的海外分部发掘并签约,十六岁回国出道,然后只用了两年半的时间就在内地红得翻天覆地。这样一个没有经历过普通青春期,虽然成年了但叛逆期似乎被无限拉长的小女孩,面对成熟的商业化准则与义务,很难让人期待她能有成熟得体的表现和应对。

徐鞍安热爱音乐,热爱创作,但为了维持高国民度曝光,近一年来她的经纪公司硬是安排她上了不少剧和综艺。前不久她的经纪团队还把她的待播剧和待上综艺的计划清单发给 VIA 过目,以展示徐鞍安接下来的预期热度,好让 VIA 觉得签了徐鞍安是一笔绝对值得的好买卖。

后来有一次媒体拍摄徐鞍安,找 VIA 做了全部的服装植入。温艺去现场跟片,亲眼见识到了徐鞍安有多不把丁硕的话听进耳朵里。

徐鞍安的经纪团队绞尽脑汁替她维护的各种一流商务资源,她一个都不在乎。

徐鞍安不在乎。

不在乎的徐鞍安在卫生间里。

温艺站在卫生间门外,抬手准备敲门。

这事简直太扯淡了。她从业这么多年,就没听说过哪家品牌的 PR 被无能的艺人团队逼得亲自去卫生间喊人出来赶去看秀的。而这场别人挤破头也想要去看的秀,徐鞍安压根就不在乎。

但温艺还是抬起手——

还没碰上门边,门突然开了,徐鞍安从里面走出来,手里还捏着手机。

手机屏幕亮着,上面是 Instagram 的界面。最上方的一条关注更新是美国目前最当红的非洲裔女性说唱歌手 Quashy R. 刚发的。

徐鞍安将手机屏幕递向温艺,问:"她也去看今天的秀?"

温艺看了一眼手机。

Quashy 发了张自拍,表情夸张抢眼,手里捏着一张卡,卡面上印着硕大的 VIA logo。

徐鞍安也收到过一张长得一模一样的卡,上面除了 VIA 的 logo,还印着:

WOMENSWEAR SPRING/SUMMER 2019

THE GLAMOUR

SEPTEMBER 3, 2018
MONDAY 10AM EST
（2019 春夏女士系列时装秀
2018 年 9 月 3 日
美国东部时间，周一，早 10 点）

VIA 在纽约首秀，SLASH 总部的 PR 团队为这场秀邀请的各路名流组成了顶级也具有多元性的观秀嘉宾阵容。

Quashy 作为美国纽约当地土生土长的非洲裔女说唱歌手，创作风格一贯真实奔放，写种族、写文化、写女性、写金钱、写贫苦、写性、写爱，作品极具个人魅力，凭此赢得无数粉丝。她在美国的公告牌榜单和格莱美获奖无数，又以大胆出位的穿搭风格经常成为北美时尚圈的热点话题人物。

Quashy 的这条更新，在发布之后的短短几分钟内就已经有了近百万的互动量。

在得到温艺的确认后，徐鞍安的脸上扬起一点笑意。她收起手机，微微耸了下肩膀，说："She is cool。I like her。（她很酷。我喜欢她。）"然后她绕过温艺，走去化妆师旁边，说："帮我换衣服吧。"

早上 8:40。
温艺："出发了。"
"她喜欢 Quashy。"
过了两分钟。
温艺："我真的无语！前前后后磨蹭了两个多小时，到最后为了看 Quashy 她能五分钟就换好衣服出发！"

早上 8:42。
姜阑看过温艺的消息，站在秀场外，望着远处被笼罩在雨雾中的哈迪逊河，出了两分钟的神。

她想起收到总部批允中国区签约徐鞍安的那一天。

签下徐鞍安，只是 VIA 在最新确立的品牌转型五年战略布局中的一个细小环节。

和十年前相比，奢侈品品牌的生意早就没那么好做了。"95 后"和"00 后"这一代被打上"Z 世代"标签的年轻人逐渐长大成人，也逐渐成为所有直面消费者的生意行业重点想要获取的新一代客群。大时尚零售行业也不例外。

姜阑记不清具体是从哪一天开始，全世界的品牌方都开始疯狂讨论和研究 Z 世代，Z 世代的关注热点、Z 世代的行为兴趣、Z 世代的消费偏好、Z 世代的决策路径……无数个消费研究机构和市场调研公司出具的无数份免费或付费报告，没有一份能真正成为品牌理解这一代年轻人的圣经。

对于时尚，对于时尚奢侈品，Z 世代的经济实力与从前的任何一代都不同，Z 世代的态度和选择与从前的任何一代也都不同。

传承、经典、历史、精湛工艺、高级剪裁……这些长久以来被各大奢侈品品牌所引以为豪的品牌底蕴与产品基因，已不再被这一代年轻人所在乎。

她们不在乎，她们只会为自己认为酷的东西买单。

而酷是什么，只由她们自己来定义。

上午 9:20。
姜阑和几家重要的时尚媒体依次打过招呼。

这次受邀的中国媒体中，有三家都自己带了明星来看 VIA 的秀。媒体要做内容，媒体也要阅读量，她们选择的不一定是多大牌的艺人，却一定是当下最具热度和话题性的

第 一 章

明星。其中一家带来的是新近爆红的一位年轻女演员，不久前主演了某部古装剧，数月来热度居高不下。

姜阑让跟在身边的刘辛辰帮忙带人入座。

刘辛辰是温艺的直属下级，温艺去半岛酒店之前把人留给姜阑，临走前特意叮嘱她要乖。刘辛辰第一次出差参加时装周，就碰上了品牌近十年来最重要的一场秀，不敢犯一丝错。

女演员坐下，开秀之前有服务生送来酒水冷餐。刘辛辰轻声询问女演员，然后帮忙取了一杯气泡水，小心翼翼地向她递过去。

这时候一个亚洲面孔的模特急匆匆走过，然后又折返回来，盯着女演员看了几秒，随即笑眯眯地欠了欠身，说："给福娘娘请安啦！"说完之后大笑着迈开大步往后台方向去了。

福娘娘是女演员在那部爆红剧中的角色。

女演员一愣，什么话也说不出来，本来要接气泡水的手转去一把抓住了刘辛辰的胳膊。

刘辛辰这才知道，原来自己不是这里唯一紧张的人。已经这么红了的女演员头一回来这种场合居然也会如此紧张。

刘辛辰回头看了看姜阑。

姜阑正在和某大刊总编寒暄。她微笑着，偶尔有一两个恰到好处的手势，看起来很轻松，很从容。

刘辛辰不会认为那是天生的能力。她知道没有什么能力是真正天生的。她很想知道，那是经历了多少类似的场合、承担过多少相似的工作任务，才能锻炼成由量到质的能力提升。她希望自己也能通过努力和沉淀变得游刃有余。

上午 9:45。

从半岛酒店来秀场的一路上比想象中还要堵。

在温艺说还需要五分钟才能抵达的时候，photo call（媒体拍照）环节早已结束。但是急也没有用，徐鞍安已经成为第一个来看秀却没有品牌官方 photo call 照片的全球代言人。

姜阑在 logo 背板墙对面等着温艺带徐鞍安来。

"Lan！"

有人在身后叫她。

姜阑回头，笑了一下："Hi，Petro。"

Petro 走过来亲昵地抱了抱她，问："Ann 来了吗？我刚才并没有在她的座位上看见她。"

姜阑淡定地摇了摇头。

Petro 吃惊的表情绝不是演出来的，他在很不满地表达，可是她半个小时前就应该抵达这里，并且完成媒体拍照环节的工作了！

姜阑说："Petro，我需要你的帮助。"

上午 9:48。

徐鞍安烦死丁硕了，坚决不让他跟到秀场外，连贴身保镖都被她嫌弃地丢在后面。

丁硕头疼得不行，只好拉着温艺悄悄说："亲爱的，秀后安安和你们品牌总部高层还有设计总监的合影，务必要第一时间传给我们啊。"

温艺比徐鞍安还要烦丁硕，二话不说就带着徐鞍安进了电梯。

电梯里，温艺上下打量徐鞍安，最后一遍确认她的整套造型和之前的 fitting（试装）没有任何差异。

徐鞍安还在摆弄手机，反复刷新 Quashy 的 Ins。

THE GLAMOUR

电梯门一开，外面站着一个浓眉深眸的英俊外国男人。

徐鞍安眼前一亮："Hi！Petro！"

Petro："我的宝贝儿，你终于来了！"

在温艺还没反应过来时，Petro 已经带着徐鞍安快步往前走了。

温艺匪夷所思，在后面喊他："喂，你要带她去哪里？"

Petro 用手指了指前方："去见 Quashy。"

温艺的目光终于移到站在另一边的姜阑脸上，匪夷所思地开口问："认真的？"

姜阑笑了。

温艺更加匪夷所思："Petro 那么 bitchy（刻薄），怎么突然这么肯帮忙了？"

姜阑说："他下半年的 KPI（绩效指标）更新了。其中最关键的一条是要对 VIA 在中国区的品牌传播效果负责，Erika 给他定了一个非常高的 PR earned value（公关挣值）指标。"

温艺张了张嘴："啊……"

还真是全球的打工人都一样不容易。

Petro 全名 Petro Zain，是个黎巴嫩裔澳大利亚人，曾在欧洲求学和工作多年，深谙奢侈品行业运作，现在拿着 E3 的美签在 SLASH 纽约总部工作。他的老板 Erika Swan 是 SLASH 集团的全球 MarComm SVP（市场及传讯高级副总裁）。Petro 在她手下负责集团内高端品牌在除北美地区之外的全球市场的品牌传播工作。

VIA 被 SLASH 收购，品牌的数个后台支撑部门首先被拆解，对应的业务需求全部由集团位于新泽西州的全球共享后台服务部门提供支持。紧接着，品牌建立米兰-纽约双总部制，继续保留位于米兰的 Fashion & Design Office（时尚创意及设计部门）以及位于意大利南部的 Industrial Headquarter（工业基地总部，包括生产工厂、布料仓库及产品档案馆等），然后将 Business Development（渠道拓展）、Merchandising（商品）、Marketing & Communications（市场及传讯）、Retail Management（零售管理）、e-Commerce（电子商务）五个最重要的前端部门迁移到集团总部纽约，以便于内部资源共享及高效管理。

非常的美国做派。

Petro 在这一系列的结构性调整中被拓宽了原本的职责范畴，负责支持 VIA 除欧洲、北美之外的国际市场品牌传播工作。

从行政层级上来说，姜阑除了向中国区的陈其睿汇报工作，还需要在市场和传讯这条线上向总部的 Erika 虚线汇报，和 Petro 理论上来说是平级。但落实到工作层面，姜阑对于 VIA 在中国的市场营销及品牌传播所做的每一个决定，都需要得到 Petro 的认可和支持。

Petro 非常懂品牌传播，但 Petro 非常不懂中国的消费者市场。Petro 高高在上，俯视中国团队，在过去的大半年，姜阑几乎 40% 的精力都在用来应付 Petro 对她工作的日常挑战。

温艺随手一翻都能翻出一百封两人花式互怼的邮件，谁能想到会有今天。

上午 9:55。

唐灵章吞下一口色拉。她一点都不喜欢吃生冷的蔬菜，但是没办法，外带这个最方便最快。

徐鞍安从酒店出发看秀的那条微博目前转发量已有 82 万，微博文案里 @ 了 VIA 官微并且带了 VIA 大秀官方直播的链接，现在直播落地页的访问量已在历史峰值。

徐鞍安在那四张微博配图里，面无表情、不屑一笑，越发显得那条出自她的宣传总监之手的商业文案尴尬且讽刺：

"#VIA2019 春夏女装时装秀# 出发去看秀啦！今天这身可以说是今年最喜欢的一套造型了，好期待 10 点的 @VIA 纽约时装周大秀！想看直播可以点这里哦！"

第 一 章

　　单这么一条微博的发布，就已经花了唐灵章几十万人民币的预算。徐鞍安热度升得太快，微博给出的粉丝头条价格贵得离谱，比上次官宣那会儿又贵了八万。这条微博用掉了徐鞍安在代言合同中的一次微博权益，算上之前官宣的那条，如今只剩两条的额度，还得省着给后半年用。徐鞍安的团队在代言权益之外给出的商业微博报价是八十万人民币一条。唐灵章没有额外的预算，就算有，她也不愿意买。这价格高昂得像是在打劫。
　　考虑到徐鞍安本人对成为 VIA 代言人这事有多不在乎，唐灵章压根就没指望过她能够主动在个人社交媒体平台发一些非商业化的品牌软性露出。再考虑到要维护平级之间的必要合作关系，她也不愿意因为这事给温艺施加压力。
　　有时候看看别家品牌签的成熟艺人，唐灵章只想叹气。

　　唐灵章又快速扒拉了几口晚饭，然后她的微信桌面客户端亮了。
　　温艺："看徐鞍安的微博。"
　　唐灵章："看过了，一切正常。"
　　温艺："你刷新再看！"
　　唐灵章莫名其妙地刷新了一下徐鞍安的微博——在短短三分钟之内，徐鞍安连续发了六条微博，简直像是被盗号了。
　　六条微博没有文案，只有一张图片和一个表情符号。六张图片全是徐鞍安和 Quashy R. 的自拍合影。
　　六张合影中，徐鞍安咧嘴笑着，像是一个终于获得了自己梦寐以求的礼物的小孩。手机前置摄像头直闪的光线下，照片过度曝光，人物没有层次阴影，真实自然的徐鞍安开心到几乎模糊。
　　六张合影中，Quashy R. 的脖子上戴着一条 VIA 的标志性 logo 贴颈项链，徐鞍安的上衣印着由 V、I、A 三个字母交织组合成的图案。
　　唐灵章顿时觉得血都热了。舆情监测的那个微信群里有人在拼命 @ 她。
　　小小窦语重心长地说："#徐鞍安纽约追星成功# 这个话题进热搜预备榜了，咱们带上品牌素材持续分发这个话题可以吗？"
　　唐灵章迅速回道："当然。"

　　上午 9:58。
　　离后台不远的一块独立区域被用来搭成供品牌工作人员使用的 war room（作战室），里面有简易茶水间和成排的办公桌椅，桌上地上到处可见电源插线板、无线网络路由器、小型打印机，墙上还嵌着几块硕大的 LED 屏幕，实时直播秀场前台。
　　开秀在即，各国的品牌 PR 团队都回到这里，各自找座位坐下，短暂休息。
　　温艺带着刘辛辰坐在靠后的位置，这一小片都坐着亚太各地区的团队。
　　Petro 走进 war room，环视一周，然后顺理成章地在姜阑身边的空位坐下。他喝了几口水，侧身低头，开始和姜阑有说有笑。
　　温艺没忍住翻了个白眼。
　　当初中国区签了徐鞍安，Petro 没少在视频会议的时候对姜阑的选择评头论足。徐鞍安这样年纪和外形的亚裔女孩，在 Petro 眼里根本就穿不了 VIA 的衣服，她和 VIA 的品牌调性相差太远。签约之后，徐鞍安几次活动和红毯的造型，VIA 赞助她的样衣都得大改，每次 fitting 照片发到总部，Petro 的反馈总是相当挑剔，不来来回回折腾一番绝对得不到他的批准，温艺被折磨到最后都麻木了。
　　类似的事情不胜枚举。
　　但这个男人在需要他展现魅力的时候又可以立刻变成另外一个人。
　　这次时装周，徐鞍安飞抵纽约，当天就被安排在酒店做看秀的 fitting。为了代表品牌总部展示对新签的全球代言人的重视，Petro 带着内部造型师和三大箱服饰抵达半岛酒店，现场亲自调整和确认徐鞍安的造型。

THE GLAMOUR

在徐鞍安和她的团队面前，Petro 收起了所有的刻薄与傲慢，展现出了风度、优雅、魅力和品位，他让人相信，他由衷地欣赏徐鞍安和她作为年轻人在音乐领域所取得的成就，这让徐鞍安在这趟行程中难得地露出了笑容。

如果不是温艺已经和这个男人共事很久，她也差点要相信了。

Quashy R. 是 Petro 和他的团队这次花了很大的劲才成功邀请来的。总部的 PR 团队在观秀嘉宾的选择和传播计划的制订上都下了苦心，这是温艺不得不承认的，也是值得温艺在工作中学习的。温艺相信，这次看秀想要和 Quashy 近距离接触的人以及想要借此机会约访 Quashy 的媒体，数量都很庞大。

Petro 能按姜阑的要求，在开秀前十分钟成功安排徐鞍安认识 Quashy，真是令温艺吃惊。

吃惊的不止温艺一个人。

唐灵章发微信问："你们是怎么做到的？啊？"

温艺回她："世界太玄幻。Petro 最新的 KPI 里有一条和阑总的重合。中美友好合作，就靠这同一个 KPI 了。"

上午 10:00。

两分钟后，war room 里的大屏幕黑了一下，秀场内的灯光全部暗了。紧接着，屏幕又瞬间亮了，T 台中央闪烁数下，一团燃烧的火焰在空中爆开，然后化为无数细碎的金末，落进观秀的嘉宾席中。

VIA 大秀如期开始。

姜阑看着屏幕上的实时 T 台，目光专注。

Petro 在她耳边低声感慨："真是一场盛大华美的秀。"

姜阑的双眼里闪着微微的光。

Finale（终场）时，模特们鱼贯而出，意大利设计总监一路小跑，笑着挥手，空中又飞起了无数金末。

闪光灯下，媒体、明星、买手、博主、VIP 纷纷起身鼓掌。

这是一场汇集了几乎所有顶级资源的时尚盛宴，然而没有任何一个镜头会记录 war room 里的任何一个人。

上午 10:50。

秀后，姜阑亲自带徐鞍安去后台见设计师与总部高层，一套标准打卡流程走完，可以产出让徐鞍安的团队心满意足的"官方认证"素材。

将徐鞍安送上车前，Petro 还在百忙之中过来给了徐鞍安一个礼貌友好的拥抱。

这趟纽约之行，徐鞍安还得再待四天，拍两条片子和一套街拍作为后续的品牌传播物料。

等姜阑再回到 war room，温艺已经和 Ken 打完电话，再三叮嘱秀后发稿和出媒体剪报汇总的事情。

大秀现场精彩绝伦，然而对于新一季产品设计表现的实质性反馈，还要看众多时尚媒体的评论和各国买手所下的具体订单。

VIA 被 SLASH 集团收购后的首秀表现究竟如何，无数人都在期待结论。

关于今天徐鞍安迟到的事情，姜阑还没空找艺人团队给一个说法。这会儿丁硕主动给姜阑发了个微信："阑姐。"

丁硕比姜阑还大两岁，却叫她姐。

姜阑没立刻回复。

第一章

丁硕继续发："今天真是不好意思了，我们后面一定安排资源补偿。你一直很理解我们的难处，真的是非常非常感谢，这次也请多多担待啊。"

姜阑没回丁硕，是因为真的在忙。她在给她的实线老板，VIA 中国区的一把手陈其睿汇报工作。

姜阑："秀结束了，一切顺利。"

秀结束了，但是姜阑的时装周才刚刚开了个头。她后面两天还有好几个和总部高层的汇报会议要进行，其中关于 VIA 品牌如何在中国市场扩大品牌传播声量、最大化提升到店客流、快速积累目标顾客数据库、试水新型数字渠道以及平衡 ATL/BTL（线上 / 线下）营销预算的内容，她代表中国区团队将要拿到总部会议桌上的讨论方案至关重要。

秀场上浮荡着的金末，最终还是需要落地转化为实实在在的生意额，这才是美国上市公司最需要的，也是一个高级时装屋能够继续在时尚零售行业中生存下去的最重要的支柱。

上午 11:10。

陈其睿回复姜阑："我需要你周五早上九点前进公司。"

陈其睿没多解释为什么要将姜阑的出差行程压缩三天，姜阑也没有多问。高执行力是姜阑身上始终被陈其睿欣赏的一点。

姜阑："OK。"

姜阑正要找公司行政帮忙改签机票，陈其睿的大秘书 Vivian 就先来找她了。

Vivian："老板说要你提前回来，你想什么时候从纽约飞？我给你拉一下航司航班和对应的报价，你看一下。"

从今年年初，行政部已经归 Vivian 分管，但是改签机票这种事能让 Vivian 亲自过问的，全公司也没几个人。

姜阑很快就收到了 Vivian 发来的表格。

旺季国际航线商务舱的价格差别很大，航司、起飞时间、是否中转，同样的起降地，价格有时候能差几倍。

姜阑用手机截屏高亮了其中一个航班，发回给 Vivian。

Vivian 很快又回："这班要从北京转，落地浦东已经周五凌晨三点了。你确定？"

姜阑："确定。"

Vivian："你不累啊？"

姜阑："我们部门的差旅预算我得看啊。"

Vivian 很快算了一下，然后感叹："全公司可真没几个像你这样替团队考虑的了。"

姜阑在旺季坐国际商务舱中转一次，省下来的预算能让她的团队一整年在国内出差时的住宿标准平均往上提一档。

确认完行程后，姜阑很快和温艺盘了一下后面的工作安排。

周三下午最重要的会议开完姜阑就要出发去机场，后面还有一些小会议就交给温艺了。徐鞍安在纽约的拍摄也交给温艺和刘辛辰去跟片，姜阑会提前和 Petro 打好招呼，让他帮忙照看。

温艺说："Neal 真是不把我们当人呢，阑姐，也不知道这是 Fashion Week 还是 Meeting Week（会议周）。"

Neal 是陈其睿的英文名。

姜阑看她一眼，把话题转回工作上："出任何问题，都别和 Petro 吵架。"

温艺说："好的，放心。"

然后她看见从不喝咖啡的姜阑又找来了一瓶冰水，但她在姜阑的脸上又找不出任何显示疲惫的线索。

姜阑很少在团队面前传递负面情绪，因为没有必要。

013

THE GLAMOUR

她听见温艺问:"阑姐,我就没见过你压力大的样子,你平常觉得有压力的时候都是怎么排解的啊?"

姜阑没回答。

她想起自己凌晨昏睡的两个半小时,还有被她塞进枕头底下的小物品。

002 Meeting Week (会议周)

当天下午回SLASH总部大楼开会,姜阑在VIA的show room(商品陈列室)那一层碰见了何亚天。何亚天是VIA中国区的Head of Merchandising(商品总监),他这次来纽约出差的行程比姜阑的还要紧张忙碌。

两人在茶水间寒暄了一阵。

何亚天开头就是一句抱怨:"你知道这次我们中国区的OTB(商品采购预算)有多紧张吗?"

姜阑点头:"听说了。市场这边的预算也一样。"

何亚天一脸疲惫:"我觉得我不太适应美国上市集团的做事风格。"

姜阑没安慰他。何亚天这么成熟的职业经理人,这时候只需要情绪倾泻,不需要被人安慰。

她陪何亚天站了几分钟,看他灌完一杯咖啡,问他:"今天早上的秀你怎么看?"

何亚天看她一眼,笑了。他斟酌着用词,说:"比较commercial(商业化)。"

姜阑也笑了一下。

何亚天在奢侈品行业从业多年,十几年前,国际奢侈品牌的亚太和大中华区总部还集中在新加坡和香港时他就在两地工作,是相当资深的商品人。从个人审美出发,何亚天贯来欣赏的是秀款的设计感、重工感、高质感和惊艳感,他评价一句比较commercial,那意思几乎等同于cheap(廉价)。

姜阑还是笑了笑,又问:"其他人呢?"

何亚天说:"各国内部的merchandiser(商品负责人)意见不一。Wholesale(批发业务)那边的buyers(买手)普遍觉得这一季会比之前好卖很多。"

"好卖"这两个字说出口,何亚天也就不想再做进一步评价了。

个人审美是一码事,但是作为一个品牌的中国区商品负责人,看问题的角度当然不能那么狭隘。品牌调性和定位是一码事,但是如果一个品牌连年的时装秀都只是叫好而不叫座,那能不能活下去都还是个问题。

VIA被SLASH集团收购后内部制订的五年品牌战略转型计划,商品年轻化的创新是首当其冲的第一步。不管何亚天个人舒不舒服,都只能接受这个事实,并且在他的职责范畴内履行好他的本职工作,满足雇主对这个岗位的期待。

其实何亚天还有些别的事想和姜阑聊,但他的日程排得很满。他看了一眼手机上的时间:"团队还在等我,我得走了。"

姜阑说:"OK,你们一会儿是要去巡店?"

何亚天点头:"还要去看看年轻人喜欢得不行的那几家streetwear brands(街头服饰品牌)。我团队的小朋友就盼着这个行程,你能懂?"

姜阑这回是真心地笑了。

何亚天临走前又吐槽了一句:"一件毫无设计可言的box logo(方盒形logo)T恤可以卖到几百美金,你能懂?"

第一章

姜阑确实不懂。她想起年初那会儿，曾经抽空参加过一场调研 Z 世代对品牌偏好的焦点小组访谈。

那次焦点小组访谈，其中一个环节是主持人拿出两件单品，请在座的八个年轻女孩分别选择当下最想拥有其中的哪一件。

两件单品，一件是做工精致的某奢侈品牌经典款连身裙，另一件是两个街头品牌联名发售的某限量胶囊系列中的 T 恤。

八个年轻人中有六个都选择了后者。

这场访谈只是那次市场调研定性分析中的一场，还有相同的九场在其他重点城市同时举行。对于这个专门设计的问题，每一场的结果几乎都一样。线下定性分析之后又追了三千个样本量的线上定量分析，最终的验证结果也是一样。

姜阑一直都认为审美是件非常主观的事情，同时也认为自己在审美层面一直拥有极强的包容性。她无法理解那件印着 box logo 的黑色棉质 T 恤（甚至不是高支棉的）究竟有什么美感和时尚属性，但这并不妨碍她尊重新一代年轻人的潮流追求。

当时在现场，主持人也问了为什么。

有三个女孩子不约而同地说出："因为很酷啊。"

姜阑不由自主地就想到了自己年轻的时候。

年轻时的姜阑远远不熟悉什么是欧美语境下的街头文化，也无法预见由街头文化所延展出的街头服饰能够在全球服装和时尚产业掀起怎样的一股大浪。

在过去短短的三四十年间，这一股代表青年亚文化的服饰风潮一路从美国东海岸刮到美国西海岸，再到英国，继而蔓延影响了整个欧洲大陆，然后一路东侵，在日本东京里原宿经由本地迭代后华丽转身，强势地反向输出回北美和欧洲。嘻哈、冲浪、板仔、朋克、工装、休闲运动……这些曾经对中国大众消费者市场相当陌生的内容，如今能够被这一代年轻人追捧如斯，着实令姜阑难以理解。

下午和总部开的大中华区预算会议结束后，香港那边负责 MarComm 的 Anita 留在会议室里叫苦："就这么点 budget（预算）还要做什么事情？"

姜阑就听着。

受宏观经济和旅游业影响，香港这两年的零售业生意十分难，奢侈品牌往年在香港可以躺在内地游客贡献额上数钱的日子已经一去不返，如今不少品牌都已开始考虑关减部分香港直营门店。

Anita 这次带着香港媒体来时装周，想带两家媒体去好一点的牛排馆吃一顿晚饭都要自己贴钱——SLASH 集团对香港地区的生意预判已经到了这个地步。

香港变成这样，姜阑身上的压力只会更大。

美资集团不是做慈善的，香港掉下去的业绩只能由内地来补。除了同比生意额，还要看年利润率。不光业绩要做上去，还要把费用降下来。一提费用，市场预算永远都是头一个要被砍的。

在这个会议中，姜阑争预算争得极其辛苦。VIA 下一年在中国内地背着实现高双位数的业绩同比增长指标，在这个大目标之下，品牌层面的投入不可能少，姜阑需要保一个绝对数字。但是集团有集团的财务总目标，品牌和地区的市场预算要按生意额的比例分配，如果要达成财年利润目标，VIA 中国内地的市场预算绝不能超过总生意额的 9%。

姜阑也想说就这么点 budget 还要做什么事情，但她只是对 Anita 打了个招呼，起身离开了会议室。

这是自上而下的决策，她去争这个是不自量力，这件事情还是要靠陈其睿出马。

姜阑在楼下买了点吃的，直接回了酒店。

进屋后她去卸妆洗澡，回来看了看时间，离上海办公室上班还有两小时。她定了个闹钟，睡了一小时。

THE GLAMOUR

醒来后，手机上又多了好些新消息。

姜阑翻看着，然后看到杨素发来的赞美微信。杨素就是那个把奔明推荐给她的、在国内美妆巨头做 CMO 的朋友。

杨素："早上起床刷了一下微博，你们这次时装周不错啊！和徐鞍安相关的各种热度和舆情都棒棒的。"

姜阑打了半天的字，删删改改地回了一条："奔明很好用。这是我们近半年公关扩大做得最好的一次。"

杨素："'公关扩大'是什么东西？你不会正常说话了？"

姜阑："我正常说话就是'这是我们近半年 PR amplification 做得最好的一次'。你又不让我和你说英文，我能怎么办？我已经尽力翻译了。"

杨素："哈哈哈哈哈哈，你这人怎么还记仇呢？"

之前有一回两人交流工作上的事，杨素把姜阑嫌弃得不行，说你们这些在外企打工的人中英文混着说话就是让人讨厌得很，听着就觉得很装。

姜阑反击："你天天挂在嘴上的那些'覆盖顾客认知穹顶''如何抢占用户心智'才让人听着就觉得很装。"

杨素差点跳起来："我们工作环境就这样，你还不让我正常说话啦？"

姜阑说："我就不是？我认为你歧视外企打工人。"

杨素无言以对。

姜阑觉得装不装这事，和说什么语言真是没什么相关性。一个从入行第一天就用英文作为工作语言、所有专业知识都是在英文语境下理解并积累的、50% 的日常沟通都要用英文清晰表达思维的人，她说话的时候真的只是下意识地选择当下自己最熟悉的、最能准确传递自己想法的词语来表达，这和刻意装腔作势是两码事。

但杨素的嫌弃太正常了。

这个世界上没人能够做到绝对的客观理性，每个人对别人的评价都带了主观的偏见，不管那个偏见是多么微小；每个人也会在不经意间对别人进行歧视，不管那个歧视是多么隐形。

姜阑想，她看待事物也一定存在偏见，存在歧视，尤其是对她不理解的人和物。比如那件她认为没有什么美感和时尚属性的 box logo T 恤。

杨素："我教你这句话该怎么用中文说出来——我们这波热度炒得还挺不错的。"

姜阑扣着手机笑了好半天。

和杨素聊完，姜阑先给陈其睿写了一封汇报邮件，说了预算的情况。

钱是头等大事，没钱，再大的牌都是虫。

邮件发出去没多久，Ken 的消息就进来了。在他、姜阑还有温艺三个人的群里，Ken 发了一条微博的截图。

姜阑一看，是 Beto 的微博。

Beto 是个长居伦敦的华人博主，在微博上主要做时装评论。他有四十多万粉丝，在时尚博主里算中等规模，但他的文字一向毒舌刻薄，他的粉丝和他的互动黏性极高，有不少业内的时尚媒体编辑非常喜欢看他的吐槽评论来解压。

Beto 的微博才刚发出一分钟就被 NNOD 监测到了：

"今天收到了超级多的私信，都是想让我讲一讲这次 VIA 纽约大秀的。大家盛情难却，我就在睡前简单说几句吧。

从年初高价收购，到今天把秀直接搬到纽约办，SLASH 集团对 VIA 到底打的什么主意，难道还有人看不明白吗？我八个月前就说过的话，今天还要再重新说一遍吗？

那就再重新说一遍吧。

奢侈品行业如今但凡是个品牌，都在琢磨着怎么年轻化，要想年轻化，就得街头化。看看隔壁的 Balenc*aga 和 Givenc*y，哪个不是欧洲老牌高级时装屋了，这两家在街头化

第一章

的路上跑得多么畅快？业绩不香吗？再看看隔壁的 Lou*s Vuitt*n，今年 3 月直接让 Vir*il Abl*h 登门入室掌舵品牌男装部门，它家男装的业绩在今年第二、第三季度涨了多少大家看了吗？连法国的宇宙大牌都肯让做街牌的非洲裔美国人当创意总监，就别再成天嚷嚷着 VIA 要完了，VIA 完不完，真不是你说了算的。

VIA 自己当然也不想完（此处复习一个热知识：在被收购之前，VIA 的全球业绩已经连续下滑三年了）。看到隔壁这一个接一个赚快钱的，VIA 眼红了，VIA 坐不住了，VIA 现在也要搞年轻化，不搞不行，不搞要完。虽然 VIA 已经落后别人八千米了，但 VIA 还是要奋起直追。所以就有了今天的这场秀。

大家觉得今天的秀款拿去当大学生校服还行吗？还是觉得我稍微有点过了？

我记得之前 VIA 官宣徐鞍安的时候好多人都在号，说 VIA 眼瞎，你们现在是不是才知道 VIA 下了多大的一盘棋？今天 runway（秀场）上随便一个 look（造型），都是为徐鞍安量身定制的有没有？青春洋溢有没有？绝配有没有？

别再天天笑话人家流量明星的粉丝其实没几个能买得起奢侈品了。你们就知道人家买不起了？你们就知道人家不是因为穿不了那些产品才不掏钱的？要是都像 VIA 这样青春洋溢，粉丝早都举着人民币蜂拥而上了不是吗？

既然说到徐鞍安，那么也不能忘记表扬一下 VIA。国际品牌就要有个国际品牌的样子，给代言人 title 就是要大气爽快，不要像隔壁的某个大牌那样，从品牌代言人到品牌大使到品牌挚友，这还没完，还要再按产品线分品牌代言人、品牌大使、品牌挚友，这是逼着让大家怀疑它家抠门，不愿意掏代言费，需要靠这五花八门的 title 换明星免费干活（此处分享一个热知识：不会还有人不知道奢侈品牌能用 title 省钱吧？）。做品牌就要做 VIA 这样的！大气！

有点跑题了，还是说回来。

那天有粉丝问我怎么看奢侈品牌街头化的趋势，我怎么看重要吗？我又不是这些品牌的股东，你说是不是？但如果你非要让我说两句，那我还是可以说两句的。

奢侈品行业以为这是它们对街头文化的一场收编（就像过去几十年中它们对其他青年亚文化所做的一样），但它们错了，这分明是一场街头文化对主流资产阶级审美的掠食。

但是，当街头时尚被所有年轻人觉得酷的时候，它还酷吗？当街头文化变得主流，它还是街头文化吗？

这两个问题有点深奥了。我本人其实还挺爱买街牌的。换个简单的问题问问大家：咱们国家什么时候能出一个 James Jebbia 或者藤原浩啊？

P.S. 艺人粉丝别来搞我，如果你们看了不开心就是我错了，我给你们跪下道歉。"

003 幸会

Ken 在群里问："要不要我们去和他沟通撤稿？"
姜阑没回，先等着看温艺怎么说。
温艺："撤什么撤，你这一联系，他可不就又有东西写了？"
Ken："吐槽吐得这么狠，我们也放着不管啊？"
Beto 的粉丝和熟悉他说话风格的人都能感受到他这条微博通篇的奚落和嘲讽，讽刺其他品牌在中国区批发 title，同样也在质疑 VIA 是为了省钱才给的徐鞍安全球代言人的 title。

在奢侈品年轻化这条路上，VIA 跑得太慢，VIA 跑得狼狈。

THE GLAMOUR

"赚快钱"+"大学生校服"≈网红爆款。这就是 Beto 对 VIA 此次纽约女装时装秀的核心评价。

刻薄吗？

刻薄。

姜阑在群里回复："放着。"

姜阑还记得三年前 Beto 曾真情实感地夸过那一场后来被他称为"堕落前之绝唱"的 VIA 大秀。对于 VIA 现在的年轻化转型策略，Beto 刻薄，是因为 Beto 对 VIA 有更深的期待。被刻薄没什么，不被刻薄、不被期待才是问题。

当晚睡觉前，姜阑又看了一遍 Beto 的微博。那段对于奢侈品街头化趋势的评价和那两个对街头文化与街头时尚的灵魂拷问，让她多想了一会儿。

第二天上午会议结束后，姜阑稍作思考，还是去了徐鞍安拍片的地方探班。

温艺对姜阑的到来感到意外。她知道姜阑的行程有多紧凑，也知道姜阑很少有改变自己决定的时候，姜阑之前说过不来，可现在却来了。

温艺问："阑姐你是有什么需要特地来现场交代的吗？"

姜阑说："我来看看。"

摄影师和助理在拍摄现场改光。

徐鞍安没回休息室，就坐在不远处的椅子上，塞着耳机在听歌。过了两首歌，她睁开眼睛，发现身边原本属于丁硕的椅子上坐着姜阑。

"Hey。"徐鞍安有点惊讶。

姜阑也说："Hey。"

徐鞍安咧嘴一笑。头两天在 VIA 的大秀上成功认识了 Quashy，小女孩的心情很不错。

姜阑看了一眼她的手机，音乐 APP 的播放界面是 Quashy 的专辑封面。姜阑问："好听吗？"

徐鞍安说："Of course（当然）！"然后她分给姜阑一只耳机，"你可以试一试。"

姜阑塞好耳机。

徐鞍安挑了一首歌曲播放。过了十几秒，她又把歌词界面翻出来，递给姜阑看："词很棒。"

姜阑很少听非洲裔美国女性说唱歌手的作品。她读了读被徐鞍安说很棒的词，里面描述的是一个女人的性欲，和她是如何主宰自己的欲望。女性鲜活的欲望破笼而出，强势且有力，像锋利的匕首一般割断姜阑眼前的光线。

姜阑眯起眼，笑了一下："好听。"

徐鞍安用手指有节奏地敲着椅子边："能创作这样的音乐，真 cool。"

姜阑看着徐鞍安。这个女孩子从十六岁出道开始就活在万千闪光灯之下，她或许还没有过性经历，姜阑不确定她是否真正明白这首歌词的意思。

徐鞍安小声哼着歌。过了一会儿，她冷不丁地说："签我做代言人让你们很为难吧？"

姜阑问："为什么？"

徐鞍安说："我也刷微博啊。那么多人都说我不配。"

姜阑说："的确是有这样的评论。"

徐鞍安扭头看她。

姜阑也看着她。

徐鞍安说："I like you（我喜欢你）。"随即她又咧嘴一笑，"You are kind of cool（你有点酷）！"

姜阑离开时，去和丁硕打了个招呼。

丁硕很担心徐鞍安对品牌方说了什么不得体的话，他原本应该一直跟着徐鞍安的，

第一章

可是温艺把他叫去确认明天待拍视频修改后的脚本了,而徐鞍安的助理根本管不住她。

他说:"阑姐,这次来纽约辛苦你们前后安排了啊。"

这话不是场面话,这次徐鞍安的纽约之行花费不小,从航班舱位到 VIP 通道到酒店再到用车用餐,徐鞍安是什么标准,她的随行团队就是什么标准。

姜阑说:"不辛苦。毕竟当初合同金额你们让了那么大一步,后续合作方面我们不可能怠慢艺人和你们。"

丁硕有些尴尬地笑了笑。

Beto 的那条微博讽刺得其实没错。

徐鞍安的全球代言人 title,是她的经纪人丁硕和商务总监通过中间人和 VIA 磨着谈下来的。

当初温艺通过中间人首次询价,得到的回复是徐鞍安一年的服装、鞋履、配饰全线排他的品牌代言标准报价为 1500 万人民币,含 6 个拍摄工作日、2 次出席活动、4 条商业微博发布,其他林林总总的附加条件还有一大堆。

因为得知是 VIA 询价,徐鞍安的团队愿意将标准报价降到 1000 万一年。

温艺来和姜阑汇报,姜阑说:"问问他们,降到 300 万需要什么条件。"

这个价砍得太夸张,中间人递不出去这话,直接在丁硕出差来上海的时候约了他和姜阑、温艺面谈。

丁硕倒是没什么不好意思,说话也很直接,就问能不能给全球代言人 title。

中国明星对 title 的执念不知道是从哪一年开始流行的,好像不加个地域做前置定语就显示不了咖位。其实像 VIA 这样的品牌,代言人就是代言人,哪怕去了火星也是 VIA 代言人,加不加全球两个字没有任何差别。中国区发稿的时候加了,总部发稿还是不会加,如果明星的国际影响力不够,欧美媒体连转发都不会转发。为一个 title 肯降 70% 的报价也只能说是中国特色。

但这话姜阑和温艺都没在现场说。

随后姜阑去请示陈其睿,问:"老板,给这个 title 吗?"

陈其睿反问:"你今年的预算很充足?"

姜阑说:"OK。"

次日傍晚,姜阑开完最重要的一个会议,回酒店退房后直接坐车去机场。

坐在安检后的休息室里,姜阑整个人终于松弛了一些。她吃了点东西,然后随手打开微信朋友圈,没刷几下,就看到了郑茉莉发的一条动态。

郑茉莉是 VIA 之前在国内做门店活动时合作过的一家本地活动公司的老板。姜阑和她关系还可以。

郑茉莉的这条朋友圈写着:"好多年轻人。真酷。"

姜阑点开她的配图,那是一张活动现场的施工图。

姜阑点开她的头像,发消息问:"在忙什么年轻人的活动呢?"

郑茉莉:"一个特别小众的街头品牌展,国内外的都有,今年第一次在上海办,特别低调。比 Innersect(潮流展名)那种泛潮流化的展要有意思多了。里面有个牌子今年找我们搭 pop-up store(快闪店)。"

姜阑想了想,问:"什么时候开展?在哪里?"

郑茉莉:"就这周五。你从纽约回来了没有啊?什么时候回来啊?我接你去啊,拿工作证走内部通道。"

姜阑:"今晚从纽约飞。周五晚上 7 点我公司楼下见。"

登机后,姜阑问空乘要了一小瓶 sleeping water(睡眠水),在起飞之后喝了。飞了四个小时后,姜阑仍然困意全无。她做了多种入睡的尝试,包括看书,写邮件,听白噪音,

THE GLAMOUR

但都失败了。她需要让自己真的陷入疲惫。

周五早上八点，姜阑进入公司。
Vivian 也到得早，见到姜阑很是惊讶："这么早？你到家之后不会没睡觉吧？"
姜阑说："飞机上睡得沉，回来还要倒时差，就不睡了。"
陈其睿在八点半抵达公司。Vivian 打内线叫姜阑去陈其睿办公室。姜阑说好的。
一进门，姜阑和陈其睿打招呼："老板，早。"
陈其睿说："坐。"
姜阑在沙发上坐下。
陈其睿说："明年你这边的预算我和总部谈妥了。集团会从北美的预算中拿出一部分来支持中国，你这边的费用先由本地支出，然后他们会按季度 refund（返偿）。"
姜阑问："一部分是多少？"
陈其睿说："加上这一部分，你明年预算的占比能够达到目标生意额的 15%。"
姜阑说："谢谢老板。"
陈其睿没有对这句感谢做出回应。他从头到尾也没问姜阑这一趟出差累不累，是否需要调休两天。
姜阑在纽约时间周一晚上给陈其睿汇报了预算的情况并向他寻求帮助。陈其睿在北京时间周五早上就给了姜阑一个明确的回复。
温艺之前吐槽 Neal 真是不把大家当人，但是在姜阑这里，她不需要一个老板对她嘘寒问暖、对她人文关怀，她需要的是一个老板能给她铺平台、能给她配资源。
能扛得住下属扛不住的事，能解决得了下属解决不了的问题，这才是姜阑的标准中合格的老板。

陈其睿叫姜阑周五九点前进公司，是为了一个重要会议。
中国用户流量最大的第三方电商平台要推出 Luxury Pavilion（奢品中心），有一支团队今天专程从杭州来到上海拜访各家国际奢侈品牌中国区总部。
VIA 在中国还没有开始拓展电子商务渠道，品牌官网也还没开通线上购物功能。SLASH 集团年初宣布 VIA 将在今年试水电商生意渠道，中国是一个非常重要的市场。
中国的数字营销、数字媒体、电子商务环境与欧美的差别太大。欧美品牌更多依赖自建官网，但是中国消费者日常网上购物的首选却通常都是第三方平台。
但是对于中国的第三方电商平台，国际奢侈品牌的态度一向保守又抗拒。原因有二：一是假货，二是代购。
这些巨量的 C2C 灰色生意的存在对于任何一个国际奢侈品牌的在华生意而言都是一个不可忽视的伤害。
VIA 中国区团队对对方此次来访的态度表示中立和一定程度上的开放。
会议中，陈其睿很少说话。只有在对方团队展示数据时，陈其睿问了一句："数据真实吗？"
当时大屏幕上投出的是 VIA 在该平台上的最近一年的海外代购额：整整 13 个亿人民币。
会后，姜阑和对方团队的市场负责人互加了微信。
对方市场负责人出生于 1991 年，已经带着一个几十人的大团队，手里负责十来个平台级营销 IP。这是姜阑第一次直观且近距离地感受到目前中国互联网行业的人才情况。
这是一个曾经离奢侈品行业非常遥远的行业，但在今天的中国，已经没有什么事是绝对无法实现的。

晚上 7 点，郑茉莉准时来姜阑公司楼下接她。
姜阑上车后递给她从纽约带回来的小礼物，然后系上安全带："多谢。我们走吧。"

第一章

郑茉莉却不肯发车，打量着姜阑身上的衣服和鞋子，欲言又止。
姜阑问："怎么？"
郑茉莉说："你要不换个衣服换双鞋？那儿就没有穿成你这样的人。"
姜阑一年四季上班都穿VIA的连衣裙，配不同高度的VIA的鞋。她身上的装扮就一个字：贵。
姜阑不肯轻易妥协："有这必要吗？走。"
郑茉莉说："你确定哦？那边的空调和你们写字楼的不能比。"
姜阑说："纽约大降温只有13℃，我穿这样都没把我冻死。"
郑茉莉笑着发动了车。

到了活动现场，郑茉莉给姜阑的左手腕套上工作人员的荧光黄手环，然后笑话她："哈哈哈，你看这个黄色还挺配你的裙子。"
姜阑无言，跟着郑茉莉走员工通道进去。
虽然郑茉莉说这是个低调小众的展，但这是在上海，是在周五晚上，人就不可能少。放眼一望，几乎全是年轻人。
郑茉莉带着姜阑快速逛了一圈，让她对这里参展的品牌大致有个印象，然后再把她带回自己这次负责搭建的两个品牌之一的临时开放式后仓，在一堆乱七八糟的东西中间给她找水喝。
郑茉莉说："年轻人聚集的地方就是这个氛围，你别要求高啊。"
姜阑往里看了一眼。
后仓最内的角落里，摆着一把普普通通的椅子，椅子上坐着一个睡着了的男人。男人戴着棒球帽，穿着卫衣、长裤和球鞋。从头到脚都是深灰色。从头到脚都没有任何一个品牌logo。他身上的装扮就一个词：Label-less（无标签）。
郑茉莉给姜阑拿完水就去忙了。
姜阑在外面站了许久，其间郑茉莉回来一趟，看她还站在原地，问她："你来了不去逛逛啊？"
姜阑摇头，她只想在这里仔细看看这些年轻人。
过了一会儿，郑茉莉又回来了，看她还是那个姿势，忍不住说："你穿这一身站在这里，就真不觉得自己格格不入吗？"
姜阑说："不觉得。"
姜阑又说："我以为年轻人口中的酷，是可以包容和他们不一样的人一同站在属于他们的街头上。"

费鹰是被振醒的。
他从裤兜里摸出手机，看了一眼来电。这是他这次来上海的这两天中睡得最熟的一觉，虽然只有不到四十分钟。
费鹰塞上耳机，按下接听键："胡老板。"
胡烈的声音稳稳地传过来："费鹰，我今天到深圳，这边有个数据科学峰会。你有空的话我们吃顿饭。"
费鹰说："我在上海。"
胡烈说："哦。你到上海不找我？哪天到的？"
费鹰说："昨天刚从日本回来，累得还没顾上联系上海这边的朋友。"
胡烈又问："你哪天回深圳？我预计周日晚上回上海。"
费鹰说："不走了。"
胡烈说："不走了是什么意思？"
费鹰说："彻底搬过来。"
胡烈想了想，说："知道了。你在上海的投资团队现在还缺人吗？我这边有资源可以

THE GLAMOUR

推荐。"

费鹰说:"暂时不缺。"

胡烈说:"行。需要我帮忙的话尽管说。"

费鹰毫不客气:"借辆车。"

胡烈纳闷:"你身家是我多少倍?你借我的车?"

费鹰说:"我车还没弄过来。你车多,借给我一辆让我先对付两天。我要你那辆改装过的斯巴鲁。"

胡烈失笑:"你这是早有打算。行,我回头让人给你开过去。你把地址发给我。"

挂了电话后,费鹰站起来,活动了两下肩膀。

后仓天花板搭得太低,他举个胳膊都不方便,只好走出去。外面很是闹腾,上海的周五晚上人不少,是谁告诉他这展肯定能办得低调的?

费鹰站定,放眼一望,全是年轻人的场子里有一个女人穿得格格不入。他所在的圈子里女人本来就少,平常装扮成这样的女人就更少了,他不由得多看了两眼。

费鹰路过她身边时,她正在和身边的人说话。

他听到她说:"我以为年轻人口中的酷,是可以包容和他们不一样的人一同站在属于他们的街头上。"

004 扫 码

费鹰随意逛了一会儿,又回到原来的地方。

郑茉莉这次服务的街头品牌的主理人是费鹰的朋友,也是这个展的出资方和主办方之一。费鹰今天过来是给朋友捧场。

这会儿,他朋友作为圈内嘉宾去场馆另外一头主持一个青年影片线下放映活动,和另外十二位来自不同领域的年轻人一起探讨当下的青年文化,一时半会还回不来。

费鹰没什么兴趣,就没跟过去看。

现在的这些展,一个比一个形式大于内容。今天这个展对外号称小众低调,实则还是换汤不换药。

没过多久,胡烈发来微信:"明早十点,车给你送过去。"

费鹰:"谢了。"

胡烈:"你搬来上海,我很高兴。"

费鹰笑了。

认识胡烈那一年,费鹰正好三十岁。

那一年,他一手创立并培育成长的原创街头品牌BOLDNESS刚刚过完十周年的生日;他和另外一个管理合伙人共同创立的壹应资本(YN Capital)则刚刚完成二期基金16亿人民币的首次关账。

费鹰和胡烈认识的契机很平常:壹应投的某个年轻品牌找了FIERCETech(胡烈创立的营销科技公司)做品牌的全渠道数字化布局咨询及实施,项目进行得很稳很好,壹应就和FIERCETech顺理成章地建立起了联系。

胡烈那一年刚刚结婚,事业如日中天,是一个男人最意气风发的时候。

有一回两人吃饭,饭后胡烈没抽烟,决心戒烟备孕。当时费鹰眼睁睁地看着胡烈掏出一根棒棒糖塞进嘴里,不得不笑着感叹:"谁不想活成你这样,胡老板。"

第一章

胡烈则说:"谁又不想活成你这样,费鹰。"

优秀的人和优秀的人之间总是能互相欣赏,有情怀的人和有情怀的人之间更是能互相理解。

胡烈欣赏费鹰,也理解费鹰。

费鹰既做实业又做投资,胡烈很少见到能够在感受过金融杠杆来钱有多快之后还能继续深耕实业的人。如果不是发自内心的热爱,实业创业是一条很不易坚持的路。费鹰对街头文化的高度热爱,驱使他在实业这条路上走得相当纯粹。胡烈欣赏一切纯粹的创业人。

壹应资本专注于消费品赛道,只投最年轻和最具增长潜力的消费品牌。和胡烈所在的科技互联网行业相比,消费品牌的规模天花板很低,近些年来并不是投资的风口,但是壹应资本仍然投了许多中早期的本土创业品牌。

胡烈问过费鹰为什么。

费鹰回答说:"想让世界看看,中国人也可以做品牌。"

胡烈很理解地笑了。

费鹰朋友的品牌今天的看场员工本来有两个,其中一个上午来了半天下午就不干了,直接去展上玩了。现在的小孩大部分都有这样的自我和自由,这是没办法的事。来不及再招人,就剩了一个继续看场。这会儿被剩的这一个实在是想去上厕所,抓住费鹰着急地问:"哥,你能帮忙看一会儿货吗?"

员工是个非常年轻的男孩子,他其实并不认识费鹰是谁。BOLDNESS 从来不参加任何街头文化展或潮流文化展,费鹰也从来不接受任何街头/潮流媒体或时尚商业媒体的采访。

费鹰对他说:"没问题啊,赶紧上厕所去。"

姜阑在外面看够了年轻人,拍了一些让她印象深刻的品牌搭台照片,然后回到郑茉莉这次搭的 pop-up store 里。

姜阑挑了几张照片发给刘辛辰。刘辛辰是她部门里对潮流文化最热衷的年轻人,每年会专门请假去看美国的 ComplexCon(知名潮流文化展)。

姜阑问:"有你认识的品牌吗?"

刘辛辰很快回道:"阑总你居然会去这个展!那个灰色 logo 的品牌就是现在好红好红的一个国内街牌!你有没有买点什么呀?"

灰色 logo 的品牌就是郑茉莉的客户。

刘辛辰的话启发了姜阑,她想到郑茉莉说的"来都来了",觉得自己应该代入消费者视角,在这里完成一次选购。

她捏着手机,转身看了看周围,然后指着一件看起来很宽大的 T 恤,问这问展台里唯一的男员工:"请问这件有我的尺码吗?"

费鹰闻声抬头。

他把手机揣回兜里,看向这个不久前让他留下了一些印象的女人,然后说:"我给你找找。"

费鹰去翻了一下出样的几件,都太大,又去后仓看了看,也没有。

费鹰又走回来,往这一排挂通的上方看了一眼,然后伸长胳膊去够最上面叠摞着的几件。

他抬手的动作将身上的卫衣一并带上去,露出里面打底的纯白色 T 恤一角,以及那一角下面的一截腰腹。

姜阑就站在他旁边等着,她身上有很高级的香味。

费鹰一番折腾,找出一件最小码递给她。他没告诉她这件其实是男款,他朋友的这个牌子完全就是个直男品牌,连 unisex(中性款)的尺码都很少开发。街头服饰是个几乎

THE GLAMOUR

完全由男性消费主导的领域，近些年来的"男款女穿"看起来是流行，其实根源是女性需求的被忽视。

姜阑接过来在身上比画了一下，然后说："这是给男人做的吗？领口又高又小。"

费鹰没笑，虽然有些想笑。他实在是好奇一个看样子对街牌没什么概念、看起来也绝不会穿这一类服装的女人为什么要在这儿给自己挑衣服。

他问："买吗？"

姜阑没在衣服的吊牌上找到价格，抬眼问："多少钱？"

费鹰懒得再查价格，也不认为她会真买，张口胡诌："六千。"

姜阑说："帮我包起来吧。"

费鹰这会儿是真的想笑了。

姜阑问："怎么付款？"她环顾一下周围，没看到收银和POS系统机，也不知道这些牌子晚上闭店之后要怎么挂账和对库存。

费鹰拿出手机，把自己的微信二维码打开，继续胡说八道："今天上展的限量联名款都暂时不能卖。你先加我微信，等能卖的时候我给你发专属的小程序码，然后你可以直接下单。"

姜阑没想到一个小小的本土品牌，数字化程度居然能这么先进。她想到唐灵章负责的VIA品牌微信小程序开发项目，不由得心生感慨。总部对中国的数字营销环境和中国互联网平台对零售品牌的影响了解太浅薄，VIA中国团队想要做任何数字化创新，进程都慢如龟速。

唐灵章不止一次地抱怨："我的精力和才华都被浪费在没完没了地给总部人民扫盲了！"

姜阑又何尝不是。

费鹰看着姜阑。

姜阑思索了两秒，捏着手机，手指滑了两下屏幕，对向费鹰的手机，完成扫码。

005 逗

姜阑用来扫码的手机是她的工作手机，微信是她的工作微信。

姜阑的工作微信里有很多各大品牌的销售顾问，基本都是她每次出去巡店的时候在别的品牌店里以顾客的身份加的。这种方法非常便于她了解各家品牌的上新节奏和门店活动，比等内部汇总的每月竞品报告要即时有效得多。她的微信里不光有上海的销售顾问，还有很多出差的时候加的国内重点城市的当地销售顾问。平常工作间隙，她会有规律地刷一刷工作微信的朋友圈，看看各大奢侈品牌在中国的直营门店里又有什么新动作。

姜阑在工作中是个非常有条理的人，她给所有工作微信里的销售顾问都统一做了标签分组。

扫码添加费鹰的微信后，姜阑也顺手给他打了标签：Sales（销售）。

这是她头一回添加奢侈品牌之外的销售顾问的微信，她有些好奇这些本土街头品牌在零售管理和零售服务方面的职业化程度，想看一看这些品牌的销售员工是怎么做日常顾客关系维护的。

到目前为止，姜阑在今天这个展上的一切行为都是为了工作。在奢侈品年轻化和街头化不可逆的大趋势下，她需要快速学习并了解过去没有涉猎过的行业知识。

姜阑看了一眼手机上的时间，已经不早了，她对费鹰说："好的，谢谢。"

第一章

然后转身走了。

姜阑走后三十秒，费鹰的脖子被郭望腾从后面勾住了。

"干吗呢在这儿？帮我卖衣服呢？毁了我几单生意啊？"郭望腾笑着问，他主持完那个青年文化讨论环节，一回来就看见他这兄弟已经睡醒了，正在和一个从头到脚都精致得不像话的女人加微信。

费鹰说："你这生意还用我毁？"

郭望腾说："刚才那谁啊？普通顾客？"见费鹰点头，他奇怪道，"普通顾客你加人微信？看人家漂亮？你什么时候变成这种人了？"

费鹰说："滚。"

郭望腾锲而不舍："那为什么啊？啊？"

费鹰看了一眼姜阑的背影，忍着笑说："就觉得这人挺逗的。"

姜阑这辈子都没被人评价过"逗"，姜阑这辈子也想不到会有人觉得她挺"逗"的。

根本不知道自己成功地"逗"到了别人的姜阑去找郑茉莉道别。郑茉莉还不能这么快就走，她得一直待到当天闭展。

郑茉莉问："觉得好玩吗？以后类似的活动还叫你吗？"

姜阑言不由衷："还行。以后还有你就叫我，我有空就来。"

当晚到家，姜阑洗过澡，回到卧室，

她把手机从床头柜上捞过来。她想做一些睡前阅读和学习。打开外网，她开始搜索关于街头文化和街头服饰的相关内容。

看了不到一刻钟，姜阑的眼皮就开始打架。疲劳只是一方面，那些对她而言实在是提不起太大兴趣的内容才是高效催眠剂。

关灯后，姜阑对今天的经历略作回忆，灰色卫衣和白色T恤的一角，还有露出的那一截腰腹在黑夜里浮现。

如果所有街牌的销售都像今天的那个人一样有这么好看的腰腹肌肉，那么她还是愿意定期去逛一逛这些店的。

周一下午是每周必开的业绩会议。

自从VIA被SLASH集团收购后，曾经的月会就变成了周会，美资上市集团无法忍受意大利家族办公室在过去对生意额追踪的怠慢。

陈其睿坐在VIA中国区一把手的位子上，更是要给总部交业绩的。每个职业经理人在目前的阶段都有自己更进一步的野心，陈其睿的野心不容忽视也无须遮掩，大家都认为他想要SLASH集团中国区一把手的位子，而这个位子还从未给过任何一个中国人。

开会时，陈其睿先发话了："上周零售是怎么回事？"

所有人都看向朱小纹。

朱小纹是VIA中国区的Head of Retail Management（零售业务总监），手里管着全国的零售团队和培训团队。她从业二十多年，自己就是从奢侈品门店一线销售一路做上来的，陈其睿此前一直都很信任她的业务能力。但是上周的业绩太惨了，在时装周品牌声量如此高的情况下，全国的同比业绩居然还能进一步下滑。

面对陈其睿的发话，朱小纹面不改色："那我就说一下情况吧。也需要其他相关部门给到相应的支持。"

她的声音不疾不徐。

隔着会议桌，姜阑和何亚天目光相对，彼此心照不宣。

但凡零售碰上业绩不好的时候，惯用的推卸法宝有两个：一是挑战商品部给的货不行，二是挑战市场部带的客流不够。

THE GLAMOUR

朱小纹继续说:"先说配饰部分吧,手袋的几个 top sellers(热销款)一直断货。商品部这边给到调整后的 product assortment(商品组合)和竞品相比太没有竞争力了,店里卖不动。再说成衣,秋冬厚外套都是现在好卖的,往年店里早就收到货了,今年到现在我们还在卖早秋的薄款,客单价起不来,生意必然受影响。"

VIA 虽然是做高级时装起家的,但 70%-80% 的生意额贡献都来自配饰,其中手袋更是大头。中国奢侈品市场的其他品牌大抵都是如此。手袋生命周期长,更容易作为身份和财力的标识,对于顾客转化的价格门槛与成衣相比也相对低一些(一个愿意花 2 万元购买手袋的顾客未必愿意花 2 万元购买一件成衣)。成衣的顾客则更注重季节性、流行性和剪裁款式,能买得起应季奢侈品成衣的顾客只会选择她喜欢的,而她喜欢什么又实在太主观,会受太多因素影响。

陈其睿看向何亚天:"Chris?"

何亚天早就已经准备好了说辞:"RTW(成衣)现在没到店是因为货迟迟没到大仓,商品部没有办法。"说完,他看向物流负责人 David。

David 说:"这一季动物皮草和稀有皮革很多,都卡在海关。我们在尽力 push(推动),但海关的做事风格大家都懂。还是要问问当初 buyers 买货为什么要买这么多难清关的货。"

球又踢回了何亚天这边。

何亚天看回陈其睿:"Neal,去年秋冬零售一直反馈要厚皮草,要高单价的成衣,不然同比增长做不动,这你知道。我们买货的时候也是做了这方面的考虑。Selina 如果今年接受不了到货时间,那我希望她以后不要再提这一类的需求了。"

Selina 是朱小纹的英文名。

何亚天和朱小纹之间的关系一向微妙,何亚天看不上朱小纹为了达成业绩目标的各种手段,但同时他的部门在日常工作中又总被朱小纹和她的人用业绩压力卡着脖子。何亚天不爱低头,然而在陈其睿的领导下,他必须在某些时候做出妥协,比如刚刚过去的这趟时装周出差,为了满足零售一线的需求,何亚天和他的买手团队带了上海和北京的两家旗舰店经理一起去纽约挑货。但这不代表何亚天愿意在内部管理层会议上当众对朱小纹让步。

朱小纹没有立刻反击,很沉着地看着何亚天。

陈其睿问何亚天:"手袋是什么情况?"

何亚天说:"哪家品牌的手袋 top sellers 没有断货的情况?说商品这边调整后的 product assortment(商品组合)没有竞争力,太主观。我建议还是回归数据,客观分析目前的情况。"

再大的奢侈品牌也属于零售行业。零售行业看销售数据,什么时候都是先看客流量、转化率、客单价和客单件这几个关键零售指标。

陈其睿让零售运营分析的人把各店周报明细表打开,投到大屏幕上。

上周各店客流量和去年同期相比全面大涨,这也是为什么朱小纹今天没有在一开始选择挑战姜阑。在客流上涨的前提下,就算转化率和客单价持平,总业绩也该是涨的。可上周转化率和客单价都在往下掉,朱小纹挑战何亚天货品的点又都被何亚天反弹回来了,她需要再找一个解释。

朱小纹说:"手袋的 top sellers 一直断货,但是 Marketing(市场部)那边的推广露出还是集中在这几只上,很多顾客到店直接点单却又买不到,这些都是无效 traffic(客流),而且还会拉低我们店里的 CR(转化率)。"

陈其睿看向姜阑:"你怎么说?"

姜阑当然可以像何亚天那样把球直接踢回去,她能解释的理由也有很多,但她选择不踢。

她对陈其睿和朱小纹说:"我来调整一下 Marketing 这边的工作。接下去在媒体和明星、KOL(时尚博主)端我们会集中主推目前全国门店货量较深的几款手袋,看看是否能对店里短期的生意起到一些帮助。从长期来看,我们还是需要顾及品牌的长远策略,品牌传播不能只是为短平快的销售表现服务。"

  姜阑知道陈其睿的脑子很清楚。

  他在开会一开始就问零售是怎么回事,是因为他很清楚零售团队目前的近况,他这是要当众敲打朱小纹。但VIA目前的零售生意没有朱小纹不行,陈其睿还需要给朱小纹找一个台阶下。

  高自尊的何亚天不愿意给这个台阶,那总得有人给。这个人不可能是陈其睿本人,那就只能是姜阑。

  对于在管理层会议上对另一个平行部门做出让步,姜阑并不觉得自己没面子。只要老板陈其睿的脑子清楚,姜阑就无所谓什么面子不面子。

BOLDNESS ★ WUWEI

第 2 章

Hi

THE GLAMOUR

006 Hi

　　业绩的话题告一段落，接下来是 VIA 在上海某家购物中心的门店续租一事。
　　这家店虽然不是旗舰店，却一直是 VIA 在中国内地单店利润和坪效最高的店，是品牌方决不能丢的一家店。
　　这家购物中心是港资的业主，最近刚刚经历高层换血，新来的地区大老板对招商租赁部门提出了很高的要求，要重新看场内品牌组合，希望整体性提升购物中心的年轻感和潮流感，对于一楼的国际奢侈品牌，则要在续租时重点评估品牌将来三到五年的市场影响力和业绩体量。
　　VIA 这家店还有半年到期，BD（渠道拓展）的负责人孔行超压力很大。业主方提出要涨 5% 的保底租金，分成扣点也要往上增调 1 个点。别说陈其睿这种强硬的性格不肯轻易接受新的商业条款，就算 VIA 答应续租条件，业主方还要求品牌在商品层面承诺每季都会供应独家货品、在市场层面承诺每半年都会举办高规格的市场活动。
　　孔行超提出需要朱小纹、何亚天以及姜阑一起前往该购物中心与业主方的新管理层进行面对面商谈。
　　陈其睿点了头。
　　周会结束后，姜阑叫来手下负责 Retail Marketing（零售营销）的张格飞，请她准备一份简单材料，包括该店过去三年的主要零售数据趋势、过往门店活动概览和对应业绩表现、购物中心业主方的场内场外营销活动等。面对坐拥客流优势的高端购物中心，业主方是绝对的强势甲方，姜阑需要摆正位置，拿出乙方心态看待这次会议。
　　张格飞说："这些内容零售那边肯定也会准备的。"
　　姜阑说："看的角度能一样吗？"
　　张格飞说："好的，我去弄。"
　　姜阑刚出差回来，一直在忙，张格飞还没来得及找她汇报自己最近的工作情况。趁这个机会，张格飞见缝插针地说："今年秋冬新品 trunk show（品牌在门店内举办的小规模当季新品时装秀）的全国场次和计划都已经做好了，阑姐，你什么时候有空了我们可以过一下细节。"
　　姜阑说："这一类活动你已经很熟了，这次由你全权负责，细节我可以不用看了。"

　　去谈续租的会议定在周四一大早。
　　业主方的办公地点就在商场背后的写字楼。姜阑在楼下办理访客登记的时候，遇上了朱小纹。两人打过招呼，又一起过闸机等电梯。

第二章

朱小纹和姜阑的关系客观来看算不上好，但比起朱小纹和何亚天的关系，那还是好太多了。

早高峰无论是哪栋写字楼里的电梯都很慢。

朱小纹貌似随意地问姜阑："吃早饭了吗？"

姜阑说："吃了。你呢？"

朱小纹摇头："一大早就和几个大区开会，天天在追业绩，顾不上吃。"

姜阑说："你们是辛苦。"

朱小纹说："Julia下周一离职。华东区的事情短期之内你们有问题直接找我。"

Julia是朱小纹的一员大将，负责整个华东区的零售业务，上个月提出辞职，小道消息是去某个比VIA平均客单价高50%的品牌。

其实最近朱小纹部门里的重点人员流动不止这一个，在这之前还有两个大区经理前后脚走。大区经理走，下面的区域经理和城市/店经理也会受影响，上上下下的稳定性都是问题。零售的人心一旦涣散，再凝聚起来就需要花费时间和额外的精力。

这就是VIA最近业绩一路下滑的原因，也是陈其睿在周会上敲打朱小纹的原因。陈其睿认为朱小纹的领导力出现了很大的问题。

姜阑说："好。"

朱小纹沉默了一会儿，又说："Julia下面一个店经理之前走，HR（人力资源）说行业里找人速度太慢，问我接不接受大牌化妆品的候选人。"

她能对姜阑开口吐槽，说明两人的关系比之前又稍好了点。

朱小纹继续说："我说那就看看。然后就送来了个男孩子，人看着很聪明，做销售管理也有经验，Julia就给出了offer（录用通知）。结果入职第一天，晚上闭店后盘点盘到凌晨三点半都盘不齐，当场哭得稀里哗啦地闹着要辞职。后来被我狠狠训了一顿，再不敢在店里哭了。"

这太有画面感，姜阑笑了。

奢侈品门店的零售管理是份非常挑战的工作，别看都是大牌，都在商场做生意，但让管一个专柜的人转来管一家大店，不崩溃一下也不合理。

朱小纹微微叹气："目前店里带队的就是这样的，你说业绩怎么搞？周一开会说的那些话，我也是没办法。"

姜阑说："我理解。"

朱小纹看她一眼："你聪明。Neal器重你也合情理。"

姜阑说："Neal对每个人都公平。"

和业主开完会已经快十二点了。出了会议室，孔行超招呼着说："快饭点了，咱们把饭吃了再回公司吧。下面商场五楼最近刚开了一家希腊菜，很不错。"

朱小纹说："好。"

何亚天说："我还有个会，就先走了。"

孔行超问姜阑："你呢？"

姜阑说："Chris没时间吃，我们吃完打包给他带回去。"

三个人坐电梯下行到写字楼的二楼，穿过连廊走到对面商场。商场里面的样子距离姜阑上次来又有了一些明显的变化。从二楼往上，几乎每层楼都有一些即将入驻的新品牌打了围挡在装修。

孔行超边走边说："现在这些年轻人喜欢的牌子连我都认不全。业主招商那边的人嗅觉真敏锐。"

想要吸引年轻消费者的不止是品牌方，商业地产也要吸引年轻客流。再也没有比直接招年轻人青睐的品牌入驻商场更有效的办法了。

吃午饭的时候，孔行超和朱小纹聊到了VIA要在今年试水电商的事情。

THE GLAMOUR

两个人都是老零售人了，在中国内地的品牌零售管理和商业地产方面是最资深的那一批职业经理人，但是对数字化生意的新渠道却非常陌生。

孔行超说："我是没办法想象奢侈品生意在线上要怎么做。"

奢侈品的价格不光是靠品牌的高溢价和一定程度上的稀缺性，更要靠线下实体门店能够带给顾客的精致服务和体验加成，对鞋服品类尤其如此。奢侈品开辟电商渠道，服务和体验怎么由线上完成？之前平台方派团队从杭州来上海拜访的事情大家都听说了，陈其睿目前不光在考虑开通品牌官网的购物功能，还在考虑以旗舰店形式进驻平台的奢品中心，顾客打开手机购物APP就能轻易购买、无忧退换货……孔行超简直没办法想象。

朱小纹一样很难想象："这个世界变得太快了。"她扭头问姜阑："你觉得呢？"

姜阑说："是很快。"

世界变得太快，很难说是好还是坏，但是姜阑一点都不想被这个变化很快的世界抛在后面。

吃完饭，姜阑给何亚天打包了一份色拉。

孔行超带两个人走出餐厅，一路沿着商场内的手扶梯从五楼往下走，边走边给朱小纹和姜阑指看场内新开的一些品牌。

有一个姜阑此前从来没见过的品牌，装修围挡极其特别，没有任何画面，只有通体的黑。更特别的是，这个品牌占据了二楼和三楼垂直连通的两个铺位。

她问孔行超："那是什么牌子？业主居然同意这样打围挡？不上任何画面都可以？"

孔行超说："据说是个中国本土的街头品牌。他们怎么和业主方谈的我就不知道了。现在的商业玩法太多太新，目的都是为了吸引注意力。你看，你这不就被吸引了？"

下到二楼，姜阑的注意力仍然被这个奇特的品牌吸引着。紧接着，她的目光一顿，停在了站在这家新店围挡外面的一个男人身上，脚步也随之一顿。

"姜阑？"朱小纹叫她。姜阑在工作中从来都不使用任何英文名。可以叫她姜阑，也可以叫她Lan。

姜阑说："你们先走。我一会儿自己回公司。"

BOLDNESS将在寸土寸金的上海中心商圈落位，开出最大的一家线下概念店。

费鹰站在商场二楼往下看，他的背后是品牌概念店的纯黑色施工围挡。

和他站在一起的还有BOLDNESS的运营总监孙朮。孙朮跟了费鹰十二年，从最开始做衣服的时候在广州、中山一带跑工厂，到BOLDNESS正式在深圳创立，到在淘宝开店，到进驻天猫开旗舰店，到成为圈内首屈一指的本土街头品牌，再到这两年扩大渠道，开始试水线下零售生意。

孙朮是跟着中国互联网经济的崛起而一路成长起来的品牌人和商业人，怎么做品牌线下的零售生意对他来说相当陌生，这两年摸爬滚打，跌跌撞撞，吃了不少亏，也得到了不小的成长。实体零售和电商比起来实在是太难搞了，孙朮每天都会遇到新的挑战，还好BOLDNESS至今才开出三家店，不然这事真能要了他的命。

这会儿他随着费鹰的目光一起往下看，那些门店外墙上的艺术橱窗和硕大灯箱看起来奢华光鲜。孙朮说："费鹰，你说咱们什么时候能把店开到下面那些牌子旁边？"

下面是这座购物中心的一楼，全是国际一线奢侈品牌的精品店。

费鹰没笑他白日做梦，只说："走着看看。"

孙朮说："行呗。那我进去干活了。这边没什么问题你也别在这儿耽搁了，去忙投资那边的事吧。"

费鹰确实很忙，这些年来一直很忙。

上周壹应资本刚刚换了办公地点，新搬去的写字楼据说是浦西目前物业管理水平最高的。今天下午投资团队有个小型的内部乔迁聚会，他得过去一趟。

费鹰转过身，看见三米开外站着一个女人。她的穿着比上次更精致了，他甚至还能

第二章

回忆起她身上那股非常高级的香味。
　　费鹰又有些想笑了。
　　"Hi。"
　　他主动开口打了个招呼。
　　姜阑看着这个男人。
　　他的两只手揣在裤兜里，穿得比上次更加简单随意：一件黑T和一条黑色运动裤，还有一双黑色球鞋。仍然是从头到脚的Label-less。
　　他此时站在那一面巨幅的纯黑围挡前，看起来有那么一点酷。
　　姜阑向前走了几步，说："你好。"
　　然后她说："你一直没有给我发专属小程序购物码。你们品牌的顾客服务不是很好。"

007　送给你

　　费鹰这次是实实在在地忍不住笑了。
　　他轻轻咳了一声，止住笑意，然后回应："你也没再给我发微信问那件T恤啊。我觉得你并不是真的喜欢那衣服。"
　　姜阑就没听过这种服务逻辑。她在高端时尚零售行业里待得太久了，一个销售员工对顾客给出的承诺代表着他身后的品牌，他没有兑现给顾客的承诺，伤害的是这个品牌在顾客心中的形象。这是不被允许的。
　　还有，从什么时候开始，销售不再主动跟进顾客，反而要让顾客自己跟进销售了？
　　姜阑微微皱眉，说："我以为我那天的购买意愿已经表达得足够清楚了。"
　　费鹰觉得这事简直太有意思了。
　　怎么他还真就被当成郭望腾品牌的员工了，他觉得郭望腾真得给他付上半天的工资——要按费鹰每小时创造的价值来算。
　　还有，这个女人的执着劲也太逗了。
　　费鹰忍不住想继续逗她，又开始胡诌："那件现在已经卖完了，没货了。永远不会再补货了。"
　　姜阑觉得这个品牌的零售培训做得实在是不行。如何站在顾客角度看待问题并有效解决客户投诉应该是每一个零售从业人员必备的基本职业素养。
　　她很干脆地问道："那么你要怎么弥补我？"
　　费鹰笑出了声，看着她："你要能说出来品牌的名字，我就想办法弥补你。我们的衣服只卖给真正喜欢它的人。"
　　姜阑一时语塞。
　　她不单不记得那个品牌的名字，更不记得那天在展上看到的任何一个品牌的名字。姜阑很忙。如果不是今天在这里偶遇费鹰，她已经忘了那件T恤和这个有着好看腰腹肌肉线条的男销售。
　　如果说姜阑在某些方面真的很执着，那么费鹰在某些方面就真的很纯粹。
　　费鹰看得出来姜阑不了解街头文化和街头品牌，也能看得出来姜阑对这些并没有真正的兴趣。他觉得人没必要为自己没兴趣的东西浪费资源，不论这个资源是时间、精力、才华、生命，还是金钱。
　　这时候，姜阑的手机开始振动。
　　她看了一眼来电，并没有接这个电话。她真的很忙，没有富裕的精力在这里浪费，

033

THE GLAMOUR

也没有足够的时间在这里进行达不到她诉求的对话。

但是这个男人微笑的样子有点帅气，姜阑忍不住多看了他两秒，然后言简意赅地结束对话："行，再见。"

转身下楼时，姜阑重新拿起手机拨出刚才没接的那个电话。在等对方接通之前，她小小地走了个神。她不知道，刚才吸引她留住脚步并且回应那个"Hi"的，究竟是那件没买到的T恤，还是那个男人的脸，又或者是他的身体。

她想知道，雌性人类身为哺乳纲灵长目动物的一种，是不是也有定时的发情期。

上一次是"好的，谢谢"，这一次是"行，再见"。

费鹰目送姜阑转身下楼，然后再次忍不住笑了。他把手机从裤兜里摸出来，打开微信，在联系人里翻了半天，找出这个把他逗笑了好几次的女人。他点开她的头像，她的朋友圈一片空白。

这时候有微信消息进来，是基金那边的管理合伙人陆晟。

陆晟："你人在哪儿？上海路况复杂，我还是派人去接你吧。"

费鹰："不用。"

陆晟："那你自己开车一定要注意安全。"

费鹰："行，别唠叨了。"

陆晟加入壹应资本之前在另一家著名的外资风投的中国本地化基金工作，专注消费和消费出海方向，在行业分析和中早期投资领域拥有非常深足的经验。壹应近几年投的一些很成功的本土消费品牌，大多出自陆晟的手笔。

费鹰不是做金融出身的，但是他长达十多年的实业创业经验、天生对新商业机会的嗅觉敏锐度以及极其强悍的对外募资能力，都是陆晟十分佩服的。之前BOLDNESS总部在深圳，壹应资本总部在上海，费鹰一直两头跑。现在BOLDNESS要在上海开概念店，费鹰对品牌的长远发展有下一步的规划，他决定彻底搬来上海，陆晟非常支持他的这个决定。

费鹰很了解陆晟，陆晟给他发微信，是在催他。

他把手机揣回兜里，和孙术打了个招呼，然后坐商场电梯下地库去取车。车是胡烈的那辆改装过的斯巴鲁，不贵，但费鹰开着爽快。

他来上海，没让陆晟给他安排司机。他喜欢在自己开车的时候看街头，这种感觉和坐在后面不一样，他愿意为了这个感觉牺牲有限的时间和精力。

在写字楼停车场倒车入库时，费鹰接了个电话。

来电人是杨南。当然圈内的人不叫他杨南，他更为熟知的名字是B-boy San（B-boy：男地板舞者）。杨南十几年前创立的Win-X是中国北边街舞圈里极具影响力的Breaking dance crew（地板舞团队），在中国本土街头文化史上有举足轻重的地位。

杨南在电话那头说："赞助费收到了，代表兄弟们感谢你。你什么时候来北京啊？咱们是不是也好久没见了？"

费鹰说："这个电话就多余。"

杨南"哈哈"笑了两声："你这笔钱打得也多余。你没见这两年各种嘻哈类的综艺层出不穷，那些明星再带头一吆喝，全国青少年都在跟着赶时髦。现如今主动找上门来给我们比赛商业赞助的各种品牌多了去了。"

费鹰说："那挺好。"

杨南说："你钱要是实在没地方花，就去帮老丁他们一把，一群玩涂鸦的writer（涂鸦写手）已经从街头沦落到要去画廊卖艺了。我这儿用不着。"

费鹰说："老丁自己现在天天嚷嚷着要搞钱，在做可再生墙纸，在搞新式喷漆。"

杨南简直笑得要窒息了："把人逼成什么样了啊。"

费鹰也笑了两下。

杨南说不差钱，那就是说给费鹰听的。

第二章

费鹰这群认识了十几年的街头圈内的朋友,只要现在还在圈内,只要现在还没往外走商业路线,哪一个是真混好了的?

当然杨南过得还算可以。上回费鹰在北京和杨南吃饭,吃完饭杨南的太太来接他,直接开了一辆奔驰。

杨南一边穿外套一边说:"你看我媳妇儿多能干,车是她自己赚钱买的。"

要说这话里面没有自嘲的意味,那也不客观。杨南当时的那句话费鹰压根就接不上,实在不知道该怎么回。

杨南不止一次地建议费鹰尽早找个老婆成个家,费鹰也不止一次地说等不忙了再说。

这话他已经说了十年,从二十二岁说到三十二岁,杨南就不相信费鹰能有不忙的那一天。

十几年过去,费鹰其实早就不是当年十几岁的费鹰了,但在杨南这儿,费鹰一直没什么变化。每次见面只要喝点酒,beat(音乐节拍)一放,费鹰两个八拍之内必定下地。B-boy 的热血很难被磨灭,就和小时候大家一起疯玩没什么差别。

杨南经常说:"你怎么就没变?"

费鹰否认:"你看这腹肌,早就不如当年了,怎么就没变?"

挂了电话,费鹰熄火下车。

停车场有写字楼物业安排的礼宾,一切都很体面,一切都很高级。

费鹰在大堂等陆晟派人下楼接他。

这栋楼是这个超级商业综合体的写字楼的三期,还有另外两栋写字楼在它的侧面。在写字楼群的另一边,是三栋连廊购物中心。在购物中心的背面,是一栋国际奢华品牌的五星级商务酒店。在酒店的旁边,是一栋高端酒店式公寓。

等人时,费鹰看了一眼墙壁上的液晶指引屏。这栋楼里除了壹应资本,还有另外七家投资公司,国内国外的都有。除了这些,还有三家国际奢侈品牌公司将办公室设在这里。费鹰回忆了一下陆晟之前报给他的办公室租金,心想这也难怪。

楼内楼外,有衣着光鲜亮丽的男女进进出出,看着这些人,费鹰不由得想起了那个精致得不像话却又逗得要命的女人。他笑了笑。

姜阑加班到九点才离开公司,到家后,她就收到了闺密童吟的微信:

"阑阑,你私人微信一直没回我,你们品牌今年的亲友内购会什么时候办啊?求邀请函。我能否一次性拥有三十张呢?"

姜阑有点累,没劲问童吟要三十张内购会邀请函是要干什么,她把工作手机往沙发上一扔,给自己倒了杯酒。

但是童吟今晚的话很多,一条一条地继续发,微信提示音连续在响。姜阑无奈,心想谁家的闺密也没她家的活泼闹腾,只得又把手机拿起来。

可她错怪童吟了,后面这几条微信根本就不是童吟发的。

F:"推荐一个品牌。"

"如果想尝试有街头基因的服饰,这家的风格会比较适合你。"

"看不懂的地方可以问我。"

姜阑看着这个微信名和微信头像,几秒钟后才反应过来这是谁。

她手动复制他发来的那个链接,打开手机浏览器输入,没多久,跳出一个品牌的全英文官网,品牌名是由五个数字和六个字母组成的三个单词,姜阑完全没听过,也从来没见过。

她慢慢地划着屏幕,一一浏览。

这是一个女装品牌,准确地说,这是一个只做女装的奢华街头品牌。成衣、配饰、鞋履,应有尽有,价格从 200 美金到 8000 美金不等。除了姜阑刻板印象中的那些中性风的街头服饰单品,这个牌子居然还做了西装外套、连衣裙、皮质高跟鞋。

THE GLAMOUR

姜阑觉得自己的认知边界被这一个链接直接拓宽了八千米。
微信又弹出新消息。
F:"想要了解街头文化,最好的方式是从自己感兴趣的东西入手。"
姜阑足足思考了三分钟,然后才回:"OK,谢谢。"
她退出微信界面,回到网站,想要选购几件单品。这个品牌确实是她会发自内心选择的风格。
但是点来点去,每个她看中的商品的状态都是 SOLD OUT(售罄)。
又弹出新微信。
F:"它家的东西很难买,基本上线都是秒罄。你如果喜欢,我这里有它家的两条项链。"
姜阑看到这里才恍然大悟。这个男人主业销售,副业代购?这是在收工之后给她推销他有渠道帮忙代购的海外品牌?靠顾客的代购费赚点外快?
她还没来得及回复"不用了",新的微信消息又进入了她的手机。
F:"送给你。"
"算作我对你的弥补。"

008 　胆

这两条项链的价值已经远远超出对一个普通客户投诉的正常弥补标准。姜阑略微思索后,退出当前聊天框,打开和童吟的对话。
姜阑:"一个男人只见过一个女人两面就给她送首饰,首饰价格约等于他一个月的薪水,请问这是什么意思?"
童吟:"这个女人是谁?你吗?阑阑,你终于有时间分给男人了吗?话说我能不能一次性拥有三十张邀请函呢?"
姜阑:"能。回答问题。"
童吟:"喜欢她,想追她,想睡她,你觉得你这情况符合上述哪一个?"
姜阑:"我问问。"
童吟本来已经躺在床上了,看到这一条直接惊坐而起,迅速打字:"我的阑!你真是接触男人接触得太少了!别问!"
但是姜阑切换聊天对象的动作更快。
姜阑:"喜欢我,想追我,想睡我,你是哪种情况?"
等了五分钟,对面都没有回复,姜阑切回和童吟的对话。
姜阑:"都不是。"
童吟简直要疯了。
大约一刻钟后,姜阑的微信又响了。
F:"你希望我是哪种情况?"

费鹰捏着手机,手机界面是他和胡烈的微信对话。
找胡烈,是因为胡烈是他所有的兄弟里看起来最懂女人的那一个。已婚男人不会乱起哄,不会胡说八道。
费鹰:"你给建议一下我该怎么回复。"
胡烈:"你这才来上海几天?你终于有时间考虑自己的事了?对面是谁?"

第二章

费鹰:"一个特逗的女人。"
胡烈:"你符合哪种情况你自己不清楚？你来问我？"
费鹰:"这女人真的特别逗。你不知道有多逗，我一和她说话就想笑。"
胡烈:"我看你符合上述所有情况。你等我帮你问问该怎么回。"
过了十秒钟，胡烈:"渺渺建议你把主动权交给女方。"
胡烈的太太陈渺渺是一个厉害得不行的女人，全方位的。费鹰认为来自她的建议肯定靠谱。
费鹰:"行，谢了。"
落地窗外的上海夜景非常漂亮。
在临时租住的酒店式公寓里，费鹰盘腿坐在窗边地板上。他刚刚洗完澡，发梢还是湿的。他穿了条运动短裤，上身光着，左腰处有个简单的英文刺青：BOLDNESS。
城市的夜光照进窗户，BOLDNESS下面还有一个中文若隐若现：胆。
费鹰是个有胆的人。如果不是这样的性格，他走不到今天。陆晟一直说他的嗅觉敏锐，费鹰也知道自己敏锐，他对自己本能性的反应尤其敏锐——他平常就不是一个没事爱笑的人。
费鹰年纪不小了，这个年纪背后的多元经历可以让他在面对某些事的时候很复杂委婉，也可以让他在面对某些事的时候很简单直接。
费鹰手指动了动，在对话框里敲出一行字："你希望我是哪种情况？"

这头，姜阑和童吟的对话就没断过。
童吟:"这个男人是谁？最近没听你提起过呀。多大年纪？做什么工作的？"
"话说那两条项链有多贵？他一个月的薪水有多少？"
童吟的性格相对来说比较现实，她正在一段长期恋爱关系中，看待两性问题的角度和姜阑很不同。姜阑想了想，很快回复："看上去比我小。做零售门店销售的。哦，还有个副业是代购。薪水目测应该是行业平均水准。"
童吟十分惊讶:"他不介意你比他年纪大还比他赚得多很多？"
"面对你这样条件的女人还能毫无心理压力的男人可不多呢。这个男人可以说是相当自信了。敬佩。"
姜阑:"他根本不知道我的具体情况，自信也很正常。"
不管怎样，姜阑能因为一个才见过两次面的男人来咨询她，这件事情本身就已经让童吟足够意外了。
"请问这个男人有什么过人之处？"
姜阑:"脸有点帅。腰腹肌肉的线条让人过目难忘。"
童吟:"秒懂。"
童吟真的是秒懂。姜阑是做什么行业的，这么多年来见过多少各种国籍各种长相各种身材的男明星和男模特，尤其是男模特——穿衣服的不穿衣服的她见得多了。能让姜阑觉得脸有点帅，那必须是真的帅。能让姜阑过目难忘的腰腹肌肉，那简直无法想象是有多么过目难忘。
童吟:"你见色起意。"
姜阑没否认。面对闺密没什么可装的，她直面自己的本能："嗯，看见的时候有点想摸。"
童吟:"项链都要送给你了，腹肌不可能不愿意给你摸。"
姜阑半天没有回复。
童吟:"你有什么顾虑？"
姜阑:"没精力应付复杂的事情和复杂的关系。"
童吟很明白她的意思。姜阑没时间和男人谈恋爱，也不擅长和男人谈恋爱。当然时间如果一定要挤还是可以挤出来的，她的核心问题是不擅长。人对自己不擅长的事情通

037

THE GLAMOUR

常都会嫌复杂。像姜阑这样的性格，更不可能拿她宝贵的时间和精力去换复杂的难题。
　　童吟："你在精神层面和经济层面需要男人吗？"
　　姜阑："并没有这个需求。"
　　童吟："你在身体层面需要男人吗？"
　　姜阑："你说呢？"
　　童吟："这不就行了。"
　　一切不走心不涉财的事情，再复杂也不会复杂到哪里去。
　　童吟又回："在过去的十年里，你在生活中认识的像这样长得有点帅且腹肌还令人过目难忘的直男有几个？"
　　姜阑的工作和社交圈里男人不算少，但直男是真少，符合上述条件的直男简直微乎其微。
　　姜阑："OK。"

　　到了很晚的时候，费鹰终于收到了来自姜阑的回复。她并没有直接回答他的问题，她说："你明天在店里是什么班？"
　　费鹰一下就被逗乐了。他十分配合："我明天轮休。"
　　姜阑："那么晚上我请你吃饭，补上差价。"
　　费鹰看着这句话。两条项链也说不上多贵重，这女人还想着要补差价，还能不能更逗了？但他并没有多废话："可以，我去接你。时间地址？"
　　姜阑回了个七点，并且给他发了一个详细的地址。
　　费鹰一看，觉得陆晟搬办公室这事简直办得太漂亮了。

　　次日又是一个周五，姜阑早上一到公司，温艺就来找她说事。
　　自打签了徐鞍安之后，温艺就没有一天觉得不闹心的。纽约拍摄上周结束，总部创意部门在今天一早发来了视频的 A Copy（剪辑第一版），温艺照例转给丁硕让他确认艺人部分的剪辑，丁硕反馈了一堆这儿那儿的问题，纠结的点全是徐鞍安在视频里的角度看起来够不够美。
　　"美"这个事实在是太主观了，更别说这中间还隔着比太平洋还要宽的中西方审美差异。想让美国人和意大利人按照中国人对女明星的"美"的标准来输出创意，那是绝对做不到的。
　　但是丁硕这次绝不妥协，他说徐鞍安最近有一套剧中造型被吐槽得太厉害，对她进行各种人身攻击的都有，他还指望着 VIA 这次新广告片的拍摄打个舆情翻身仗。
　　温艺问："阑姐你说这事怎么弄？"
　　姜阑说："知道了。"
　　温艺说："那行。"她走之前，又忍不住开口吐槽网友，"不嫩不瘦不少女就不美，徐鞍安小朋友现在肯定已经气死了。"
　　姜阑抬眼："到底什么造型？我看看。"
　　温艺摸出手机，去微博找出照片，然后递给姜阑看。
　　姜阑还没看清楚照片，就被温艺手机屏幕上弹出的一条微信消息掠走了注意力。
　　那条消息来自业内的一个猎头，姜阑正好也认识。
　　那人给温艺发："亲爱的，上次和你沟通的那个职位你确定愿意看，对吗？我帮你把简历今天发给我客户哦？"

　　中午吃过饭，姜阑直接坐电梯去 VIA 后台部门所在的楼层。
　　HR 那边负责 TA（人才招聘）团队的余黎明看见姜阑，眉头一跳，问："姜阑，你找我？"
　　姜阑往他办公桌前一坐，直截了当："HLL 是你们目前在用的猎头公司对吗？"

第二章

余黎明说:"是。怎么?"

姜阑说:"你的乙方,在给别的品牌,挖我的人。你们是怎么管理乙方的?你必须给我一个说法。"

余黎明当然也很吃惊:"不可能吧,这也太不专业了。"

姜阑盯着他。

余黎明从来不和姜阑正面杠,强势冷漠的姜阑他不可能杠得赢。他说:"行,这事我调查,我给你一个说法。"

姜阑站起来:"这事稍后我会发邮件出来,给 Neal。"

从余黎明那儿离开后,姜阑笔直左转,去负责 C&B(薪酬福利)的林别桦那里。

姜阑说:"Echo,在忙?"

林别桦看见是姜阑,笑着说:"有什么事你说。"

姜阑问:"今年原定 10 月份的调薪,还正常进行吗?"

林别桦说:"Neal 对今年薪资支出的目标收得很紧,10 月份这次调薪大概率要砍。老板和总部还在做最后的商量。"

姜阑说:"行,我知道了。谢谢。"

姜阑给 Vivian 打内线:"老板什么时候有空?"

Vivian 说:"下周一下午四点十五还有一个十五分钟的空当,你要吗?"

姜阑说:"要。"

温艺非常能干,姜阑损失不起,替换温艺的各种成本都会很高。HLL 的行为固然令人生气,但姜阑知道,今天就算没有 HLL,还会有别的猎头,猎头多得是。

温艺居然会把简历发给猎头,这是姜阑从来没有想过的事情。

姜阑一直觉得,员工想走,大的动机无非两个:一是顶头上司让人干得不爽,二是钱真的没给够。

姜阑自问还算是个 OK 的上司。如果温艺想走是因为钱,那么姜阑不可能等到看见温艺的辞职信时才和她谈钱,那就太晚了。

晚上七点,姜阑的工作微信准时收到消息提示。

F:"我在楼下。银色 SUBARU,车牌沪×××××。"

姜阑这一天的心情不算很好,她甚至有点想取消这个不知道算不算约会的约会。她看了一会儿这条微信,然后草草地补了个妆,拿上手袋走出办公室。

车很好认。

驾驶室这边的窗户全开,男人的侧脸在秋天半黑的夜色中比上一次见面的时候显得更帅了。

男人转头,也看见了她,然后笑了。

一见这张脸和这个笑容,姜阑的心情好像忽然就没有那么不好了。

费鹰下车给姜阑打开副驾驶的门。

姜阑说:"谢谢。"

然后她坐进去,把手袋随手放在脚下。

费鹰关门,绕回去,上车,再关门,然而他并没有立刻系上安全带。短短几十秒间,车里已经充盈着那股高级的香味。费鹰感觉他实在是需要一点时间适应一下这个浓度的她的气味。

这辆斯巴鲁的底盘有点低,车座也压得有点低,费鹰之前不觉得,但现在看见姜阑的腿和裙子,他突然就明白了为什么胡烈在没结婚之前最喜欢开这辆车。

费鹰抬手揉了一下自己的左耳,听见姜阑在一旁问:"我还不知道,你叫什么名字?"

费鹰回答:"费鹰。"

姜阑一直没有收回她的目光。男人今天穿的和前两次差不多,他的胳膊纹丝不动地搭在方向盘上,不知道在想什么。

THE GLAMOUR

她问:"英雄的英?"
然后她听见男人说:"苍鹰的鹰。"

009   Hungry for Battle（渴望战斗）

费鹰没有问姜阑叫什么名字。他加她微信的时候就知道了,她的微信名写得很清楚:姜阑 Lan。

费鹰也没有问姜阑是做什么的。她上班的写字楼,她和他偶遇的商场,她连续三次身上穿戴的同一个品牌,很清楚。

今晚这顿饭是姜阑请。

费鹰把胳膊从方向盘上放下来,系上安全带,发动车:"去哪儿?"

姜阑说了个某路某弄。

费鹰"哦"了一声,居然没用手机导航,直接说:"那就走了。"

他一脚油门踩下去,引擎的轰震感让姜阑踩着高跟鞋的脚跟微微发麻。

姜阑从没听过这种引擎声,当然她也根本不了解改装车。

事实上姜阑连副驾驶都很少坐。她出门只坐商务车,后排,车窗紧闭,车内空调的温度可以让她一年四季都光腿穿连衣裙。

不像现在,费鹰没关车窗,也没开车内空调。上海九月秋天的夜晚凉风不燥,从大敞的车窗外张扬肆意地扑上姜阑的脸,将她精致有型的长发毫不温柔地扫起。

姜阑微微眯眼,她已经很久没有这样闻过车风的味道。

"冷吗?"

费鹰在下一个路口转弯的时候看了她一眼。

姜阑摇头,目光望向街边。

她很少在坐车的时候这样看街头,绝大多数坐车的时候,她都在处理工作信息或是闭眼休息。

周五晚,车多,车水马龙的路边,有个十几岁的少年踩着滑板飞驰而过,酷劲十足。这个年纪正是反叛不羁的时候。

姜阑觉得真危险,费鹰倒是看得饶有兴致:"真年轻。"

姜阑看他一眼,他这语气好像长辈一样,可他明明看起来也很年轻。但她就这么一想,并没开口问他。

餐厅是姜阑今天一早订的。

一家人均 2000 人民币左右的 fine dining（高级餐厅）,主厨是德国人,餐厅的 tasting menu（品尝套餐）每个季度都会更换,wine pairing（佐餐酒单）的酒选得既有特色又不失稳妥,服务生和侍酒师都很有分寸,是个用餐很节省脑力和可以放松的地方。

姜阑订这家餐厅没什么特别的想法,单纯就是算了一下要补的"差价",想一顿饭把和钱相关的事先解决了。

这家餐厅营业规模不大,私密性很好,地理位置也不在任何商业区或是商场内,目标顾客群同样不大。

费鹰一路没开导航,好像并不是第一回去的样子。本来姜阑觉得像这样的餐厅不像是费鹰这种收入的人平常会光顾的地方,但他对路太熟了,她不由得多想了一下。

多想了一下的姜阑问费鹰:"你的代购生意好做吗?"

第二章

当时车停在一个红灯路口，费鹰像是有点没听明白她在说什么："嗯？"

姜阑提醒："就是你帮顾客代购海外的品牌商品，像之前你推给我的那个品牌。"

费鹰先是沉默了一下，然后姜阑看见男人的嘴角扬起，十分快乐地笑了。他侧过头看她，笑得双眼黑亮，他的模样又更帅了一点。

红灯转黄又转绿，费鹰右脚松开刹车："还行，能吃饱饭。"

快开到餐厅时，费鹰减了点车速，问："你喜欢这家餐厅？"

姜阑没什么喜不喜欢，她只是觉得这家省事："还行。"

但被费鹰这么一问，她不由得又想了想。她似乎从来没有非常喜欢过一家餐厅，她的生活方式一直十分自律、十分标准、十分高效，也十分无聊。

姜阑看了看身边的男人。他松松握着方向盘的手长得很好，他的每一块骨头和肌肉在她眼里都长得很好。

约这个只见过两次面的男人出来，是姜阑自律、标准、高效的人生里头一次不那么无聊的生活方式。

车窗仍然开着，晚风仍然在吹，车外的街头仍然有形形色色的年轻人的身影。

在这一刻，姜阑突然不想去这家"还行"的餐厅吃饭了。

姜阑问："想不想换家餐厅？"

费鹰很随意："都行。"

姜阑说："你有喜欢的餐厅吗？"

费鹰一笑。他没问姜阑为什么改变主意，就问了一句："我来决定？"

姜阑"嗯"了一声。

费鹰没废话，打了一把方向盘，斯巴鲁原地掉头。他加了一脚油门，在引擎轰震声中说："那我带你吃点儿家常菜去。"

车停稳时，姜阑抬头看了一眼店牌。

746HW。

这家店她略有耳闻，但这根本不是家餐厅，这是上海近两年非常火的一家Hiphop（嘻哈）风格的夜店，很多当红的rapper（说唱歌手）都来过这里。

姜阑从没进过这种地方。

费鹰松开安全带，和她说："到了。"

姜阑莫名其妙："家常菜？这里？"

费鹰笑道："嗯。"

姜阑一动不动："我的风格和这里不太搭。"

费鹰说："你是什么风格？这儿是什么风格？"

姜阑看着他。

费鹰和她对视了两秒，然后直接开门下车，绕过来，把姜阑这边的门打开："年轻人口中的酷，可以包容和他们不一样的人一同站在属于他们的街头上。"

姜阑微愣。

费鹰说："下车吧。"

746HW的营业时间是每周四到周日的晚九点到次日凌晨五点半，这会儿还没到营业时间，店也没开门。

费鹰在门口的密码锁上按了几下，门直接开了。他带着姜阑走进去。

姜阑匪夷所思："你和这家店很熟？"

费鹰说："这里的主厨是我朋友。"

一家Hiphop风格夜店的主厨？姜阑觉得非常扯，但她居然就这么跟着他继续往里走，穿过吸烟区、吧台、舞池、DJ台。

昏红的霓虹灯亮着，四处一片安静，还没开门的夜店正熟睡着。

THE GLAMOUR

走到头，费鹰推开一面墙。

再进去，里面竟然别有洞天。这里是一间极简风的纯黑色会客厅，面积大约五十平米，挑高约三米半，厅内所有的软装都有一股现代艺术感。而这里的配色和风格，让姜阑不由自主地联想到了那天在购物中心看到的那家纯黑色围挡的街牌新店。

费鹰给姜阑拿了一瓶气泡水，对她说："你坐会儿，我去找主厨点菜。"

王涉在办公室里坐等着费鹰。费鹰一进门他就在监控上看见了，费鹰居然还带了一个女人来，这真的是新鲜事。

等了半天，费鹰终于来了。

一进门费鹰就说："老王，做饭去。"

王涉简直想骂人："你滚远点行不行？你作为这里的大股东，平常管过生意没有？你今天来干什么？店还没开门。还有那个跟你一起进来的女人，你什么情况？你们什么关系？"

费鹰说："你这儿生意都好成这样了，店都红成这样了，还要我管什么？快做饭去，饿了。"

王涉骂骂咧咧，王涉不情不愿，王涉站起来到后厨去了。

王涉是 746HW 的老板。

王涉和费鹰认识得早，十几年前王涉在 Hiphop 圈内还是个默默无闻的小 DJ 时就和费鹰认识了。后来王涉在国内 Hiphop DJ 圈里变成了 OG（元老）大佬，想搞个自己的 DJ 厂牌，还想开店，但是钱不够，当时是费鹰掏的。这两年嘻哈类综艺节目层出不穷，王涉被其中的一档综艺邀请做节目现场 DJ，一下火了，连带 746HW 也一夜爆红。

现在 746HW 每晚的入场券卖 200 块，开门营业的每个晚上都爆满。圈子里现在走到地上来的那些知名 rapper 到上海的时候也都要来王涉这儿坐一坐，偶尔碰上过生日的，王涉还会给人把生日会办上，完了再一发微博，立刻又能涨一批粉。当然王涉也不忘本，DJ 圈的事他没少操心张罗，746HW 每周都会留一个晚上给还没出头的新人 DJ 露脸。

但这些都不是费鹰关心的。这么多年来，王涉在费鹰这儿就一个优点：王涉爱吃，王涉做饭好吃。

746HW 作为一个 Hiphop 风夜店，居然聘请了几个厨子开了全城外卖生意，外卖菜单是王涉搞出来的。费鹰说王涉是主厨，这话其实不算骗人。

费鹰跟到后厨，指点王涉："少放点盐和油。"

王涉忍着没骂人，和费鹰说："你今天来得真巧，店里现在每周都留一个晚上搞点特别的嘻哈文化活动，今天晚上是 dance battle（斗舞）。你来都来了，一起玩玩？"

费鹰怀疑："你这是见我来了现编的吧？"

王涉怒了："你进门没看见墙上贴的海报？"

费鹰说："你做快点儿，完了让人把饭端我那儿去。谢了。"

这间纯黑简约风的会客厅是王涉给费鹰专门留的。费鹰在上海和国外来的品牌谈联名合作的时候，会把人直接带来 746HW。这里可以很直观地让人看到街头文化，尤其是嘻哈文化在目前中国年轻人群体中的商业化程度。

费鹰从来不反对文化被商业化。世界上没有任何一种文化的推广是不依托商业的，街头文化也不例外。

但是现在进入这个领域的人多了，什么沾边不沾边的牌子和商业模式都要贴个"潮流""街头"的标签，有时候未免会让人看不见真正流淌着街头基因的那些品牌。

王涉是文化商业化的得益者，但文化商业化这事又让王涉觉得烦。

上次费鹰过来，王涉没少和他吐槽。街头的很多东西最早都是穷孩子玩起来的，结果现在变成了新贵，圈子里面的人还一个看不上一个，之前有个某某某在微博上 diss（诋毁）746HW，说"场地不够 Hiphop"，可真把王涉气笑了。王涉问费鹰："你说说什么样

第二章

的场地才足够 Hiphop，啊？"

费鹰回来时，手里拎了一瓶日本的米酿。
他把酒放在姜阑面前："一会儿配饭。我开车不喝，你尝一点儿。"
然后他把身上的外套脱了，搭在沙发扶手上。他在姜阑的九十度侧面坐下，姜阑可以很清楚地看见他的锁骨。姜阑的目光滑下来，看见他腰间因为脱衣服的动作而掀起来的一角T恤。她说："我很少喝这种酒。"

吃过饭，时间正好九点半。
费鹰问姜阑："想出去玩儿吗？"
姜阑刚刚吃了一碗卤肉饭，喝了三杯酒。
她的体脂率常年保持在19%，每天的饮食结构很严格，总热量摄入不超过1400卡，蛋白、碳水、脂肪控制在5:3:2。但她今晚吃了一碗卤肉饭，喝了三杯酒，味道超棒，毫不无聊。
喝了酒的姜阑问："玩什么？"
费鹰说："我带你玩儿。"
那扇厚重的墙门被重新推开，外面的声浪铺天盖地地泄进来。姜阑如被热浪扑额，后退了半步。费鹰站在她身后，他的体温蒸着她。
这些音乐和律动，曾经代表着激烈的进攻，暴力的反抗，尖锐的表达。
就在这一刻，姜阑想起了纽约，想起了徐鞍安和她喜欢的 Quashy R.，想起了非洲裔女 rapper 那首歌词很棒的作品。
女人的性欲，和女人如何主宰自己的欲望。不知是不是因为酒的缘故，姜阑微微出了汗。

十点整，今晚的 dance battle 开始。
舞池被清出一片区域，MC（主持人）到位，DJ 到位，现场气氛被烘托到了另一个高度。Locking（锁舞），Hiphop，Popping（震感舞），最后是 Breaking（地板舞）。
Cypher（接力），最消耗体力和比拼耐力的斗舞形式。
年轻男孩们下地后的各种 powermove（地板回旋动作），场边人群的喝彩，MC 的声音被麦克风和音箱放大后侵入姜阑的耳中。
这很热血。
费鹰的声音在姜阑耳边响起："Breaking，hungry for battle 的舞种。"
声音不高，可这句话太有力量。
姜阑的耳根有些发麻，说："你要给我的弥补在哪里？"
费鹰回到会客厅，走到沙发旁，从他脱下的外套口袋里摸出一只盒子。他转身，姜阑已经站在他的身后。
姜阑说："能换成别的东西吗？"
费鹰点头："你想换什么？"
姜阑上前一步，说："你靠近一点，我告诉你。"
费鹰把头低下。
顷刻之间，他的呼吸被姜阑身上的香味所覆盖。
她咬住他的耳垂，说："让我摸摸。"
这并非一句请求。
费鹰的声音哑了："姜阑。"
他叫她。
他说："你太香了。"

THE GLAMOUR

010 体 面

　　如果不是有胡烈之前那一句"渺渺建议你把主动权交给女方"，费鹰现在不可能还维持着这个姿势不动。

　　姜阑的长发柔软地搔着他的脸部和颈部，她身上的味道撩动他大脑的中枢神经。费鹰用所剩不多的理智将自己的双手背到腰后。

　　他短暂的沉默给了姜阑误会的余地。

　　姜阑稍稍退后几厘米："当然，我是个体面人。我从不强迫人。"

　　她的语气很认真，也很正经，不像是喝了酒。

　　然而在说这话的同时，体面人姜阑抬起右手，隔着衣服按上了费鹰的腰。

　　纯棉布料下面的热度熨烫着她的掌心，肌肉的质感好到令她想要叹息。她隔着衣服轻轻抚摸男人的肉体。

　　费鹰感到他的心脏在造血，有大量的血液被泵去他身体的某一处。他克制不了身体的原始反应，背在腰后的双手握成了拳。

　　然后费鹰听到体面人姜阑又凑近他的耳边说："我轻轻摸。你别动。"

　　下一秒，她用手指撩起他的 T 恤下摆，手轻轻滑进去，从腰侧到腹部，再到腰侧，她反反复复、没完没了地摸他力量强大的核心肌肉群。

　　喝了酒的姜阑说："我已经想摸你很久了。"

　　费鹰的血在热，皮肤表面被热血蒸出了一层薄汗。他的声音比之前还要哑："摸够了没有？"

　　姜阑的指尖停留在他的腹肌处，问："你的体脂率是多少？"不等他作出反应，她又说，"6%还是8%？男人维持低体脂真是好容易……"

　　费鹰啼笑皆非。他的血温缓缓降下来。

　　姜阑的下巴压在费鹰的肩窝处，她的脑袋实在是有些沉。

　　费鹰扭头看了一眼桌上那瓶日本米酿。

　　她察觉到他的动作："我没有醉，16度的酒我不可能醉。"没醉的体面人姜阑动了动脑袋，"我只是稍微有些头晕。我摸够了。我需要醒一醒大脑。"

　　姜阑抽出手，一把推开费鹰，转身屈膝，在沙发上坐下。她抬手按了按额角，指尖还残存着男人的体温。

　　她将手放下，捻了捻指尖，然后撩起眼皮看了一眼费鹰："你不要担心。酒后乱性在我这里不存在。以及，我们才刚刚认识，我不清楚你的私生活，也不清楚你是否健康、有没有传染病，所以今晚不会发生什么。"

　　她又补充了一句："谢谢你的弥补。"

　　这逻辑非常清晰，无懈可击，而且非常酷。

　　费鹰又笑了。

　　王涉从DJ台下来时，看见一个人坐在卡座里的费鹰。

　　他三两步走过去，让店里的男孩子上两瓶酒，又嘱咐后厨上几盘卤味和炸物。

　　费鹰看见他了："你怎么不继续？"

　　王涉纳闷："我就凑着battle（斗舞）的热闹玩一下，刚刚不都battle完了吗？你走神走到哪儿去了？"

　　费鹰"哦"了一声。

第二章

王涉问："怎么就你在这里？和你一起来的那位呢？"

费鹰说："她在里面休息。"

王涉继续纳闷："啊？"

费鹰说："她晕这个环境。"

王涉忍不住了："不是，我说，你今天带了个什么人来？看着不像咱们圈里的啊。"

何止不像他们这个圈子里的，看那打扮和气质还有样貌，简直就像是横穿地心另一头的圈子里的。

王涉认识费鹰太久了。像费鹰这样的，从十几岁到二十几岁再到三十几岁，就没有不招女人喜欢的时候。费鹰做生意和搞投资的那个圈子王涉不熟，但街头圈里有多少女孩（虽然圈内女孩并不多）喜欢费鹰，那王涉可真是太清楚了。

但这么多年王涉没见费鹰和一个女人走得这么近过，别的不提，他就没见过费鹰像眼下这样笑过。

费鹰笑道："一个特逗的人。"

酒上桌时，费鹰不喝："我一会儿还要开车。"

卤味和炸物上桌时，费鹰不吃："从今往后你给我多备点儿高蛋白、低脂低盐的东西。"

王涉简直无语："你这是什么情况？"

费鹰说："想追人。"

王涉不懂追人和控脂增肌有什么必然关联，但他懒得再问。他看着刚刚结束 battle 的舞池和那圈还没散开的年轻人，有点感叹："现在跳舞的大环境好多了啊。"

今晚 dance battle，费鹰没一起玩，王涉一点不意外。王涉之前让费鹰一起玩玩也就是那么一说，他知道费鹰已经很多年不在公开场合下地了。

年少不羁时，B-boy（跳地板舞）是热血和炸，battle 是好勇斗狠的战场，想表现，要发泄。你身后站着一整个 crew（团队）的兄弟，轮到你上，你就绝不能有输的念头，你代表着什么，你就要为它而战斗。

费鹰也曾经有过那样的时光，但随着年岁渐长，费鹰已经不需要通过下地来 battle，他每天都在无人所见处 battle，和自己，在看不见的战场。

那个战场叫理想。

如果有人问一万个 B-boy，B-boy 意味着什么，那他可能会得到一万个答案。

对费鹰而言，B-boy 是不懈战斗的一生精神。

三十二岁的费鹰早就不像十六岁时那么棱角分明，叛逆不羁，他现在对外的状态很随和，不熟悉他的人根本想不到他曾经是个 B-boy。如今的费鹰也就是和像杨南这样的老友在一起时，才会很放松地下地玩一玩，但那和 battle 已毫无关系。

王涉说现在跳舞的大环境好多了。

费鹰同意王涉的话："再过三周，就青奥会了。你不知道，杨南到现在都不能坦然接受 Breaking 入奥的事儿。"

去年传出 Breaking 将作为比赛项目列入 2018 年的阿根廷布宜诺斯艾利斯青奥会的消息时，整个街舞圈上下哗然。

列入青奥会，是为了给正式入奥试水。如果不出意外，Breaking 会在六年后正式亮相法国巴黎奥运会，作为体育舞蹈的比赛项目之一。

这个世界变得太快。

人人都想要拉拢年轻人，人人都想要接近年轻人。连奥运组委会都在为观看比赛的人群平均年龄过长而头疼，不得不做出调整，加入现如今最受年轻人喜欢的内容以吸引年轻观众。除了 Breaking，还有滑板、冲浪这两个和街头文化息息相关的项目也在此次青奥会的比赛项目中。

很多圈内人都很难接受。Breaking 是 street dance（街舞）的根，是艺术，是表达，是精神，是自由，怎么能作为竞技体育被打分，被标准化？

THE GLAMOUR

　　王涉不是街舞圈的人，但觉得这是好事。他和费鹰聊，费鹰也认可。长远来看，Breaking 一旦入奥，国内资本就会进到这个领域，一旦有了资本，B-boy 今后的平台和发展的可能性都会比现在好太多。

　　很多人不屑资本，但王涉敢说，街头圈内没人比费鹰更有资格评价资本的利与弊。

　　这么多年，费鹰拿从投资那边搞来的钱帮扶了多少圈内的人和项目。费鹰从来不把文化推广四个字挂在嘴边，但要让王涉说圈内对本土街头文化的推广，没有谁比费鹰做得更实实在在。费鹰用着资本的力量，养着他最纯粹的理想。

　　王涉有点不放心，他实在是看不出来那个晕环境的女人有任何一点理解费鹰理想的可能性。

　　王涉说："作为兄弟，我还是得建议你找对象找一个懂你的，别被一时激情迷了头。"

　　费鹰很干脆："我很清楚。"

　　凌晨一点左右，姜阑重新坐进那辆斯巴鲁的副驾驶。

　　费鹰问："送你回家？"

　　姜阑"嗯"了一声，报了个地址。

　　她现在非常清醒，一点都不头晕。但如果让她在车内狭窄的空间里转头正眼看一看费鹰，那她觉得自己可能还是会再次上头。

　　半夜的月亮很黄，也很柔。

　　费鹰没发动车，把胳膊搭在方向盘上，稍作沉默，然后说："我本来今晚也没有想要和你发生什么。"

　　费鹰自认为也算是个体面人。体面人想要追求女人的时候，要顾及自己最基本的声誉和在对方心中的形象。

　　姜阑看也没看他："哦。"

　　费鹰不知道她这是信了还是没信。

　　姜阑打手袋翻了翻，说："我从公司走的时候忘带纸巾了。你车里有纸巾吗？"她其实也不是很需要纸巾，她只是想换个话题。

　　费鹰说："我找找。"

　　车是胡烈的，费鹰这才开了没几天，对车里到底有些什么并不是很熟悉。

　　他侧身，伸长胳膊打开副驾驶那边的手套箱，里面的东西很杂很乱，他只能翻了又翻。正在费鹰准备说"抱歉没有"时，一个小扁盒顺着手套箱的边缘滚出来，落在姜阑的腿上。

　　这是一盒三只装的避孕套。

　　一时间两个人都有点沉默。

　　姜阑把它从腿上拿起来，看了一眼，然后重新放回手套箱。

　　费鹰解释："这车是我朋友的。"

　　姜阑说："哦。"

　　费鹰顿时觉得这句解释苍白无力得连他自己都觉得假。

　　姜阑住的地方距离她工作的写字楼大约两公里，是一个不大但很高级的小区。

　　在姜阑下车之后，费鹰又把那盒避孕套从手套箱里拿出来，看了看。

　　大半夜的，他忽然很想骂人。

　　FIERCETech 最近在做核心产品的主要功能迭代，胡烈跟着开发和技术那边开会加班到很晚，他没想到这个点还能收到费鹰的微信。

　　费鹰："已经快过期了。你还行不行了？"

第 3 章

Original

THE GLAMOUR

011 Original （原创）

进家门后，姜阑给童吟发了一条微信："男人令人上头。"

上头到什么地步？

姜阑睡前洗澡，之后很快就睡了。她这一觉睡到快中午，姜阑醒来，手机里有好几条童吟给她的回复。

童吟："男人让人上头的地方多了去了。"

"为了给不给家里阿姨涨薪的事和我吵架吵到半夜，吵完居然还收拾行李离家出走回他爸妈家去了，我就很迷惑。"

"听了是不是也很令人上头？"

童吟和她男朋友的婚期定在明年初。她已经多次想要悔婚，但还没有实际行动。姜阑看着童吟的微信，试着想象了一下自己进入一段长期感情关系会是什么情景，然后她摇了摇头。

很难想象。

激情太容易了，关系太困难了。

姜阑的工作和职业已经十分挑战，她只想在生活里享受一些容易的轻松。

阳光顺着窗帘缝漏进来，姜阑在床上躺了一会儿，回忆了一下昨晚。

她转身把工作手机从床头柜上捞过来，在看邮件之前先看了看微信，里面并没有来自费鹰的新消息。

费鹰是被孙术的一个电话叫醒的。

孙术说："你怎么不回微信？"

费鹰说："哦，睡得晚。怎么了？"

孙术说："郭望腾正在微博上和人吵架，吵得特别凶。"

郭望腾的脾气费鹰是知道的，他没有太惊讶，圈子里的这点事吵得再凶也没几个流量。

费鹰还没来得及回应，孙术的声音已经急起来了："都吵到 BOLDNESS 官微来了。"

费鹰皱了皱眉，从床上坐起来，一边打开免提切微博，一边问："为了什么事儿？"

孙术说："Usss 抄了咱们三年前的一件衣服。"

Usss 是这两年挺火的一个年轻潮牌。国内的潮流时尚类媒体但凡要写"国潮崛起"的内容，都少不了提到 Usss。Usss 前不久刚刚获得了某家产业投资机构的青睐，最近风头正盛。

第三章

今天这事的导火索是 Usss 最新发的一篇新闻稿。Usss 在发布 2018 秋冬系列产品型录的同时，宣布即将推出一个全新的子品牌，并声称该子品牌是一个"沿袭 Usss 纯正街头风格的专注于年轻人的街头品牌"，有好几家头部潮流媒体都发了这篇稿。

郭望腾一大早看见，根本不能忍，直接用自己微博大号转发了其中一家媒体发的稿，并配了文字："真是一大早就给爷整笑了。敢说自己是'街头品牌'，还是'纯正'的，不知道 Usss 主理人的脸是有多大？"

都是圈子里有名有脸的人，郭望腾的这条微博获得了不少圈内人的围观，评论区的画风一开始比较整齐：

"腾爷看破不说破，给人家留点面子，哈哈哈哈。"

"早就想吐槽了，国内媒体写几句'国潮崛起'就真的以为自己崛起了，'国潮'这个有中国特色的标签是什么，做品牌的人自己心里没点数吗？"

"Usss 当初起家的黑历史连主理人自己都忘了？拿着日本一堆高价街牌的货打板生产，挂到淘宝用低价冲成爆款，然后贴标号称是国内平替，专骗没钱买正品的穷学生。"

郭望腾就着这一串评论，又连续发了几条微博：

"你和街头沾边吗？你碰过一点街头的元素吗？你主张什么街头精神？根在哪儿？底在哪儿？"

"想捞快钱，做'潮牌'，没人拦。非要腆着脸往街头文化上蹭，就是找骂。"

"'街头品牌'这四个字，真不是随便什么烂牌想叫就叫的。"

这时候，有人在郭望腾的评论区说："腾爷，你看它家最新的型录没有？整得和美式常春藤一样的风格还要号称自己街头，真是笑尿了。"

郭望腾被人提醒就去看了一眼，结果这一看彻底炸了。

Usss 最新发的型录里面有一件 T 恤，黑底反红字，上面印着四个中文方块：雅俗共赏。

别人可能不知道，但是郭望腾不能不知道。这是三年前费鹰找了国内的几个玩涂鸦的年轻人一起画的一系列 T 恤中的一件。当时那个系列没有量产做大货，只打了很少量的样。后来圈子里不管谁去了费鹰那儿只要看到就会顺走一件，时间一长，那批 T 恤早就流落四海，再也不剩了。

郭望腾怒气腾腾地圈着对方品牌官微开喷："@Usss_Official 你这是抄到你爸爸头上来了。"

"@Usss_Official 叫爸爸也不准确，该叫爷爷。"

"@Usss_Official 不是号称自己是街头品牌吗？连国内街头圈里的 OG 品牌 BOLDNESS 的东西都认不出来。给你指条路，@BOLDNESSCHINA 去好好看看你爷爷的纯正中国街头风格。"

"@Usss_Official 做'国潮'的人是不是都眼瞎啊？"

"@Usss_Official 抄袭就是你的'街头精神'。"

"@Usss_Official FAKE（假货）！"

一堆圈内人看热闹不嫌事大地持续拱火，郭望腾一路骂着刷了好几屏。

不到半小时，对面发声了。发声的不是 Usss 的官微，是 Usss 主理人的个人微博。

Usss 的主理人 Tursh 在郭望腾看来还算是"平头正脸"，人很年轻，很阳光，日常穿搭一直走日系城市风，平常在微博上发出来的照片都相当帅气养眼，更是非常会经营粉丝和社群。他的个人微博大约有两百万的粉丝，除了 Usss 的消费者，还有一大批对他的外貌和身材着迷的颜粉。

Tursh 转发了郭望腾一堆微博里面的一条，就是"眼瞎"的那条。

Tursh 转发的时候写：

"在国内做品牌是一件很不容易的事。这些年来面对的冷眼和诽谤数不胜数，大多数情况我都一个人扛下来，不让身边支持我的人为我担心。但我也是人，也会有控制不住情绪的时候。今天不知道又是挡了谁的路，我只想说：骂我可以，但骂艰难走到今天的 Usss 不可以，骂整个国潮圈的人更是不可以。"

049

THE GLAMOUR

不过十分钟的工夫，郭望腾的微博评论区就被攻陷了，然后"战事"持续升级，从 Tursh 的个人粉丝，到 Usss 的消费者，到其他国潮品牌的主理人，再到大面积的国潮消费者，都纷纷拥入郭望腾的微博，加入这片战场。

Usss 怎么就不能是街头品牌？街头品牌是你一个人定义的吗？

Usss 怎么就抄袭了？你说抄袭就抄袭？汉字成语是 BOLDNESS 发明的？就 BOLDNESS 能用别人都不能用？

做国潮的怎么就眼瞎了？你凭什么看不起中国品牌？你才眼瞎你全家眼瞎！

在攻陷完郭望腾的个人微博后，Tursh 的粉丝又顺着郭望腾的指路微博拥入 BOLDNESS 的官微，开始新一轮的评论区刷屏和转发辱骂。

BOLDNESS 这么多年都很低调，团队从来没见过这种阵仗，什么社交媒体舆情，什么品牌公关传播，就没人知道是什么。

孙术直接傻眼了。

费鹰把情况全部搞明白也是费劲。他给郭望腾打电话："我看到了。"

郭望腾一方面觉得自己这事压根没错，可另一方面又觉得对不起兄弟："我也没想到能闹成这样。"

费鹰说："嗯。下次收着点儿脾气，有事儿先商量。"

郭望腾不甘心："Tursh 那孙子不就是仗着自己的粉丝多吗？我和你说费鹰，你要是搞一个微博，天天发点照片，穿衣服不穿衣服的都行，再把你这些年在街头圈的丰功伟绩宣传宣传，多接受几家潮流媒体的专访，录几条纪录片啊什么的，就搞那种特酷特大佬的气质，你看你的粉丝是不是那孙子的好几倍。"

费鹰对这种胡说八道的抵抗力很强："行了，这事儿你就冷处理吧。"

郭望腾继续道："你这脸，你这身材，你这经历，你别浪费行不行啊？"

费鹰说："再扯我就挂了。"

郭望腾那边突然没声了。

费鹰纳闷，郭望腾不是这么经不起威慑的性格。

费鹰叫道："老郭？"

郭望腾说："哎，这怎么回事儿？你们官微下面怎么又来了一大批人？"

就在打这个电话的工夫，这场微博掐架又起了变化，并进一步扩大了所牵扯的圈层。

先是一个刚刚上过街舞综艺节目的舞者发了一张自拍，配文："@BOLDNESSCHINA 三年前的这件 T 恤我现在还在穿。"

自拍里，她穿着一件黑底反红字的 T 恤，T 恤上印着中文涂鸦"雅俗共赏"。

过了一会儿，有一个知名舞者转发这条微博："这个系列我也有啊，我的那件是'川流不息'。抄 @BOLDNESSCHINA 的人怎么不抄这件？"

紧接着，又有另一个舞者跟着转发："很多人不知道 @BOLDNESSCHINA 的主理人本人就是 B-boy 吧？BOLDNESS 最开始就是给 breaking crew（地板舞团队）做服饰的。人家从街头出身，做街头品牌，顺理成章。抄它的人是什么出身？认识圈里的几个 OG 啊？说出来我们都听一听。"

舞者们虽然还有综艺的热度，但是粉丝战斗力总是有限，这一轮核心圈内人的强势背书并没有对这场掐架起到扳倒性的作用。

真正将局势彻底颠覆的，是另一条只出现了三十秒就被删了的转发微博——

徐鞍安："Chinese Graffiti is soooooooocooooooool! Love the originality!"

（中文涂鸦超超超超级酷！好爱原创！）

郭望腾根本不认识谁是徐鞍安，也根本想不到发自拍照的那位舞者是徐鞍安最近在北京某舞蹈工作室里练舞的老师。

郭望腾也根本不知道徐鞍安的个人微博不能转发任何 @ 品牌而未付费的微博，那会被平台删除，但这三十秒已经足够徐鞍安的粉丝截屏并迅速扩散。

郭望腾只是看着 Tursh 的粉丝毫无还手之力地被徐鞍安的粉丝按在地上摩擦。谁家的 T 恤是 original，谁家的 T 恤是 fake，这场战事结束得非常利落。

郭望腾看得目瞪口呆。

郭望腾和费鹰说："我觉得咱们都得好好认识和研究一下现在的微博和流量。"

费鹰说："你研究，研究完了告诉孙术。"

郭望腾无语。费鹰说："挂了。"

姜阑在健身房的时候看到了奔明舆情群里的对话。

小小窦语重心长地说："姐姐们周末好呀，徐鞍安又上热搜啦。"

"# 徐鞍安秒删 # 目前话题热度 29，还在上升中，咱们这边持续监测哦。"

"徐鞍安删的微博内容如下。"

在 VIA 的内部聊天群里。

唐灵章："怎么就这么不消停？"

温艺："怎么就这么不消停？"

刘辛辰："怎么就这么不消停？"

温艺："她那条转发的微博里面圈了别的品牌官微，这是个什么牌子？她代言人合同服饰全线排他，这是违约擦边球吧？ @ 姜阑 Lan 阑姐你看这个事怎么处理？我要不要去找丁硕要点赔偿？"

刘辛辰："插播一句，我认识这个牌子，是国内街头品牌的 OG，插播完毕，老板们请继续。"

温艺："OG 是什么意思？"

唐灵章："我猜是 Online Guidance（线上指南）。"

姜阑打开微博，搜了一下 @BOLDNESSCHINA 这个账号，一个全黑的 Icon（图标）出现在它的首页头像处。

五分钟前，该品牌官微刚刚发了一条微博，九张图片，每张图片都是一件 T 恤的线稿，每件 T 恤上都印着一个汉字成语的涂鸦。

配文："BE BOLD & BE ORIGINAL。"

（有胆，有原创。）

012 中 国

BE BOLD。
BE ORIGINAL。

在中国玩街头文化的人都不容易，做街头文化生意的就更不容易。

郭望腾出生成长在北方，二十岁之后去墨西哥玩了七八年街头艺术，回国后到上海开始搞自己的原创街头品牌，然后郭望腾就觉得太难了。

国内是什么环境和风气，费鹰很清楚，他已经适应太多年了，但是郭望腾不行。一开始郭望腾搞不明白国内天天说的这个"国潮"是什么意思，"潮流品牌"究竟应该对标国外的哪个垂直分类。西方的时尚产业和工业体系发展了百来年，欧美说 streetwear（街头服饰），street fashion（街头时尚），hi-street（高街），luxury fashion（奢侈品时尚），lifestyle fashion（生活方式时尚），fast fashion（快时尚），就是没听过"trend-wear（潮流

THE GLAMOUR

服饰）"啊？亚洲过去这半个世纪的街头时尚大国非日本莫属，日本就分得更细了，工装、机能、城市、户外、经典街头，也没见哪个日本牌子叫自己"潮流品牌"啊？后来郭望腾搞了半天终于搞懂了，国内绝大多数所谓的潮牌，就是想借青年亚文化这个热度但是又没有真正的街头基因，于是就统统套进"潮牌"这个大类，因为好赚钱。

然后郭望腾就被这些所谓的潮牌活活逼成了喷子。

放眼看这些年的国内市场，平均每十个国潮品牌里就有六个打板抄袭国外的，两个不抄国外的抄国内，还剩两个可能是因为没人关注所以没被发现。

各类媒体动不动就把潮牌和街牌混为一谈，普通消费者谁能分得清这之间的区别。郭望腾觉得做品牌就得 keep it real（保持真实，忠于自我），不能 fake。你今天要说街头品牌，那文化必须得走在品牌之前，这事绝对不能本末倒置。郭望腾玩了这么多年街头艺术，觉得这不就该是顺理成章的吗？你爱街头文化，所以你做街头品牌，不就该是这样才对吗？

但是国内的大环境是什么，是看当下市场上什么最火最赚钱，几个人或一群人商量着搞这么一个品牌出来，然后再给这个品牌编故事，贴标签，随随便便把"潮牌""街头"往脑门上一顶就出街了。品牌内核是什么，品牌基因是什么，谁又在乎？至于产品设计和开发，怎么省钱怎么快就怎么来，抄袭打板省钱，那就这么搞。99% 买单的消费者根本不管你是不是 fake，只管穿着好不好看，价钱实不实惠。

这就是郭望腾眼中的"国潮"营销的虚伪狂欢。所以今天在微博上的这一通爆发，可以说是郭望腾的积怨已久。

当然郭望腾的这些感受只代表他自己，人和人看问题的角度不一样，感受不一样也很正常。费鹰没郭望腾这么愤怒，也没有郭望腾这么尖锐。

国情和大环境不一样，中国的时尚产业没办法用欧美或日韩的视角来审视。别人的时尚产业发展多少年了，别人的时尚工业化程度是什么样的，别人的大众消费者对文化、艺术和美学的感知标准线又在哪里。你要是这么一对比，很多事情也就没必要那么愤怒和尖锐了。

而实际上，国内的情况也没有郭望腾主观感受的那么糟糕。费鹰见过一些很不错的原创时装品牌，虽然不都是街头这个领域的，但它们的品牌内核和原创性都做得很令人惊艳。像这样的品牌确实也不会对外天天标榜自己是"国潮"。

费鹰在某些事情上的确没有郭望腾这么较真。对于品牌的属性、标签和归类，费鹰觉得不是最要紧的。你被归在哪个分类不重要，你能不能真正走出国门，赢得别人的尊重，赢得世界市场的认可才最重要。如果什么时候这些"国潮"品牌能在纽约、洛杉矶、巴黎、米兰、东京这些城市的最受年轻人青睐的街道上开店并受到当地年轻消费者的追捧，那么"国潮"这个有中国特色的分类又有什么问题？

搞街头品牌这么多年，占据费鹰最多时间精力的是该如何做中国自己的街头时尚。

街头文化的源头是西方，现在世界的主流时尚话语权同样在欧美。中国人想做自己的街头服饰品牌，就得先把西方人那一套东西玩明白了，然后加自己的文化进去，在融合的过程中拥抱创新，才能真正做出属于中国本土的街头时尚。日本就是一个例子。日本曾经用了五十年的时间学习、吸收和迭代美式流行时尚，然后将本土化后的日本街头时尚反向强势输出回美国和其他各国，并且在这个过程中培育出了很多世界闻名的日本街头品牌和高端设计师品牌。中国人要做自己的东西，那就得搞本土的文化融合和原创，不可能永远靠模仿西方，也没有第二条路。

只靠这些还不够。要让品牌走出去，就离不开整个时尚产业的工业水平。中国在这个层面和欧洲、北美、日本的差距都太大。没有成熟的工业体系做支撑，很难只靠喊口号来做中国自己的本土品牌。当然近些年的情况要比早年好多了，而且相对于高奢时尚，街头品牌对材料和工艺的要求并没有那么高，街头品牌卖的是它产品背后的文化内核和精神。这是一个有机会的突破口。

这些事，靠一个费鹰办不到，靠一个 BOLDNESS 也办不到。所以费鹰真的不像郭望腾那么愤怒，他希望中国的品牌创始人和从业者都可以把力气用在该用的地方。

费鹰想让世界看一看，中国人也可以做品牌。

理想很高，路途很远。

要实现这个理想目标，只靠时尚这一条路很难，所以壹应资本自从创立以来就专注于投资中国本土的消费品牌，近些年来壹应领投和跟投的项目包括国内美妆、创新中式茶及酒饮、本土艺术潮玩、中式健康食品等国内创业品牌。陆晟近两年也在重点关注一些有出海潜力的项目，并且花大量时间带着他的团队为这些项目提供高质量的投后支持。

费鹰和他的朋友们就是想让世界看一看，中国人也可以做品牌。

周一早上八点，姜阑和 Petro 有个视频会议。

本来这个电话约在晚八点，但是 Petro 周一一大早就要飞米兰，于是临时要求改早了十二个小时。姜阑原本不想太惯着美国人，但一想到 Petro 愿意牺牲周日晚上的时间来配合中国区的工作，也就接受了这个改期。

这个电话主要是快速对齐几件事。

先是徐鞍安广告片第一版的剪辑问题。周六徐鞍安秒删微博的事情一出，温艺去找丁硕要说法，丁硕终于愿意做出一定的妥协，只是提出有两个非常"不美"的镜头还是得换。姜阑把艺人这边的态度表达清楚，然后表示她和中国团队支持艺人的反馈。Petro 在那头简短考虑了一会儿，或许是想到两人目前要携手共赴同一个 KPI，就接受了这个反馈，表示会内部沟通，让总部创意团队尽快将重剪的内容发回中国这边确认。

然后是明年 CNY（中国农历新年）限量款手袋上市的传播和营销方案。这次 CNY 的产品姜阑之前在何亚天那边看过总部的设计稿。当时何亚天翻了好几个白眼，说这都已经二十年了，欧美时尚界对中国文化的了解还是这么浅薄无知。何亚天从他那条线给总部做了他该做的反馈，他的反馈就是这个太丑，中国区卖不动，总部如果一定要推，那他这边就只肯下很浅的量，他背不起这个"CNY 中国限量款"售罄率的指标。何亚天建议总部"优化设计"，总部说会考虑。

今天这个跨洋电话，Petro 在视频那头举起一只手袋样品给姜阑展示。姜阑无动于衷地看着那只手袋，它和之前的设计稿没有任何差别。这是给中国人的节日做的限量款，然后中国区的商品总监反馈说太丑了，卖不动，结果最终做出来的产品仍然是中国人眼中的丑包。现在，姜阑要作为中国区的市场及传讯总监，对这只丑包做传播和营销端的方案。

姜阑从她这条线对 Petro 做了和何亚天相同的反馈：这个太丑，中国区卖不动。Petro 用他标志性的笑容在视频那头看着姜阑，表示这不可能，中国一定会有消费者为 VIA 的 logo 买单。姜阑说，是吗？你听上去很懂中国消费者。Petro 说，不，我是懂 VIA 在全球的品牌影响力。

话说到这里两个人都停了停。没人想在大清早和大晚上地打着视频电话和对方吵架。

姜阑知道 Petro 左右不了米兰那边的时尚创意部门，所以没有继续为难他。

最后是关于 VIA 品牌官方微信小程序这个项目。

Petro 对唐灵章这边提交的小程序 UIUX（用户界面和用户交互）的设计原型再一次地表示非常不满意。

这已经是唐灵章带着设计公司改的第八稿了。但只要总部不批，总部不满意，中国区这边就没办法进入开发实施。

对美感和调性的评判是比较主观的一件事。然而中国区只能听总部的，中国区在任何涉及品牌形象和品牌调性的事情上都没有任何本地自主权。

Petro 的原话是这样的："The design looks so tacky. I don't think your Chinese agency really understands our brand tonality. I don't know why you insist on working with them."

（这个设计实在是太土气廉价了。我不认为中国的设计公司能够真正了解我们的品牌调性。我也不能理解你为什么一定要坚持继续和他们合作。）

THE GLAMOUR

挂掉电话后，姜阑看向办公桌旁的落地窗。外面朝阳高升，她的样子模糊地照在一尘不染的玻璃上。

这里是中国最现代化和最国际化的一座城市。她坐在这座城市最顶尖的高级写字楼里，脸上的妆容非常精致，身上穿戴的衣裙、鞋履、首饰和腕表加起来是普通人家一辆经济型轿车的价格。她受过非常好的海外高等教育，可以熟练驾驭和不同国籍及文化背景的人共事，她在职场中的表现和成绩无可指摘，她的一切都看起来光鲜亮丽。

外人不会想到她作为一个中国的品牌从业者，在时尚奢侈品行业中，会受到多少来自西方人的傲慢、奚落与歧视。

Petro 对姜阑说中国人的设计方案很 tacky（土气的，庸俗的）。Tacky 这个词，他永远不会对意大利人或法国人使用，无论他们做出来的东西是什么样。

中国没有成熟强大的时尚工业体系，也没有世界主流时尚审美的话语权。中国消费者用令全世界咋舌的奢侈品购买力让所有国际奢侈品牌给予中国市场高度重视，但中国的时尚奢侈品从业者却很难赢得他们发自内心的尊重。

如果不是已经在公司了，姜阑此刻会给自己倒一杯酒喝。

下午 4 点 15 分，姜阑有一个和陈其睿的简短会议，上周五就约好的。她要和陈其睿直接申请给温艺涨薪。

4 点 10 分，Vivian 提前给姜阑打内线："老板前面的会结束了，你随时可以过来。"

正在姜阑准备起身时，她的工作微信收到了新消息。一般情况下她是不会看的，和陈其睿的会议的优先级应该是最高的。

是费鹰发来的一个 PDF 文件。

周末两天都没有任何消息的人在这时候给她发来了微信。姜阑迟疑了一下，点开。

这是一份上海某家高端综合私立医院的性健康科的全面检验报告。项目很全，每一项都是阴性，结论是十分健康。

就诊人的姓名是费鹰。

F："我没有什么特别的意图，只是单纯解答你上次的疑问。希望你不要误会。"

"你这周五晚上有空吗？"

姜阑没回。

她把手机熄屏，站起来走去陈其睿的办公室。

013 酷，不酷

陈其睿刚开完一个会，办公室的门没关。

Vivian 看见姜阑走过来，起身往前走了几步拦住她，很轻声地提醒："刚才那个会，Chris 和 Selina 在老板面前大吵了一架，隔着门都能听见，闹得很难看。"

姜阑不问不该问的，说："我知道了，谢谢。"

陈其睿坐在办公桌后，脸色看不出情绪如何。

姜阑进门说："老板。"

陈其睿示意她坐。

姜阑关上门，走过去坐下，说："Vivian 说你只有十五分钟，所以我简明扼要地说一下。今年十月公司如果不做整体调薪，我这边可能有人留不住。"

陈其睿问："谁？"

第三章

姜阑说:"Cecilia。"

陈其睿说:"你不可能又要预算,又要给你的人涨薪。公司有公司今年的整体利润目标,也不可能给你的部门破例。你的人涨,别人的人不涨,公平吗?"

姜阑说:"我这边情况确实比较特殊。Cecilia 加入 VIA 之前一直在北京的大公关公司工作,整个北京圈子里的时尚媒体编辑、艺人、博主的资源她都非常熟。她要是走,替换她的成本不低,和她有对等圈层资源和行业经验的人也不见得比她便宜。我的想法是同样要花钱,与其从外部找人,不如把这个钱直接给内部员工。"

陈其睿说:"今天你来和我讨论 staff retention(员工留存),你的想法就是靠钱吗?你的 leadership(领导力)在哪里?靠钱留下来的员工的 loyalty(忠诚度)能是什么样的?"

姜阑没说话。

陈其睿又说:"你姜阑今天还留在 VIA 没走,是什么原因?是钱吗?你在外面找不到 package(薪酬)更好的工作吗?"

姜阑还是没说话。

陈其睿问:"你还有什么其他事?"

姜阑说:"没了,那我就先出去了。"

姜阑走出来,Vivian 用眼神询问。姜阑摇了摇头。Vivian 叹了口气,拿起电话叫下一个来开会的人。

路过茶水间时,姜阑看见了何亚天。

她主动叫他:"Chris。"

何亚天在弄咖啡:"怎么,你也听说我和 Selina 吵架了是吗?"

姜阑说:"你应该能想象 Neal 的心情。"

何亚天说:"这话你和 Selina 说去。"

姜阑说:"你们这是殃及池鱼。"

何亚天扯了扯嘴角:"这不能怪我。我真是受够天天面对 Retail 的那一堆破事了。"

姜阑看了一下手表。

何亚天说:"你忙你的吧。哦对了,你们 Cecilia 最近在外面看机会你知道吗?"

姜阑顿了一下,问:"你从哪儿听说的?"

何亚天说:"这个圈子这么小,她最近在聊的那家也是我们楼里的。你的消息应该比我更清楚。"

姜阑回到位子上没多久,温艺就来找她了。

温艺说:"阑姐,明天早上我约了媒体聊一会儿,晚点进公司。"

姜阑很想问,她到底是去和媒体聊还是去别的品牌面试,但是姜阑只是说:"OK。"

温艺走后,张格飞来了。

张格飞给姜阑看这周末要执行的 trunk show 的方案。这一季活动的第一站放在 VIA 正在和香港业主谈续租的那家上海精品店,这是平衡了 BD 和 Retail 两方面的需求做出的决定。

张格飞说:"模特 casting(选角)安排在明天上午,造型师也来,这样 casting 完了可以顺便把 fitting 也一起做掉。店里的布置和活动公司还有 VM(视觉陈列部)一起对好了。Canapé tasting(试餐)周三做。零售那边说有很多 VIP 顾客自己开车来,让餐饮公司不用备那么多香槟。当天要推的所有 looks(造型)今天也和商品那边再三确认过了,都是店里货量深的。店里今天会把重点顾客第一轮 RSVP(出席预约)的结果发过来。"

听起来一切井井有条。

姜阑问:"这场需要我去现场吗?"

张格飞说:"嗯,阑姐你还是来看看吧,毕竟是第一场。"

姜阑说:"OK。"

张格飞走后,唐灵章又来了。

唐灵章上午试图找过姜阑一次,没成功。姜阑每天的各种会议实在是太多了。

055

THE GLAMOUR

这回唐灵章很期待地问:"阑姐,你早上和 Petro 聊得怎么样?方案过了吗?"

姜阑回忆起早上那个令她不太想再次回忆的对话,回答:"还有些地方需要再调整一下,稍后 Petro 的人会整理出来邮件你。"

"啊。"唐灵章很失望,也很无奈,"到底还要改成什么样啊?"

姜阑说:"你辛苦。"

唐灵章走后,姜阑终于有空再次拿起她的工作手机。在这段时间内,她的微信里又多了几条来自费鹰的未读消息。

F:"我问你周五晚上有没有空,只是想约你吃个饭。没有别的意思。"

"如果你没空的话也没关系。"

"周五晚上没空,别的时间呢?"

每条消息中间大概平均间隔十分钟。

姜阑把手机丢回桌上,处理了几封工作邮件,然后心里的烦躁和疲意突然一下子发作起来。从早上七点半抵达公司到现在,她的心情一直不是很好。她现在非常需要找个渠道发泄一下。

姜阑又重新把手机拿起来,划开屏幕,点开微信。

在收到姜阑的回复时,费鹰正在让深圳那边的人尽快把他的车弄到上海来。

本来费鹰这次搬家,车不是最急的大件。他有很多其他对他而言更重要的东西要先运过来,况且他在上海有朋友的车可以先借着对付这一阵子。

但是胡烈太离谱了,胡烈的那辆破车还能继续开吗?

费鹰等了两天,没等来姜阑的任何消息。他觉得继胡烈的破车之后,胡烈的破话也不能继续听信了。他决定要把主动权这东西重新拿回来。

结果发了好几条微信,对面居然一条回复都没有。费鹰看着自己的手机,心里觉得这事实在是太不酷了。

谁看见这几条微信能觉得对面这人是个 cool guy(酷男人)?

酷了三十二年的费鹰没忍住,又去问胡烈:"发微信一直不回复是什么情况?"

胡烈:"工作时间,应该是在开会。"

费鹰:"你以为谁都跟你一样吗?"

这时候有新微信提示跳出来。

姜阑 Lan:"刚才一直在开会。"

"我今晚就有空。如果你方便,七点老地方。"

费鹰顿时觉得胡烈的话或许还能再听一下,胡烈的车也或许还能再开一次。

晚上七点,姜阑准时下楼。

那辆银色的斯巴鲁还是停在上回的车位。车窗半开,男人的侧脸在半黑的夜色中还是像上回一样帅气。

隔着不近的距离,姜阑抬手拨了一下头发,然后走过去。

费鹰还是像上回一样下车来给姜阑开门。姜阑坐上车,等费鹰回到驾驶位,然后转过头看向他。天气不热,他穿着简单的 T 恤,下巴上的胡茬泛着青。

姜阑的指尖突然有些发热。

费鹰问:"你有什么想吃的吗?"

姜阑摇头:"我不饿。"

费鹰看她:"那想去哪儿?"

姜阑说:"你把车开到楼下停车场,找个没人的地方停好。"

姜阑的语气和神态很冷静,很酷。

酷是什么,酷是费鹰这么多年安身立命行走江湖的根本。街头的酷是什么,年轻人的酷是什么,态度的酷是什么,精神的酷是什么,没人能比费鹰更懂更会。

第三章

费鹰说："行。"

B4层的停车场空空荡荡。

车倒入库，停稳，费鹰把手刹很酷地拉起来。

姜阑说："你把车窗关上，车里空调打开。"

她说这话时，身上的香味逐渐变得如同上周五晚上那般浓郁。这气味冲入费鹰的呼吸，激得他的血瞬间就热起来了。

他按她说的做了。做完之后，他转过头："然后呢？"

然后呢？

然后姜阑什么也没有说，直接伸手过来揭起他的T恤。衣料上的温度有些高，衣料下的腹肌太诱人。

她摸上去，指尖的温度立刻与他皮肤的温度相融合。她感觉好像很难再将手拿开。她心里的烦躁沿着她的指尖缓缓释放。车内空间太小，氧气似乎不够，她很深地呼吸了一下。这里面的味道除了她常用的香水，还有男人身上特有的雄性荷尔蒙的气味。

男人的肌肉紧又扎实，姜阑觉得上回那种上头的感觉又来了。她注视着费鹰的侧脸，他的眼角被她的目光烧得有点红。

费鹰没看姜阑是怎样摸他的。他不能看，他很清楚看了之后他就酷不下去了。他感觉得出她的手指沿着他的腹肌线条反复拨弄，对他爱不释手。他不知道她要像这样摸多久，也不知道自己还能酷多久。

忽的，费鹰的肩头一重。

他下意识地转过头来，只一霎，姜阑就含住了他的嘴唇。

她的手攀过他的肩膀，从后面紧紧握住他的脖子。她的力气有些大，他的下巴被她的力量逼得向上抬起。

姜阑用嘴唇蹭了一下他带着青色胡茬的下巴。她的要求很不容人反抗："让我亲亲，可以吗？"

本能越过理智，费鹰抬起胳膊，牢牢锁住姜阑的腰。她的呼吸带着她的香味一层一层地将他缚紧，他几乎有些控制不住手劲。

在这一刻，费鹰想，去他的酷，当然可以。

014 坦 率

姜阑的动作很狠，但她的嘴唇实在是柔软。

她的亲吻太本能，也太撩。费鹰被她从下巴亲到脸又亲回嘴唇。他被她的牙齿轻轻叼住下唇，听见她低声提醒："张嘴。"

他按在姜阑腰后的手掌热度滚烫。

这个亲吻持续了大约两分钟。

姜阑放开费鹰。

费鹰的下巴和脸被她的唇膏蹭得一塌糊涂。姜阑今天用的唇膏是梅子色，和她身上的裙子很配。他现在和她的裙子也很配。

姜阑稍稍喘息，用手背替他擦了擦："不好意思。"

费鹰好像看见她轻轻地笑了一下，但那笑太短暂，费鹰又觉得或许是他的幻觉。

姜阑心里很久没有这么舒服过了，大脑也很久没有这么宽纵过她的行为。她觉得这

THE GLAMOUR

个男人的身体真令人上瘾。

她听见自己说："还能再亲亲吗？"

然后她的腰就被男人有力地往怀里带了一把。

又过了大约两分钟。

费鹰的身上已经全是姜阑的香味，他皮肤表层的热度像在发烧，而她的另一只手仍然钻在他的衣服里面不出来。

姜阑的手早已从费鹰的腹肌摸到别的地方去了。她发现这个男人不仅腰腹的核心肌群了得，他的胸肌和背肌也同样了得，都十分紧和扎实，不太像是健身房里常见的那种类型。

她摸了摸他的左胸："你的心跳怎么这么快？"

费鹰其实很想知道她的心跳是不是也像他一样快，但他对她做不出来类似的举动。他还是非常希望自己在她心里是个体面人。

说到体面，费鹰今晚本不是这么计划的。

虽然现在这样也没有不好，但他今晚真的本不是这么计划的。

费鹰约姜阑，是想带她出去吃顿得体的晚餐，餐后或许可以去哪家氛围很 chill（随意舒适）的 lounge bar（奢华酒廊）坐一坐，这样的约会比较符合她的气质和调性，或许她可以更舒服自在。当她舒服自在的时候，或许他和她可以聊聊天，不管她是想要了解更多的街头文化，还是她想要了解更多的他，他都很愿意和她分享。如果她也愿意分享她的工作和生活，那么他会非常乐意倾听。他喜欢和她说话，每次她都会给他带来未知的趣味和快乐。

但是事情完全不是费鹰所设想的这样。姜阑捏着主动权，她想要的约会根本不是费鹰以为的那种约会。她和他想要的东西，不一样。

费鹰的心跳当然很快。他是个非常正常的男人，三十二岁对于他这样的身体素质来说正是当打的年纪。他被一个自己喜欢的女人压在驾驶位上又亲又摸，他的心跳当然很快。

姜阑居然还问他的心跳怎么这么快。

费鹰看着姜阑。

姜阑对上他的目光，这一刻她突然就明白了他名字里的那个"鹰"字。这目光是如鹰一般的目光。

她瞬间觉得很燥热。

姜阑问："你想去我家吗？"

这个邀请过于直白和赤裸。

费鹰觉得这关系的进度未免太快了。他不是觉得快不好，只是这样的快实在是不正常，这种不正常触动了他敏锐的那根神经。

费鹰为了确认他的直觉，问："去你家做什么？"

姜阑短暂地沉默后，然后笑了。她说："虽然这么说可能会让你感到不被尊重，但我认为还是坦率一些比较好。我很喜欢你的身体，如果你愿意，我想邀请你去我那里做一些在公共场合不能做的事情。但我也只是喜欢你的身体，我希望我们的关系可以尽可能地保持简单。"

费鹰同样短暂地沉默了，然后继续问："如果我拒绝这个邀请，会怎么样？"

姜阑非常坦率："那么我们就没有必要再联系或见面了。"

绝大多数情况下，费鹰做决定都很快，但现在他确实多想了好几秒。

B-boy 费鹰习惯于面对真实的自己和世界，所以他欣赏姜阑的真实和坦率。面对一个目标，他很少轻言放弃，只要他还在战场上。但这次的情况很特别，他根本不被允许站在他所期望的那片战场上。

生意人费鹰这么多年什么坎没走过，他知道人需要权衡利弊，他也熟悉谈判的艺术。

费鹰说："我可以晚几天再回答你吗？"

第三章

姜阑看了他几秒。

绝大多数情况下，姜阑都不会直接妥协，但这个男人在她眼里实在是有点帅，也有点性感。她的确不希望他直接拒绝她的真诚邀请。

姜阑说："OK。"

费鹰笑了。他推下手刹："我送你回家。"

车从 B4 开上来，出地库时，对面写字楼大堂明亮如昼，穿着光鲜亮丽的男男女女从里面走出来。

姜阑看着他们。

今天陈其睿很 tough（强硬）的那句话在姜阑脑中响起："你姜阑今天还留在 VIA 没走，是什么原因？是钱吗？你在外面找不到 package 更好的工作吗？"

姜阑的手肘支在全开的车窗边，外面街头的夜风吹开她的发。车开出去几百米，她没头没尾地问了句："在国内本土零售品牌工作，是什么样的？"

这可以算是她头一回"关心"费鹰的工作。

费鹰没有立刻回答。

如果费鹰是姜阑所认为的门店销售顾问，那么这个问题可以回答得很容易。但是对于 BOLDNESS 主理人费鹰而言，这个问题实在是太大了。他的理想，他的热血，他的青春，他很难用三言两语就对她说清楚。

然而费鹰还是回答了："还可以。有苦有乐。"

姜阑又问："你们生意如何？"

费鹰拿不准这个又该怎么回答。

他被姜阑一直误会，起初他是觉得逗她好玩，但自从他决定要追她之后，他就变得骑虎难下。他琢磨着要不要索性现在告诉她实话。

实话就是费鹰自己的街头品牌去年的全年流水是小几千万人民币，垂直街头领域的品牌规模都不会很大，所以这一块并不是他生意的主要收入，他还有个两期加起来将近三十亿人民币规模的年轻风投基金，他们前后投了很多很优秀的本土消费品牌，其中某个去年刚刚赴港上市的国内美妆品牌带给他的个人投资回报已过亿，其他类似的项目收入也没必要一一列举了。

但这些话说出来也太装了，而且他顾虑如果他说出实话，会打破她对他所构建的所有想象基础，导致他在目前两人的关系中变得更加被动。

最终费鹰只是说："还可以。"

这是他人生中罕见的不 real（真实）的时刻。

姜阑看了看他，又看了看他把着的方向盘："你是不是没有不动产？"

费鹰的确在上海还没配置房产一类的固资："嗯，我现在租房。"

姜阑说："不买房，也不买车，但是愿意花钱去高端私立医院挂诊。你们年轻人的消费观念真的很不一样。"

费鹰愣了一下，然后笑了。他说："你觉得我几岁？"

姜阑说："比我小至少四五岁？"

费鹰问："你今年几岁？"

姜阑回答："三十二。"

费鹰笑着说："哦。那你为什么觉得我比你小？"

姜阑说："我周围的同龄人都不像你这样穿衣服。还有你的身材。"当然重点是在身材。

费鹰说："那你周围的人都是什么样的？"

费鹰确实有欲望多了解一些姜阑。只要她愿意分享，不论是工作还是生活，他都想听。

姜阑却完全不想聊和自己有关的事。这不是针对费鹰，这是针对所有不熟悉她所从

THE GLAMOUR

事的职业的人。

国际奢侈品牌总部在中国区的人员配置通常都比较精简，这个圈子非常小，这个行业相较于其他行业的从业人员数量也非常少，这是一个很少被圈外大众所关注的职业。对于不了解这个行业的人，姜阑的工作在他们的想象中十分光鲜亮丽，不太有人能够理解他们这群人的辛苦与困境。

而她通常也怠于去和别人解释，因为她不管说什么，不熟悉她的人都会认为她是在装。她不想让费鹰也产生这种感觉。

姜阑不认为费鹰会理解，所以说："普通的三十多岁该有的样子。"

两公里的路程很快就到了。

车停稳后，姜阑松开安全带："谢谢。再见。"

她没有等费鹰动作，自己开门下车了。

费鹰在她关车门前对她说："再见。"

费鹰在姜阑住的小区外的马路边打着双闪灯停了好一会儿。

他下车，站在街头，夜风吹了一阵，把他身上的香味吹得散去了好些。他迎着夜风，想了一会儿姜阑留给他的那个问题。

费鹰摸出手机，给胡烈发微信："追女人这事儿怎么就那么难？"

胡烈："呵呵。"

费鹰："你觉得一般情况下从床伴变成男朋友的可能性有多大？"

胡烈："除非她从一开始就爱慕你的人格和精神。"

看完兄弟诚实的回答，费鹰在街头又站了一会儿。他没有再继续问什么，把手机揣回兜里，转身上了车。

015 *BOLDNESS*

姜阑对着镜子卸妆时，看见被磨掉了颜色的嘴唇，不禁又回忆了一遍车上的那两个亲吻。

她不知道费鹰说的"晚几天再回答"究竟是几天，而她也忘了问。

这两个亲吻好像有魔力，他好像能够抚慰她那些不为人知的挣扎。

晚上入睡前，姜阑随意刷了一会儿微博。自从上周六徐鞍安秒删事件之后，她的关注列表里就多了一个纯黑头像的新账号：BOLDNESSCHINA。

今天晚上该账号发了一条新微博："本周六，上海。"

这条微博的配图是一张门店的围挡设计图，全黑。

姜阑突然就知道这是哪个牌子了。之前她在关注这个账号后并没有仔细浏览过它的内容，因为她没有特别的兴趣。不过现在，她想到了那天站在巨幅纯黑围挡前的男人，于是她动了动手指，点进去进行深度浏览。

这个品牌官微发布新内容的频率很低，多数时间发的都是和街头文化相关的内容，以圈层人物和社群活动为主，不定期地会发品牌商品的上新信息。这些上新的图片，没有一张像常见的品牌商业产品型录，反而更像是一群热爱街头文化的少年在记录他们日常真实的街头生活。镜头下的年轻人不被滤镜遮挡，不被商业修图抹去瑕疵，不被广告创意掩去真情。

这个账号并没有刻意在酷，但是姜阑忽然就明白了什么是那些年轻人口中所说的酷。

第三章

这种自媒体营销方式对姜阑来说是新鲜的,没有明星带货,没有付费推广,没有互动抽奖,但是这个官微的粉丝粘度和粉丝互动量数据高得足以令所有做品牌营销的人羡慕。

姜阑看了一眼时间,已经不算早了,但她还是在更大范围的微博全网搜索了BOLDNESS这个关键词。

受徐鞍安事件影响,自然搜索结果的前两屏都是徐鞍安粉丝发的高热度微博。

她继续往下翻,然后排位比较高的一条是某国内潮流媒体发的文章,标题是"街头新势力——盘点十大Z世代最喜爱的中国街头品牌"。

姜阑点进这篇文章,排在TOP 1的就是BOLDNESS。

她看见评论区最高赞的留言出奇地一致:

"BOLDNESS不约任何媒体排名和盘点,谢谢。"

"BOLDNESS就是最牛的,其他没有街头基因的垃圾品牌别来蹭。"

"麻烦编辑先搞清楚什么是街头品牌再做盘点,BOLDNESS动不动就被拉出来给一堆不知道是什么东西的牌子背书,你们的良心真的不会痛吗?"

"这十大'街牌'里面只有BOLDNESS主理人是玩街头起家的也是太好笑了。"

"这家编辑水平不行,天天炒冷饭。要是真有本事就想办法做个BOLDNESS主理人的专访,你家要是能做到这个我立刻360度转体滑跪道歉。"

"这个标题太土了,街头新势力是什么鬼?为什么都是一群不懂街头的人在写街头?"

姜阑笑了一下。她从来没有在VIA这里感受到被粉丝如此坚定地维护和热爱。她想到徐鞍安被平台删除的那条微博,徐鞍安说它酷,姜阑有点想知道它到底有多酷。

姜阑在手机上浏览了整整一个小时。

这是个创立于十二年前的中国本土街头品牌,创始人是B-boy YN。他的真名叫什么,姜阑没有在任何一篇媒体文章里看到。这是一个非常低调的品牌和低调的主理人,从来不参展,从来不受访。一直到今天,这个品牌也没有接受任何外部投资机构或股权公司的融资,始终是主理人YN和他的创始团队百分百持股。

这个品牌最初是给国内的breaking crew做服饰的,后来扩大到整个街舞圈,再后来扩大到整个街头圈。国内现在最火的一批rapper早年还在地下的时候就在穿BOLDNESS。Dancers(舞者)就更不用说了,从十几年前到现在,在各种国内和国外的比赛场地上,都能看见他们穿着BOLDNESS的身影。

后来BOLDNESS开始做服饰线的扩大,它以服装为载体,向消费者传达中国街头文化、街头精神以及品牌价值观。它的原创服装graphic(设计图案)只和中国本土街头艺术家和涂鸦writers合作设计。它的主设计团队平均年龄只有二十四岁。它的供应链和量产工厂集中在珠三角一带,全线产品都在本土开发和生产。它售卖高质量的产品,但它的定价区间却非常符合中国普通年轻消费者的经济购买能力。

在网上,BOLDNESS被粉丝喜爱的系列和单品有很多,其中最出名的系列有两个。一个是六年前的"有胆",这系列融合了中国十三个城市的当地特色青年文化,用独特的设计语言向大众传递了中国年轻人的街头生活、自我与社群的碰撞与相互支撑。另一个是去年与某个日本知名街头品牌出的联名系列,该系列在东京南青山的某家街头复合多品店内独家发售,发售当天半小时内即告售罄,且该系列对应的中国街头文化创意视频被日本街头圈内很有影响力的某位先锋艺术家在Ins上转发称赞,收到了很多来自日本年轻网友的好评。BOLDNESS被称为中国街头品牌OG,被各类潮流媒体做盘点的时候放在第一位,可以说是实至名归。

姜阑想到了那件曾经她认为没有任何美感和时尚属性的box logo T恤。在年轻人群体中爆火的街头品牌和街头单品,一件可以卖几百美金的T恤,何亚天说不懂,姜阑曾经也不懂。这当中固然有市场趋势和消费主义的影响,但姜阑现在好像明白了一些,那些产品能够吸引年轻人的热情并为之买单,从来都不是美感和时尚属性,而是它们背后所代表的文化、精神和价值。

THE GLAMOUR

　　有人说 BOLDNESS 的主理人 B-boy YN 为本土街头文化所做的远远不止是创立了一个 BOLDNESS，他在大众看不见的地方做了无数的努力和实事。BOLDNESS 一直到今天都在赞助中国各地的 Breaking 赛事和 Breaking crew 的日常服装，并且每年都会出资拍摄记录中国街头文化和年轻人的纪录片，然后在此基础上做文化的扩大传播和推广。除此之外，YN 这些年来也帮助和扶持了许许多多街头圈内的项目，不论这些项目是否具有盈利性。据传，圈内人给他起了个外号，叫"散财家 YN"，由此可见一斑。

　　姜阑不知道一个小规模品牌的主理人能有多少财可散，她理解为这是街头圈内人对他的褒奖。但不可否认，BOLDNESS 是一个值得她尊重的中国品牌，B-boy YN 是一个值得她尊重的中国创业者。

　　姜阑后知后觉地意识到她这次在看街头品牌相关内容的过程中竟然没有产生任何困意，不像上一次。她不由得想起有人给她发过的一句话："想要了解街头文化，最好的方式是从自己感兴趣的东西入手。"

　　姜阑没有思考这次引起她兴趣的到底是什么。

　　临睡前，姜阑最后又看了一眼 BOLDNESS 的官微，这个黑色头像和这一串英文字母令她产生了一种模糊的熟悉感。她认为这是因为她今晚看了太多有关于它的信息。

　　第二天上班，写字楼大堂在更新液晶楼层指引屏，姜阑等电梯的时候看了看。

　　高区那边新进来几家公司，其中有一家风投，英文名字是 YN Capital。她不自觉地多看了两眼，心想这两个字母喜欢用的人还挺多。

　　费鹰这几天一直没再联系姜阑，他把她的问题进行了搁置。费鹰这几天也没再来过壹应资本这边的写字楼，他在和孙术一起忙 BOLDNESS 上海概念店的开业。

　　这家店所在的商场是港资的业主，做事非常严谨，丝毫不肯通融。BOLDNESS 进场之后的工期被业主方收得很紧，孙术那边和供应商紧赶慢赶，终于在开业前四天完成了所有规定的验收手续。

　　费鹰有他的野心和布局，这家店他向业主拿了上下两层连通的大铺，开这样一间大店不是一个轻松的事。三天前，道具和货品进仓，孙术带人盘点、拆样、出陈列，熬夜熬得心脏都在疼。

　　费鹰陪着他一起熬。

　　孙术知道费鹰能吃苦，可是费鹰现在的时间太金贵了，他觉得费鹰没必要陪在这儿，但他说不动。

　　开业头两天的半夜，两人拿着两个汉堡站在 BOLDNESS 店门口。

　　孙术狼吞虎咽了大半个汉堡，喝了口水说："咱们能不能以后不开这么大的店了？我觉得我真的老了。"

　　费鹰说："可能吗？"

　　孙术说："嗯，不可能。你不折腾不可能。"

　　孙术知道费鹰下半年一直在谈另外两个项目，一个在北京，一个在成都，是另一家港资集团在内地的两个龙头商业地产。这两个项目和上海这家购物中心不一样，都是开放式的建筑布局，费鹰想要拿下的落位都是整三层的独栋大店。

　　港资业主虽然严谨，但也有好处，他们不像外资那么傲慢，也不像内资那么保守。港资的这些商业地产项目的管理层嗅觉很灵敏，市场风向也把握得很好，知道现在正是年轻人的天下，和流行文化相关的商业项目他们都很愿意谈。而且北京和成都这两个项目最大的好处是开放式布局，不分楼层，只分区域，BOLDNESS 完全有可能在国际品牌的对面开店。

　　而这就是费鹰最想要的落位。

　　孙术说："谈项目就谈项目，你能省着点花钱吗？"

　　上海这个概念店，为了让业主同意 BOLDNESSS 按照自己想要的方式做生意，费鹰和业主签了一个金额不低的定租合同。孙术觉得 BOLDNESS 大概是这整座商场里面唯一

第三章

愿意签定租模式合同的大店了。

但这就是费鹰。他用他的钱，养他的理想。

费鹰没搭理孙术这话，他吞下最后一口汉堡，说："进去干活儿了。"

VIA 店内活动的时间是周六下午两点半，姜阑提前一小时到达店里。

现场布置，模特妆发，冷餐酒水，造型师，摄影师，活动公司，安保……一切都被张格飞安排得很妥当。

张格飞问姜阑："阑姐你看哪里还有要调整的吗？"

姜阑说："都很好，你辛苦了。今天一会儿要下雨，希望不会影响顾客的出席率。"

张格飞说："我也担心这个。要是今天这场活动卖得不好，零售肯定又要把锅扣给我们。"

姜阑说："没什么锅不锅的，做好自己的事。"

张格飞说："哎，好吧。"

姜阑看了一眼时间，离活动开始还有二十五分钟。她走出 VIA 精品店，抬头望向正对面的商场二层和三层。

上次看到的巨幅纯黑装修围挡已被撤掉，BOLDNESS 黑色的 logo 出现在这家店的门头正上方。在 BOLDNESS 店外，站着一个男人。他黑衣黑裤黑球鞋，和姜阑上次在这里偶遇他的时候穿的一样。他没有往下看，正在和身边的另一个男人说话。

姜阑远远地看着费鹰，费鹰的背后是 BOLDNESS。

她突然知道了为什么她会觉得这一串字母和品牌官微的头像莫名熟悉。

纯黑色，是费鹰微信的头像。

BOLDNESS，是费鹰腰上的刺青。

BOLDNESS ★ WUWEI

第4章
狂　妄

THE GLAMOUR

016　狂　妄

　　费鹰和身边的人说完话就进店了，姜阑看着他转身进店，然后也转身走回店里。

　　走回店里后，姜阑去找郑茉莉。郑茉莉的活动公司负责这次 VIA 全国 trunk show，这会儿她正在备餐区检查餐饮团队的出餐情况。郑茉莉是个非常亲力亲为的人，她很了解这些国际奢侈品牌对细节的严格挑剔程度。

　　"茉莉。"姜阑叫她。

　　郑茉莉回头："嗨，你怎么跑这儿来了，什么事？"

　　姜阑问："上次你带我去的那个街头文化展，你负责搭建的品牌叫什么？"

　　郑茉莉说："FMAK。"

　　姜阑说："知道了，谢谢。"

　　姜阑看了一眼时间，离活动开始还有十五分钟。她打开微博，搜索 FMAK。

　　FMAK 官微的内容和画风非常奔放，每天能发好多条微博，圈里什么新鲜事它都要高调地转一转。姜阑看得有点头疼，但还是坚持往下翻。

　　十几屏之后，有一条 FMAK 官微转发它家主理人的微博。这条微博是一个艺术装置，FMAK 主理人最新完成的杰作。

　　姜阑顺着点进这个叫作 WT_G 的个人微博。

　　高调的 FMAK 拥有一个更高调的主理人。WT_G 每天都在发各种各样的视觉图片，有时候是别人的作品，有时候是自己的作品，有时候是随手拍的照片，还特爱发自己和朋友的合影。

　　上次那个展是姜阑回国的当天开的，姜阑很有目的性地一路翻到那一天的微博。WT_G 在那天一共发了十七条微博，其中有一条是晚上 11 点 38 分，地点定位是姜阑不久前才去过的那家 746HW。

　　这条微博的内容是："兄弟今天来捧场，晚上小聚，高兴。上次见面是半年前，不过以后就能常见了。"

　　这条微博的配图是三个男人的合影，其中一个是 WT_G 本人，一个是姜阑不认识的，还有一个男人偏过头笑着。

　　这个笑着的男人穿着深灰色的卫衣，领口边缘露出来一小截白色 T 恤，侧脸有点帅。

　　姜阑又翻上去，回到上周六。这一天是 WT_G 格外暴躁的一天，圈着另一个品牌骂了好几屏，骂完到现在也没有删。

　　其中一条是："@Usss_Official 不是号称自己是街头品牌吗？连国内街头圈里的 OG 品牌 BOLDNESS 的东西都认不出来。给你指条路，@BOLDNESSCHINA 去好好看看你爷

第四章

爷的纯正中国街头风格。"
　　底下评论区里有人说："腾爷今天这火发得有点大啊。"
　　WT_G 回道："废话，老子兄弟的牌子被垃圾抄，老子能不火大？"
　　那人又说："哇，传说中的 YN 是腾爷兄弟，腾爷能不能发张 YN 的照片给大家看看？跪求粉丝福利。"
　　WT_G："滚。"
　　姜阑退出微博。
　　BOLDNESS，这八个字母，沿着男人的左腰横刺到他的腹直肌边缘，曾被她的手指反复抚摸，更曾被她多次视而不见。
　　姜阑看了一眼时间，离活动开始还有五分钟。她把手机收起来的时候，张格飞正好来叫她。
　　张格飞说："阑姐，外面下雨，几个很重要的 VIP 还堵在路上，我们决定晚一刻钟开始。"
　　姜阑点头："好的。"
　　张格飞说："北京的刘女士到了，Tina 正在服务她，你要不要也去打个招呼？"
　　姜阑说："OK。"
　　北京的刘女士来自北京，没人知道她的全名叫什么。刘女士是 VIA 上海这家店的 SVIP，每回过来都会一次性买二十件以上的高级成衣。VIA 在北京当然也有店，而且是很大的旗舰店，但是刘女士之前某次来上海出差，在 VIA 上海这家店的购物体验太好了，她太喜欢这家店里一个叫作 Tina 的销售顾问，所以每次都坐飞机来捧 Tina 的生意。
　　Tina 手里类似刘女士这样的顾客资源不少。Tina 是 VIA 全中国排名前几的 Top Sales（销售精英）。她一个人住，家里养着三条爱狗，但是她上班太忙了，所以雇了个阿姨专门帮忙照顾她家的狗狗，她给这位阿姨开每个月一万二的工资。做奢侈品销售顾问做到 Tina 这样算是巅峰了，Selina 对她也很青眼有加，之前多次想提她做副店，但是都被她拒绝了。做副店要转管理岗，绩效跟奖金提成和销售岗的算法不一样，Tina 觉得亏，她对晋升完全没兴趣，她只喜欢赚钱。
　　姜阑和刘女士是在这家店里认识的，也是之前的某次 trunk show。像刘女士这么重要的顾客，店经理一般都会特别招待，姜阑偶尔在场的话也会代表公司总部打个招呼，询问一下顾客对活动的满意度。
　　这会儿，刘女士正坐在店里成衣区的沙发上试鞋，Tina 跪在她脚下的地毯上帮她穿鞋。一般的销售顾问在服务顾客试鞋的时候最多单膝碰地，但是 Tina 就可以很自然地跪下来，而且笑得还特别甜，说的话也特别甜："刘姐，这鞋您穿怎么就那么好看呀？前几天一个小明星也来咱们店里买东西，看中这款鞋但就是卡脚背，哪像您这脚怎么看都漂亮呢。"
　　刘女士笑得很温柔："你今天还差多少生意？"
　　Tina 帮刘女士揉了揉脚腕："我今天指标早就完成了呀，您不用帮我带业绩。"
　　Tina 身后有整整三排挂通都备着刘女士尺码的衣裙。这是她早早就在系统里锁住的库存，店里谁都不敢和她抢。
　　刘女士仍然笑着："我身体不太方便，今天就不试衣服了。那三排你直接拉单子给我吧。"
　　Tina 冲她眨眨眼睛："这一季的这些裙子您穿肯定漂亮得不行呢。"
　　刘女士说身体不方便，是因为她怀孕了，二胎。现在五个月，小腹鼓得很明显。Tina 今天备的这些衣裙其实刘女士现在也穿不了，等到她能穿的时候早就过季了，还得重新买应季新款。但这也没什么关系，刘女士来购物也不是为了穿。
　　一般店里的孕妇顾客都是老公陪着来的，刘女士今天是自己一个人。其实也不是只有今天，刘女士一直是自己一个人。Tina 从没见过她的老公，也没听她提过老公，刘女士的老公始终是个谜。不过 Tina 一想到刘女士是北京那边的，也就觉得很多事和很多话

THE GLAMOUR

都不能多想和多说。

姜阑走过来打招呼："刘女士，很高兴又见到您。"

刘女士认得姜阑，记得姜阑是个很得体的女人，之前留给她的印象不错。刘女士说："嗯，有空就来上海看看。你们牌子这衣服，再买一两季估计我就买不了了，我看网上明年要上的那些都太年轻，太像便宜货了。"

这是在纽约时装周后，姜阑第一次直面来自 VIA 核心成衣顾客层的反馈。

刘女士又说："是不是你们都觉得这世界是年轻人的了，我们这些人的需求都不重要了？"

Tina 在旁边笑嘻嘻地接话："刘姐您说什么呢？咱们家的衣服都得看谁穿，您穿什么都显贵气。"

有些话一听就知道是哄人的鬼话，但大家就是喜欢听。刘女士笑了，然后又想到了什么："你们这儿是不是新开了个 B 什么的国内街头品牌？我儿子喜欢得不行，要我顺路买几件它家给上海开业做的限定款 T 恤带回北京去。现在小孩儿的东西我是搞不懂了。"

刘女士的大儿子是 2007 年出生的，现在小学还没毕业，就已经知道要拥有这些酷的时尚单品了。

Tina 说："就楼上那家黑乎乎的店是吧？您早说呀，我找人给您买去。"

别说让人买楼上几件 T 恤，就是让人把楼上店里的 T 恤都买了也没问题，那对刘女士来说才算几个钱。

Trunk show 按部就班地结束，张格飞留在店里处理活动后的事情，她和姜阑吐槽："剩六瓶香槟，Leo 直接拿走了，也不和我打声招呼，他还让活动公司的人把顾客没吃完的东西全部打包给他。"

Leo 是这家店的店经理。姜阑对于门店这种行为不置可否，说："店里同事忙一天也辛苦了，就都留给店里吧。"

张格飞继续唠叨："他这么一个大店的经理赚得也不少呀，闭店之后请他的团队吃个夜宵都这么抠吗？"

姜阑说："他们赚的都是辛苦钱。"

做零售的，各有各的苦，不论工作的品牌看起来是多么高大上和光鲜亮丽，没做过零售的人通常很难感同身受。

结束工作，姜阑拿上手袋直接上了商场二层，径直走进 BOLDNESS 的店。

姜阑知道 BOLDNESS 酷，她心里也有所准备，但她的确没有想到一个品牌的零售门店能够做得这么酷。单纯说酷好像也不够准确。这家店在姜阑眼里太狂妄，它打破了她对零售规则的所有认知。通常必须考虑到的顾客动线，在这里不存在。

这家店的一楼是空旷的一楼，甚至没有陈列任何可供出售的商品，这里像一个空旷的街头。

姜阑抬头，看见一面墙被改成了巨幕 LED，上面轮播着中国各地 street dance crew（街舞团队）的纪录片。她移动目光，那边又有一面墙上满是喷漆，那是一整幅她看不明白的中文涂鸦作品。

一楼零星地摆着少量的艺术装置，很现代，很街头。还有一楼的这个地面，看起来很黑，也很脏，姜阑看不懂。

这种浪费大量空间、牺牲业绩和不考虑坪效的做法，姜阑实在无法想象这家购物中心的业主方是如何理解并接受的。

一个穿着黑衣黑裤的年轻女孩走过来对她说："Hi，买东西要去楼上哦。"

姜阑沿着店里的楼梯上到二楼。

二楼售卖商品，但是用来做商品陈列的道具和挂通参差不齐，不是高得够不上，就是低得要弯腰，姜阑甚至有些怀疑这家店是不是压根就不想做生意。

二楼有一些年轻人，他们看起来完全没有姜阑的那种困惑。

第四章

姜阑转身环视一圈，在二楼靠里面的角落处，有一个看起来像是普通销售员工的男人正在低头看手机。

几天没见，他的头发短了点，胡茬长了点。

姜阑走过去，打量了一下这个角落里悬挂陈列的商品，然后目光落定在这个男人身上。

她对他说："Hi。"

费鹰闻声抬头。

他看向这个不久前给他留了一个问题的女人，然后把手机揣回兜里，冲她笑了："Hi。"

017　这才是他

费鹰的笑在姜阑看来有些刺眼。

她看着他说："你是从 FMAK 跳槽到这里来了吗？"

姜阑的语气很平静，但是费鹰觉得她平静的语气里又有一丝他听不出的深层意思。上次在这里见面，她根本记不得 FMAK 的品牌名，但她今天居然说出来了，这似乎意味着什么。

费鹰敏锐的直觉让他决定不再逗她。他在三秒后回答："我并不是 FMAK 的员工。"

姜阑说："哦。"

这个答案太不意外了。姜阑很清楚答案，但她还是需要听到他的回答。她的执着让她觉得没必要。不知道是什么情绪驱动着她来到这里，但她觉得这个情绪也是真没必要。

她环视左右，然后目光落回男人的脸上。这张脸真的帅，而她也真的自以为是。姜阑想，她的自以为是让她陷入了一个巨大的笑话中。难怪这个男人每次见到她都要笑，她以为是她有魅力，但她只是很可笑，或许还很愚蠢。对着这样可笑愚蠢的一个女人，这个男人无视她之前的邀请也是情有可原。换作是她，她也不会愿意和一个可笑愚蠢的男人发生任何关系。

姜阑很冷静地把逻辑捋清楚了。捋清楚后的姜阑又突然十分愤怒。

姜阑盯着费鹰："逗我很好玩？"

她不是给人逗趣的东西，她很愤怒自己被男人作为无聊时逗着玩的消遣。

面对姜阑的怒意，费鹰收起笑意。他很诚恳，也很坦率："我很抱歉。"

姜阑转身就走。

费鹰在后面叫她："姜阑。"

姜阑脚步没停地走了。

费鹰觉得这事是彻底搞砸了。

姜阑来之前，他正捏着手机想给她发微信。今天 BOLDNESS 上海概念店顺利开业，他终于有点空了。他想约她出来一次，对她彻底坦白自己之前对她的隐瞒，他希望她能够重新和他认识一次。他想要让她看到他的人格和精神。如果她能给他一次机会，他想要追求她。

但是现在彻底搞砸了。

费鹰能理解姜阑的愤怒，如果换作是他，他一样会愤怒。

姜阑能说出 FMAK，还能说出逗她好玩吗，费鹰不知道姜阑还有没有什么没说出口的。他掏出手机打开微博，看了一眼 FMAK 的官微，然后又去看郭望腾的个人微博。

THE GLAMOUR

看了一会儿后，费鹰把微博关了。紧接着，他又想到姜阑两次掀起他的衣服摸他的腰。

这时候，郭望腾从店里二楼的后仓拎着两瓶水出来。今天BOLDNESS上海概念店开业，他必须来给兄弟捧场。来之前，他还专门找了个barbershop（男士理发店）剃了个头，在脑袋后面剃了个BOLDNESS的logo，骚得不行。

郭望腾伸手递给费鹰一瓶水，语气颇为感慨："我不得不说，你这个店做得太牛了。"

费鹰两只手揣在裤兜里，对郭望腾说："我现在不太想看到你。"

姜阑回家后，收到了一个猎头的微信。这个猎头就是在帮VIA的竞品挖温艺的那个人。

对方说："亲爱的，好久没联系了，你最近愿意看外面的机会吗？听说VIA现在有蛮多人都不适应美国集团的管理做事方式，所以我就来问问你呀。"

姜阑的做事风格很职业，她没有质问对方怎么有脸一边挖着她下面的人，一边还来接触她。温艺的事余黎明到现在也没给她一个说法，她更没想到HLL的人能没有分寸到这个地步。

姜阑直接把这人删除拉黑了。正常情况下这不是姜阑会做出的事，但是现在的姜阑肚子里有火，这个拉黑的动作帮助她泄去了一些火气。

姜阑想给童吟发微信。她在对话框里打下一些文字，这些文字里有不可控的愤怒情绪，但她最终还是没有发出去，把这些字悉数删除。

姜阑又打开工作邮箱，开始处理邮件。

大约半小时后，姜阑依靠工作恢复了冷静。工作是她情绪的良药。工作从来不负她。

外面雨下得很大，姜阑起身走到窗边。她的容貌映在玻璃上，雨珠打在窗上，水沿着她在窗中的脸颊滑落。她照着窗，觉得这个女人看起来真的很可笑很愚蠢。

恢复冷静的姜阑觉得这个可笑和愚蠢完全是她自找的。

费鹰的确对她有所隐瞒，但基础和前提是她从一开始就草草对他下了结论。她用她的自以为是塑造出了一个她想象中的费鹰。他没有主动推翻她的想象，的确是他的问题，但是她也毫不无辜，她从来没有怀疑过自己的结论，也从来没有向他求证过她的结论。

而这又是什么鬼扯的结论？这些结论里面充斥着她的自以为是、骄傲自负、偏见和歧视。

姜阑看着窗外的雨。

她想到第一次见到费鹰，他身上没有穿任何FMAK的衣服。她就是做零售品牌的，难道不知道店里销售员工有着装要求吗？

后来在BOLDNESS的装修围挡前偶遇费鹰，她理所当然地让费鹰因为"服务疏忽"给她弥补。当晚费鹰好意推荐品牌给她，她又继续理所当然地认为他是代购。

两人第一次约会，费鹰对她订的高级餐厅毫不陌生。去746HW，那间会客厅和费鹰对那家夜店的进出使用权，不该是一个普通的"主厨朋友"能拥有的。那么多的细节，她都视而不见。

还有那家高端私立医院的门诊检验单。

姜阑把微信里的文件重新打开。上面的确有年龄，三十二岁零七个月。费鹰比她还大五个月。

但她太主观，也太自我。她的眼睛只看她想看的东西，她的注意力只给她关心的内容，她的大脑只下自己想当然的结论。

她一直以为他年纪小。费鹰问为什么她会觉得他比她小。当时她说什么，说穿衣风格和他的身材。现在，此刻，她很清楚自己心里一直有一个隐藏至深的偏见：怎么会有三十好几的人还在做普通销售？那该是多失败的事业，所以他应该还年轻。

她的隐形歧视和刻板印象令她坚定地认为自己的认知都是正确的。她从来没有在乎过真实的费鹰是一个什么样的人。她的眼里从始至终只有他的身体。她始终用她自以为是的逻辑来捍卫这个鬼扯的结论。

第四章

如果说费鹰对她的刻意隐瞒是不尊重，那么姜阑对他的草率结论一样是不尊重。两人没一个无辜。

姜阑看了一会儿窗外的雨。她的手机界面在费鹰的聊天框停了好一会儿。她想到费鹰今天对她说的那句"我很抱歉"，她想或许她也应该说一句同样的话，但她最终还是放弃了。

这个事情变成现在这样实在是太难看了，她觉得不如就此算了，两人也没有什么再联系和见面的必要了。

姜阑长按对话框，想要彻底删除费鹰。

就在这时，有一条新微信出现。她手指一松，没删下去。

F："我在你家楼下。你愿意聊一聊吗？"

姜阑不知道是什么力量驱使她下楼的。她并没有看到那辆银色的SUBARU。雨雾里，一辆纯黑车身反暗银色字贴的BMW打着双闪。

费鹰今天没开别人的车。这才是他的车。BMW E82 1M，2012年出厂，3.0升直列6缸涡轮增压发动机，6速手动变速器，绝版的经典巅峰之作，纯粹的驾驶者之车。从购入这台车到现在，他一直在改装它。从胎框到底盘，从内饰到动力，这辆车从外到内都只写着费鹰两个字。

这才是他。

姜阑坐进车里。她光着的小腿上沾了雨水，天凉，皮肤下的青色血管看得很清楚。

费鹰把车里的空调温度调高一档，俯身从副驾手套箱里拿出纸巾。纸巾是全新未拆封的。他递给姜阑。

姜阑接过，说了句："谢谢。"

她拆开纸巾，抽出两张，擦了擦小腿上的雨水。

费鹰看着她，姜阑转过头来对上他的目光。

费鹰说："我们认识得太仓促。我之前没有向你正式介绍过自己，很抱歉。"

姜阑没说话。

费鹰继续说："我是费鹰，还有个名字是YN，街头品牌BOLDNESS的主理人，壹应资本的创始合伙人。"

018　兴　趣

姜阑想到那天在写字楼里看到的YN Capital，她花了几秒钟消化这个全新的信息。她其实不太懂，难道他不认为她是一个可笑愚蠢、自傲自负的女人吗？为什么他还要过来找她聊一聊？

但她没问。

姜阑给了费鹰对等的回应："我是姜阑，在时尚奢侈品行业工作，目前负责VIA中国区的市场及品牌传播工作。"她又说，"我也很抱歉，为我之前的自以为是和理所当然。"

对姜阑而言，对男人说的这句抱歉，是她为这件事画上的句号。

真实的费鹰听上去相当不简单，姜阑拒绝任何复杂的可能性，她不应该再对他产生任何的兴趣。

姜阑觉得她该下车了。她手心里还攥着刚刚擦雨水的纸巾，潮乎乎皱巴巴的。

费鹰向她伸出手："给我吧。"

THE GLAMOUR

　　姜阑低眼，他的手掌向上摊开在她眼前，她好像没有什么好的理由拒绝，于是她把潮乎乎皱巴巴的纸巾放进他手里。
　　指尖碰到他的掌心，一片干燥温暖。

　　本来准备下车的姜阑犹豫了那么一下。
　　费鹰把纸巾团起来随手塞进车门槽，问："你饿不饿？"
　　这会儿已经是傍晚了，他从店里走的时候看到购物中心一楼的VIA精品店里有活动，他判断她今天是去工作，估计这时候应该饿了。
　　姜阑没回答。
　　费鹰看向姜阑，她脸上没什么表情，他看不出她在想什么。他又问："我们去吃上次你觉得'还行'的那家餐厅好吗？"
　　姜阑实在是不懂。她这回没忍住："你不认为我很可笑愚蠢、自傲自负吗？"
　　费鹰看着她，终于露出了笑容。他说："没有。我觉得你挺逗的。"
　　姜阑这辈子都没被人评价过"逗"，也想不到这辈子会有人觉得她挺"逗"的。
　　她说："什么？"
　　费鹰说："我觉得你挺逗的。我一和你说话心情就很好，我看见你就总是想笑。我很抱歉之前对你的隐瞒，我只顾着自己开心，在这一点上我的确自私，也的确欠考虑。我不认为你可笑愚蠢，也不讨厌你的自傲自负，我觉得你有点儿可爱。"
　　姜阑万万没料到继"挺逗"的评价之后，还能听到"有点可爱"这样的形容词。姜阑觉得费鹰这个男人的审美令人无话可说。
　　她说："玩街头的审美都像你这样吗？"
　　费鹰连续笑了好几声，然后说："和我去吃饭，我告诉你玩儿街头的都是什么样的。"
　　姜阑说："那家餐厅不招待没预订的客人。"
　　费鹰说："我之前就订好了。"
　　姜阑的表情有点诧异。
　　费鹰又说："我原本就想今天约你出来。你来BOLDNESS找我的时候，我正准备给你发微信。"
　　他没说他订了不只今天的位子，他连续订了好几天的，因为他不确定她哪天才有空见他。
　　姜阑还是觉得她应该拒绝，然后下车。她还没想好措辞，男人倒先开口了。
　　费鹰说："这车的安全带有点儿难系，需要我帮你吗？"
　　姜阑看了他一眼。她其实很想开口说不，但是费鹰已经转身靠近她，伸出胳膊环过她，将副驾的安全带从后面扯过来，然后斜拉下来，扣紧。姜阑整个人几乎被罩在他怀里。他的味道顶着她的呼吸，她可以非常清楚地看到他的喉结和胡茬。
　　姜阑一个字都没说出口。
　　费鹰也给自己系上安全带："走了。"
　　之前的SUBARU是姜阑这辈子第一次坐改装车，这次的BMW 1M则是她这辈子第一次坐轿跑。增压涡轮发动机的轰鸣声震动着姜阑的身体，车尾四出排气咆哮嘶吼，1.6吨的车体几乎没有迟滞地冲跃上街道，姜阑被这股力量和安全带紧紧地压在一体式运动座椅上。车头一转，路面上雨水四溅，她的裙摆被离心力甩到了大腿根。
　　姜阑终于明白了为什么车是男人向往的浪漫。

　　费鹰终于如愿能带姜阑吃一顿得体的晚餐。
　　在今天下午开车去找姜阑的路上，费鹰想了很多。他原本以为她的火气不会那么快消，他也做好了继续迎接她的怒意的准备，但他没想到她会这么快地平复情绪，甚至还对他开口道歉。
　　本来出发前郭望腾告诉他，男人和女人之间，甭管事实是什么，都是男人道歉就完

第四章

事。姜阑用实际行动证明了郭望腾的话真是错得离谱。

车停稳，费鹰先松了安全带，他看了一眼姜阑，她一动不动。过了两秒，她的目光挪向他。

费鹰懂了。他转身去帮姜阑解开安全带，然后他就看见姜阑滑到大腿根的裙摆。

雨天人少，餐厅的泊车不用等。

姜阑和费鹰走进餐厅。

如果是在十五年前，没人能想象可以穿着T恤、运动裤和球鞋进出一家高级餐厅用餐。但如今的世界已经变了，连高级餐厅对着装的要求都在向年轻人的生活方式和时尚流行妥协并靠拢。

这间餐厅是全开放式厨房，厨师团队的工作台开了三边面向食客，每晚只接待二十二位顾客。这里的座位都是并排的高脚矮背餐凳。

费鹰下车时带了一件外套。这会儿入座时，他把这件外套顺手搭在姜阑的腿上。

姜阑低头看了看，没有表示反对。

周末这里只供应tasting menu。姜阑要了酒单之后想到费鹰开车不能喝，就又让人把酒单收了。

费鹰说："你喜欢喝酒是吗？"

其实也没有。姜阑一般就是在疲累和心烦的时候才会想喝上一口。

费鹰说："等下次不开车的时候陪你喝。"

姜阑心想，怎么，还要有下次吗？今天这次是因她的沟通失误造成的，她不认为自己还会失误第二次。

她抬手把右边的头发拨到耳后："哦。"

费鹰坐在姜阑右边。

服务生开气泡水的时候问费鹰是否需要柠檬，费鹰示意对方应该先问姜阑。服务生说："抱歉，费先生。"

姜阑也来过这里不少次，但这里的服务生记不得她。姜阑又想起自己当初想带费鹰来这里"补差价"的可笑愚蠢和自以为是。

费鹰和她解释："和国外来的合作方谈生意的时候经常来这里。二楼有雪茄吧和红酒吧，比较方便。"

姜阑想到她在网上看到的令人印象深刻的BOLDNESS产品，说："我看过你们去年和日本品牌出的联名。"

费鹰笑了。她居然还看过他做的东西。

她口中的那个系列，现在在国内已经被炒到了高出原价十几倍的价格，他其实有点无奈。这并非他的初衷。

费鹰说："嗯。今年也在和几个北美的街头品牌谈，看看是不是能再玩点儿新东西。"

姜阑看着他："有机会吗？"

和西方人谈论品牌层面的事，绝不可能是一件容易的事情。

费鹰说："谈得很艰难，但也得谈。中国的年轻人，中国的街头文化，中国的品牌力，值得被更多人看到，不是吗？"

姜阑没有说话。她拿起桌上的玻璃杯，抿了一口气泡水，柠檬的微酸在她口中漫开，那味道有点涩。

餐厅褐黄的灯光打下来，说这话的费鹰看起来有那么一点不羁，也有那么一点野心勃勃。这是B-boy YN。

姜阑想起他曾说过的话：Breaking, hungry for battle的舞种。

菜上到第七道时，姜阑腿上的外套滑落在地。费鹰弯腰捡起来，重新递给她。

姜阑问他："这件外套是你们这一季的新品吗？"

费鹰点头:"嗯。"
姜阑说:"我下午在你们店里没有看见。"
费鹰说:"这件没出样。"
姜阑回忆着BOLDNESS店里款式稀少的陈列商品,说:"你们的这家店开出来不太像是要做生意的。"
费鹰偏过头笑了,说:"是吗?那像什么呢?"
像什么呢?
像他的一场试验。像他对传统品牌自营零售模式的一场挑战。
但是姜阑没有说,她看着他的笑容,有点走神。
笑着的费鹰有点帅,这张侧脸的角度和姜阑在郭望腾微博上看到的那张合影几乎重合。
姜阑想到那晚躺在床上看了很久BOLDNESS相关内容的自己。当时她没有思考,那次引起她对街头文化的兴趣的原因到底是什么。

现在她知道了。

019　完　美

费鹰看着姜阑吃饭,一共十四道,她从头到尾没丢过菜。她不挑食,也没什么忌口,食量也不小。这个发现让他又笑了。
他想起她之前对这家餐厅的评价,"还行"。她活得很标准,很规则,她可能很少有"很喜欢"的时刻,但他确实想让她喜欢他,不单是他的身体。
甜点结束,姜阑等着服务生拿巧克力盒来。这家的餐后巧克力是少有的让她愿意消耗卡路里额度的,而且从三十种口味里随机挑选几颗巧克力的过程每次都让她很愉悦。但她的表情还是很平常,看不出一点期待。
服务生来了,手里没有巧克力盒。
姜阑有点失望。她以为是她不知道这家餐厅换了pastry chef(甜点主厨)。
不过服务生在她面前摆上了另外一样东西,那是一道没出现在标准菜单里的甜点。
姜阑看了看右边,费鹰面前并没有。她有点疑惑:"这是?"
服务生说:"这是我们pastry chef今天的新作品,名字是'原谅我'。"
姜阑不傻,她无言片刻,问费鹰:"你的安排?"
费鹰抬起手,揉了一下耳朵,说:"订位时,我说我需要和一位女士道歉。"
姜阑觉得这件事简直太老派了,她的头皮都尴尬得发麻。这家餐厅在她心里迅速地从"还行"变成了"不行"。
但她还是拿起勺子切了一小块甜点,放进嘴里,然后说:"你希望我怎么向你道歉?"
费鹰当然没想到姜阑这么认真地对待之前的事。可他现在要道歉的其实不止是之前的事。他看着她:"姜阑。"
姜阑放下手中的勺子。
费鹰说:"关于你前几天的问题,我当时说晚几天再答复你。"
姜阑打断他:"不用了。我撤回。"
费鹰有点意外。

第四章

姜阑说:"很抱歉。虽然我承认你的身体对我仍然具有吸引力,但你不是一个简单的对象,我也没办法处理任何复杂的关系。所以我撤回之前的邀请,是我太草率了。如果给你造成困扰,我很抱歉。希望你可以理解。"

虽然这个结果是费鹰需要的,但这个局面是费鹰预想之外的。

姜阑对自己的需求一直很直接,一直很坦率。现在姜阑不要他的身体,姜阑也不要他。

费鹰很短暂地沉默了。

这个回答听起来会让人陷入被动和困境,但费鹰并没有这么认为,他甚至因此有些轻松,因为没有什么比之前她想要而他不给的处境更让他感到困难了。他觉得此刻的挑战对他来说反而是一个机会。他对姜阑说:"好。"

姜阑也没再说什么。她想这顿饭吃得差不多了,该准备走了。走的时候她可以自己叫车,然后两个人可以体面地告别,之后就不必再联系了。

但费鹰仍然看着她:"晚饭后,你有什么安排吗?"

姜阑说:"嗯?"

费鹰说:"你有没有兴趣再多了解一些街头文化?"

姜阑想说没有,但她不能欺骗自己,她再次开始犹豫,正如傍晚在车上时。姜阑不懂为什么这个男人总可以轻易地用一个动作或者一句话就让她做决定的速度变慢。

费鹰说:"BOLDNESS 今天开业,晚上有个 after party(余兴派对)在 746HW,很多圈里人都在。你想不想我带你去那边玩儿一会儿?"

姜阑没有回答。

费鹰又说:"不过那边人多,会很吵,可能你会像上次一样不太舒服。我还有另外一个选择,你要不要听一听?"

姜阑没说要听,但她听到他继续说道:"如果你晚上没有别的安排,我想邀请你去我那儿坐坐。我那儿有很多好玩儿的东西,我可以给你讲街头文化,还可以陪你喝酒。"

姜阑听得右耳根有点烧。

实际上姜阑并不明白她到底是怎么又坐回费鹰的车里的。车子上路后,姜阑想,她真的不太懂这个男人。他面对她的直白邀请无动于衷,但他现在又邀请她去他那里。他并不是想和她发生关系,不然不需要等到现在,那么他是在想什么?

姜阑想起童吟的话:喜欢她,想追她,想睡她。

姜阑低眼,她的腿上还盖着那件外套。她没有转头,也没有看他,她这次没有去问他。

晚上这会儿雨已经停了,费鹰没开车窗,一直开着空调。开了大约一半的路程,他听到姜阑说:"我可以开车窗吗?"

费鹰说了句"当然",然后把车窗打开,仍然留着空调。

姜阑往外看,街道上半干半湿,有小孩子在人行道上蹦蹦跳跳。她把胳膊支在全开的车窗边,让夜风吹开她的发。她没有意识到这个动作她做起来已经十分自然。

费鹰留意到她的动作,很安静地笑了。

行驶的目的地是姜阑很熟悉的地方。车绕过她每天上班的写字楼,驶入隔壁酒店式公寓的地库。

费鹰说他现在租房,租的就是这里的房。

姜阑很清楚这里的房租。何亚天早年入了香港籍,后来加入 VIA 后从香港搬来上海,公司给他在旁边租了三个月的公寓作为过渡。何亚天当时很是感慨,说没想到上海的房租现在要这个数啊。

费鹰住在二十三楼。

这套房不算很大,陆晟给他安排的时候取笑他是一个单身汉,给公司省点钱吧。费鹰没什么要求,陆晟怎么安排他就怎么住。

客厅的落地窗外是上海漂亮的夜景。

THE GLAMOUR

　　姜阑站在窗前,从这里望出去,能看见对面写字楼未熄的灯火。她的办公桌边也是落地窗,在很多加班到深夜的晚上,她也会经常这样看窗外的城市。偶尔,她会怀疑她努力的一切究竟是为了什么样的人生。

　　姜阑听到费鹰问:"你想喝点儿什么?"

　　她说:"除了酒,都可以。"

　　费鹰给姜阑弄了一杯温柠檬水。递给她的时候,她还在看着窗外。费鹰在她身边站了一会儿,想起了他在深圳的房子。

　　其中有一套在南山,也有很大的落地窗,望出去是比现在更漂亮的景色。费鹰想,或许什么时候姜阑也能站在那里看看那一扇落地窗。

　　费鹰在上海暂住的这套公寓里摆放着许多从深圳那边运过来的私人藏品,大多是他这些年从各国各渠道陆续购入的街头艺术作品,有画作,有装置,有玩具。

　　他说这里有很多好玩的东西,不是骗姜阑。

　　姜阑觉得其中有一个 paparazzi machine(狗仔机)特别有意思。它会模拟一群狗仔拍摄名人的现场,几十台闪光灯噼啪闪烁,这让她想到了她所熟悉的工作。她觉得好像街头离她也没有那么遥远。

　　房间里还有一面柜子,里面摆着大小不一、各式各样的公仔。姜阑一个个看过去,发现其中有一只怎么看起来都很眼熟。

　　她看一眼公仔,又看一眼费鹰:"这是你吗?"

　　费鹰点头:"朋友做的。"

　　那是一个香港的艺术家朋友,专门做人物公仔,作品在法国特别受欢迎。这只公仔是他之前专门给费鹰做的个人定制版。

　　姜阑打量着这个半裸的小人,小人腰间的腹肌上还有一串英文字母,不得不说十分逼真。她轻轻笑出了声。

　　她有点想伸手摸一摸这个小人的腹肌,但她忍住了。

　　费鹰看见姜阑在笑,这是她头一次在他面前这样开心地笑,原来她也可以这样开心地笑。

　　他伸手把这只公仔取下来:"喜欢的话,送给你。"

　　姜阑下意识地想要拒绝,但她又看一看这个小人,小人的脑袋稍稍歪着,像在看她。她控制不住地伸手接过来,抿了抿嘴唇:"谢谢。"

　　又回到客厅,姜阑在沙发上坐下,她把公仔放在身边,低头看它:"你给它起过名字吗?"

　　费鹰失笑。他觉得她真的有点可爱。

　　他说:"你想叫它什么?"

　　姜阑的目光瞟向他,却并没有回答。她说:"你说你会给我讲一讲街头文化。"

　　费鹰的确愿意和她分享他所知道的一切,但这个命题太大了,他需要一个让她易懂有趣的切入点。

　　姜阑又说:"你们是不是每年都会拍很多和街头文化相关的纪录片?可以给我看一看吗?"

　　费鹰不知道姜阑到底看了多少和 BOLDNESS 相关的东西,他感到她对 B-boy YN 的了解比他想象得还要多一些。

　　他说:"好。"

　　客厅的灯光被调暗,墙上的投影幕布被放下来,然后费鹰找了今年最新拍的还没对外传播的一部片子,放给姜阑看。

　　两人坐在沙发上,中间隔着一个公仔。

　　这部片子是记录中国街头涂鸦艺术家的生存现状。影片的开头不是街头,而是一片大海。那片海在中国的东南部,海边有个小渔村,还有长长的墙,用来防止海水侵蚀海岸。堤坝约有一人半高,几个很年轻的小男孩就在那些墙面上作画。他们抬起头是

第四章

五彩斑斓的墙，转过身是与天相连的无垠大海。

镜头切到室内，一个貌似中年的男人在整理一堆乱七八糟的喷漆罐，他嘴里咬着烟，没抬头看镜头，语气有些敷衍地回答摄影师："对啊，那就是我们小时候玩涂鸦的地方。"

这时画面上浮出一行字："HTme 创始人 – Writer Ros。"

费鹰对姜阑说："Ros 的本名是丁鹏，我的一个朋友。HTme 是中国一个很有个性的 graffiti crew（涂鸦团队），主要人员在福建和云南两地。"

姜阑才知道原来街头文化不只街头，还可以有大海。她看着片中又回到海边的画面，说："很有趣。"

费鹰和她说："Graffiti（涂鸦）是街头文化和街头艺术很重要的一个要素。美国有一个殿堂级的街头品牌就诞生于冲浪板上的涂鸦签名。并不是只有物理的街头才能诞生街头品牌。"

姜阑侧过脸看他："是吗？这真的很有趣。"

费鹰觉得她才是真的很有趣。他没见过有人这么认真地说有趣。他想笑，于是他就笑了。客厅的光线有点暗，也有点温柔，费鹰就在这样的光影中看着姜阑笑了。

姜阑很快把脸转了回去。

影片看到四分之一左右，费鹰的手机开始振动。他看了一眼来电，考虑了两秒后和姜阑说："抱歉，我需要去接个电话。"

然后他起身走去里面的房间。

费鹰离开去接电话。姜阑一个人坐在沙发上看眼前的纪录片，里面的人、事、场景，还有那些影片故事线背后的蕴涵与精神，一旦没有费鹰在旁边给她讲解，这件事似乎就变得没有那么有趣了。

她逐渐失去了对影片百分百的专注，她不知道为什么又想到了工作。

过去的这一周对姜阑而言并不轻松。

SLASH 总部希望 VIA 于明年三月在上海做一场大秀，这是要进一步宣示品牌对中国市场的重视，也是要进一步扩大品牌在中国时尚消费市场中的影响力和号召力。用半年时间筹备一场国际奢侈品牌的中国本地时装秀，是一个巨量工程。这将牵扯很多国内外的人力、物力和财力。陈其睿要求姜阑和她的团队必须要对这场大秀的成功落地做出切实可行的保证。

也是在这一周，陈其睿对内正式启动了 VIA 中国区电商渠道项目，他在公司内部组建了一个跨部门的 task force（特别工作组）。何亚天必须在里面，姜阑也必须在里面。电商的事情到底要怎么弄，陈其睿可能已经想清楚了，但这对传统奢侈品零售行业出身的何亚天和姜阑而言，都太新，太不清楚了。公司内部当然有各种说法，据传，陈其睿近来一直在看外部的资深电商候选人，不知道会找一个什么样背景的人加入 VIA 中国，负责构建品牌电商团队和推动未来电商渠道的生意增长。

姜阑在后半周的清晨和夜晚加了很多班，主要是开会，各种和总部的视频会议。她极度缺乏睡眠。

这部讲街头涂鸦的纪录片节奏很真实，也很慢。姜阑窝在客厅昏暗的光影中，觉得眼皮有点沉。

费鹰在他的工作间接了胡烈的电话。

理论上来说他不应该把姜阑一个人留在客厅，但是胡烈的这个电话他得接。

之前 CHG 资本的许先淮托胡烈搭桥，想要认识壹应资本这边的人。许先淮当年投资胡烈的 FIERCETech，又是胡烈的学长，胡烈不可能不帮这个忙。CHG 想要认识壹应，是因为 CHG 现在也开始看消费品牌的项目了。连过去一向只专注互联网和高科技赛道的 CHG 都开始转型投消费行业，这足够说明现在市场的大风向有了变化。

CHG 之前找了一个做 2C（商对商）行业很有经验的 FA（融资/财务顾问），锁定了这几年增速非常快的某个国内创新茶饮品牌。该品牌的最新一轮估值已破百亿人民币，

077

THE GLAMOUR

CHG 想要在该品牌上市前成功地投进来，但是他们有钱却无路。这个茶饮品牌不缺现金流，创始人也非常不喜欢像 CHG 这种没有品牌和消费行业经验的投资机构。壹应很早就投了这个品牌，而且陆晟在去年该品牌释出一轮 3% 的老股转让时迅速买走，作风极其激进。CHG 找的 FA 和该品牌接触多次，想要说服对方在今年开放新一轮融资，但谈得很不好。后来许先淮听说胡烈认识费鹰，就托胡烈介绍一下。费鹰让陆晟帮忙牵线安排一个饭局，请许先淮和该品牌的创始人直接聊一聊。这个饭局就安排在今晚。

胡烈把目前的情况交代了一下，在电话那头说："听说今晚两边谈崩了。我怕这事影响到你们和品牌创始人的关系。"

费鹰有点无语，他没料到 CHG 这次还能谈得比之前更差，说："你这学长什么情况？"

胡烈说："你对 CHG 和许先淮的风格应该有所耳闻。"

费鹰说："哦。那你当年是怎么受得了的？"

胡烈说："可能是因为我牛。"

胡烈是牛，胡烈要是不牛也和费鹰做不成朋友。

费鹰说："这事儿我知道了，应该没什么大碍。"

他更知道胡烈打这个电话的心态，胡烈这是觉得给朋友惹了不必要的麻烦。

胡烈说："你新店开完了吗？开完了有空吃顿饭。"

费鹰说："行。"

结束电话回到客厅时，费鹰看到姜阑坐在沙发上睡着了。她的头轻轻挨着沙发靠背，长发顺着一侧滑落，一只手还捏着那只公仔的腰。

一向很标准、很规则的姜阑，现在看起来很不拘、很松弛。

费鹰站在原地，无声地笑了一会儿。如果这晚算是约会，那么对他而言这是一个完美的约会。

他走到沙发前，有点犹豫是不是该把她叫醒，但她闭着眼的样子太好看了，他最终选择不吵她。他拿起遥控器，将还在播放中的纪录片暂停，然后他看见那件外套被姜阑放在旁边，他又弯腰把外套拿起来，给她轻轻盖在身上。

姜阑其实并没有睡着。她不可能在男人家里放任自己睡着，不管有多累。她只是眼皮太沉，所以闭了一会儿眼睛。

费鹰回来时，姜阑没想到他电话结束得这么快。她应该睁开眼，但她知道自己的手指还搭在公仔的腰上。她没办法睁开眼面对看见她这个行为的费鹰。

但姜阑没料到费鹰会弯下腰给她盖外套，也没料到他会在盖完外套后，轻轻地亲了一下她的脸。

男人可能不知道他的胡茬有多硬。

姜阑全身的毛孔都因这一个很轻的亲吻而张开。

她很想睁开眼，对费鹰说，他能不能不要再勾引她了？

020　直　觉

姜阑看上去睡得很熟，但是费鹰觉得她身上的香味又一瞬间变得非常浓郁。他直起身，看见她被亲吻过的脸颊有很淡的红晕。或许那是她的妆容，他分不太清楚。

这时费鹰的手机再次振动。他看了一眼，是陆晟。

陆晟不可能不给费鹰打这个电话，他还不知道费鹰已经从胡烈那里听说了 CHG 的许先淮今晚是怎么和对方品牌创始人谈崩的。

第四章

费鹰听得出手机那头的陆晟相当不痛快："CHG 和许先淮这种风格，跟我们不可能是一路人，以后真没继续打交道的必要了。"

费鹰说："嗯，他们之前没碰过消费行业，凡事总得有个过程。"

陆晟忍不住冷嘲热讽："是啊，以前消费品牌在他们眼里不够'性感'，他们当然不碰。"

陆晟就不可能痛快。

这两年互联网流量红利掉得太快，像 CHG 这样的投资机构和许先淮这样的投资人终于愿意看看 2C 的实业，可是他们早几年都在干什么？哦，早几年那会儿正是互联网共享经济、AI 人工智能、数据科学、即时通信、手机游戏的天下，市场上 80% 以上的投资人和投资机构都在抢这些"性感"的头部项目。消费品赛道在早几年"乏钱问津"，因为你不可能指望一个消费品创业项目能有颠覆性的革新力、短期爆发性的增长潜力和破千亿美元的市值规模，所以 2C 的品牌项目一直都不被资本的一级市场所青睐。

但市场在这一两年开始发生变化。随着直播电商卖货的普及，随着各类平台线上营销新玩法的问世，随着 Z 世代这一代年轻人对国产品牌和国货越来越多的支持与喜爱，好的消费品项目的增速规模足以吸引资本的目光。消费品赛道在今年已经变成了一个全新的战场。

壹应自从成立以来就专注投中早期的创业品牌，如今很多垂直品类的第一名在早期的时候都有壹应的资本注入，今晚和许先淮谈的那个创新茶饮品牌只是其中之一。当年壹应投它的时候，陆晟凭经验判断该品牌能在三到五年内做到六千万到八千万的年收入就已经很不错了，谁都没想到它如今最新一轮的估值已破百亿人民币。

陆晟一想到这儿，就不得不佩服费鹰在品牌商业方面的"直觉"。费鹰凭着他的直觉和敏锐度，为壹应锁定了很多非常优秀的项目。最开始合作的时候，陆晟还不太信所谓的直觉，但是后来的事实让陆晟心服口服。费鹰的直觉和他看好的项目，大多数时候在行业投资人眼里是反常规和反共识的，但恰恰是这些反常规和反共识的项目，为壹应资本和它的 LP（有限合伙人 / 出资人）带来了可观的回报。

费鹰问陆晟："小柚很生气吗？"

陆晟说："嗯。她说许先淮的谱太大了，拿她的牌子当互联网项目做 GMV（站内成交金额）增长评估，她听不下去，从饭桌上直接走了。"

费鹰说："脾气也是有点儿大。"

陆晟说："换我，我也走。"

这话其实不太客观，陆晟还是因为心里不痛快。小柚是这个茶饮品牌的创始人，很有韧劲和拼劲的一个女孩子，陆晟非常欣赏她。当年壹应最开始想投这个项目的时候，其实谈得也很不容易。很多不缺现金流的品牌人都有点心理洁癖，不愿意开放谈融资，担心资本方一介入，会有损自己品牌小而美的纯粹性。一般碰到这种情况，陆晟都让费鹰出面去谈，费鹰在这方面太"好用"了，他自己就是做品牌的，拥有极其纯粹的品牌信仰和精神，他太知道怎么用品牌创业者的话语和情怀去撬动这些项目的创始人了。

此外费鹰还有个陆晟望尘莫及的优点：费鹰非常能够尊重对方说"不"，也有充足的耐心等待对方点头。小柚当初前后拒绝了壹应三次，陆晟等了一年本来想放弃算了，后来还是费鹰又坚持了六个月，恰巧碰上小柚的供应链出了点问题，品牌现金流开了个大口子，壹应的这笔钱才临时救急地投了进去。

费鹰懂品牌，所以壹应从来不做快进快出的生意，壹应非常知道该如何尊重品牌和它的创始人，也非常有定力对品牌进行长期的投后培育。这就是为什么在之前 CHG 找的 FA 谈得很不好的情况下，小柚还愿意由陆晟牵线再和许先淮聊一次。

陆晟唠叨了半天，最后说："小柚那边你得打个招呼吧？"

费鹰说："有你安抚我看就够了。"

陆晟说："你什么意思啊？"

费鹰说："换了别的项目也不见你这么上火。"

THE GLAMOUR

陆晟哑口无言。

费鹰还惦记着在客厅里睡觉的姜阑："没其他事儿我就挂了。"

陆晟的气也消得差不多了："许先淮那边要怎么处理？"

费鹰说："正常来往，正常接触。陆晟，有更多实力雄厚的资本方愿意看消费品赛道，这并不是一件坏事儿。你难道不觉得吗？"

陆晟当然觉得，不然他也不会牵线介绍。

中国的互联网科技类赛道已经诞生了多家能够和欧美对应产业相对标的巨头企业，但是中国作为世界最大的消费品市场之一，至今没有诞生一家和西方品牌巨头的市值规模近似的世界级品牌化企业。这是个巨大的遗憾。

陆晟回应费鹰："那就先这样。"

等第二个电话结束，费鹰再回到客厅时，就看见姜阑穿戴整齐地站在玄关处。

那件外套被她叠好放在沙发上，沙发上已经不见了那个公仔小人。她拎着手袋，眉眼之间很清醒："时间不早，我该走了。"

费鹰看一眼墙上的投影幕布，询问姜阑："你不想看完它吗？"

姜阑说："你应该很忙，我也还有事。"

费鹰没多解释自己的事，他能感受到姜阑此刻想要离开这里的决心，于是他拿上车钥匙："行。我送你。"

姜阑拒绝道："不用了，谢谢你。我已经叫了车，还有两分钟就到。再见。"

说完之后，她好像不想再多待一秒似的，转身拉开了门。

费鹰并没有试图挽留她。

姜阑离开后，费鹰看了看桌上的半杯柠檬水。他走到沙发前，把那件外套拿起来，衣服上满是她身上的香味。

他略微思索，然后有点无奈地笑了。他以为他的动作足够轻，但他没想到她其实根本没睡着。

费鹰把剩下的半杯柠檬水喝了，然后收到了孙术的微信："今天晚上746HW你还不过来啊？杨南从北京来了，想给你个惊喜，结果半天没见到你。"

费鹰回："去。等着。"

虽然今天晚上是给BOLDNESS办开业的after party，但746HW也没闭店封场，还在照常营业。费鹰到的时候，刚刚十一点半，正是最热闹的时候。

杨南就坐在卡座最外面，见了费鹰，一笑。费鹰也一笑，走过去拍了拍杨南的肩膀："来上海也不和我说一声。"

男人之间的友谊可以非常简单，杨南让费鹰往里坐，嘴上说："说了不就多余吗？"

在场的当然还有郭望腾，他冲费鹰嚷嚷："早知道今天杨南来，那不该把老丁也叫来吗？这都多久没一块玩儿了？"说着，郭望腾还把自己的后脑勺扒拉给杨南看："老杨你看看，我今天为了去捧场专门剃的，结果人把我甩在店里，找女人去了。"

杨南不以为意地哈哈笑了两声，看向费鹰。

费鹰今天真的不太想搭理郭望腾，对杨南说："嗯。"

这一个简单的"嗯"字倒让杨南好奇起来了："真的啊？"

话音没落，郭望腾又叫了起来："我还能骗你们吗？啊？"

说话间，舞池那边有个年轻女孩抛下男伴，径直走过来，把自己微信二维码亮给费鹰："Hi，加个微信好吗？"

这个场景对于在座的这些人来说都太不陌生了。费鹰长成这样，从小到大在哪儿都招女人喜欢。面对这样的邀约，费鹰一般情况下会说什么，大家也都很清楚。

果然，费鹰看向女孩："不好意思，我不用手机。"

女孩"哦"了一声，甩了一下头发，回舞池了。舞池里面有个男孩笑嘻嘻地看着她，被她抬手打了一下，然后两人又抱在一起了。

第 四 章

不用手机，没注册过微信，背不出来手机号，这些都是费鹰惯用的拒绝话术。非常假，但非常有力。大家不觉得稀奇，但稀奇的在后面。

"哎，哎，你们知不知道，"郭望腾又开始嚷嚷，"前一阵儿我不是办了个展吗？在展上，从来'不用手机'的某人主动把手机掏出来，让一个不认识的女人加他微信。这事我可是亲眼所见啊，绝无水分。"

大家哗然。

孙术最是好奇："谁啊？我天天和他待在一起都不知道最近有这情况？"

卡着这句话，王涉端着几个盘子过来了。

他今天亲自下厨，弄了点下酒菜给这一座的兄弟们。他把香喷喷的炸物和卤物往郭、孙、杨那边放，然后给费鹰扔了一份水煮鸡胸肉配西蓝花。

杨南不由得困惑了："这什么意思啊？王涉你虐待谁呢？"

王涉不耐烦道："我还能虐待得了他？他自己要控脂增肌，说是要追人。上次还把人带过来逼我做饭吃。你们说这是谁虐待谁呢？"

这话一出来，几个人都惊住了。几秒后，郭望腾率先开口道："老王，老王！长得什么样？我上次离得远没看清楚。"

王涉给大家比画了一下，说是头发这样这样，裙子那样那样，脚上的高跟鞋大概有多高，然后手里还拿着一个看上去非常时髦的小包包，一群男人听得津津有味。

这怪不了他们，实在是这事太稀奇，多少年也没听过一遭。

快到凌晨一点的时候，里面闹得差不多了，BOLDNESS 这次在上海开业的团队都很辛苦，孙术带人先撤了，杨南和费鹰也顺便出来透口气。

街边有一些人在抽烟，他俩拎着两瓶气泡水喝。B-boy 出身的大多数都没有抽烟的习惯。

凌晨的风很凉，杨南还穿着短袖，他觉得上海这风很凉快，舒服。街灯把两个人的影子拉得很长。杨南喝掉半瓶水，然后问费鹰："你这是突然开窍了？"

这些人里，属杨南和费鹰认识的时间最久，从小玩到大，一直到费鹰南下创业。这么多年来，费鹰在生意场里结交的朋友很多，像陆晟、胡烈这些人当然都是他很要好的朋友，但费鹰的根在 746HW 里面的这群人身上。

杨南太了解费鹰了，所以费鹰对杨南也不必遮掩："可能是年纪到了。"

这话太实在了。过去十多年里杨南也没少和费鹰聊这事，但是费鹰一直忙，没时间也没兴趣，费鹰的时间和兴趣全部给了他的理想。找个女人对费鹰来说太容易，就像今晚那样，但是费鹰从不做快进快出的生意，所以费鹰自然也不要快进快出的关系。那对他来说没有任何意义，他也不认为这有享受的价值。

费鹰不停歇地忙了十二年。忙固然是有意义的，但是在忙了十二年之后，费鹰回头看一看，有时候会遗憾身边没有一个人可以分享他的理想和他的成就。这话如果说给二十岁的费鹰听，他会觉得无比矫情。但这话是三十二岁的费鹰的真实感受，他觉得可能是年纪到了，有些事他就自然而然地开始渴望了。

这样的渴望或许就写在雄性人类的基因里，费鹰不是例外。

杨南和郭望腾他们不一样，杨南和费鹰的交情可以让他没有顾忌地问他想问的："你怎么就能确定是她？"

听王涉描述的那样，实在不像是费鹰的同路人。

提到这个"她"，杨南看见费鹰很自然地笑了。

费鹰就答了两个字："直觉。"

杨南没话说了。费鹰是一个靠直觉驱动行动的人。费鹰靠他的直觉走了这么多年，走到今天这一步。在费鹰过去人生的每一个阶段，他都是靠直觉踏出第一步，然后踏平后面所有的障碍，踏出一条只属于他的路。

这是费鹰。

THE GLAMOUR

对着杨南，费鹰又多说了几句："一开始我觉得她这人挺逗的。我一看见她就想笑，一和她说话就更想笑。我就没碰到过像她这么逗的人。"

街头有风徐徐，杨南看着街灯下的费鹰，他脸上的笑容变得有点温柔。

费鹰说："今晚来这儿之前，我和她在一起。我第一次主动亲了她。"

费鹰停了停，然后继续说："亲她的时候我才明白，之前那些我以为的逗，其实是心动。"

021　复杂吗？

一向热血的 B-boy 变得温柔的时候该是什么样，杨南觉得此时此刻的费鹰可以被写进教科书里。

杨南想不到有什么女人面对这样的费鹰，还能拒绝得了。当然，杨南也想不到那个让费鹰心动的女人，不久前头也不回地迅速离开了费鹰身边。

离开时，姜阑其实并没有叫车。

她坐电梯下楼，然后站在街上被夜风吹到冷静。她等身上的燥意淡去，才掏出手机叫车。

这样的离开对姜阑而言一点都不体面，甚至有些仓皇，但她之前太低估费鹰对她的吸引力了，如果继续留在那里，她不知道后面还会发生什么。

坐上车后，姜阑后知后觉地发现，那只公仔小人躺在她的手袋里。她根本就不记得是什么时候把这小人塞进来的，她无法相信在那样的情形下她还惦记着这只公仔。

姜阑按了按额头，对自己真的十分无语。

第二天一早，姜阑被童吟用一通电话告知了她的最新情况。

童吟和她男朋友的战争在过去的这一周内持续升级，她终于正式悔婚并且提出分手。悔婚是件大工程，童吟需要面对双方的父母，需要告知两人重叠的朋友社交圈，需要分割两人连带的财物。在电话里，童吟和姜阑抱怨上海租房的价格。童吟此前从来没有自己租过房，她之前住在前男友家为两人购置的婚房里，内环 180 ㎡ 的大平层。再之前，童吟和自己的父母同住，但是现在她不可能再搬回去，她和她妈妈因为悔婚这件事决裂了。

按童吟妈妈的讲法，童吟疯了。童吟今年已经三十二岁，三十二岁离开一个交往了六年并且已经步入婚嫁阶段的男人，她的损失在她妈妈看来太大了。童吟觉得如果她还不离开这个男人，那么她的损失才大，她现在的决定才是及时止损，于是童吟妈妈被她气疯了。

悔婚和分手不是因为一次吵架，也不是因为一周冷战，而是因为这六年中的种种磋磨。童吟和前男友曾经很相爱，但两人还是一路走到了今天这一步。

童吟在电话里没有哭，她说："我的预算不够租我看中的房子，只好降低标准，牺牲生活品质。等我搬好家了再叫你来哦。真是好笑，我和赵疏分手，没有一个人觉得他有任何损失。"

童吟说好笑，但其实一点也不好笑。三十二岁的童吟和三十三岁的赵疏，在现实社会中面对的压力完全不一样，拥有的机会和选择也完全不一样。

姜阑问："搬家需要我帮忙吗？"

童吟说："不用。我真是应该早点像你一样，从家里搬出来。我过去太娇气。"

童吟从前觉得姜阑和家里的关系很疏离，她很少见到和父母住在同城但是一年只回

第 四 章

去看父母两三次的人。但是现在的童吟觉得疏离未必不好，当你能够360度为自己的人生负责、无须依赖父母的照顾和资源，那么你就可以不用面对父母对你人生的要求和期待，以及因此带来的莫大压力。

童吟想要彻底的自由。她宁可向生活低头，也不要向父母低头。

结束通话，姜阑看了一眼时间，八点三十二分。她起床换衣服，然后去健身房。

周末这个时间的健身房空空荡荡。姜阑在热身跑的时候不可避免地想到了童吟正在经历的一切。

感情关系太复杂，也太耗费精力，且连带着未知的结果。

姜阑今年三十二岁，不是十八岁，也不是二十五岁。如果要三十二岁的姜阑进入一段全新的感情关系，她得打开自我，翻阅过往，让对方熟悉她三十二年的人生，理解她如何成长为现在的她。这个过程已经足够辛苦，而她也需要配合对方进行一遍相同的过程。这是双倍的辛苦。

如果有幸两人仍然对彼此有意，那么他们应该对这一段关系作出相应的承诺。任何一段关系都不可能只获取而不付出。姜阑需要付出，需要满足对方对感情关系的期待，需要在双方维持关系的磨合过程中对已趋成熟定型的自我作出修正。这些都需要消耗大量的时间和精力。

在此基础上，双方需要打通彼此的社交关系，需要共享社会资源，需要了解彼此的财务状况，还需要融合不同的生活方式。这些事情对十八岁的姜阑而言或许不需要考虑，对二十五岁的姜阑而言或许没有那么复杂，但是对三十二岁的姜阑而言，这些事合并在一起是一个巨量工程。

那么有一天，假如这段感情关系走向破裂，又该如何？

先撇开可能的伤心、失望、痛苦等情绪不谈，也先撇开在剥离关系的过程中所需额外付出的心力，只看上述付出的这一切，对照这段关系能够给予她的情感满足，是否真的值得。

姜阑没有一个明确的答案，但她很清楚，她现在没有能力、时间、精力来对付这复杂的一切。她不要复杂的感情关系，她只希望能够短暂地拥有激情的乐趣。如果激情本身也让她感到有复杂的风险，那么她就什么都不要。

费鹰的确对姜阑有超出她想象的吸引力，但他对她的需求显然不止激情，她不能因为单纯的吸引力而让自己陷入任何复杂的关系中。

姜阑认为她想得很明白，也必须照此约束自己的行为。

冲完澡吃早饭时，自认为想得很明白的姜阑打开手机看新闻，然后不自觉地搜索了一下壹应资本。

在壹应资本的官方网站上，姜阑浏览了一遍被投项目列表。全是直面消费者的品牌项目，其中居然还有杨素工作的那家国内美妆巨头。如果姜阑没记错，那家公司去年刚刚赴港上市，现在的市值依然惊人。除了这家公司，项目列表里还有一些其他姜阑很眼熟的品牌，都是各垂直品类下的头部项目。

姜阑不明白自己为什么要搜索壹应资本相关的内容，她很快把网页关掉了。

这个周日，姜阑过得很标准，她没有再收到费鹰的消息。她想，头一晚吃饭时她应该表达清楚了她的意思，就算后来她去费鹰那里坐了坐，但她离开得很干脆，费鹰是个聪明人，也是一个体面人，他不会不明白。

姜阑卸去了心头的负担，但同时也觉得又有点什么别的东西压住了她的心底。

周一一早，姜阑的工作微信收到新的好友申请。她一看：Petro Zain。

姜阑一边通过他的申请，一边感叹美国打工人为了达成KPI一样不容易，连微信都不情不愿地用起来了。

被姜阑通过好友后，Petro立刻发来了问候。

姜阑礼貌性地回复了他两句。

THE GLAMOUR

Petro 说:"你应该能看到我的进步,我愿意用中国人的方式更多地了解中国市场。"

姜阑回他:"我感受到了你的诚意,期待看到你更多的进步。"

Petro 又说:"Erika 要求我十月份去上海,为明年的大秀实地勘场,希望你和团队能够安排好我的行程,下周我能看到相应的计划吗?"

这可真是个完美的周一清晨。

姜阑收拾妥当,准备出门时,在玄关柜上看见了那只公仔。小人的脑袋仍然歪着,像是在看着她笑。

姜阑伸手摸了一下小人的腹肌。她不得不承认,在某些时候,她有点怀念费鹰身体的手感,还有那三个亲吻。这些记忆没办法轻易被抹去。

但费鹰不是公仔,他是个活生生的人。她不能用对待公仔的方式对待费鹰,费鹰也不会接受她用对待公仔的方式对待他。这事无解。

姜阑关门时,在心里对小人无声地道了个别:Bye bye,小硬。

这一天的清晨阳光明媚。姜阑下楼后,看见不远处停着一辆眼熟的车,它的纯黑车身反映着朝阳光芒。光芒落在站在车旁的男人身上,他很随意地把双手抄在运动裤兜里,很随意地冲她笑了一下。

姜阑微愣。

费鹰等着姜阑走到车边。

她今天又穿了一条他没有见过的裙子,她的每一条裙子都很漂亮。费鹰看见她抬手拨了一下头发,然后开口对他说:"早上好。"

费鹰说:"早上好。你是出门去上班吗?"

姜阑点头:"嗯。"

费鹰说:"那刚好顺路。一起走好吗?"

说完,他把副驾的车门拉开。阳光下,他的笑意很温暖,他的手臂线条很流畅。

姜阑一时不知道该如何拒绝这个听上去很合理的邀请。壹应资本和 VIA 的办公室确实在同一栋写字楼里。她想拒绝,但这个拒绝会显得很矫情,最终她还是上了车。

车子开出去,费鹰问她:"你吃早饭了吗?"

姜阑想到他们每次在车上的对话开头都是围绕着吃饭,觉得有点有趣,但她没笑:"吃了。你呢?"

费鹰笑了笑,没说话。

过了一会儿,他在等绿灯间隙抽空看了她一眼,问:"你平常上班都这么早吗?"

姜阑今天是八点出的家门,她说:"要看情况。"对上费鹰的目光,她一时觉得车外的阳光过于耀眼。

费鹰应该很忙,或许比她还要忙得多。姜阑想问他每天通常几点开始工作,但她觉得不该开启这个话题,他几点开始工作和她没有关系。

两公里的路程用了一刻钟。

费鹰开车下写字楼地库,左手把着方向盘,不经意地问了句:"这样在一起十五分钟,你觉得复杂吗?"

姜阑又微微愣住,然后想了下,回答得倒也诚实:"不复杂。"

费鹰把车停稳,笑着说:"那好。"

直到走进办公室,姜阑才慢半拍地发现不对。

费鹰说刚好顺路,但他明明就住在写字楼隔壁,这到底是顺了个什么路?

第5章
本　能

022　本　能

　　姜阑想得没有错，费鹰确实很忙。
　　和姜阑告别后，费鹰搭停车场的另一部直梯去旁边那栋楼的酒店大堂，见一个陆晟推荐的候选人。壹应最近在扩大投前团队，陆晟认为需要再补充一些具有丰富消费行业背景经验的人才，有没有投资经验不是最要紧的，关键是要懂2C的品牌。
　　今天的这个候选人陆晟很看好，但是对方的工作非常忙，只能空出来早上见面，见完还要赶去机场。陆晟求贤若渴，他觉得想要做成一件事，人和团队最重要。这一点费鹰也同意，所以费鹰愿意配合候选人的时间。陆晟建议费鹰和对方吃个早餐聊一聊，时间约在八点半。
　　八点半对费鹰来说并不算早。他今天是四点半起床的，起床之后先陪杨南跑了一趟浦东，往返四十三公里的路程。杨南这次来上海，不单是为了给BOLDNESS全新概念店开业捧场，他还有圈子里的事要办。杨南在上海这边有朋友想办一场全新的Breaking国际赛事，邀请杨南来做赛事的联合举办方，同时还邀请了广州那边的另一个朋友。大家是多年熟人，都很愿意为扩大中国Breaking的国际影响力出一份力，这事一拍即合。杨南问费鹰有没有兴趣一起去看看刚刚敲定的比赛场地，费鹰当然有兴趣，和Breaking相关的事他怎么可能没兴趣。
　　要办比赛，钱当然是第一位的，上海这边的人之前忙着找各类品牌方，做赞助的商业方案。杨南带费鹰一早过去看场地，那边给杨南说了半天现在的资金情况，国际级别的赛事不比国内圈子的玩法，对赞助的资金档位需求很高。杨南听了半天听得有点头大，后来直接指着费鹰跟人说，你要不然问问这位愿不愿意帮忙？杨南的上海朋友问，这位是啥人啊？杨南说，你就别管他是谁了，只要能把事儿办了就成。费鹰在一边笑了，说这必须得愿意啊。
　　回程路上，杨南和费鹰解释："你可别觉得我拉你去就是为了钱。"
　　费鹰瞟他一眼："你现在废话怎么就那么多？"
　　杨南咧了咧嘴，不说了。
　　杨南在酒店门口下车，临走前弯腰把住车门，问："老王说的那位，哪天正式带出来给兄弟们见见啊。"
　　费鹰回道："再说。"
　　杨南叮嘱他："要追人就好好追，不要因为忙就又耽误下去。"
　　费鹰没说话。
　　杨南走后，费鹰本该按计划直接回去，但他看了一眼导航，又看了一眼时间，然后

第五章

打了一把方向盘，掉头开去了姜阑家。

在楼下停车时，费鹰预估了一下时间，在不影响后续工作日程的情况下，他可以在这里等二十分钟。他没给姜阑发微信，因为他很清楚地记得姜阑那晚说过：你不是一个简单的对象，我也没办法处理任何复杂的关系。

简单，复杂，这是姜阑的定义。这应该就是她那天从他身边匆匆离去的原因。

如果姜阑真的那么坚决，不给费鹰留下任何余地，那么费鹰不会继续让自己成为姜阑的困扰和麻烦。但是姜阑把费鹰小公仔一起带走了，这在费鹰眼中就意味着余地。

在楼下等姜阑时，费鹰其实压根没觉得他的行为是在追人。他想见姜阑，他需要一个不复杂的场景，没什么比顺路去上班更合适了。

想见她是本能，费鹰从来不掩盖自己的本能。

费鹰到酒店一楼的西餐厅时，是八点二十五分，餐厅的自助早餐台看起来让人很有食欲。

费鹰又想到了姜阑。

路上的十五分钟过得很快，姜阑在车上话不多，但她在下车后站定几秒，对费鹰说："不吃早饭，对身体很不好。"

她的语气很认真，费鹰不由自主地笑了。

候选人准时抵达。

陆晟推荐的人确实很不错，费鹰和对方聊了差不多一个小时，双方的感觉都很好。聊完后，候选人对费鹰告别："很抱歉，今天的时间太匆忙，等我出差回来再去拜访陆晟。壹应是一家很有潜力的消费品基金，我很高兴今天能够认识你。"

候选人是一位三十八岁的女性，职业度相当高，很专业但不强势，沟通技巧非常好，外表看起来时髦又精神。

她又对费鹰说："说实话，市场上的工作机会不少，我同步在看的有好几家。但是壹应有一点非常打动我，从 HR 到陆晟到你，在交谈过程中没人问起过我的婚育情况，我感到很被尊重。"

费鹰说："这本就是应该的。"

对方摇了摇头，最后说："还是谢谢你们，让我感受到人生的选项有时候可以不必那么复杂。"

她起身，笑着和费鹰握手。

费鹰回握。"复杂"这两个字，他以前从没有留意到有这么多女性在使用。

姜阑在午饭后被 Vivian 叫去见陈其睿。

一周前在陈其睿的办公室里，两人的对话结束得不算好看，姜阑不知道今天陈其睿找她是要说什么。

和平常不同，今天陈其睿在他的沙发会客区等着姜阑。

姜阑进来坐下后，陈其睿很开门见山："我们有一段时间没聊过你的职业发展了。"

姜阑说："嗯。"

这个话题其实也没什么特地聊的必要性。姜阑的职业发展，在品牌 MarComm（市场及传讯）这条线已经到顶了，她要想继续前进，要么就是平行扩大业务职能，要么就是垂直坐上陈其睿现在的位子，但是哪有那么容易？平行环顾，VIA 现在的前端业务部门哪个没有实力强劲的带队人，姜阑能把她现在的位子坐稳已经不容易了。垂直向上望，就算陈其睿将来高升，把 VIA 中国区一把手的位子空出来，那也轮不到姜阑。奢侈品零售行业贯来如此，品牌 CEO（首席执行官）、GM（总经理）这样的位子向来偏重做 Retail、BD 和 Merchandising 这三条线出来的人，很少有机会能轮得到 MarComm 的。所以姜阑觉得陈其睿这个话题开得莫名其妙。

陈其睿看透了姜阑的想法，也不绕弯子："你应该听说了我最近在看外面的候选人，

THE GLAMOUR

电商背景的。"

姜阑说："是。"

陈其睿说："见了不少人，但没一个合适的。整个行业里现在没有成熟的奢侈品牌出身的电商人，其他行业和电商平台方的人总部都看不上，觉得他们的做法太low（廉价），做不了luxury（奢侈品）。"

这是VIA总部式的傲慢。对国际奢侈品牌来说，开辟电商渠道固然是为了寻找增量生意机会点，但比生意更重要的，是品牌的形象和脸面，是品牌的调性和气质。

姜阑等着陈其睿继续说下去，她心里已经隐约预感到他接下来会说什么。

陈其睿看着姜阑："姜阑，你愿不愿意在你现有的scope（职责范畴）之外，再加上电商这块？Head of MarComm&eCommerce（品牌市场及电商总监），你有没有兴趣？"

这确实是一个意外，但也不是那么意外。

陈其睿继续说："给你加三个全新的headcount（员工人头），HR会帮你一起搭团队。你的税前月薪上调35%，年终奖算法不变。"

姜阑问："我可以考虑多久？"

陈其睿说："一天。"

姜阑觉得这实在是陈其睿的标志性风格，高挑战、高回报、高压力，她没说话。

陈其睿又说："姜阑，谁都知道你很ambitious（有野心的），你不要讲你没有，那会是个笑话。你想要去更高的地方，你就必须近距离接触生意，你不碰生意，不看P&L（公司损益），你就只能继续在MarComm的位子上坐老坐死。像这样的机会，换个别的品牌能有吗？你脑子是清楚的，你自己考虑。"

这番话也就是从陈其睿的口中说出来，姜阑还能像这样冷静地听着。要是换个人，她应该已经起身走了。

姜阑说："好，我明天答复。"

陈其睿点头："还有一件事，HR那边一直在用的HLL即将和我们解约，你可以停止写投诉邮件了。"

姜阑说："哦，好。我知道了。"

陈其睿从面前的桌上抽出一份文件："集团对VIA中国区目前的员工流失率很有顾虑，所以推了一个retention bonus（员工留存奖金）计划给到中国区这边。只有核心部门的核心人员才有。"

姜阑接过来，看了一眼。条款是在VIA中国继续工作满二十四个月，在保持高水准工作表现的基础上，可以获得额外一年的全薪奖励。

这个金额不低，姜阑有点意外。

陈其睿又说："除了你，你的团队还有一个额度。你想好要给谁，告诉HR。"

姜阑点了点头："行。"她想了想，还是说，"虽然公司已经决定不再用HLL，但是HR在这件事情上太不作为。"

陈其睿看了她一小会儿，然后说："你以为你是唯一一个受害者？你以为Selina那边的人之前是怎么流失的？你以为我愚蠢，一直都不知道？你以为HR有这个胆子一直不作为？"

姜阑被陈其睿的这几句反问镇住了。她微微皱眉，说："我知道了。"

从陈其睿办公室出来，姜阑捏着那份文件走回自己的位子。

她跟了陈其睿三年，一直知道陈其睿是个什么样的领导人，但陈其睿总能刷新她的认知。

陈其睿让她拿电商的业务，这当中固然有对她能力的信任、对她本人的器重和着意栽培。但他的想法仅止于此吗？用姜阑一个人带两个主要业务部门，虽然给她涨薪35%，但省下的是整整一个行业电商总监的薪资费用。姜阑得到这个全新的scope，对她来说是挑战也是机遇，就像陈其睿说的，换个品牌能有这样的机会吗？姜阑短期之内还能跳得

第五章

动吗？能让姜阑留在 VIA 不走，确实不靠钱，陈其睿用姜阑自己的野心把她牢牢地拴在这里。

核心部门的核心人员流失频繁，HR 用的猎头公司挖着自己客户的人，陈其睿能够稳坐不管，砍掉十月涨薪计划，放任情况愈演愈烈，一直等到总部那边主动掏钱来给中国区做员工的留存奖励计划。中国区的费用又能省掉一大笔。都是用钱，但陈其睿脑子里想的 staff retention，和姜阑上次试图去和他讨论的，的的确确不一样。

陈其睿就是陈其睿。在某些方面，姜阑望尘莫及。

公司内没有不透风的墙，下班时，何亚天来约姜阑吃饭。他已经听说姜阑很可能要接新的电商业务。姜阑如果真的接了，公司内部架构的调整在所难免，老板对部门之间的偏重也一定和过去不同。何亚天来找姜阑吃饭，太自然，也太正常。

两人去了楼下商场里的日料店。

坐定，点单，服务生斟茶。

何亚天喝了一口茶，很直接地问："你要是不接电商这块，能去 Neal 那边推荐我吗？"

姜阑说："怎么，你有兴趣？"

何亚天说："哈哈，怎么可能？我就是想看看你是什么反应。"

姜阑的这个反应已经足够说明她的决定了。

何亚天很满意："我觉得这样很好，总比 Neal 从外面找一个不知道什么背景的人来要好。我每天应付一个 Selina 就已经够头疼了，我不要再应付一个脑子里面只知道卖货和清库存的。"

姜阑说："我还没想清楚，你别开心太早。"

何亚天瞧着她："姜阑，你今年才三十二岁。你三十二岁坐这个位子，是怎么拼来的，你可别说都是运气。你这么拼，野心就放在那儿，谁能看不见？"

姜阑也很坦白："我没电商背景和经验，接这个是要对业绩目标负责的。这个选择对我而言压力有多大，你能想象。"

何亚天说："你能按捺住你的本能吗？你对这个机会不渴望吗？哪有完美的选择，哪有完美的职位。"

姜阑当然知道这个道理，她不想继续和何亚天讨论这件事，她需要自己好好想一想，于是她转换了话题："你和你的 partner（伴侣）最近还好吗？"

何亚天笑得很开心，说："很不错。"

他的伴侣在新加坡，异地已经两年多了。

姜阑由衷地佩服何亚天对感情生活的处理能力。她所认为的复杂，在何亚大面前不值一提。长期异地，这可以让感情关系的复杂系数翻一百倍。何亚天可以处理一百倍的复杂，姜阑很想知道这是怎么做到的。

姜阑问："你不觉得复杂吗？"

何亚天反问："人生什么不复杂？但爱是本能啊。你能按捺住你的本能吗？像吃饭，像睡觉，你能不吃饭不睡觉？"

何亚天眼中的姜阑，独立，强势，身上有时候甚至不太有女人味，他觉得姜阑根本不需要男人，她可以满足自己全部的需求。何亚天感到他这话说得太空，姜阑可能真的缺少这个本能。

晚饭结束，姜阑收拾东西下班。

她走出楼，先环视了一圈写字楼下的临时停车道，没有看到任何一辆眼熟的黑色车辆。

姜阑觉得自己的这个行为实在是可笑，她难道还在期待有人晚上也"顺路"接她下班回家吗？

姜阑同时又觉得自己矫情得无与伦比。她一面因复杂而拒绝，一面又不自禁地盼望。她这辈子就没有这样的矫情和拧巴过。如果可以，她想将这部分的自己从体内直接清理

THE GLAMOUR

掉。

车开进小区，徐徐停稳，姜阑下车。

她先看到不远处有辆车打着双闪，然后看到了站在车旁的男人。这一刻，姜阑居然在想，她干脆给他办个停车位是不是更方便些。

姜阑走近费鹰，说："Hi。"

费鹰说："Hi。"

有点暗的光线下，他的视线掠过她的脸，姜阑觉得脸庞像火苗细焰轻轻燎过。

姜阑抬手把头发别到耳后，问："你又是顺路来的吗？"

她没意识到这已经是她第多少次做类似的动作了，而她的动作每一次都落入了他的眼中。

费鹰的目光追着她的动作："其实不太顺。"

姜阑说："哦。"

费鹰向前走了半步："姜阑。"

姜阑仰起头看他。

费鹰说："是这样的。我今天想了很久，有些话，我需要告诉你。"

姜阑对上他的目光，觉得她很难移开眼："什么？"

费鹰这回没有笑。他开口，语速不快，但很清晰："我很想追你，但我并不是一个遵守规则的人，我也不想去研究应该怎么追求一个女人，我只想用我的本能靠近你。你不喜欢复杂，我听到了。如果你指的复杂，是这个世界和社会对你的要求、规则和束缚，那么我想告诉你，那种复杂，在我这里不必存在。如果你愿意相信我，我可以为你、为我们重新定义'关系'，不让你感到复杂的关系。你想不想试一试？"

男人说的每一个字姜阑都听清了，但姜阑说不出一个字。

她就这样仰头看着费鹰，觉得好像心中有什么东西在崩塌，又有什么东西在重建，还有什么东西在翻飞。

费鹰低下头问她："听我说这些，你觉得复杂吗？"

姜阑终于能说得出话了，她的声音哑得不像她："不复杂。"

男人的气息于是又贴近了些。

"那这样复杂吗？"

费鹰伸手，将姜阑圈入怀中，她的上半身不可控地倾向他。

他微微侧头，按着她的腰，吻上她的唇。

在这个亲吻里，姜阑的本能挣扎着脱离了她的躯壳，在夜空中跳跃着，飞舞着，用只有她的内心才能听见的声音回应着他。

023 从 心

夜风擦过姜阑裸露的手臂外侧，很凉。她的手臂内侧勾在费鹰的肩膀上，很暖。

这是一个炙热的吻。

费鹰温柔的举动之下包裹着惊人的强势掠夺性，那很天然，难以隐藏。她被这样的一个吻掠夺了冷静。

在费鹰的怀里，姜阑很不冷静地感受到了自己的变化。她曾经被这个男人的身体本能地吸引，但她今夜对他升起的欲望却无关乎单纯的性。这是一种难以言说的感受，她体内的雌性荷尔蒙在悄无声息地变得柔软，不再咄咄逼人地强迫她向原始冲动低头与

第五章

屈服。

他的的确确在抚慰她那些不为人知的挣扎。

费鹰放开她时,姜阑的心脏在剧烈地跳动。她想他一定听到了她的心跳声,他同她贴得这么近,不可能察觉不到,但他没有问她的心跳怎么跳得这么快。

费鹰只是稍稍转头,又亲了亲她的脸。他的胡茬挨着她的皮肤,这个吻又很久,然后他终于彻底地放开了她。

夜里,姜阑看着男人抬起手,替她整理有些散乱的发。他的嘴角带着一点笑,这模样实在是过于帅气。她的头发被他的手指拨到耳后,然后她的脸被他就势捧住。

姜阑听到费鹰叫她:"姜阑。"

她答道:"嗯。"

费鹰说:"你想一想,不用急。"

他是一个有足够耐心的人,这一点她之前就已经领略过了。

姜阑觉得这一切很不真实。他甚至没有深入地了解她的过往,她究竟是一个什么样的人,她不知道他究竟喜欢她什么,她又有什么动人之处,足以让他说出那样一番话。

姜阑稍稍把身体的重心向后移动几寸,胳膊很自然地从他肩头收回:"我不太明白你为什么会喜欢我。"

费鹰说:"姜阑,你人生中是不是很少有从心的时候?"

"从心"有多自由,就有多奢侈。从心是有代价的,从心的结果也是不可知的。很少有人能够轻易过这样的人生。

费鹰的语气太平常,似乎这两个字对他来说无所畏惧。这需要怎样强大的内在,可以从容面对从心所需付出的代价和带来的结果,无畏,不惧,勇往直前。

姜阑对上他的视线。

这个男人有一种不同于常人的魄力,也有一种足以让她动摇的魅力,他的人格和精神太罕见,她无法否认她被他吸引,不止是身体。

这是费鹰。这是 B-boy YN。

应该只有这样的人格和精神,才能做得出 BOLDNESS 和壹应资本。

费鹰看着姜阑,她脸上的表情很平静,这个女人的情绪很少有外露的时候,这样的平静对他而言居然也分外动人。他忍不住用拇指刮了一下她的嘴唇。

姜阑被他撩得目光一颤。

费鹰低声笑了。

几秒后,姜阑本已收回的胳膊重又攀上他的肩膀,她在他耳边说:"好的,我想一想。"

费鹰把她重新揉进怀里:"还想再亲亲吗?"

在姜阑的舌尖被费鹰轻轻咬住的时候,她的手指不由自主地扣紧了他的肩骨。她想,她可能不需要再想一想了。但她没说出口,因为她知道今夜的自己是有多么不够冷静。

姜阑不会允许自己在不冷静的时候做出任何决定。

小区里有人从两人身后走过,轻声咳嗽。

姜阑推开了费鹰。她垂下眼,自顾自笑了。

费鹰抬手揉了一下耳朵,也跟着笑了。然后他摸了摸她的胳膊,说:"冷了,你上去吧。"

姜阑没有邀请他一起上去,她点了点头。

费鹰又说:"我今晚飞成都,然后去北京,预计周五回来。周五晚上一起吃饭好吗?"

他真的非常忙,比姜阑还要忙许多。这么忙的情况下他还来这里等着她,对她讲这样一番话,姜阑要说心里没有一点触动,那不可能。于是她再次点了点头。

费鹰冲她笑了笑:"上去吧。"

回家后,姜阑走到窗边,拉开纱帘向楼下看了看。男人还站在他的车边,没走。

THE GLAMOUR

大约过了一分钟，她的手机收到一条新微信。

F："我忘了说，你笑起来的样子有点儿可爱。"

姜阑想，他揉耳朵的样子也有点可爱，她又不是唯一有点可爱的人。她看了一会儿这个黑色的头像，又看向楼下，男人和车已经离开了。

洗完澡，姜阑把那只小公仔从门口玄关柜上拿下来，带回卧室，摆在床头柜上。她摸了摸公仔，这次不是腹肌，而是耳朵。

和何亚天吃晚饭时，姜阑本想在回家后认真思考一下陈其睿给她开出的新机会和条件。按她平时的习惯，她会对它进行360度的全面分析，一条条列出pros（利）和cons（弊），预测系统性风险，对比可获取的回报，最后做出理性的判断和决定。但现在姜阑不想做这个分析了。她看了一眼床头的小人，把灯关了，直接睡觉。

第二天早晨到公司，姜阑直接去陈其睿办公室，甚至没有用足陈其睿给她的一天时间。

陈其睿一早很忙，Vivian挤出五分钟给了姜阑。

姜阑进门后开门见山："老板，我决定了，我要这个职位。"

陈其睿身体后仰，靠上椅背，很难得地微笑道："姜阑，你从来不会让我失望。"

姜阑说："那您忙吧。"

她说完就离开了，甚至没有用足Vivian给她的五分钟。

何亚天中午的时候来找姜阑，笑得特别开心。他说："Neal找我了，也要给我这边加一个headcount，专门负责给电商买货。"

姜阑说："老板难得大方。"

何亚天说："你这次帮他省了多少钱啊。还有面对总部那群挑剔得不行的家伙，你可以帮他省掉多少事啊。"

陈其睿的想法，何亚天也拿捏得很清楚。这都是多少年的外企人了，太知道老板想要什么。有个像姜阑这样得力好用、抗压进取的下属，陈其睿离他想要的位子只会更近。

好的下属的确难求，姜阑计划下午找温艺开诚布公地聊一聊，不过唐灵章却先来找她了。

唐灵章说："阑姐你有空吗？我想和你聊一聊我今后的发展。"

姜阑放下手上的事，说："好。"

唐灵章的性格相对来说比较简单，没有什么复杂的心思，和姜阑的沟通配合一直很透明顺畅，姜阑对她的工作也相当放心。

平常的唐灵章一般都是有话直说，但现在她先斟酌了一下，然后才开口道："阑姐，我听说了你要接新的电商业务。我想申请转去做品牌电商。"

姜阑没问她是从哪里听来的小道消息，想了一下，她说："Lynn，你知道我没有电商经验背景，我搭电商的团队，一定是要从外部找现成懂电商的人进来带这个小团队，你要是转过去，不可能像现在这样直接向我汇报。这个你要清楚。"

唐灵章点头："我想过了，我没问题。"

姜阑问："你为什么想动？你现在的这个role（职位）是多少人想要的，这个你应该更清楚。"

唐灵章很坦白："我觉得市场和行业的趋势在这里，转电商，以后的工作机会可以更多，选择面也更广。"

做Digital Marketing的人对线上风向的敏感度很高，唐灵章说得一点都没错，她的考虑也非常现实。

姜阑尊重下属的意愿，唐灵章聪明，学习能力很强，姜阑对她转岗的能力条件没有顾虑，而且唐灵章的背景可以更好地帮助将来的电商营销。姜阑说："我知道你的想法了。等HR那边job posting（职位发布）做好，你内部申请，走标准流程。"

唐灵章笑嘻嘻道："好呢。"她想了想，又说，"阑姐，其实我想转岗，也有很小一部分原因是因为 Ceci。"

姜阑问："哦？"

唐灵章说："Ceci 做 PR 这么多年了，她也想要多一些其他方面的 exposure（曝光机会），我能感觉到她一直对我现在做的这块感兴趣。我和她现在的情况就是互为瓶颈，谁也没办法碰对方的东西。当然我对 PR 没什么兴趣，我只是想要寻求职业上一些更多的机会和可能性，我觉得我转去电商对整体团队也有好处。"

姜阑的目光在唐灵章脸上停留了一会儿，说："我知道了。"

唐灵章和温艺之间的关系看上去还可以，但也只是看上去。她说的话只能代表她的主观感受，只能作为一个侧向参考。姜阑没有质疑唐灵章说这番话的动机，没有必要，最关键的还是要和温艺直接聊一聊。

优秀的人才和稳定的团队太重要了，想要做成任何事，人都是第一位的。在这一点上，姜阑和陈其睿没有差别。

下午姜阑直接带温艺去了楼下商场里的西餐厅。

时间刚过五点，餐厅里有工作日的 happy hour（欢乐时光）。姜阑问温艺："想喝一杯吗？"

温艺笑道："行啊阑姐。"

姜阑也笑了笑。

等酒上来，温艺说："哎，徐鞍安最近可好玩了，在微博上发了一些 vlog（视频日记），里面的东西我看着很新奇，特有意思。"

姜阑说："是吗？我回头看看。"

温艺又提到 Petro 要带人来上海的事情："Petro 十月不是要来吗？除了给大秀做 site check（勘场），还要给他安排 media day（媒体日），他想了解中国最新的数字媒体环境，反正这事我和 Lynn 在对，等明后天弄个初稿再跟你过。"

姜阑点头："Ceci，你对 Digital Marketing 感兴趣吗？"

温艺笑着抿了一口酒："阑姐你这问得有点突然啊。"

她并没有否认，姜阑继续说道："团队接下来会有一些新变动，我先和你同步信息，也问问你的意愿。老板决定让我带新成立的电商部门，Lynn 很可能转去那边。如果她动，你是否愿意把她的 scope 和她下面的两个小朋友一起接过来？"

温艺没说话，眼睛看着姜阑。

姜阑从温艺的眼睛里看到了很明显的欲望，她又说："集团给中国区推了一个 retention bonus 计划，条件和金额很优厚，核心业务部门有少量名额。我这边只能提一个人，我的想法是把这个给你。"

温艺放下了杯子，她在思考。

姜阑说："Ceci，我不想等你拿着辞职信来找我的时候再谈这些。不论你是想要扩大职业可能性，还是想要更高的回报，这是我目前能给你的机会。"

温艺抬眼："阑姐，谢谢你，我很感动。我也不瞒你，我最近的确在外面看机会。原因无它，我准备离婚了，所以我需要更多的钱。"

这是一个姜阑没有预料到的说法。

温艺结婚早，二十四岁，生小孩也早，二十六岁。她的先生一直很迁就她，跟着她的工作城市搬家和切换职业，她的婚姻和家庭在大家看来还可以，没什么大问题。

温艺笑了笑，笑得有点自嘲："这事我也没和别人提，但是对你，我也没什么好遮掩的。我觉得现在的日子让我窒息，我真的过不下去了，我越来越想不明白婚姻本身能够给我带来什么。"

姜阑想到了童吟。

那些别人看起来的"还可以"，只有当事人才知道其中到底有多少的"忍不了"。一段关系，到底能给人带来什么，又要从人身上剥走什么。如果一个女人不冀望通过婚姻

THE GLAMOUR

本身来获取财富、资源、安全感、改变人生,那她的核心渴求又要靠什么样的关系来满足?

温艺说:"我需要更多的钱,也是为了小孩。阑姐,和你们一起共事我真的非常开心,你现在给我的机会也是很难得的,但是 retention bonus 解决不了我眼下的需求。"

姜阑表示理解,她必须得理解,虽然她在这件事情上无法做到百分百的共情。姜阑的权力有限,她无法左右公司的整体涨薪计划,目前的方案是她能给温艺的最优方案。

温艺又说:"阑姐,你让我想一想好吗?"

人生一直都在做选择题,没有一个选项是完美的。"从心"说起来多简单,但对很多人来说,现实的羁绊太重。

姜阑碰了碰温艺的杯沿:"当然。你不用有压力。"

晚上,姜阑在去往童吟新家的路上,想着费鹰说的话。

一段不需要遵守规则、由他为她重新定义的不复杂的"关系",这几乎可以称得上是一个完美的提议。如果姜阑想要进入一段关系,那么这应该是她最好的机会。她怀疑在接下来的人生中,是否还能拥有类似的机会。

但是姜阑还没想清楚,她到底希望从一段关系中获得什么。

童吟搬家的动作非常迅速,她率先完成了和赵疏在生活层面的分割。童吟为她新租的房子购置了大量的新物品,这是她的崭新人生。

姜阑坐车过去差不多花了三刻钟,童吟租的地方确实有点远,但童吟喜欢大空间,她需要大房间放她的琴,在这一点上她不能委屈自己。姜阑到的时候,童吟刚刚叫了外卖。她的家具还没到全,家里客厅目前只有一张懒人沙发,她招呼姜阑坐在那边。

两个女人光着脚,互相挨着坐下。

童吟的头发很长很长,深棕色的微鬈。姜阑坐下时不小心压到了,立刻被童吟嫌弃地拍了一下腿。姜阑笑着挪了挪屁股。

外卖很快来了。童吟拆包装,姜阑看到她点了卤肉饭,还有台式烤肠,加蒜片的那种。童吟对台湾美食有一种迷恋。

姜阑说:"我不吃,热量太高。"

童吟更嫌弃她了:"那你不早点讲?我叫都叫了。"

姜阑一边喝童吟叫来的柠檬汁,一边看童吟吃卤肉饭,然后想起了之前费鹰带她去 746HW 吃的那碗美味卤肉饭。她想到了那一晚的三杯酒,还有三杯酒之后她是怎么掀起了他的上衣。男人的侧脸出现在她的记忆中,还有他的笑,他的胡茬,他肌肉的温度,他在她耳边说她太香了。

姜阑彻彻底底地走了神。

童吟连叫她三声:"阑阑你在想什么?"

姜阑回神:"哦,没什么。"

她知道自己想到了费鹰,而她也纵容自己在别人面前想着费鹰。

童吟问她:"我最近事情太多,一直忘记问你,你和那个销售小帅哥怎么样了?"

这确实有些一言难尽。

二十分钟之后,听完姜阑汇报的童吟连饭也不想吃了。童吟觉得这是小说吗?小说都不能这么写吧?编这么完美的一个男人出来,还刚好让姜阑认识?这不能是真的。

童吟问:"啊,他有什么缺点吗?不然不合理呀。"

姜阑答不出来。费鹰有缺点吗?她对他的了解还根本看不到这些,于是姜阑摇了摇头。

童吟想了想,突然问:"阑阑,他迟迟不和你发生关系,有没有可能是因为他那方面不行?三十二岁可不是二十二岁哦。"

童吟是吃过亏的。和赵疏的六年恋情,让她见证了一个男人是如何从半山腰滑落到山底,也让她目睹了一个男人为了所谓的男性尊严能够变成什么样。

第五章

姜阑从没想过这一点。她看着童吟，问："会吗？"

童吟很认真地说："你又不是言情小说的女主角，你要认清现实世界。他肯定有不为你所知的缺点。"

晚饭后，童吟送姜阑上车，她说："阑阑，你有空就来找我玩哦。"

姜阑理解童吟的孤独，这种孤独不是因为一个人，而是因为剥离了一段长期亲密关系后的心理不适与饥渴。姜阑捏了捏童吟的手心，说："我会的，放心。回家好好睡觉。"

童吟揉了一下眼角，笑了。

童吟的话给姜阑提供了一个全新的视角和思路。

车上，姜阑掏出工作手机。微信里，费鹰傍晚的时候给她转发了一篇文章，是某家外媒采访一位韩国女性街头艺术家的文章。他说你可能会感兴趣。

当时姜阑没顾上仔细读，现在她慢慢地看完了这篇文章。

看完后，她点开费鹰的头像，他的朋友圈空空如也。这是个过于低调的男人，低调到如果你不认识他，就无从判断真实的他到底是个什么样的人。

姜阑抬眼望向车外，伸手把车窗打开。夜风吹进来，她的发在肩头散开。姜阑吹着夜风，低眼在对话框里敲下一行字。

孙术站在纱帽街边，等车来接他和费鹰，他的背后是一整排临街的国际奢侈品牌精品店。夜晚的商业区人流熙熙攘攘，这一片街上的女孩都太好看了，成都的女孩很时髦很精致，但又和上海的时髦精致很不同，孙术难以用语言精准表述。

费鹰站在街边接电话，接完电话他望向孙术，但孙术的目光根本就不往他这边扫半眼。费鹰没有试图叫孙术，因为他知道他今天把孙术气得不轻。

有新微信进来。费鹰点开，是姜阑。

姜阑 Lan："你有什么缺点吗？"

费鹰微微笑了。他捏着手机，望向街头。

他当然有，太多了。

024 高跟鞋

姜阑的这个问题如果是问孙术，那孙术可有太多话要说了。费鹰有什么缺点吗？他当然有，太多了。

孙术认识费鹰这么多年，跟了费鹰这么多年，什么样的费鹰他没见过。从追逐理想到开创事业，从工作日常到生活点滴，每一个切割面的费鹰对孙术来说都很熟悉，每一个切割面的费鹰都有瑕疵。费鹰是人，不是神。就算是神，孙术觉得这世上也没有完神。

就拿今天的事来说，来成都和商场业主方谈 BOLDNESS 的落位，整三层的大店，费鹰能一分钱的装修补贴都不要，就为了让业主方收回对门店设计方案的修改意见。业主方没意见了，孙术的意见非常大。

孙术知道费鹰有钱，但孙术觉得钱不是这么个花法。费鹰对某些东西有他极致的追求，为了这个极致，他可以舍弃太多东西。孙术觉得没必要，做生意得讲究可持续性，而不是像这样消耗。在现在国内的这个商业环境里，你和这家业主签一个定租合同，那你以后和别家怎么谈？你这次不要这家的装补，那你以后还要不要下一家的钱？

但费鹰太坚决，也太一意孤行。但凡是他拿定主意的事情，几乎没有人能够影响和改变他的决定。孙术能被费鹰的一意孤行气死。

THE GLAMOUR

　　两人到底还是一起上了车。这一天忙到这会儿了都没吃上晚饭，司机还问他们想去哪里耍。

　　孙术说找个地方吃饭。

　　一提吃饭，这又是个让人头疼的事。费鹰不吃辣，每回到成都、重庆都麻烦得要命。酒店有西餐和粤菜馆，但费鹰又不爱在工作以外的场合吃酒店的东西，他要吃街边小馆子，要感受城市当地的街头氛围。面对不太熟的人，费鹰一般比较随意，但要是和熟悉的人在一起，那他各种毛病就多了去了。

　　你要问孙术这些是不是缺点？孙术肯定要反问一句，要不你来跟着他干半年试试？

　　孙术在车上和深圳那边打电话。费鹰坐在旁边听了一会儿，掏出手机给姜阑回微信："你以后会慢慢发现的。"

　　回完之后，孙术的电话也打完了。孙术看起来是消气了："梁梁那边新一季的设计说是发给你了。"

　　费鹰说："好。"

　　孙术问："你以后长住上海，深圳团队要搬一些人过来吗？"

　　费鹰想了下，说："我再想想。"

　　孙术也没多说。这事办起来不简单，按说费鹰对创意的要求很高，梁梁和她的设计团队如果能跟过来最好，但是设计和开发放在两个城市效率太低，BOLDNESS 的绝大部分供应链和工厂都在珠三角，开发团队走不了。真要搬，那就得在江浙沪这一带重新搭工厂关系，这又是大工程。

　　费鹰说再想想，孙术就等他想好。

　　姜阑上床后看到费鹰的回复，他好像有十分的信心，她会和他有足够长久的"以后"。

　　关灯前，姜阑有点想回复费鹰一个"晚安"，但她犹豫了，这个词在某些时刻自带一种隐秘的暧昧气息，她最终还是什么都没回。姜阑期望她体内的矫情和拧巴能够早一些自动消失。她的耐心不是很好，她的这一面令她感到极度不适，但她又实在无能为力。

　　次日到公司，姜阑收到张格飞请假的消息。张格飞在上周上海那场店内活动之后就开始感冒，这两天高烧，到医院一查是急性肺炎。这行很多时候要拼体力和身体素质，不然忙起来免疫力下降，苦的还是自己。

　　姜阑回复张格飞："好好休息，工作上的事情我来看。"

　　很快地，朱小纹来找姜阑了。

　　朱小纹也听说了张格飞肺炎请假的事情，她来找姜阑商量张格飞原本的北京出差该由谁来替。

　　能让朱小纹来找姜阑的事情都不是小事。

　　这趟原定的出差是为了筹备 11 月对零售而言最重要的一场硬仗——北京某家顶级高端百货一年一度的周年庆。这家百货在中国的商业地产历史上是个传奇，它于 2007 年在北京开业，独创并引领了"百货商场购物中心化"这一国内前所未闻的概念，并且依靠它傲人的业绩体量在过去十年蝉联"店王"。它的周年庆，没有任何一个品牌可以小视。

　　姜阑这辈子只踩断过一双高跟鞋，就是在她刚入行工作的那年，去北京的这家百货做品牌的周年庆活动。

　　该百货的周年庆历来声势浩大，VIA 今年要申请做品牌日，朱小纹为了备货的事情，之前没少和何亚天吵架。姜阑提前三个月就让张格飞配合零售的工作，做品牌日当天店内的活动计划。后来朱小纹和业主运营那边谈商场一楼中庭的场地，要求市场这边出一套场内活动方案，拿去和业主要资源。姜阑分了预算给到支持，张格飞为了这套方案加班加点，原本这趟出差的目的是去给业主当面提案，非常关键。

　　现在张格飞去不了，张格飞下面带的人朱小纹又觉得太欠缺经验，带不出去见这么重要的业主，于是朱小纹问姜阑："这事要怎么办？时间又不能拖。"

　　还能怎么办？姜阑说："我去吧。"

第五章

朱小纹当然也听说了姜阑要接新的电商业务，更听说了姜阑的团队目前也有不稳定的因素。朱小纹问："你忙得过来？"

姜阑看着她："你有更好的想法吗？"

朱小纹笑了："我没有。你去我更放心，这事肯定稳了。"

姜阑说："那行，我一会儿订票。酒店你们这次住哪家？还是柏悦？我跟着一起。"

朱小纹说："不想在北京打车，这次就住商场旁边的丽思卡尔顿。"

临时加一个两天的出差计划进来，姜阑这周后面的工作日程都得跟着改。她下午先和 HR 开了会，过了一下电商团队的人员架构和 JD（职位描述），然后和温艺还有唐灵章一起对 Petro 来上海的行程和计划，对完了之后见总部那边指定的国际活动公司 IDIA 在上海分公司的客户团队，把明年大秀的选场标准传达给对方；再之后给何亚天和他的团队讲了讲明年中国农历新年手袋上市的初步传播方案，听听看他那边有没有什么其他想法；最后和唐灵章一起看设计公司改完的小程序前端设计稿，再花了点时间和她讨论年底媒介采买代理商要重新比稿的准备情况。本来有另外三件列在今天晚上的事，但优先级没那么高，先往后延。

姜阑叫人带了个色拉当晚饭，一边吃一边熟悉张格飞做的活动方案思路。这事对姜阑来说没什么难度，她一直是个很亲力亲为的人，所有这些执行层面上的工作，她在职业生涯的中早期都没少干过。朱小纹放心自然有朱小纹的道理，姜阑不是一个缺了下属就推动不了业务执行进度的人。

等姜阑梳理完第二天要给业主提的方案，邮箱里又多了一堆已起床的总部同事发来的邮件。她不喜欢留未读邮件，且明天又是一早的飞机，于是顺手处理了。都忙完后已经快十点了，她收拾好东西，起身离开。

办公室里已经没什么人了，很多区域都关了灯。姜阑走到门口，隐约听到有什么声音。她没刷卡出去，转弯走向会议室那边。

在离走廊最近的一间小会议室外，透过玻璃门，姜阑看见有一个女孩坐在里面号啕大哭。

在哭的女孩是张格飞的下属，叫陈亭。

姜阑并不喜欢越级管理和越级汇报，按照她的行事风格，她应该把这件事告诉张格飞，让张格飞关心并处理，但张格飞现在生着病。

姜阑敲了两下玻璃门，然后推门进去。

这个时间在办公室里哭的人必然不希望被人撞见，尤其不希望被老板的老板撞见。陈亭抬头看见姜阑的那一刹，眼泪就收住了。

姜阑把会议桌上的纸巾盒推到陈亭面前："发生什么事了？工作的？家里的？"

陈亭熟悉姜阑的风格，直接，简单。姜阑关注问题的本质，她需要了解真实情况，然后提供解决方案。姜阑不欣赏拖泥带水的沟通方式。

陈亭不能继续哭，她得说出来发生了什么。陈亭看着姜阑："不好意思阑总，我不知道你留到这么晚，我没什么大事。"

姜阑说："你这样的情况我会担心。"

陈亭沉默了一下，突然又哭了。她一边哭一边说："我爸妈就是不理解我为什么一定要在上海做现在的工作，赚得又不多还很累，非要让我回家。还有我男朋友，今天和我分手了。"

这是个二十五岁的女孩子。

姜阑抽了张纸巾为她擦眼泪。陈亭脸上很漂亮的妆都被哭花了，腮红变得斑驳可笑，她抽泣的模样十分难过。

陈亭家不在上海，家境普通，男朋友很傲气，搞金融的，和她是读硕士时的同校同学。姜阑还记得当初陈亭来面试的时候，眼里有光，那光是对时尚行业向往的光，姜阑在很多二十岁出头的女孩子眼中都看到过。

陈亭被姜阑擦了脸，终于不哭了。

THE GLAMOUR

姜阑放下纸巾，看着陈亭："这一行对人要求高，但又赚不了大钱。你当初面试的时候我就告诉过你。"

陈亭说："我都记得。"

姜阑说："你当时说了什么呢？"

陈亭回答："我说，可是我真的很热爱，很向往。"

她说着，又哭了。热爱很多时候会让人低估现实的困境，现实很多时候会磨损人的热爱。

姜阑看着陈亭，非常理解陈亭的现实压力。

时尚行业不像金融，不像互联网，不像各类专业事务所，门槛不高，赚得不多，但很辛苦。它或许在外人眼中光鲜亮丽，虚荣浮华，或许被大众诟病制造渴望，引导消费，但它实实在在的是一些人的热忱与爱之所在。

VIA中国上海办公室的员工，50%家在上海，60%有海外求学经历，70%不以赚钱谋生为工作的首要目标。在姜阑的团队里，刘辛辰和陈亭同龄。刘辛辰家也不在上海，她留学英国，又在欧洲某个小国读了某个非常小众的专业，回国后家里对她完全没要求，只要她开心就可以。刘辛辰选择在上海工作，她的父母给她租房，两室一厅的电梯房，步行到公司只要十五分钟，还每个月给她补贴一万块的零花钱。

这是陈亭每天来上班都会接触的同龄同事。陈亭没办法和刘辛辰比。她租房的地方离公司有十四站地铁的距离，和人合租。她每个月的薪水到手后要精打细算，除了必需的生活开销，还要让自己看起来和大家一样光鲜体面，她不能不合群。她从这个行业赚的钱，又大部分还给了这个行业，还要面对父母不理解的压力，面对拿着高薪的男朋友对她的挑剔。

陈亭有时候看看姜阑，看看何亚天，看看朱小纹，她很怀疑自己是否有一天可以走到他们这个位置。陈亭也不懂为什么老板们的工作看起来好像并没有那么辛苦，每天只是开会，说话，吃饭，写邮件，再开会，然后就可以完成一天的工作。陈亭没见过姜阑亲手做任何一份会议的演示文件，她有时候甚至怀疑姜阑能否熟练运用PPT和Excel。

还有高跟鞋。姜阑在办公室有一只鞋柜，里面放着超过二十双高跟鞋，每双鞋的价格区间是陈亭半个月到一个月的税后薪水。陈亭从来没见过姜阑穿平底鞋，因为姜阑不存在要挤地铁或要走很多路的窘境。姜阑的高跟鞋就像她这个人一样，在陈亭眼中，姜阑永远很得体，很精致，很高级。

陈亭抹了抹眼泪："阑总，我想我可能不适合这个行业。我对这个行业的向往和热爱可能就是一个笑话。"

姜阑说："为什么呢？"

陈亭答："我的生活太狼狈了，我和这个行业格格不入。你看我现在哭得好难看。阑总，你不可能理解我的感受。"

姜阑这回没给她擦眼泪。看了她一会儿，姜阑说："我曾经带过一个下属，小姑娘很聪明，像你，家里父母也不认同她选择这个行业，她就自己搬出来找人合租。"

陈亭抬眼。

姜阑说："她狼狈起来的样子比你要夸张多了。"

陈亭不太相信："真的吗？"

姜阑点头："嗯，真的。她最狼狈的是有一次出差，去北京。那时候是她入行第一年，和你现在的年纪差不多。她当时的老板带她去北京做品牌活动的现场支持，她早晨五点起床赶飞机，到北京，和老板一起先见了一圈媒体，然后下午去店里，再见商场的物业和安保，晚饭也没吃，赶着给老板做之后要开会汇报用的文件，用你们现在的话来说就是PPT女工待遇。那次做活动，商场一楼中庭要搭台，她晚上和活动公司的人一起盯工人进场施工，凌晨四点半收工，几乎二十四个小时没睡觉。她打车回酒店卸妆洗澡，然后睡了一小时，又爬起来化妆换衣服，陪老板去巡北京其他的店，中午的时候赶回活动场地，做活动前的准备。活动当天她几乎滴水未进，因为根本没时间上厕所，不敢喝水，

第五章

她穿着高跟鞋走了两天，站了二十多个小时，腿脚全肿了。当时也没人顾得上问她怎么样，她就是个小朋友，所有的杂事都得她盯，有什么地方出问题了又是她第一个被骂。她自尊心很高，不希望自己做的事情有疏漏，所以就更拼。一直到第二天晚上商场闭店，活动撤场，老板还是要她留下来和活动公司盯现场。当时其实她已经很累很累了，但是她很要强，不会在别人面前哭。可没想到，半夜十二点的时候，她把鞋跟踩断了。那双鞋是她为了那次活动，花了一个月的薪水买的新鞋。当时她就崩溃了，蹲在撤场的一堆工人面前号啕大哭。当年还在流行大烟熏和假睫毛，她的妆哭得比你现在花多了，实在是非常难看，非常狼狈。"

陈亭说："后来呢？"

姜阑继续讲："后来，有个工人大叔说小姑娘你别哭了，我去给你买点好吃的呗。人家就去大望路和华贸中街路口的小摊买了个煎饼果子拿回来给她吃。那个煎饼果子闻起来太香了，她一只脚高一只脚低地贴墙站着，一边哭，一边把它全吃完了，吃得脸上都沾着饼渣。你如果看到当年那个场景，你不会认为你现在很狼狈。"

陈亭又问："那她现在呢？"

姜阑说："她现在还在这个行业，做得很好，别人看见她，都觉得她再适合这一行不过了。"

陈亭彻底不哭了，但是眼神有点疑惑："阑总，你是不是编了一个故事来鼓励我？"

姜阑说："怎么会呢，故事能有这么多真实的细节吗？"

陈亭望向她："阑总，故事里的这个小姑娘，是不是你自己啊？"

姜阑说："哎，我这样是不是有点老套？"

陈亭哭花了的脸上露出了一点笑容："有点哦。"

姜阑也笑了："那我年纪大啊。"

陈亭想了想，有点不好意思地问："那，故事里的小姑娘那么拼，她还有时间谈恋爱吗？"

姜阑拿着手袋站起来："你说呢？"

陈亭"哦"了一声，咬着嘴唇笑了笑，再一次很不好意思。她目送姜阑走出会议室，姜阑脚上的高跟鞋还是那么精致高级。

周四早十点半，飞机落地首都机场T2。

姜阑没等朱小纹一起走，她喜欢坐很早的飞机，规避机场流控造成的延误，她不喜欢滞留在机场，宁可早起。

这是九月的最后一周，北京的天气难得宜人。姜阑坐上车，拿出工作手机看了看。不知道从什么时候开始，她每次点开这个微信都会不自觉地先确认有没有黑色头像的新消息，这让她觉得有些干扰工作。

三里屯路东侧，北京的司机死活不肯靠边停车，孙术怎么说都没用，他直接服气了。孙术每次来北京都要骂北京的交通，费鹰听得耳朵都要起茧了。

两人下车，孙术说见业主前他要先去上个厕所。费鹰说你赶紧的。孙术问你没需求吗？费鹰说我没你那么多事儿啊。孙术说，哦，你事儿好像少一样。说完就跑了。

费鹰无语，真行。

等孙术的时候，他看到手机微信有个新好友申请。

ID叫作"LL"，头像是一幅画，申请写着：姜阑，私人微信。

THE GLAMOUR

025 潜意识

费鹰用手指划了几下手机屏幕。

通过申请时，他的嘴角动了动。搞了半天，他之前加的是她的工作微信，他一直在和姜阑的工作微信对话。这可实在是太姜阑了。

和业主开完会，孙术在下行的电梯里感叹："都是一个集团的，做事风格怎么就差这么多？"

同是港资地产下面的龙头项目，成都那边招商和运营的负责人是从香港调过去的，北京这边嘛，历史原因颇有点复杂，香港管不上。

在北京谈生意，孙术一直不习惯，北京太有北京的特色了。但北京很重要，在中国做零售，没人能忽略北京。上午谈完事，晚上最好是再请人吃个饭，喝点酒，聊点和生意没关系的，再找点无伤大雅的乐子。这种应酬的事情费鹰不爱管，还得孙术张罗着。但是孙术也不擅长这些，他一直想建议费鹰扩大一下BOLDNESS的运营和渠道团队，找点更职业化的渠道拓展人才进来。不过孙术也有顾虑，BOLDNESS的做法和一般的品牌公司太不一样了，不是职业化程度高的人就能把这事做好，得看价值观和气场对不对路，还有最关键的，能不能受得了费鹰一意孤行的毛病。所以这话他就没和费鹰提过。孙术想，累点就累点吧，这么多年他不就是这么累着过来的吗？

从办公楼里出来后，孙术说："逛逛吗？"

费鹰点头："逛逛吧。"

两人从北往南逛，一间间店看过来，然后又从南向北走，在中心广场看了一会儿商场的户外大屏。小半年没来这边了，变化还是有的。青年文化带给时尚行业和商业模式的震荡比圈内人预料得还要深远，没有一家商业体想要被这股巨浪抛在后面，包括北京的多家业主。

旁边开了一家多品牌球鞋店，孙术要进去。费鹰看了下时间："还逛？"

孙术很坚持："帮梁梁看看有没有她要的鞋。"

梁梁管着BOLDNESS的整个创意设计团队，她前不久去美国和日本做市调，采购了大批货回来，但还差一些球鞋没来得及看。BOLDNESS虽然不做鞋，但是梁梁得了解市面上最新的货。

费鹰陪着孙术进店。孙术对梁梁的事情向来很上心，可惜梁梁显然对郭望腾的艺术细胞更感兴趣。这三个人的情况太复杂，费鹰从来不管也不问。

球鞋文化和潮流文化分不开家，虽然炒鞋这件事早已偏离了球鞋本身作为载体所要传达的内容价值，虽然现在连很多"鞋头"都在带头吐槽球鞋文化算什么文化，但还是有大量的年轻消费者非常愿意为了一双球鞋挥掷四五位数的人民币。

孙术逛了一圈，什么都没买，反倒是费鹰停在一双球鞋前面，看了好半天。

那双球鞋陈列在鞋墙的右上方角落，不是什么限量尖货，也不是什么稀罕的配色。它看上去很经典，很常青。费鹰请店里的销售去查了一下尺码库存，然后买了三双不同的码。

这是一双女鞋。

孙术明知故问："给谁买的啊？"

一边问，一边在心里替费鹰发愁，连人穿多少码的鞋都不清楚，他到底会不会追人，用这种追法哪年哪月才能把人追上？

司机很快地来接两个人，他们今天后面还有别的行程。孙术上车没多久就又开始骂北京的交通，就因为这破路况，在别的地方一天能办完的事来了北京就得分成两天。

车往西边开，费鹰下午约了一家独立买手店的主理人，然后晚上还要再去大望路找

第五章

人聊聊,据说那边的顶级高端百货计划明年要开新馆,新馆的概念很艺术很前卫,完全是为年轻人客群打造的新商业模式。别的商业地产为了迎合年轻客群大部分是做场内重装、调整品牌组合,但这家百货的手笔是直接建楼开新馆。

孙术在车上处理完工作微信,抬头往车外看,北京这天格外晴朗。他扭头问费鹰:"你要不要抽点时间回家看看?"

费鹰闭着眼在休息,半晌回答:"下回再说。"

孙术看了他一会儿,这回都已经是不知道第几个"下回"了。费鹰不是没时间,费鹰是没意愿。孙术对费鹰家里的事不像杨南了解得那么多,但是费鹰不多说,孙术也就什么都没再说。

开完会,朱小纹把姜阑一直送到商场一楼北门,说:"你晚饭怎么说?要不要一起吃点?"

姜阑说:"来北京一趟,得抽空见见媒体圈的人,等回上海了咱们再约。"

朱小纹说:"那行吧。"

两人就此告别。

朱小纹转身走回商场一楼的VIA精品店。

今天这个会开得很圆满,业主提出这次VIA做活动,能不能把品牌代言人徐鞍安请来站个台,姜阑没有直接拒绝,她说可以商量,但这方案就得重新来一遍,时间只怕来不及,业主笑着说没事啊,我们等着你们。

姜阑说能商量,朱小纹的心情就很不错。

朱小纹来北京出差,这边的大区经理和城市经理全程陪同,店里更是前前后后的各种准备。其实朱小纹不需要这些,她就要高业绩、低客户投诉,别的什么都没有用。

这会儿她回到店里,准备进后仓开个原定的电话会议,和陈其睿汇报一下近期的生意情况。

快到交接班的时间,后仓有人在吃饭,有人在换衣服,有人在补妆。朱小纹看了一眼,太挤,又走出来了。出来之后,她就看到店里几个销售围在门口小声嘀咕。

朱小纹走过去:"上个月神秘访客的分数北京又是垫底,你们脸上美得发光吗?现在还在干什么呢?"

仔细一看,几个人里居然还有店经理,朱小纹的脸色立刻变得更难看了。

店经理马上过来和她解释:"Selina,不是我们开小差,是隔壁刚刚出了一起客户投诉,大家想去瞄一眼那个顾客长什么样,以后咱们也好提前准备着。"

朱小纹说:"什么客户投诉?"

店经理的嘴皮子很利索:"一个女的,今天到隔壁买包包,小羊皮的,大概四五万吧。买完了之后美滋滋地挎上走了,结果还没走到服务台呢,这包就被她手上的钻戒划了一条口子。人马上就到会员中心投诉去了,闹着要店里给她换一只新包,要不就全额退款。商场居然同意了,刚还有大客户经理陪着到隔壁店来处理这事儿。"

朱小纹听后,径直走到门口:"那你们可得看清楚点啊。"

全中国商场这么多,大牌的门店这么多,买得起奢侈品的顾客这么多,但再没有别的地方,能出这样的顾客,这样的投诉,这样的商场解决方案。但凡在这个百货开店的国际奢侈品牌,没办法讲道理,也不能讲道理,再傲慢的国际大牌在面对这家百货的时候都得低下它们的头颅。

姜阑的一顿晚饭赶了两个场,先是一个媒体的火锅局,见了些熟人,聊了些八卦,吐槽了些圈子里的新事。从这顿饭出来,她又去赴木文的约。

纽约时装周大秀的时候木文临时救了个急,姜阑来一趟北京还是得抽空有个表示。

两人认识的时间不算短,七八年了,用木文的话来说他俩是"识于微时"。木文一直吐槽姜阑和他的关系太塑料,不过再塑料的关系也是关系,是关系就得花时间维护。

THE GLAMOUR

姜阑到了木文约的地方，是个酒吧，很时髦很新。木文坐在里头，见到她之后立刻起来给她一个大抱抱，然后上下打量她一番："阑阑，现在时髦的姑娘们都在穿球鞋，你就不能赶一赶年轻人的潮流吗？"

姜阑踩着她的高跟鞋坐下来："你喜欢我，是因为我赶时髦吗？"

木文笑着给她翻酒单："那当然不是。我喜欢你，是因为你经典不衰，常青不老。"

这话肉麻得让姜阑忍不住多点了两杯酒。

喝着酒，木文告诉姜阑，他最近除了照常在做他的造型工作室，还和人合伙开了个MCN（网红经纪公司），签了一堆时尚博主和网红。他问姜阑后面有没有兴趣聊聊业务，看看有没有合作机会。姜阑说，能聊，把你公司的credential（资质介绍）先发过来看看。

木文抱怨，你就不能不公事公办？姜阑说这顿酒我来买单吧。木文立刻又哄她，说行了行了，今天晚上不聊这些没意思的，你最近感情生活怎么样？还是一如既往的贫瘠吗？

贫瘠吗？

姜阑笑了一下："嗯。"

不知道为什么，她不太想和木文分享她最近的感情生活。

两人聊到差不多十点，木文打车送姜阑回酒店。一路上，木文给姜阑指指这里又指指那里，吐槽说北京真是个脚步太慢的城市，要不是时尚媒体编辑和明星都扎在北京，他早就把工作室搬到上海去了。

离酒店大约还有半公里，路上大堵车，堵得令人窒息。姜阑说你别送了，前面转弯直接回家吧，我从这里下车走回去。木文说你穿这鞋能走路吗？姜阑说我年轻的时候难道还走得少了？

木文就把姜阑放下了车。

姜阑拿出自己的手机看了一眼时间，已经不早了。看完时间后她顺手看了眼微信，没什么新消息。这是她今天第三次做这个行为。

五百米而已，姜阑穿着高跟鞋也能走得很快。路过酒店门口时她没停，继续沿着这条街往前走，一直走到最前面的大望路口。

路边，有一对中年夫妻支着小摊在卖煎饼果子，摊前有好些人在排队，热热闹闹，香气飘飘。

姜阑轻轻抿起嘴。

街道的另一边是她下午刚刚开会去过的商场，正对的临街外立面是VIA硕大的橱窗。

姜阑在排队的时候转过头，习惯性地看向对面——VIA门店的外立面墙下，橱窗夜光璀璨，那里站着一个男人。

又是一次似曾相识的偶遇。

姜阑从前不信注定，那太虚缈，但最近这个世界的运转方式让她开始质疑自己的既往认知。

她的手机在这时候振了。

F："路过看到这个橱窗，想到你了。"

姜阑看了一会儿对话框里的黑色头像和图片，又抬头看向停在橱窗边还没离去的男人。她的手指轻轻按上对话框旁边那个小小的加号，拨出一个语音通话给对方。

通话很快被接听，男人的声音里带着一点轻易察觉不了的笑意："Hi。"

秋夜风凉，煎饼果子的香气将这凉风焐热。

男人的简短话语伴着街道上的人声车声送入姜阑耳中，她握住手机，隔街远远地望着他。

这一刻，只有她大脑最底层的潜意识才知道，她这一趟临时出差来北京，除了张格飞生病，还有别的什么被她刻意忽略的原因。

也只有她的潜意识才知道，就算没有眼前这个偶遇，她或许在今夜依然会拨出这个语音通话。

第五章

026　球　鞋

　　费鹰正打量着 VIA 橱窗中的一双高跟鞋，耳边响起微信语音通话请求。他低头看向手机屏幕，然后微微笑了。
　　身后街上的人声车声吵闹不休，费鹰转身找了个背风处："Hi。"
　　秋夜凉风从他肩头扫过，耳机中传来微杂的背景音，然后是女人干净明澈的声音："Hi。"
　　费鹰没想到姜阑会拨语音给他，这应该是他和她头一回通电话。他听到女人接着问："你吃过晚饭了吗？"
　　姜阑的声音听起来不仅干净明澈，还有些柔软，也有些香。费鹰觉得他的五感可能有些错乱，他怎么会听着她的声音，觉得她香？
　　他不由得笑自己："吃过了。你呢？"
　　她说："我也吃过了，但好像没有吃饱。"
　　费鹰说："哦，那要吃个夜宵吗？"
　　姜阑没有回答。过了一两秒，姜阑问："明天晚上我们约几点见呢？"
　　费鹰估算了一下回程时间："八点半可以吗？你会觉得有点儿晚吗？"
　　姜阑说："好像是有点晚了。"姜阑又说，"你想早点见吗？"
　　费鹰当然想，但他没办法更早返回上海，他有点拿捏不准她是不是对他安排的约会时间不太满意，他觉得自己应该解释一下："姜阑。"
　　姜阑很轻地答了一声，但没有给他继续说下去的机会，她说："费鹰，北京晚上的风很凉，你怎么还在穿短袖？"
　　费鹰没再应声。他迅速地回头，转身，目光四下搜寻。
　　车流壅塞的街对面，有一对中年夫妻支着小摊在卖煎饼果子，摊位前有好些人在排队，热热闹闹，香气飘飘。姜阑站在队伍里。她朝他望着，秋夜凉风拱动她的裙摆，她在街灯下对他笑了。
　　她握住手机说："Hi。"然后她向他轻轻招了招手，"你想吃个夜宵吗？"
　　穿街而过的时候，费鹰想，孙术骂北京的路况骂得真是太对了，他从没像现在这样嫌弃过北京的车这么多，这么堵。
　　姜阑低下头，把手机塞回手袋。
　　在见到他，听到他的声音之后，那些存在她体内多日的矫情和拧巴，仿佛一瞬间自动消失了。这很神奇，不合逻辑。
　　再抬头时，男人已经在她几步之外。他的身高和腿长在这种时刻展现出了卓绝的优势，她有些不自觉地又抬手拨了一下头发。
　　秋夜风很凉，费鹰只穿了一件 oversize（加大版型）的纯黑棉 T 恤。他的头发更短了点，眼里的光像这夜。
　　姜阑想不通，为什么这个男人穿任何最基本最简单的衣服都可以看起来这么帅气。
　　费鹰走到姜阑面前，看了看买煎饼果子的队伍，和她身后的人打了个招呼后站到她旁边，一起排队。
　　他没问她怎么会出现在这里。他说："你会冷吗？"
　　姜阑的裙子很美丽，很薄，很不蔽风。
　　她说："还好。"

103

THE GLAMOUR

但他已经伸出胳膊，把她拢进怀里了。

姜阑可以感受到自己的体温每一秒都在升高一点。费鹰的怀抱太暖了，他的手臂肌肉隔着薄薄的裙子布料横在她腰间。

姜阑没有听见任何人在他们身后咳嗽，她垂下眼。

一碰到姜阑的身体，费鹰就觉得自己的五感恢复了正常。他怀里的姜阑就像她在通话中的声音一样，有些柔软，也有些香。他的神经被这熟悉的香味抚慰，连续几天出差的疲意逐渐消失。

费鹰闻着她的味道："你今晚喝酒了吗？"

姜阑在他怀里仰起下巴："一点点。"

费鹰对上她的目光。她的一点点是多少，他很清楚。

终于轮到他们时，做煎饼的大叔脑门上挂着汗，他的妻子在旁边给他擦了擦。大叔一边磕鸡蛋一边问："想要加点儿啥？"

费鹰低头看姜阑。

姜阑抿抿嘴唇："我可以每样都加一点吗？"

费鹰在旁边笑了。他一边扫码支付一边对大叔说："麻烦您了。"

每样都加一点的结果是分成了两个巨无霸煎饼果子。

两个人站在街头，拿着塑料袋包着的食物。街上终于不堵了，车流滚滚前行。

北京的夜风轻撩着姜阑的发，她的侧脸在街灯下看起来有些开心。她捏着煎饼问："你想吃哪个？"

费鹰根本就没点他的那份："随便。"

姜阑就随手给了他一个，然后她吃了一口自己的这份，真的很香，不枉排队。

费鹰看了半天他手里的煎饼，犹豫着没吃。

姜阑察觉到了，抬头看他："怎么？"

费鹰说："没什么。"

但他始终没有吃哪怕一口。姜阑记起上次他们一起去吃饭，餐厅固定的菜单一共十四道，费鹰从头到尾丢了大概四五个菜。当时她以为他是为了控制热量摄入，但此刻对照眼下的情境再回忆当时的场面，她觉得，这个男人八成是挑食。

姜阑忍不住笑了，说："这里面是不是有你不爱吃的东西啊？"

费鹰看着她，她笑起来真的有点可爱，于是他只能对她坦白："我这人毛病挺多的，比如非常挑食。"

非常挑食还说随便。姜阑低眼。她没觉得他毛病多，她觉得他有点可爱，甚至比上次揉耳朵的样子还要可爱一点。

小摊生意很好，排着的队伍越来越长，有加班后从写字楼出来顺路买夜宵的打工人，有附近商场闭店后终于结束营业的员工，还有把车临时停下匆匆买了吃的又回去的过路人。这些人或是为了谋生，或是为了拼搏，或是为了事业，或是为了理想，但没有一个人不辛苦。

姜阑后来把两个煎饼果子都吃了，她一点都不挑食，食量还不小。她从手袋里掏出纸巾和薄荷糖："我今天的热量超标很多。"

费鹰说："你太瘦了，可以适当多吃点。"

他把姜阑包煎饼的塑料袋要过来捏在手里，找了个垃圾桶扔了。姜阑看着他做这些事，其实觉得他完全不必这样，她不是个不能照顾自己的人。

近处的商场外壁在临近半夜时分依然明亮，姜阑望向那边。临街的墙下，有一个二十岁出头的女孩子，妆容狼狈，一边哭一边吃着煎饼果子。

姜阑闭了一下眼，再看时，那个女孩已不在了。

吃完煎饼，两人沿着华贸中街慢慢地走。

姜阑有一点感叹："这家商场的规模和体量，已经完全可以媲美欧美的顶级百货了。真的很了不起。"

第五章

费鹰点头:"明年这边还要开个新馆。"他今天刚跟给对方做艺术空间设计的团队碰过。

姜阑也听说了。现在这个世界真是处处都在讨好年轻人,年轻人几乎是每一个新商业模式的主力目标客群。

她说:"现在的小孩面对的消费诱惑很多,和我们这一代非常不一样。"

费鹰转头环顾一圈:"我小的时候,根本想不到这儿能变成现在这样。"

姜阑看他:"你小时候。"

费鹰说:"嗯,我出生在北京。"

姜阑对北京过往的印象,只停留在东西南北的各大商场,难觅的便利店,拥堵的交通,现代化和历史传承相交织的厚重感。但从今夜开始,北京在她心中有些不一样了。

快到酒店门口时,费鹰问:"你这周末怎么安排的?"

这周末是十一假期前的周末。姜阑没什么安排,她明天返沪之后,还要连上两天班。

她还没回答,费鹰又问:"你想不想在北京多待两天?我带你玩儿。"

姜阑的职业生涯从没有只提前一天请年假的先例,她话到嘴边,却变成了:"玩什么?"

费鹰说:"我们去长城好吗?"

一提到长城,姜阑脑海里匹配到的画面就是人山人海的八达岭或居庸关,她实在无法点头。

费鹰似乎看出了她的顾虑,笑了:"我们开车去河北边上,看金山岭到司马台那段。"

姜阑看着费鹰。她在思考。

她出差只带了裙子和高跟鞋,不过鞋和衣服可以新买,这不该是问题,问题在于她已经很多年没有在健身房以外的地方穿过球鞋。另外,她的年假只用来度假,绝大部分地点都是海岛,她不会选择需要消耗大量体力的户外景点,那是自我折磨,而不是放松身心。

她不会脱下她的高跟鞋,也不会穿着高跟鞋和他去爬长城。

这是姜阑大脑下的结论。

费鹰也看着姜阑,在等她的回答。

姜阑对上他微带笑意的目光,不由自主地点头:"好。"

似乎从今夜开始,她的大脑再也无法支配她的心。

走到酒店门口,费鹰站定在姜阑身前。

两人应该告别,他说:"周六早上九点,我来接你。"

姜阑说:"好。那晚安。"

但费鹰没回复她晚安,他稍稍低头,在她耳边说:"你还冷吗?"

姜阑抿唇。她主动抬起手,抱住他的腰。他的怀抱比之前排队时不要暖许多。

在他捏着她的下巴含住她的嘴唇时,她有短短两秒的走神。她在想象如果她换上球鞋,他亲吻她的姿势会不会发生什么变化。

027 山,墙,雨

洗完澡已是半夜。

THE GLAMOUR

　　姜阑登录公司内网，提交年假申请。系统提交完毕后，她又给陈其睿写了一封邮件，说明她需要临时请两天年假，等十一长假后再进公司。原因她没说，陈其睿一向对下属的私事没有任何兴趣，但他不喜欢short notice（临时通知），没有例外。姜阑点击发送邮件，做好了被陈其睿拒绝的准备。

　　心血来潮这四个字，根本不应该和姜阑沾边才对。

　　次日周五，姜阑醒得很早，闹钟还没响。她看了一眼手机，六点十五分，手机邮箱里有系统批复的通知邮件。

　　陈其睿批准了她的临时休假申请，并且回复了她的那封邮件：Have a good rest.（好好休息。）

　　姜阑将这句话看了两遍。

　　陈其睿给了姜阑一个意外。

　　姜阑一直认定陈其睿是个不擅体恤下属的强势领导，所以她从未期待过也从未表达过需求。但是现在，她再一次察觉到她的观点过于自我。她总是习惯于在还未尝试之前先预判结果，这些自以为是的预判阻止了她做尝试。

　　她对人和事的偏见，比她原以为的还要深。

　　七点三十分，姜阑收到了费鹰的微信。

　　F："早上好。你的手机号是多少？"

　　她回复他没多久，手机又收到一条短信。是同城闪送，快递员已取货，现在正在来丽思卡尔顿的路上。

　　姜阑不知道费鹰给她闪送了什么东西。

　　姜阑将取件码留给礼宾部，等她吃完早饭后，礼宾部那边果然收到了她的快递——三只鞋盒。

　　她回房间拆开，是同款同色的球鞋，三双码数分别只差半码。

　　她试穿了中间码数，很合脚。她换上裙子，穿着球鞋照了照镜子。这双鞋和她身上的裙子竟然十分相称。她对着镜子进行了一番想象，然后发现这双鞋可以搭配她大部分的裙子。姜阑从来不知道她的这些裙子居然还可以搭配这样的球鞋，她的审美居然也可以和他的相融合。她对着镜子笑了。

　　从鞋码到选款，这个男人的洞察力，过于敏锐。

　　临出门的时候，姜阑看了一眼摆在床边的球鞋。昨晚两人分开时已经很晚了，这鞋应该是他之前就已经买好的。

　　她出差北京是临时决定的，和他去长城也是临时决定的。他买球鞋不是为此准备的，他是在出差途中给她买了礼物。

　　姜阑用指尖揉了揉嘴唇，那里还有点肿。

　　原本周五回沪的机票被姜阑取消，Vivian立刻发来关心，问姜阑是不是北京这边的工作不顺。姜阑回复说没有，她临时想休息两天。Vivian飞快地给她回了一个巨大的惊讶表情。

　　这确实很不姜阑，但姜阑的感觉非常好。

　　这一天原定的行程并不紧迫，下午又不用飞，姜阑就去酒店旁边的百货逛了逛。她在一楼化妆品区流连了一阵，选了一瓶持久防脱妆的粉底液，又新购入防水的眉眼彩妆用品。她真的有很多年没有爬过山了，不知道什么样的妆容能够自如应付这样的户外运动。

　　这一晚姜阑睡得很熟。她在睡觉前关闭了工作手机，这部手机已经有一年半没有关过机了。

　　周六早上，姜阑正常起床，正常洗漱、吃饭、洗澡、护肤、化妆、换衣服。

　　八点五十分，费鹰给她发来微信。

　　他到了。

　　姜阑从酒店正门走出来，她穿着漂亮的裙子，脚上是他送的球鞋。

第五章

费鹰站在车旁,脸上的笑意很明显。
姜阑走近他,这才发现原来他要比她高整整一头。她和他打招呼:"早上好。"
费鹰说:"早上好。"
女人今天的妆容很淡,没有化眼妆,她的双眼很清亮。
"我们现在出发吗?"
这辆车是孙术帮忙租的。孙术在得知费鹰新的行程计划后比费鹰本人还要期待,必须立刻马上替他安排好一切。孙术还很操心地问,你还需要什么?
费鹰还需要什么?他什么都不需要,他只要有车和姜阑就够了。
车从北四环上京承高速,距离目的地150公里,大约需两个半小时。
在费鹰的计划中,这是一个当天往返的旅程,毫不复杂。对他而言,去哪里不重要,重要的是姜阑和他在一起。
车上有水、纸巾和零食,车里也很干净,很新,根本不像是寻常租的车。
姜阑稍微调了一下座椅背,然后看了费鹰一眼。
男人的车技一向一流,这会儿上了高速之后更是既快又稳。
他今天还是穿着T恤、运动裤和球鞋。他的身上有很淡的雄性荷尔蒙气味,每次在车内狭小的空间里,这味道就会变得明显,也会让她不由自主地分神。
这张侧脸太诱人。姜阑转头看向窗外。

十一点二十分,车驶入金山岭长城景区。
景区内有一些农家院,还有一家度假村。姜阑看了一眼标识牌,有点意外。这是某个国外奢华酒店集团旗下的年轻子品牌,前两年刚在古巴开了全球首店。这个度假村品牌很小众,知名度不高,她不知道它居然也开进了中国,选址就在这里。
费鹰看出了姜阑的意外:"月初刚开的。"
姜阑说:"哦。"
她的目光移回那些农家小院。这处是长城脚下,在悠悠文明和厚重历史之前,最醒目最奢华的仍然是外资度假村的品牌。
费鹰很久没来这里了。多年前车可以直接开到长城脚下,现在不行,周围新建了一圈不伦不类的广场,车要扔在停车楼,再坐摆渡车去城墙。他停车,开门下去问了个人,然后又坐回驾驶位。
他直接掉头,开去景区东边的另一个门。
东门上去就是一千多级石阶。这里人迹稀少。
天空晴朗,飘着几朵云。费鹰在踏上第一级石阶的时候把手伸给姜阑:"这段很陡,上去就是最高的敌楼。"
男人的侧脸逆着光,他的掌心看起来很干燥温暖。姜阑没说话,轻轻握住他的手。
他又说:"累了就告诉我。"
一直上到东五眼楼,姜阑都没说累。
女人的体力好得超出费鹰的预估,他低头看一看她,她的额头微微出汗,脸颊也微微发红。
姜阑牵着费鹰的手转身回望,她的脚下踩着这座山的山脊线,每一块墙砖都深藏数百年的故往。这里苍凉,雄浑,古朴,壮美。东西蜿蜒不绝的墙体经数百年风沙而不败,残垣墙砖依然坚实如昔。这里凝结着先人的智慧、决心、勇气、匠艺和勤苦。当你踏上这石砖,你会相信没有什么事是这个民族做不成的。
秋风刮动山上大片大片的林叶,它们在阳光下泛着如浪的金光。
姜阑眼中也有如水的光:"我喜欢这里。"
此处中轴,以东是司马台长城段,以西是金山岭长城段。
费鹰没再拉着姜阑继续走。来长城,爬过一座又一座的敌楼并不是目的。你心中有什么,眼中自然便能看到什么。

THE GLAMOUR

他说:"想歇会儿吗?"

姜阑想,但她不知道哪里能歇。

费鹰微笑,握住她的腰,将她抱起来放在半人高的残存障墙上,说:"坐这儿歇着。"

费鹰去近处的小贩那儿买了两瓶水回来,拧开一瓶递给姜阑。

姜阑喝了两口。她的裙子压在墙砖上,男人的手按在她的裙摆处,不让它随风肆意舞动。

她看着费鹰,此刻的高度可以让她的视线与他的持平。

费鹰侧过头望向东面,抬手遥指:"你看到那座敌楼的三个洞了吗?看上去像一张狐狸脸。"

姜阑顺着他的目光看过去,然后点头。

费鹰说:"以前它还没被封。十几年前那会儿年纪还小,我和一个兄弟到这儿玩儿,硬是想了个办法爬到二层去。二层楼顶有一面影壁,上面有麒麟浮雕,非常美,其他段的长城都见不到类似的东西。"

那个兄弟是杨南。费鹰和他从小到大干了太多没谱的事。

费鹰又说:"能想象吗?中国几百年前修造这段长城的工匠和士兵,能够在军事防御体上雕出这样的艺术品。"

姜阑想起了她曾经看过的一些事。

BOLDNESS 去年和日本知名街头品牌出的那个联名系列,其中有一件 T 恤,上面是中文涂鸦字:麒麟。这两个中文字笔画极其复杂,涂鸦不易,因此这件 T 恤后来也成了国内炒卖价格最高的一件。

风一直在吹着,这一刻姜阑终于理解了,那是他的根,也是他的情怀,是他的向往,更是他想让世界看到的理想。

太阳照在费鹰的脸庞上,姜阑觉得好像有什么变得不一样了。这个男人一直很诱人,但他此刻切切实实地在诱动她的心。

傍晚时,天空转阴,乌云堆叠。

两人下到山脚时,骤雨突来,倾泻如瀑。

等回到车上,两人全身都湿透了。费鹰把车发动,空调温度调上去,他看了一眼姜阑,然后就没法再继续看了。

姜阑的裙子湿淋淋地贴在她的身上,那层薄薄的布料几乎等同于无物。

而她居然还有空关心他:"你冷吗?"

费鹰两只手都握在方向盘上。他在心里估算了一下回城的时间,又觉得这样不是办法,她大概率会感冒。

他把车掉头:"去景区里的酒店,洗个热水澡,等衣服烘干了再回城。"

她没有表示反对。

在前台办入住时,费鹰要了一间套房。他的理由很简单,套房空间大,卧室和淋浴间的私密性高,更方便姜阑换洗。

他没想他为什么不直接订两间房。

刷卡进房间,外间大窗正对长城,是个好景色,可惜在下雨。

姜阑先去洗澡。

她洗得很快,擦干后套上酒店浴袍,然后把被雨淋湿的裙子和内衣拿去卧室,准备等费鹰洗完后一起叫酒店的烘衣服务。

卧室和会客厅的隔门关了一半,姜阑向外看了一眼,男人站在窗边,好像是在接电话。湿 T 恤已经脱掉了,被他揉成一团,拿在手里草草擦着头发上的水。

他的动作牵拉出非常漂亮的肌肉线条。胸肌、背肌、腹肌、腰肌,全被她看得清清楚楚。

第五章

费鹰这个电话打了没多久，挂掉后，他听到姜阑在身后说："我洗好了。"

他转身，然后看见她头发半干半湿地站在沙发处，穿着酒店的浴袍，露在外面的手腕和小腿白得让他觉得看不下去。

费鹰"哦"了一声，绕过她走向浴室。他决定等洗完澡后直接出门去前台再开一间房。

费鹰飞速洗了个澡。

洗完澡他觉得就根本不该洗这个澡。他不爱穿酒店的浴袍，但他不能不穿衣服，只能把湿的衣物重新套上，但他找不到他的T恤了。

费鹰走出来后没往姜阑那边看，他说："你在这儿歇着，我再去开一间房。"说完这话，他想找找他的T恤刚被他扔哪儿了，找着了他好穿上出门。

姜阑轻声叫他："费鹰。"

费鹰不得不抬头看向她。她站在窗边，身后的窗外雨雾蒙蒙，空气中仿佛满盈着潮意，这潮意来自她的目光。

姜阑说："你能过来一下吗？我有话想要和你说。"

费鹰不得不走向她。

在离她半步左右的距离处，他闻到了那股熟悉而浓郁的香味。这香味一如既往地、肆无忌惮地撩动着他本就紧绷的神经。

姜阑看着男人："你上次对我说的话，我一直在想。我不知道你说的重新定义，是怎样的重新定义，但我愿意相信你。我知道你不希望我对你的兴趣只是建立在纯粹的性关系上，那么我想告诉你，你的确非常吸引我，不止是身体。"

费鹰一动不动地回视她。

姜阑继续说："但是，我还不能确定我希望从一段关系中得到什么，所以我没有办法现在就答复你。"

费鹰点了点头："好。我知道了。"

姜阑向前走了半步："费鹰，我已经让了一大步，你是不是也可以让一步？"

她不再只是对他的身体感兴趣，那么他是不是也可以满足一些她的欲望？这是谈判的艺术，这是费鹰无法拒绝的筹码。

费鹰低眼看她："你想要什么？"

还是像之前一样摸摸他的腰和腹肌吗？那不太难。

姜阑的声音和她的目光一样潮湿："我想要你摸摸我。"

她的浴袍系带不知何时已散开，她的手臂从中滑出来，攀上他的脖子。她轻轻在他耳边说："好吗？"

费鹰的背肌压在窗户冰凉的玻璃上，他将姜阑抱进怀里，他干燥温暖的手掌让她昂起了脖子。

窗外是群山与长城。这只手抚过重重山峦，越过城外轻风，陷入潮湿泥泞的骤雨。

在某一刻，姜阑将下巴压入费鹰的肩窝，她的嘴唇微微颤抖，目眩之际，她看见了窗外远处的雨后云海。

那山和墙异常明丽，有彩虹浮于天际。

028 得寸进尺

费鹰很缓慢地收回手。新雨后的气味，微微的腥，粘腻的香。他终于确信了姜阑身

THE GLAMOUR

上的香味到底是源自哪里。他怀疑只有他才能闻出她身上的这股香味。

姜阑的身体前所未有的柔软。她趴在费鹰的胸口处，手指有些无力地戳了戳他的肌肉。她的呼吸很热："想去床上。"

费鹰低头。

这是他头一次见她高潮后的模样。他觉得这个女人恐怕是不知道她在说些什么，更不知道她在要求些什么。

他很克制地揽着她的腰："去床上做什么？"

她说："可以让我睡一会儿吗？"

费鹰失笑，再一次的。

他捞起她柔软的身体，准备把人弄到床上去。

他没料到姜阑的嘴唇轻蹭他的耳垂，继续呢喃："睡醒后，可以再摸摸吗？真的好舒服。"

这不能叫谈判了，这叫得寸进尺的索取。

生意桌上，费鹰向来是有给有取。他的耐心很好，但这很好的耐心背后通常伴随着超额的高回报预期。如果不讲耐心，那么他给出的和被回报的必须要价值对等。

按照他的谈判风格，他应该搁置姜阑的这个索取要求。如果不搁置，那么他应该告诉姜阑，他可以满足她，甚至可以远超她索取地满足她，但她必须得给他承诺，关于他想要和她步入一个长期恋人关系的承诺。如果她不肯，那么他不可能对她予取予求。

然而姜阑不是费鹰的生意。她是他喜欢的女人。

费鹰没有说任何话，没有拒绝，也没有答应。他把她抱起来，按照她的要求把她放到床上。

姜阑一沾床，就把自己卷入厚软的床被中，埋头入睡。

费鹰站在床边看了她一会儿，他的身体很热也很硬，但他心里实在很软。他弯腰伸手把被角整平，起身之后扯了一下自己的裤子，还是湿的。

费鹰走回外间找他的T恤，最后是在窗边的角落里找到的，T恤被叠成一个小方块藏在那里。这不可能是他自己干出来的事。

费鹰重重一抖T恤，套上身，然后回头看了一眼卧室的大床。

孙术在把车给费鹰的时候往后备厢放了一个运动包，里面有备用衣物和一些应急物品。当时费鹰觉得没必要，当天往返，带这些干什么？孙术说，万一呢？万一你需要呢？毕竟你这人毛病那么多。

孙术的这个万一现在帮上了费鹰的忙。

费鹰离开房间，去停车楼取了这些东西，再回酒店。他怕吵着睡觉的姜阑，于是重新开了一间房，然后在那边又洗了一遍澡。这遍洗完，他终于换上了干燥的衣物。

走回套房的路上，费鹰觉得这事太折腾了。他为什么不一开始直接开两间房？为什么在没有备用衣物可换的情况下要洗第一遍澡？为什么现在明明有另一间房了，他却还要走回套房？

如果亲近配偶是雄性动物的本能，那么费鹰非常忠实于他的本能。

虽然姜阑还不承认她是他的配偶。

费鹰刷卡和开关门都尽量轻。

进了房间，他先去卧室把姜阑的裙子和内衣拿出来。他看了一下衣物的洗标，又顺便记了一下尺寸。

酒店的工作人员来收送洗衣物时，费鹰确认了一下干洗时间。现在已经晚了，今天是来不及了。

费鹰说那就麻烦了，然后给了对方不低的小费。

在姜阑睡觉的这段时间，费鹰去酒店休息区打了几个工作电话，其中一个是孙术的。

上海新店开完了，成都和北京的差也出完了，孙术决定今天就直接回深圳去，深圳

第五章

那边还有一堆事等着他。

孙术问:"你有什么要交代的?"

费鹰说:"这次十一都有哪些团队要加班?你算一下人头,该补贴的要补上。"

孙术说:"设计那边肯定是跑不了。"

费鹰说:"哦。怎么今年又要加?"

孙术说:"你要是能把你的要求放下来,那梁梁他们就不用加班。你十一怎么安排的,回上海那边继续忙?"

他知道费鹰从来就不给自己放长假,费鹰的时间一直被他的工作和理想挤满。

费鹰稍作思考,然后说:"我休个假。"

姜阑睡醒时,卧室窗帘闭合,屋里亮着小夜灯。床头放着一杯水,空调的风被调到了最轻。大床的另一边没睡人,被子上放着她穿过的那件浴袍。

她坐起来,拿起水杯喝了一口,还是温热的。她又看了一眼床头柜上的电子钟,她这一觉睡了大约一个半小时。

姜阑握着水杯,回忆了一番。

这次的愉悦来得太快,实在出乎她的意料,而这种感受并不是纯粹靠生理性的刺激达到的,这也更加令人上瘾。她不知道这种瘾会不会很难戒除。

姜阑没有忘记她在费鹰耳边蹭着说的那句睡醒了再摸摸。她按了按额头,她真是没有办法控制自己被冲昏了头之后的随心所欲。

费鹰不是公仔,费鹰也不是用来取悦她的工具。她说出这种话,是把他当什么?

如果前一次是她用让步换来了他的让步,那么后一次她又有什么资格和立场要他对她予取予求。

费鹰对她的需求很清晰。他要一段长期的恋人关系,可以不复杂,但必须是关系。姜阑想,在她彻底考虑清楚并同意步入这段关系之前,她最好还是能够适当约束自己的行为。这是对彼此的负责。

姜阑裹上浴袍,在卧室里找了一圈,没找到裙子和内衣,她只好走出去。

门推开,外间开着背景灯,窗帘没拉,外面天已经黑了,只能看见影影绰绰的山和城墙。

费鹰站在窗边看手机。

他听到声响,转身看过来,然后微微地笑了:"你醒了。"

姜阑点点头。

她看见他换了一身衣物。男人站在这窗和这夜景下,像一幅浓墨挥就的画。这是只有在这样的山和城墙脚下才能看到的风景。

眼前的这幅画提醒着她傍晚才发生过的事。她觉得她体内的欲望再次蠢蠢欲动,这是本能,但她还是克制住了。

费鹰问:"时间有些晚了,你饿的话,我们叫客房送餐好吗?"

姜阑又点点头,问:"我的裙子,你是送洗了吗?"

费鹰说:"嗯。你的裙子洗起来有些费时,今晚送不回来,只能明早再走。在这里住一晚,可以吗?"

姜阑看着男人。他的表情很正常,也没有再提她睡前说的浑话,于是她说:"好。"

她主动走去桌边,找出送餐的菜单。她先拨了送餐那边的电话,确认了一下现在这个时间能够点的选择,然后她就觉得有点难办。

费鹰挑食。

姜阑看向男人:"你来看看想吃什么?"

费鹰说:"我随便。你按你喜欢的点就行。"

又是随便。

姜阑没强迫他,就按随便的标准点了餐。

THE GLAMOUR

酒店出餐的速度很快。

姜阑把叫来的饭菜摆在沙发前的小几上,和费鹰并排坐在沙发上用餐。她没想为什么她不去餐桌那边吃饭,好像现在这样的场景很天然。

姜阑给费鹰递筷子:"有你喜欢吃的吗?"

费鹰笑了。他不想在她面前显得毛病多。他看了一眼姜阑点的菜,其实还行,他都能吃。他接过筷子:"你点的我都喜欢。"

两人就这样吃了一会儿,然后费鹰察觉到姜阑很少碰那些他夹的次数比较多的菜,只吃那些他没怎么动的菜。

她这是知道他挑,把他喜欢的让给他。

费鹰看着姜阑专心吃饭的侧脸。这个女人真叫人情动。他其实很想问问她,她知不知道这样的行为意味着什么,知不知道她对他到底是什么心态。

费鹰这辈子头一次觉得自己的耐心或许也并不是那么好。

吃完饭,电视被打开,背景灯光线被调暗。两人继续并排坐在沙发上,看起了电视。这次两个人的中间没有再隔着小公仔,他们离彼此很近。

费鹰问姜阑有没有想看的,姜阑说还好,都可以。

他就随手按了一个台,里面在放一部老片子,然后他伸手握住她搁在沙发上的手。

电视屏幕的光忽明忽暗,姜阑看着桌上还没收的饭菜,忍不住去想,眼下这个场景似乎一点都不复杂。

费鹰说:"上次我那里的纪录片你还没看完。"

姜阑想到了那一晚。他温柔的亲吻,她仓皇的离去,她还想到了被她留在家里床头柜上的小硬。

她稍稍抿唇轻笑,然后说:"嗯,等回上海了找时间去看完。十一长假你在上海吗?"

费鹰侧过头看她,没回答。电视屏幕变换的光线映在他的侧脸上,姜阑对上他的目光。

他说:"你想不想和我一起过这个长假?我带你回深圳玩儿,好吗?"

她撇开目光,没说话。

姜阑当然知道深圳对于费鹰、对于他的 BOLDNESS 意味着什么。男人用温柔的语气包裹住的,是他想要将两人的关系再向彼此推进一步的野心。

姜阑觉得这个男人未免有点得寸进尺。

费鹰叫她:"姜阑。"

姜阑没回答。

下一秒,她的耳边一热,他的嘴唇亲了上来。她轻抖,然后下巴被他伸手捏住,他随即咬住她的嘴唇。

姜阑想,这个男人真是太知道她有多喜欢被他这样亲了,他也太知道该怎样勾引她了。

费鹰一手捏着姜阑的下巴,一手拨开她的浴袍。

他说:"还要再摸摸吗?"

这根本不是一个疑问句。

沙发上,姜阑半仰着,一垂眼,就能看见费鹰的肩胛骨,以及他撑开的背阔肌。他的头一直没抬起来过。

他根本不止是摸摸,她觉得自己要被他难见的强势一面弄疯了。

费鹰从来不用生意上的手段和他喜欢的女人谈判。深圳她去,或不去,他都给她远超她索取的满足。

姜阑被刺激得眼角和鼻尖都泛红。

她把男人用力拽上来,咬了咬他的喉结,又仰头咬他的嘴唇。她克制不住自己的本能,伸手去摸他。

第五章

  一路从上到下,沿着他的胸肌,腹肌,腰上的刺青,滑过左侧的人鱼线,又继续向下一寸。
  她听到男人喘着粗气抵在她耳边:"阑阑。"
  墙角的射灯照下来。
  姜阑耳后的皮肤被费鹰叼住,她的眼前逐渐变得模糊,手心被撑满,得了一寸又进半尺。
  童吟的担心完全就是多余的。
  窗外全黑了,未拉帘布的窗格就像画框,玻璃映着沙发上的景色,那一幅浓墨挥就的画中添了个女人。
  画中的女人过了很久的时间才一动,脱开了手。
  有新的墨点溅在她的胸和腿上。

BOLDNESS ★ WUWEI

第 6 章

南　山

THE GLAMOUR

029　南　山

　　费鹰在晚上洗第三遍澡的时候，右手在淋浴间的墙壁上撑了好半天。花洒的水从他头顶浇下来，他半天没动。

　　刚才的滋味有点上瘾。

　　等他洗完澡出来，姜阑早已吹干头发上床了。她的胳膊和肩膀露在被子外面，身上什么都没穿。她看上去已经睡着了。

　　费鹰不喜欢用吹风机，他湿着头发离开卧室，没有打扰她。

　　他又站回窗边。

　　外面的夜漆黑，雨后的天幕很明净，缀着星星。

　　等头发干得差不多了，费鹰拿出手机看了一眼，里面又多了不少未读消息。

　　孙术："晚上电话忘了问，你休假打算去哪儿？我看看有没有东西能托你带点回来。"

　　费鹰给他回了两个字："深圳。"

　　已经快半夜了，但是孙术回复得很快："什么？"

　　费鹰："带人回去玩儿。"

　　孙术回复费鹰的时候，飞机刚刚落地宝安。出机场后他打了车直接去找还在加班的梁梁，接上她一起去吃饭。

　　梁梁是重庆人，孙术就近找了家常去的火锅店。深圳真没什么正宗的重庆火锅，不过梁梁早就习惯了。半夜的火锅店里，老板和员工一样干着跑堂的活儿，亲自给顾客上菜。这家店的老板很年轻，就和这个城市一样，朝气蓬勃，勤劳肯干。

　　等着店家上菜的时候，孙术给梁梁念费鹰的回复："他要'带人回去玩'，你听听，你听听。"

　　梁梁乐不可支："带人回深圳干吗啊？这儿一没好吃的二没好玩的，他把人带回来到底能玩个什么啊？这假休得未免也太枯燥了。"她撩了一把自己粉金色的短发，又问，"什么人啊？"

　　孙术说："他在追的人。"

　　"喔！"梁梁很惊讶，"什么样的？你在上海见到了吗？"

　　孙术摇头："我们都好奇得不行。那天晚上喝酒的时候老郭还描述了一下费鹰当初是怎么在大庭广众之下加人家微信的。"

　　梁梁对费鹰的兴趣远小于对郭望腾的："那郭望腾最近怎么样？"

　　孙术没看她："就那样呗，还能怎么样，脾气一如既往的爆。"他给梁梁涮刚刚端上来的肉，转换话题，"这儿一没好吃的二没好玩的，那你怎么还一直留在深圳不走啊？"

第六章

梁梁咬着肉笑嘻嘻道:"来了不就是深圳人吗?深圳人就要给深圳做贡献嘛,不能总被别人说深圳是文化沙漠嘛。"

孙术被她逗笑了。他知道她没说出口的真正原因,这里能让她的理想变成现实。

大约凌晨一点左右,费鹰关灯上床。躺下后,他又闻到了若有若无的香味。他知道姜阑并没有睡着。

过了一会儿,睡在旁边的人往床那头翻了个身,离他远了点。

黑暗中,费鹰抬手揉了一下耳朵。

他不可控制地想到晚上和她在沙发上,到最后,她的胸口和大腿被他弄得有点脏。那画面太要命,他一秒都不能回忆。

这么多年他一直有洁癖,这其实不该是他能干出来的事,但这事他干得太自然了,完全没过脑子。事后他给她擦擦,擦完之后他有些抱歉。她看了他两眼,起来直接去冲洗。他不知道她是不是不高兴。

十五分钟内,身边的女人翻了四次身。

费鹰在她翻第五次的时候,主动伸出胳膊,把人捞进自己怀里,然后他把嘴唇贴上她的耳朵。

那只被亲的耳朵立刻变热。

姜阑在他怀中一动不动。半天后她开口:"费鹰,我要和你先说清楚。"

费鹰等着她说。

姜阑说:"你的身体太吸引我了,我很难控制自己的本能,这一点你应该能理解。如果和你一起过长假,我无法预测还会发生什么。但我想很清楚地告诉你,你我之间所有身体的接触,都不会对我们之间的关系进展有实质性帮助。这句话听起来好像我仍然只对你的身体感兴趣,但不是这样的。我说过你现在吸引我的不止是身体,我也说过我会想一想,我对我说过的话负责。现在的情况和最开始的时候是不一样的,我不希望你误会。你能明白我说的意思吗?"

姜阑这段话貌似逻辑性很强,但说完后连她自己都觉得太绕。如果费鹰不明白,那她也不想再说第二次,她觉得她说不清楚。可是她对他的心态确实有了很大的变化,她又很希望他能够明白。

费鹰在她耳边说:"明白了。睡觉好吗?"

费鹰是真的明白了,他的大脑帮姜阑做了转译:她会忍不住想和他发生亲密关系,但她又没办法现在给他承诺,这不代表她像当初一样只想睡他,她只是需要更多的时间做决定。

对比当初,她有实质性的变化。她希望他能够知道她的这些变化和进展。她面对他时的真实和坦率,一如当初。

不管姜阑的大脑如何认定目前的情况,事实上她枕在费鹰的怀中很快入睡了。

费鹰在夜里听了一会儿她的呼吸声。睡着的姜阑把手搭在他的左腰处,压着他的刺青,那触感实在是有些软,让他有些难以入眠。

或许姜阑不明白,其实他根本不需要靠她的大段自述才能感受到她的变化。

清晨曦光入室。姜阑睁开眼,看见睡在身边的男人。她微微愣住,这场景对她而言太不寻常,太不真实。

姜阑很快回神。男人的侧脸从这个角度看过去十分无懈可击,也十分真实,姜阑就这样看了他好一会儿。

费鹰很难得地在早上多睡了一会儿。他起床后,姜阑已经把早饭叫来了。她看向从卧室走出来的他:"Hi。"

费鹰抬手抓了一把头发:"Hi。"

男人上半身还是赤裸的。姜阑觉得他刚起床的样子看上去比头一晚还要勾引人。她

THE GLAMOUR

把目光移开："我们今天什么时候飞深圳？"

费鹰放下胳膊，笑了。

这是九月的最后一天。天高云阔，京承高速一路通畅。

回京到酒店取上行李，车直接开往首都机场T3。

下午三点从北京起飞，落地宝安时正好是晚饭时间。

姜阑曾经来深圳出差过多次，这个城市在她心中是个很有特点的地方。城市像人，不可能完美，总有这样那样的优点和缺点，但是深圳是一个优点大到足以让人包容它缺点的地方。

这是一个连专车司机都会告诉乘客"来了就是深圳人"的城市。它很年轻，很蓬勃，具有极强的生命力和包容力。有数家世界级的中国民族企业都诞生于深圳，中国没有任何一个其他城市和深圳的气质类似。这里非常适合孕育年轻的本土企业。

对姜阑而言，深圳并不是一个适合她的城市。

这里太潮湿，也没有一流的高级餐厅，这里奢侈品牌云集的高端购物中心的女洗手间有些还在用蹲厕。这里的房价直逼上海，但是像VIA这样的国际奢侈品牌在深圳的可比单店销售额只是上海的几分之一，深圳没办法和香港争夺奢侈品顾客。

不过姜阑很喜欢生活在这里的人，他们友善而又包容，时常让她感到温暖。她之前每次来出差，身心的疲惫都会被深圳门店同事的自黑和幽默一扫而光。这边的同事的口头禅就是，要吃去广州，要玩去香港，真是苦了你们要来深圳做活动。

如果不是和费鹰一起，姜阑无法想象她会有一天选择来深圳度过一个私人假期。

出机场，费鹰去取车。车是他在深圳这边的助理周尧提前送来的。

费鹰不像胡烈，他没那么多车，也没兴趣在车上花那么多钱。这辆车是公司的车，周尧有点担心费鹰开不惯，还掐着时间发来微信问了一声行不行。

费鹰说行，很好。

周尧又多嘴问他今天是节前最后一天上班，现在大家都还没走，不知道你是不是要把人带来公司啊？

费鹰问，公司食堂今天的晚饭还行吗？

周尧说那必须行啊。

车从停车场往外开，费鹰问姜阑："你饿了吗，想吃点什么？"

姜阑支着胳膊吹窗外的风。这里的风太湿，从北京直接过来，她觉得必须要抽个空去买点新的护肤品。她心不在焉道："都行。"

费鹰说："那行。"

车开上深南大道，然后又开下一处楼宇的停车场。

姜阑以前出差不大来南山这边。罗湖有家老牌高端购物中心，VIA在深圳最重要的店在那里，她以前只去那边。

费鹰熄火，下车。

姜阑这边的车门被他拉开，她问："这是哪里？"

费鹰说："BOLDNESS总部。"

第六章

030　洁　癖

　　BOLDNESS 总部办公区域的设计非常空旷和开放，没有任何一间独立办公室，没有任何一个格子间，也没有任何一块封闭式区域。姜阑站在这一层的入口处，抬头几乎可以一眼从这头望到那头。

　　费鹰没有自己的办公室，也根本不需要自己的办公室。他和所有人一样，用一张很大的桌子，一把人体工学椅，一个很有艺术设计感的多功能柜。他的桌椅背后是一整面墙体，墙是纯水泥的，没有任何粉刷和装饰。

　　不光是费鹰，BOLDNESS 每个团队管理者都没有自己的办公室或主管位。在这里，不存在上下级的办公环境差别，每个人都一样。在这里，桌椅和桌椅之间的距离隔得很宽，看上去有大量空间被无端浪费，但这尊重了在百分百开放式办公环境下的个人隐私。

　　这和姜阑职业生涯中待过的任何一家公司都不同，这又让她想起了在上海去过的那家 BOLDNESS 概念店。

　　平等的社群化，不被主流规则所框缚，这大概就是街头文化能够吸引年轻人的核心魅力。

　　费鹰没有刻意带姜阑参观 BOLDNESS 的办公区域，他想先带姜阑去吃晚饭，担心再晚她就会饿。

　　但是这儿的人可都太想要"参观"姜阑了。

　　费鹰搬去上海还没一个月，再回深圳就变成了两个人。这是多少年都没见过的新鲜事，这儿的每个人都像郭望腾和王涉一样好奇。

　　孙术就站在 BOLDNESS 前台硕大的 LED 墙下等着。他先和费鹰打了个招呼，目光没好意思直接往姜阑身上看，但又迟迟不走。

　　费鹰给姜阑介绍："孙术，BOLDNESS 的运营合伙人。"

　　姜阑伸手说："你好，我是姜阑。"

　　孙术看了一眼主动伸到自己面前的手，赶紧握住连说了两个"Hi"，然后又说："欢迎你来深圳啊。你们在金山岭玩得还好吗？飞过来累不累啊？"

　　姜阑想这也太热情了。她把手抽回来："还好，谢谢你。"

　　费鹰直接把她的那只手捏进自己掌心："你饿不饿？我们这儿食堂还可以。"

　　一旁的孙术听了简直无语，这叫什么安排？这人到底会不会追人，像这样猴年马月才能把人追上？

　　但他居然听到姜阑说："好啊。"

　　孙术又觉得这个女人的态度未免也太随和了点，她的长相和气质明明就不像是随和的人，看上去甚至有些冷淡，但她面对费鹰却有不一样的温度。孙术怀疑，她到底知不知道费鹰有多少毛病，面对费鹰的那些毛病她还能像现在这么随和吗？

　　费鹰带姜阑去食堂吃饭。

　　孙术掏出手机飞快地拉了个新微信群，把王涉、郭望腾、杨南都加进来了。

　　孙术："我这回看见真人了！费鹰把人带回深圳了。"

　　郭望腾："你可真行啊老孙。长什么样？和老王上回描述的像吗？"

　　孙术："特别好看！"

　　杨南："真的假的啊？说得我都想飞一趟深圳了。"

　　孙术："人是真好看，但我也是真无语。费鹰一来就把人带去我们这儿食堂吃饭，就问你们服不服？"

　　王涉："他上次把人带来 746HW 还逼我做饭的事你们还记不记得？我估计他除了带人吃饭就没别的招了，心酸。"

　　杨南："你以为谁都和你一样？"

THE GLAMOUR

郭望腾："你以为谁都和你一样？渣。"
孙术："你以为谁都和你一样？渣！"

BOLDNESS 的食堂要下两层楼。费鹰没带姜阑坐电梯，办公层的中间区域有楼梯可以直接走下去。

姜阑觉得这个楼梯的设计十分酷。它是全透明的，内侧有各式各样的喷涂图案。踩在这样的楼梯上，她觉得连脚下的球鞋的颜色都好像变得更加明艳了。

一进食堂，姜阑就看见了一个短头发的女孩。她的头发粉金混染，很醒目，这样的发色和长度配上她白皙小巧的脸庞和尖下巴，居然一点都不违和。姜阑真的很少看见染这样颜色的头发但又不让人觉得突兀的黄种人。

费鹰察觉到姜阑的目光，顺着看过去，然后说："那是梁梁。她是 BOLDNESS 的创意和设计负责人。"

姜阑的内心有点讶异，她没有想到。

街头服饰和街头品牌是一个由男性强势主导的领域，某家权威时尚潮流媒体去年评出的全球 TOP100 街头品牌中，99% 都是男性主理人和男性创意总监。她没有想到 BOLDNESS 作为国内首屈一指的街头品牌，整个创意和设计的负责人居然是一个女孩。一个女孩在男性当道的领域做着核心决策者，用她的艺术审美和技术实力带领团队产出广受消费者好评的产品，这不可能是一件容易的事，而这件事本身就足够酷。

姜阑转头看向费鹰，说："我可以认识一下她吗？"
费鹰点头："嗯。你和她应该会有不少共同语言。"

BOLDNESS 食堂的饭菜味道真的还不错。这里的菜色种类很多，可以满足来自五湖四海的不同背景和偏好的员工需求。这像是一个缩小版的深圳，是一个能够包容差异的环境。姜阑有点喜欢这里。

来食堂吃饭，其实是省了姜阑的麻烦。她不需要再应对费鹰的"随便"，他的随便本意是让她方便，但她担心她的随便总会让他吃不好。

姜阑已经发现费鹰一点辣都碰不得。这个男人对辣味有天然的戒惧心理。她还发现他有点洁癖。他的洁癖让他显得十分不环保，能用一次性的餐具他就绝不会选择使用重复消毒后的餐具。

吃饭的时候他们并排坐着。姜阑发现她和费鹰很少有面对面坐着吃饭的时候，好像一直以来他都是坐在她身边。

饭菜很可口，也很简单。这样的简单让姜阑有了一种不一样的幸福感。她不觉得在上海写字楼下面商场里的西餐厅和日料店能够吃得比这里更幸福。

吃完饭，姜阑吃了一颗薄荷糖，然后她又往嘴里放了一颗薄荷糖。
时间略晚，周围没什么其他员工了。她凑到费鹰嘴边给他喂了一颗糖。
费鹰一边咬住糖，一边捏住她的下巴。
姜阑感到这颗糖让这顿饭的幸福指数又提高了一些。

费鹰带姜阑回到办公层，还没等他找梁梁，梁梁就主动来认识姜阑了。
粉金色短发的漂亮女孩对姜阑笑眯眯地打招呼："Hi。"
姜阑也对她笑了："Hi。"

Hi，好像是 BOLDNESS 的人惯用的打招呼方式。除此之外，姜阑发现这里没有人会叫费鹰"老板"，大家要么叫他费鹰，要么叫他 YN。

梁梁说："欢迎你来深圳玩呀。"她笑着强调了"玩"这个字，还扭头冲费鹰眨了眨眼睛。

姜阑觉得这个女孩非常有趣。

梁梁又说："你也是做时尚这行的吗？你想不想去看看我们的 showroom（商品陈列室）？就在楼上，我可以带你去喔。"

第六章

费鹰对姜阑说:"她就喜欢给人展示她的作品,你就捧个场。"

梁梁非常不以为意:"哪有。"

BOLDNESS 的 showroom 毫不意外地延续了费鹰对空间设计的执着审美风格。姜阑没有见过这么大的品牌的 showroom,比上海那家概念店的一楼更像是一个宽阔的街头。

街头明明应该是拥挤的,但 BOLDNESS 的街头都很空旷。这很特别,也很酷。

和费鹰说的一样,梁梁确实和姜阑有不少共同语言。

梁梁在加入 BOLDNESS 之前,在欧洲待了八年。她在英国念服装设计,很有天赋也很优秀,读书的时候就在法国的某家高级时装屋实习,毕业后去了米兰,在另一家老牌高级时装屋得到了一份设计师工作。这对像梁梁这样一个出生于中国内地的黄种人来说,已经不算容易。

梁梁一边带姜阑逛 showroom,一边说:"时尚行业哪有外人看起来那么光鲜,我在欧洲工作的时候做牛做马,累死人呢。你肯定能懂我喔。"

姜阑当然能懂梁梁。她有一些好奇:"你怎么会回国,转型做街头品牌了呢?"

这么男性的行业,这么草根的文化,和梁梁的背景差异很大。

梁梁说:"我就是喜欢啊。我爱的音乐和艺术类别都是这一卦的,服饰是它们的载体。街头文化发展这么多年了,欧美出了不少高端街头服饰品牌,我就觉得中国也可以有啊。中国必须有。我们从前年开始就已经在做准备了。"她的皮肤有川渝一带女孩独有的细腻,她的语气也有川渝一带女孩独有的泼辣。

"而且有那么多男人都可以做奢侈品女装的创意总监,我怎么就不能做男性街头品牌的创意总监了嘛!"

姜阑觉得这个女孩身上的光亮不止来自她的发色。她想,这就是费鹰的伙伴。BOLDNESS 是由这样的一群人创造出来的品牌。

这让她有点感动。

梁梁带姜阑去 showroom 另一头的饮料机拿咖啡,她问姜阑想喝点什么?姜阑说喝水就行,梁梁说那她也少喝点咖啡,陪姜阑喝水。

两人就在休息区喝水。梁梁坐在高高的凳子上,两条腿垂在下面一荡又一荡。她看起来非常年轻,朝气蓬勃,虽然她的年龄其实和姜阑差不了多少。

梁梁拉了拉姜阑的手:"你也试一试像我这样嘛,这样很解压。"

姜阑不可能在外人面前做出这样的举动,这太孩子气了,不符合她的形象。但她对上梁梁的眼神,很难拒绝这个邀请。

梁梁看到姜阑荡了一下她穿着球鞋的脚,乐得不行:"你好可爱喔!难怪 YN 喜欢你。"

姜阑不知道接什么话好。她不知道这儿的人是如何看待费鹰把她带来 BOLDNESS 这件事的,她原以为他们只是来吃个简单的晚饭。

梁梁问:"你喜不喜欢他呢?"

姜阑不知道该怎么回答。她和费鹰目前的状况比较复杂,三言两语说不清。

梁梁又拉了一下姜阑的手:"是不是他这个人毛病很多,你有点嫌弃他啊?"

姜阑忍不住笑了:"他毛病很多吗?"

梁梁说:"就说他极度洁癖的毛病,一般人能受得了吗?必须得靠爱包容吧。"

听着这话,姜阑想起头一夜在沙发上,费鹰的头埋在她身下。他对她做那些行为的时候,倒是一点都看不出来有洁癖。

梁梁打量着姜阑的脸色:"你知道 YN 为什么会有洁癖这个毛病吗?他和你说过吗?"她虽然这么问,但她觉得费鹰绝不会主动提起。

姜阑果然摇头。

梁梁环顾了一圈这个占地很大的 showroom,问姜阑:"我们总部的环境很棒,是不是?"

THE GLAMOUR

姜阑点头。

梁梁说:"但你肯定想不到BOLDNESS当年是在什么样的地方创立的吧?"

姜阑问:"什么样的地方呢?"

梁梁看着姜阑,很友善地笑了。

南山这里是BOLDNESS的全新总部,近两年才建的。BOLDNESS搬过三次家,最早的时候在福田,一个很简陋的小园区里。那里有蟑螂,还有老鼠。南方的蟑螂不像北方的蟑螂,这里的蟑螂生生不息,还有会飞的大蟑螂。办公室的墙下装有粘鼠板,偶尔能看见有半死不活的老鼠被粘在上面。

曾经有一段时间,费鹰几乎要被深圳的蟑螂逼疯了。他从小在北京长大,从来没有见过这种潮湿闷热的南方阵势。这是南方特有的生态,这里的除虫公司生意一直很好。

BOLDNESS最开始很苦,创业很苦,不是一般人能想象的。费鹰经历过的苦日子也不是外人能想象的,他从来不主动提起过去如何。

费鹰洁癖的端倪初现于一个很普通的工作日早晨。那天他想要喝水,打开杯盖,盖子边缘爬着四五只米粒大小的蟑螂。费鹰直接把那只杯子扔了。

那时候的费鹰没钱带团队搬去一个更好的工作环境。他从来没说过什么,不给团队打鸡血,也不逼大家爱工作胜过生活。他更没有从深圳掉头回北京。

只是时间越久,费鹰洁癖的毛病就越严重。

现在的费鹰有钱了,现在的BOLDNESS也不再是当年的BOLDNESS,但是费鹰洁癖的毛病谁都治不了。

梁梁微笑道:"这个故事我也是听孙术讲的喔,我才加入BOLDNESS五年,没见过当年到底有多苦。YN虽然毛病多,但这个男人有点酷,也有点迷人,你不觉得吗?"

姜阑什么话都没说。在这一刻,她突然很想要去找费鹰,再喂他吃一颗糖。

031 梦境VS现实

姜阑被梁梁带去参观showroom的空当,周尧见缝插针地来找费鹰。

周尧说:"费鹰,你来都来公司了,要不就抽点时间和空间设计那边过一下成都和北京两家店调整之后的方案?"

费鹰说行。

周尧就把空间设计部的人都一起叫过来。大实木桌上摊开图纸,方案直接投影到白墙上。

费鹰和孙术拜访完成都和北京的商场业主才三天,深圳总部就已经按需调整了一稿新店设计。这是BOLDNESS的速度,也是团队磨合多年的默契。

不过零售门店的商业空间设计和其他空间设计不同,费鹰要的东西也很极致,大家都还在摸索中,这个过程很不轻松。

BOLDNESS的空间设计负责人严克最近也一直在加班。关于品牌今明两年的线下零售渠道拓展计划,费鹰在很早之前就同步给了所有主要团队负责人。严克知道费鹰的野心和需求点,但是费鹰的需求太难满足了。别的品牌会对门店模式进行分类分级,小店怎么做,大店怎么做,旗舰店怎么做,虽然空间设计会按目标场地和商品配货的策略来做细微调整,但大框架就是固定的几类,在不需要做门店形象升级的情况下,空间设计出一套方案能用好几年。但在BOLDNESS,情况很不同。费鹰要每一家门店都是独一无二的,不可替代的,不可复制的。

第六章

这太难，也太挑战。

费鹰的性格很一意孤行，BOLDNESS 是他一手培育起来的品牌，他对 BOLDNESS 倾注了无人可比的私人感情。他打定的主意和方向，一般没有人能成功劝说和改变。

严克没有孙术跟费鹰的时间久，他觉得费鹰有时候太固执，也太不懂授权。这可能是很多白手起家的创业者的通病，他们没有经历和学习过职业化的管理模式，他们的生长路径非常野蛮。不过费鹰的优点非常多，足以让人忍耐他的缺点。世界上没有完美的领导者，严克权衡了一下这份工作给他带来的成就和收入，也就从来没有向费鹰直接反馈过他的感受。

所以当这两份调整后的门店空间方案并没有得到费鹰的认可时，严克一点都不意外："行，我们继续再改改。"

费鹰说："辛苦了，老严。"

严克笑了。他笑的不是因为费鹰说辛苦了，他笑的是听说梁梁那边的服装设计团队十一长假还要加班，他怎么也不敢认为自己是真辛苦。

严克带着团队走了。周尧留下来问费鹰："你这次回来住哪儿？"费鹰在深圳有三套房，这次回来得很临时，也没说清楚到底是个什么计划。费鹰的毛病比较多，周尧得提前问着，有备无患。

费鹰说："就近住。"

周尧就清楚了。就近住就是指离公司最近的那套房，那套房太让人省心了，周尧觉得他没必要再操心。那边的物业管理水平一流，24 小时管家服务，就算没人住的时候也能按业主的要求让房间保持完美状态，费鹰一切的洁癖和挑剔在那边毫无发挥的空间和余地。

周尧说："那你后面几天还来公司吗？"

费鹰看他一眼，重复了一遍之前发过的微信："我休假。"

他休假是什么意思，很难懂吗？

没过多久，梁梁就把姜阑带下来还给费鹰了。

梁梁悄悄对费鹰说："我好喜欢她，她的手怎么就那么软？如果你不好好追她，那我可就要追她了喔。"

费鹰有点脑壳痛。梁梁确实既喜欢男人又喜欢女人，性别在她这里完全不是个问题。他不得不提醒："那郭望腾呢？"

梁梁嘻嘻笑着走了。

姜阑在费鹰的办公桌前小坐了一会儿。这张实木桌子摸起来太舒服了，她问："这是哪个品牌的办公桌？"姜阑觉得它一定售价不菲。

费鹰的目光落在她抚摸桌子的手上："没牌子。而且很便宜。"

这是他某次和别人在外面的小馆子吃饭，看中店里的一张餐桌，问店老板要了做餐桌的那家工厂的联系方式，然后直接找到厂方，按做餐桌的方式定做了一批桌子，运过来给大家当办公桌和会议桌。

中国在很多产品的生产制造方面有着完全不输欧美日同类别的手工艺和工业能力，但中国在品牌打造和审美输出方面还有很长的路要走。

离开办公楼时已经十点半了，费鹰带姜阑回家。

这套房离 BOLDNESS 总部的办公地点很近，大概四公里，开车不到一刻钟。

姜阑在车驶入小区的时候，有一丝不解。她知道费鹰没有很多车，也没见费鹰穿过昂贵的服饰，费鹰白手起家，并不是一个喜欢挥霍的人。姜阑没想到费鹰在不动产方面的投资会有这样的大手笔。这里是一个非常昂贵的住宅地标，不太像是一向低调的费鹰会选择居住的地方。

但是在走出入户电梯之后，姜阑就明白了。

THE GLAMOUR

　　这里的房间结构太适合费鹰了。足够大，足够开阔，足够空旷。这里的物业服务水准也太适合费鹰了，他的洁癖和挑剔在这里可以得到无限包容。

　　这是一套定制的大平层。房间的利用率极低，很多墙体被打通，空间内只摆了少量的家居和装饰，而那些家居看起来更像是艺术品，很不日常，但很符合费鹰对空间设计的一贯审美。

　　客厅有一面很大的落地窗，落地窗外是一个偏斜15°角的L形开放式大露台。露台上有泳池，有按摩浴缸，有躺椅。站在落地窗前望出去，是毫无遮挡一览无余的深圳湾。

　　从群山到大海，这里是费鹰的第二个根。

　　姜阑站在这面大落地窗前，望向外面的泳池和海。

　　从群山到大海，从长城上的云海彩虹到BOLDNESS的空旷街头，这趟行程像是费鹰给她造的一场脱离现实的梦境。

　　洗完澡后，姜阑确认了一下时间，十一点四十分。

　　她坐在床上，把关了几乎整整两天的工作手机打开。手机重启后读卡，读网络，一个接一个的新邮件和新微信提醒弹出在屏幕上，紧接着手机陷入死机状态九十秒，然后才恢复了正常。

　　姜阑一目十行地筛选重要联系人的重要信息。

　　周四在北京见完商场业主后，她让陈亭准备新的需求资料，请活动公司重新调整原有方案，加入明星到场所需的搭建、动线、安保和流程规划。张格飞的病还没有好，陈亭能够在这个项目上和姜阑直接共事，这对她而言是个很好的机会，所以她的干劲十足。短短两天的时间，陈亭就已经带着活动公司出了一版更新的方案发给姜阑审阅。

　　徐鞍安如果要出席活动，那PR在北京本地的媒体传播计划也得跟上。温艺这两天一边和徐鞍安的经纪宣传确认她的档期和行程，一边和NNOD做活动的PR方案。这个变动太临时了，温艺周四晚上就向姜阑抱怨过了。温艺最讨厌为了配合零售的业绩指标来做任何市场活动，在这一点上，她的观念非常传统PR。温艺本人也非常讨厌朱小纹的做事风格。

　　这次业主要求VIA代言人来给活动站台，姜阑不是不能拒绝。但是开会前朱小纹告诉姜阑，业主很早就有这个意向，她已经给陈其睿提交了一版明星到场下的活动业绩预估。这个数字足以说服陈其睿。姜阑不可能等到由陈其睿自上而下向她施压的时候才同意，那只会进一步压缩她和团队的准备时间。姜阑只能在业主和朱小纹面前点头。

　　这些曲折姜阑没必要让温艺知道。

　　余黎明也给姜阑发了多封邮件。这回他的团队动作很快，各大招聘平台的职位发布迅速完成，外招和内推流程同时启动。待组建的电商团队直接挂钩VIA明年的增量生意额，陈其睿亲自发话，HR只能把姜阑的需求列为最高优先级。

　　姜阑上次因为HLL的事情对余黎明发了不少的火，后来得知陈其睿下的那盘棋，她才明白余黎明不过是盘上的棋子。HR出身的人演技一流，姜阑自叹弗如，她觉得自己在这一方面还需要多加锤炼。

　　电商招聘似乎不难，这才几天的时间，余黎明已经亲自电话初筛了十来位候选人，把他们的简历发给姜阑，让姜阑对市场上的电商人才情况有个初步了解。姜阑快速浏览附件简历，电商人才的出身和背景参差不齐，五花八门，让她眼花缭乱且大开眼界。她终于明白陈其睿之前为什么要把电商这一块交给她来管了。

　　唐灵章那边做了Petro来上海的媒体日计划。几家头部数字媒体平台对口国际品牌的销售都会来VIA上海办公室，一个接一个地给Petro做digital media workshop（数字媒体研习会）。唐灵章询问姜阑的意见，说腾讯销售表示可以安排微信在广州那边开放平台的同事一起连线接入，咱们有没有必要这么麻烦？是要真心诚意给Petro扫盲呢，还是糊弄一下他拉倒？唐灵章本人偏好前者。问完这个，唐灵章又留言，说媒介代理商要重新比稿的事情，她已经找好了几家候选，考虑到明年品牌会开辟电商渠道，应该把performance media buy（效果类广告投放）的需求提前考虑进去，所以她这次打算邀请国内这一块做得最好的PIN一起加入比稿。PIN主做消费品行业，之前从来没有做过奢侈品行业，但他们很感兴趣，对方表示届时会由他们的华东区客户总经理亲自带队拜访。

姜阑觉得唐灵章的脑子很清楚，也感受到了唐灵章之前说想要转去做电商是认真的。

处理这些工作的时候，姜阑感到自己落回了现实。这才是她所熟悉的生活状态，忙碌不休，时间和精力被工作填满，满足感来自工作中所取得的成就。

这才是她所习惯的人生状态。她原本就不是一个爱做梦的女孩。

接近十二点半的时候，姜阑终于放下工作手机。她抬起头，主卧的门没有关，坐在床上可以直接看到起居室的那扇大落地窗。

费鹰站在窗前，又在通电话。他好像总有通不完的电话。

男人的身后是沉入夜色光影中的海景。姜阑感到她又回到了梦中。

梦境与现实的反复切换，让姜阑产生了一种割裂感。有那么一瞬间，她甚至不能确定在北京偶遇费鹰之后的一切记忆是不是根本就是一场梦。

费鹰终于结束和陆晟的通话。陆晟最近全国各地飞，到处找项目，拓展新人脉，只有到晚上的时候才有空和费鹰商量一些需要共同决策的大事。

落地窗外的泳池水面被夜风卷起涟漪。这里的风很潮湿，费鹰想起晚饭时姜阑提了一句，她需要抽空去买些适合南方气候用的护肤品。他决定明天上午起床之后就先带她去买东西。

划着手机屏幕清理未读微信消息的时候，费鹰分了一下神。这套房里不只一张床，他好像还没和她确认一下晚上想怎么睡。

他把手机熄屏，转过身，然后看见姜阑已经躺在了主卧里的那张大床上。

费鹰半天没挪步。

他回忆起晚饭后的那颗薄荷糖，以及在回来的车上的又一颗薄荷糖。他再一次很想问问她，她知不知道她的这些行为究竟意味着什么，她的大脑到底在挣扎犹豫什么，如果真的挣扎犹豫，那她为什么还要继续这些行为。

他感到自己的耐心变得越来越差了。

姜阑听到男人走近的脚步声，抬眼看向他。

费鹰站在床边，低头问："明天起床后我陪你去买东西好吗？"

姜阑其实并不需要他陪她买护肤品，她不知道这除了浪费对方的时间之外还有什么意义。但她点了点头："好。"

费鹰又问："你现在想睡觉吗？"

姜阑不知道在梦里还要再怎么睡觉。过了一会儿，她坦白道："费鹰，我觉得很不真实，这几天的一切。"

男人没说话。他单手拽住T恤领口，很利落地脱掉，朝身后一丢，线条鲜明的肌肉和横刺腰腹的八个字母在夜晚的光线下显出一种侵略态的性感。

男人俯下身，说："你需要怎么验证真实？是想要亲亲，还是想要摸摸，或是你还有什么其他想要的？"

032 睡觉

费鹰的手臂撑在姜阑身边，又说："什么让你感到不真实？是我，还是这一切？"

THE GLAMOUR

姜阑一动没动。她的眼里有费鹰熟悉的欲望。

费鹰低头碰了碰她的嘴唇："是睡不着吗？怎么样你才能舒服，才会想睡觉？"

她说过高潮后就会困，头一晚的这句话他还记得很清楚。他不想分析他此刻的行为动因是否还掺杂了别的因素。但姜阑还是一动不动，并没有如他预料的那样亲亲他，也没有摸摸他。

在他说完这句话后，她的眼神很快地闪开了一下。这很不姜阑，也很不常见。

费鹰觉得这一瞬的闪躲或许只是他的错觉，但他分明看到姜阑眼中已经没有了任何欲望。

他听到姜阑说："我什么都不要。"

费鹰捡起T恤，径直离开主卧。

他不想分析姜阑此刻的回答动因是什么，她或许真的不需要，或许不想在还没做决定之前继续对他得寸进尺。他只知道自己的耐心或许不足够支撑他继续像前一晚那样睡在她旁边而什么都不做。

姜阑并没有在他离开的时候挽留他。

凌晨不知几点，姜阑从床上下来。她拿上自己的手机，走去客厅，然后打开联通露台的门，走到外面，潮润的风扑面而来。

外面的夜仍然黑黢黢的，她按亮手机，然后看见里面有一条未读的新消息，半夜时分发来的，发送人是她的母亲王蒙莉。

"十一放假回家吃顿饭吧。爸爸其实很想你。也别再给我们账户上打钱了。"

姜阑把手机按灭，一个字都没有回。

出来时姜阑没有穿拖鞋，她光着脚踩在露台的木板上，感觉好像回到了小时候。

小时候的姜阑光脚踩在木板上，母亲王蒙莉给她洗澡。洗完澡后，王蒙莉带她去剪头发。她问母亲能不能留长头发？母亲说还是剪短吧，剪短了爸爸会喜欢。然后理发师就按大人的意见给她剪了个男孩子的发型。

小时候的姜阑也很少穿裙子，母亲把她打扮得像男孩一样。她读幼儿园和小学的时候经常被同学好奇地询问，恶意地嘲笑。

不过没关系，她在每一个学校里都待不了很久，那些询问和嘲笑她的同学也和她相处不了很久。只要她多忍一忍就好了。

小时候的姜阑总是在跟着父母搬家，她的父亲姜城因工作原因多次调动，从六岁到十五岁，姜阑的家换了三个城市，四个地点，她总是在转学。

姜阑在十五岁之前没有交过什么好朋友。小时候她尝试过，但是没多久她就会转学离开，友情会失散，朋友也会失联。她慢慢地就学会了不再交朋友。她会因为交到朋友又失去而难过伤心。

姜阑很小的时候不知道母亲为什么喜欢把她打扮成男孩子，直到她上学后第一次拿着一道不会的数学题去请教父亲。

父亲当时看着她，半天没说话。他给她解了题，速度很快，也很从容。然后父亲微微感慨，你如果是男孩子该多好。

姜阑的父亲搞了一辈子物理，从低能核到凝聚态，从研究所到高校。小时候她不太懂父亲那句话的意思，但是长大后她逐渐开始明白，她的出生本身就让父亲失望。父亲始终希望能有个儿子，因为他认为男孩子总是要比女孩子在理科方面有天赋，他希望能有一个儿子从事和他一样的事业，这是他的愿望。

姜阑从小就对数理化不感兴趣。她喜欢一切美的东西。父亲对她的兴趣颇有微词，美在他眼中是虚浮的，无用的，他甚至会苛责她的母亲没有共同教育好她。

姜阑一直知道自己让父亲失望，她无论如何也成为不了父亲期待中的骄傲。

三岁之前，姜阑甚至没有见过父亲。他一直在另一个城市工作，母亲一个人带她，很不容易也很辛苦，但是母亲始终能够包容和支持父亲。王蒙莉总是以姜城的事业和需求为先，虽然她本人也是一位能力杰出的科研工作人员。

第六章

八岁那年，姜阑得知父亲需要出国工作两年，并且母亲会一同前往，照顾他的生活起居，父母商量后将奶奶接来帮忙照顾她。母亲出发的那一晚，姜阑大哭大闹，直接躺倒在家门口的地板上，试图用自己幼小的身体堵住门，不让母亲走。那大概是她这辈子唯一的一次歇斯底里。

但是母亲还是走了。

王蒙莉临行前给姜阑擦了擦脸，说你要懂事，回床上去睡觉。姜阑哭着说妈妈你们都走了我睡不着。王蒙莉说，小孩子过几天就好了。

十二岁那年，姜阑的父母再一次出国。这次她没有再哭闹，很早就上床睡觉了。后来学校开家长会，姜阑也没有让奶奶知道。她告诉老师，父母出国工作，家里没有大人。老师当时看着她说，姜阑，你要好好读书，以后做一个像你爸爸一样优秀的人。

原来优秀就是被这样定义的吗？当年的姜阑不明白。

她时常会忍不住地想，如果她是个父亲期望中的男孩子，也许她就不会被父母抛在身后。

一直到十五岁，父母才带着她搬到上海定居，稳定成一个家的样子。

姜阑在新学校认识了童吟。这是一个留着漂亮长发的温柔女孩。认识童吟的第一天，姜阑听到这个温柔女孩轻声对她说，阑阑呀，我觉得你穿裙子一定会很好看的。

正式工作后，姜阑一拿到第一个月的薪水，就在外面租了房，从家里搬出去了。她离开家的整个过程其实很平静，没有什么戏剧性的波折。

当时姜城听了她的决定，把眼镜摘下来放在书桌上。他说，姜阑，我和你妈妈这么多年没有亏待过你，从允许你出国念一个没有价值的专业，到看着你找一份不像样的工作，我们一直在容忍你的任性选择，我们不能理解你对父母还有什么不满意的。

确实。姜阑的选择在姜城眼中一直是任性的。姜城的修养没办法让他彻底变成一个不尊重孩子的父亲，他只能眼睁睁地看着他的女儿走上一条他根本看不懂的道路。那条路在他眼中虚荣，浅薄，华而不实，缺乏价值。他认为自己一直在容忍女儿的任性选择。

姜阑什么都没有说，带着行李离开了父母家。

离开家的那一晚，姜阑在租住的小区外的马路上看到一家成人用品商店，她进去买了东西。付款时姜阑想，姜城和王蒙莉绝对无法想象他们的女儿居然有这一面。

她一直没有否认过自己或许存在心理隐疾，也知道这或许是因为什么造成的，但她从来没有直面过它，就像姜阑很少再回头直面她的少女时代。

回忆有些长，天边现出一条隐约银线，夜醒了。

这一夜，姜阑没有睡哪怕一分钟。她已经很少再想起八岁那年歇斯底里的大哭大闹了。

"妈妈你们都走了我睡不着。"

"小孩子过几天就好了。"

姜阑耳边又响起男人的声音，这声音足够有耐心，也足够包容。

"明白了。睡觉好吗？"

"你现在想睡觉吗？"

"是睡不着吗？怎么样你才能舒服，才会想睡觉？"

姜阑原本就不是一个爱做梦的女孩，这些年来她只是希望能够睡一场好觉，但是上天似乎要和她开一个玩笑，让她遇见一个给她创造梦境的男人。这个男人还问她，要怎么样她才能舒服，才会想睡觉。

如果姜阑此生注定要睡入一场梦，那么没有什么梦能比费鹰这两个字还让她心动。

姜阑离开露台回屋时，天色浮白，那道银线变成了金线。

她去冰箱里找了一瓶水，喝了，然后把一颗薄荷糖咬进嘴里。

她走回主卧找到她的手袋，从里面取出在机场便利店买的以防万一的小盒子。

费鹰还没醒。这个男人的睡眠质量一直很好。

姜阑轻手轻脚地爬上床，两手撑在他的枕头上，俯下身亲吻他的嘴唇。那颗薄荷糖

THE GLAMOUR

被她推进他的口中。

费鹰醒得非常快。

姜阑对上男人睡醒的眼，又亲了亲他嘴唇上的甜味："我现在想睡觉了，可以吗？"

费鹰咬住那颗薄荷糖。他盯了她几秒，目光下移，看到她未着寸缕的身体。他的手被她拉起来按到身上，她的声音贴着他的耳："我不止想要亲亲和摸摸。"

费鹰把糖直接吞了下去。他揉着姜阑的身体把她弄进怀里，他的耐心在这一刻已经被她逼到了临界点，他从来没想过要逼她，但他此刻开口道："姜阑，你想要，就得要我的全部，你明白吗？你不能挑挑拣拣，只要这个不要那个。"

姜阑在他的肩窝里点了点下巴。

费鹰以为她没有明白："我说的是，你得和我……"

他话没说完，嘴就被她堵住。她的舌尖侵犯了他一会儿，然后说："我想要，就得要你的全部。你的身体和我的身体亲密联结，你的人格精神和我的人格精神亲密共振。这是你期待的，对吗？"

费鹰没说话。他被姜阑压住的心口有点热。

姜阑说："我愿意尽我所能试一试，在不复杂的前提下。"

曦光从没拉严的窗帘缝隙漏进来，床单被印出一块一块的金斑。

费鹰握住姜阑的脚腕。

那只手掌温暖干燥，她被摸得浑身颤抖。

费鹰的背上出了一层细密的汗。

后来费鹰洗完澡出来。他看见姜阑已经在主卧的大床上睡着了。她半张脸埋在被子里，看上去睡得很沉很香。他没吵她。他希望她能够睡一个好觉。

处理完工作消息后，费鹰给周尧拨了个电话。

费鹰搬去上海，原本深圳的三套房已经准备挂牌出售。资产数额和现金流不能画等号，他在现阶段对现金量的需求很高。

理想很贵，要让理想落地生根，茁壮成长，还需要很多的钱。

但是看着姜阑在这张床上睡觉的模样，费鹰对周尧说，南山这套就先留着吧。

床边矮柜上遗留着小纸盒的外包装，费鹰把它拿起来扔掉的时候，看了熟睡中的姜阑一眼。

他不知道她是怎么想的，既然要买，为什么只买三只装的？

033 女 人

姜阑在傍晚时分醒来，手机上有来自童吟的多条未读微信。

童吟："阑阑，你十一怎么安排的？我们出去玩两天好不好啊？"

"人呢？"

"你不会十一还在加班吧？那我晚点去你们公司找你吃饭吧？慰劳一下辛苦的阑阑。"

"天黑了，你再不回复我，我就要合理怀疑你的人身安全了！"

窗帘都拉着，姜阑伸手按亮床头灯。

她给童吟回："我在深圳。前面在睡觉，才看到。别担心。"

童吟："什么？"

姜阑："我和费鹰在一起。"

童吟："你大白天睡觉是怎么回事？"

第六章

姜阑："做爱太累了。"

童吟半天没有回复。

姜阑起床，去把窗帘拉开。天边夕阳西落，霞色如火。

她转身，看见床头放着一杯水。她不由自主地回忆了一下早晨，然后抿了抿嘴唇。

这时童吟终于结束了她的静默："所以感觉怎么样？以前那些和这次比起来呢？"

姜阑："Not even close（远远比不上）。"

童吟回了一个开心地转圈圈的表情。

姜阑对着屏幕笑了。

"Not even close"是一个独属于姜阑和童吟之间的秘密。十六岁的时候两人躲在学校宿舍里看了一本英文的成人小漫画。女主角的职业是情趣用品销售员，某天有一位女顾客来购物，向女主角询问商店里某个产品的性能，女主角回答说"男性真人能够带给女性的快感和这款商品比起来'Not even close'"。

那对两个正值青春期的女生来说是莫大的新奇。有一段时间两人几乎把这个短语当成了口头禅，比较什么东西的时候都爱说这么一句，说完之后再抓着对方的手笑得前仰后合。

后来姜阑和童吟分别都交了男朋友，也都体验了男性真人和女性情趣用品之间的差别。虽然很多小漫画里的剧情和台词都太夸张，但是这句台词的现实性得到了姜阑和童吟的一致认可。

女性的欲望有时很幽微，女性的高潮有时很磅礴。女人绝大多数时候都无法指望男人能够主动理解并满足这一切。

童吟坐在她略显空荡荡的出租房里，下巴压在膝头，手指反复划动屏幕上和姜阑的对话框。她想起了她和姜阑的青春期，以及青春期之后漫长的爱与欲之路。

姜阑之前谈过2.5次恋爱。童吟很清楚姜阑有多么不擅长处理亲密关系，她更清楚姜阑有多么难于从男人身上得到性满足。这么多年，姜阑习惯于依赖电动情趣用品获得高潮。但在今天，居然能有一个男人让姜阑说出从前的性体验与这次相比"Not even close"，这让童吟觉得是一个梦一般的奇迹。

对方需要多么温柔包容，细微体察，将女性的感受前置，精准捕捉姜阑的每一分需求与渴望，才能达到这样了不起的结果。

童吟："你哪天回上海呢？我最近真的好闷。我现在越来越觉得我过去活得太束缚了，姿态也太端着了，我好想拥有'堕落'的快乐啊。"

姜阑想了一会儿，想到了一个可以让童吟"堕落"的好去处。

要知道童吟四岁开始学钢琴，是正儿八经的音乐学院指挥系高才生，毕业后一直在职业交响乐团工作，她对音乐有一套固执的审美和坚持。之前童吟和赵疏分手并与母亲决裂，哪怕租房的预算不够，她也不肯放弃为她的琴租个大房子。

姜阑想到的"好去处"是上回费鹰带她去的那家746HW。Hiphop风的音乐足以把童吟拉下她的高坛。姜阑几乎能够想象出童吟听到那些音乐时会露出什么样的表情，她居然有点期待看到童吟的反应。

姜阑回复童吟："等我回去之后，带你去吃一家美味的卤肉饭。"

费鹰又在窗边打电话。

他听见身后轻响，转头看见光着脚的姜阑。他对手机那头的人说了一句"稍等"，将通话静音之后问她："你饿吗？"

男人的语气一如既往的温柔。姜阑睡了很久，没吃早饭也没吃午饭，她的确饿了，但是男人看上去一如既往的忙碌。

姜阑对费鹰点头："你忙吧。我出去找朋友吃饭。"

费鹰看了她两秒，没问她要去找什么朋友，或者她在深圳能有什么朋友。他很尊重

129

THE GLAMOUR

她的意愿:"行。"

费鹰说完这句,对她微笑着,张开了胳膊。

姜阑也轻轻笑了,走过去,轻轻地抱了他一下。

在他温暖的怀里,她仰头亲了亲他的嘴角,手滑进他的T恤里摸了摸他的腹肌。

梁梁约了姜阑在火锅店见面。

姜阑打车过来,到的时候刚好七点。十一期间人没有很多,梁梁坐了一张六人桌,点了一大堆荤素菜品。她看见姜阑,立刻笑得很开心,招招手:"你想喝什么?和我一起喝豆奶好不好?"

梁梁的笑容永远和她的发色一样明媚闪亮。姜阑打从心底喜欢这个女孩子。她在梁梁身边坐下:"好啊。"

梁梁说:"我发微信给你的时候没想到你会真的答应出来哎!"

毕竟姜阑是和费鹰在一起。

姜阑在热腾腾的锅气中把头发扎起来,绑成一个小丸子。为了控脂,她很少吃这种牛油辣锅,但是梁梁太吸引她了,她可以为了这个新朋友破例。

自从工作以来姜阑就没在行业内交到过朋友,她始终认为出来工作的目的不是为了交朋友,她太忙碌,没有富裕的时间和精力用于维护新增的友谊。

梁梁可以说是姜阑在业内交的第一个朋友。

深圳真是个神奇的地方。

梁梁很喜欢吃耗儿鱼,连续点了好几盘。吃着火锅的梁梁格外高兴:"YN不吃辣,我们平常一起吃饭都不能吃火锅,好无聊的喔。"

姜阑觉得川渝女孩有种神奇的体质,仿佛怎么吃重油重辣的食物都不会长痘浮肿发胖。

在火锅热辣的香气中,梁梁凑到姜阑身边闻了闻:"我觉得你身上好像有YN的味道喔。"她笑嘻嘻地说,"他今天的心情肯定很好吧!"

这真是个神奇的女孩子。姜阑觉得友情真是美妙的东西,她真心地笑了:"你怎么那么可爱?"

梁梁眨眼:"我只在我喜欢的人面前可爱,在别人面前我可是很凶蛮的!"

姜阑笑得喘不过气来。她实在是很少笑成这样。

吃得差不多的时候,梁梁拿纸巾擦擦嘴,然后把身边的一个大布兜拽过来,打开给姜阑看:"给你看看我们新做的衣服嘛。"

她带着团队十一加班就在忙这事。

大布兜里装着好些T恤和卫衣。梁梁一件件拿出来给姜阑看。姜阑发现这些都是女装,不是中性款,而是女装。从领口到袖口整体版型和长度,都和BOLDNESS目前店里在售的产品有着本质差别。

姜阑之前并不知道BOLDNESS有出女装的打算,有点惊讶。

梁梁说:"YN和我商量了很久,决定明年正式推出品牌的女装线。这个小胶囊系列会在十一之后先挂在网上发售,试试水,看看市场和顾客的反馈。"

按照梁梁的创意想法,这是一个叫作"女人是什么"的胶囊系列。

姜阑的手指抚过衣服上的中文标语:

"乳房是什么?"

"温柔美丽贤惠是什么?"

"母性是什么?"

"高潮是什么?"

......

一共十二个短句,分别印在这些衣服的不同位置,有的在胸前,有的在后背,有的

第六章

在袖臂。除了这些创意标语，每件衣服在 BOLDNESS 的 logo 下方还统一绣了一行英文小字：Be bold。Be bolder。

（有胆。更无畏。）

姜阑抬头看向梁梁。

BOLDNESS 是一个男性主理人创立的街头品牌，十二年来的主消费受众多数是男性群体。她做了这么多年的品牌传播，完全可以预料到这个胶囊系列发售之后品牌可能会面对的舆情。但是梁梁的表情一点都不担心，甚至还有些雀跃。

姜阑问："YN 支持你的创意想法？"

梁梁点头："当然。他如果不同意的话我们的设计要怎么落地嘛？"

姜阑本来有许多话想说，但她认为没有必要再说什么。这个品牌的名字是 BOLDNESS，这个品牌的主理人向来也很有胆。规则、标签、定义，统统对他无用。

心情雀跃的梁梁非要让姜阑选一件样衣带走。姜阑选了那件"高潮是什么"。

这是件卫衣。梁梁看看它，又看看姜阑："告诉你一个小秘密，我的第一次性体验是和女生喔。和女生做真的好舒服，女生最知道女生要什么。"

姜阑对上梁梁的眼神，她明白那个眼神代表着仅限闺密间的小秘密交换。姜阑微笑道："我的第一次性体验是和我自己。"

梁梁超大声："你真酷！"

姜阑的第一次进入式性体验是自己给的。她一直知道她不想成为什么样的女人：需要被一个男人拥有并肯定自身价值的，譬如像她的母亲王蒙莉。

十七岁的姜阑用存了两年的零花钱买了一只非常高级的女性情趣用品。那一次体验不算差，她向往不被任何人拥有和束缚的人生。

那时候的姜阑已经出落得很美丽，有很多男同学追求她。

十八岁的时候，她第一次选择和男生约会。青春的荷尔蒙躁动是一生不可复制的体验，年轻男孩子的性吸引力有着别样的魅力。三次约会之后，男生面对很主动的姜阑，有些犹豫地问："你还是处女吗？"

姜阑回答："不是。"

那个男生继续犹豫，然后说："哦，不要紧。"

"不要紧"这三个字听起来很宽容很大度，但其实让姜阑非常想笑。她不懂为什么这个男生认为他有资格对她说这三个字。

在姜阑掉头走掉的时候，那个男生一脸茫然，甚至不知道自己做错了什么。

这个男生被童吟归为姜阑的第 0.5 次失败恋爱。

十八岁的姜阑很快选择了第二个约会对象。这是一个体育班的男生，有着傲人的运动表现和肌群。他从头到尾没有抛出过任何一个惹恼姜阑的问题。

但是姜阑有别的烦恼，她并没有从和男生的性体验中获得高潮。她给了这个男生三次机会。在第四次时，姜阑没忍住从枕头下面摸出一枚跳蛋，问这个男生："你介不介意和它一起？"

男生当场落荒而逃，事后还在同学圈中散播了姜阑的"惊人之举"。

这个男生被童吟归为姜阑的第一次失败恋爱。

这第一次失败恋爱给姜阑带来了不小的心理阴影。没有高潮倒是其次，但这个男生事后的行为真的非常低级。姜阑非常怀疑男生们口中的"喜欢"到底能代表什么。

这次阴影持续了很久难散。

二十五岁时，姜阑觉得自己和十八岁已经有了很大的区别。她有了一些小积蓄，开始全方面为自己的人生负责，她可以独立地面对一切问题和挑战。在欲望逐渐蓬勃的年纪，她认为她可以再次尝试和男人相处。

那个男人是童吟介绍的，体制内工作，很稳定，很靠谱，有责任心，家庭背景也好。他比之前的男友有了进步：他同意姜阑在性生活时同步使用跳蛋。

但他有让姜阑疲惫的其他问题：他总是在抱怨姜阑的工作性质和工作强度，总是在

131

THE GLAMOUR

质疑姜阑为什么从来说不出"我爱你"这三个字。姜阑的那点动心很快被消磨殆尽，和他分了手。

这个男人被童吟归为姜阑的第二次失败恋爱。

在这2.5次失败恋爱之后，姜阑认清了现实：她无法从男人身上获得性满足，更不擅长谈恋爱，一段长期亲密关系对她来说是异常困难的挑战。相比恋爱来说，工作更可控，更能够让她满足，回报也更肉眼可见。

童吟就看着姜阑在这个天然就缺少直男的行业里用无缝的忙碌工作让自己整整空窗了长达七年。

姜阑本人对此并无任何不满。如果爱是一种能力，那么她生来缺乏这种能力。

只是在三十岁之后，姜阑面对汹涌来袭的性欲无能为力，她觉得大自然真是太伟大了，在一个女人明明能够满足自己的情况下，仍然要被体内的繁殖基因驱动，被成熟男性的荷尔蒙所吸引。

三十二岁的姜阑在遇见费鹰时，曾经坚信她只是在雌性哺乳动物的发情期，但是这个男人让她认识到，女人与其他的雌性哺乳纲灵长目动物始终存在本质区别。

而她也终于明白，性体验的真正满足绝不仅仅来自纯粹的生理快感。

"高潮是什么"，他给了她最为极致的回答。

费鹰的一个电话打了将近两小时。

他按掉通话，把耳机塞回充电盒，然后顺手扫了一眼微信朋友圈，没刷两屏，就看到梁梁新发的一张照片。

照片里，姜阑扎着有点可爱的丸子头，身上穿着一件浅绿色的卫衣，笑得特别开心，和梁梁脸对脸地凑在一起拍了这张无滤镜自拍。

费鹰把照片放大，梁梁的手还抓着姜阑的手。

他看了一眼这家火锅店的装修背景，很眼熟。

买完单之后，梁梁给姜阑整理了一下卫衣和连衣裙的叠搭角度："太漂亮啦。"

姜阑抿唇。她打量着梁梁更加漂亮的脸蛋："你现在有女朋友吗？"如果没有，姜阑认识一些很优秀的女生可以介绍给她。

梁梁笑嘻嘻道："我现在暗恋一个男人喔，他也在上海。"

姜阑好奇什么样的男人居然可以让泼辣大胆的梁梁暗恋。

梁梁摸出手机，打开微博翻到男人的照片，递给姜阑看："你看他是不是很帅？"

姜阑看了一眼。她对这个一天能发几十条微博的男人仍然记忆犹新，一时有些思绪复杂："还可以吧。"

梁梁夸起郭望腾来简直没边儿："他特别特别有才华，是天生的艺术家，他的每一个细胞都饱含着艺术气质。很多人说他脾气很差，但他的内心其实非常可爱，就像一只外表凶猛但内在忠诚的大狗狗。他的精神世界太吸引我了，我真的好喜欢他喔。"

姜阑想，喜欢一个人真的会无视他的缺点到这个地步吗？

梁梁一边收拾东西一边说："每次刷微博，我就好想YN也开一个他本人的微博，可以给我们品牌拉多少人气，但他就是不开，好气！"她拉着姜阑的手往火锅店外走，嘴里还不停，"你要不要帮他直接开一个？随便发点什么日常照片都能吸很多很多粉。"

火锅店外，梁梁正吐槽个没完的男人就站在马路边。

他身后停着一辆车，手里拎着一瓶水，还拿着一袋薄荷糖。

第六章

034 🎲 *糖*

　　上车后，姜阑还在和梁梁互发微信，过了一会儿才放下手机。然后她发现鞋带不知道什么时候散开了，于是又解开安全带，弯下腰系鞋带。
　　费鹰一直没发动车。他在看她。
　　她穿着比自己的尺码大了不少的样衣，宽宽松松的衣摆下面露出半截连衣裙，裙下是她的膝盖和小腿，脚上穿着他送的球鞋。她的脑袋低垂着，卫衣领口处露出来纤细的脖颈，皮肤上面有些红痕。
　　费鹰伸手，用指关节轻轻蹭了一下她脖子上的红痕，然后又揉了揉她的丸子头。她的头发扎得凌乱毛躁，发丝挠得他手心有点痒。
　　姜阑被这么一揉，抬头看他。
　　费鹰收回手，转而摸摸自己的耳朵，解释道："有点儿可爱。"
　　车子开出去，姜阑把车窗降下来。她的脑袋往右偏了偏，眼睛瞟向副驾这边的后视镜。可爱吗？她始终觉得这个词距离她很遥远。小时候的她没有被大人这样夸过，长大后更没有人会看到她的这一面。
　　姜阑又觉得自己脖子后面的红痕被他刚刚蹭得有点热。
　　清晨时他是怎么把她压在床上，从背后没完没了地亲吻她的脖子和肩膀，她还记得十分清楚。
　　等第一个红灯时，费鹰拆了一颗薄荷糖塞进嘴里。他问："你想吃糖吗？"
　　姜阑微微扬起嘴角，凑过去，主动被他喂了一颗糖。过了十来秒，她才转身坐好。
　　费鹰很轻地"嘶"了一声，也不知道这是吃了多少辣。
　　随即他又无声地笑了。

　　回家后，姜阑去照了照镜子。浅绿色卫衣上的中文标语是深棕色的，这不是惯见的配色，甚至有些挑战时下的流行审美。
　　她看了半天，抬手想把扎起来的头发解开，但她还没来得及动，目光就瞥见镜子里出现的男人。他站在身后打量着她："别解。"
　　随后她整个人就被他抱住，向前一推，压上镜面。
　　姜阑的裙子被费鹰撩起来堆在腰间。
　　他用下巴蹭蹭她的头发，又低下头亲亲她的耳朵："真的太可爱了。"可爱到他看了梁梁的朋友圈照片就忍不住去找她。
　　这句话和这个语气太致命。姜阑想不通这个男人怎么可以如此强势，但又如此温柔。她想，还好裙子早已被他撩高，不然她汹涌的濡意会沾湿这昂贵的面料。
　　费鹰含住她的耳垂，把她的手拉向自己。她的手太软了，也太舒服了。在某些时刻，费鹰被她弄得不知道什么叫理智，他认为这样的软和舒服应该只属于他才对。
　　这面镜子冰凉又坚硬，姜阑卫衣胸口处的"高潮"两个字被挤撞得变了形。

　　衣帽间的地毯很厚实，费鹰仰面躺倒在地上，闭上眼深深喘气。姜阑卧在他的胸口处，长发散开，身上的卫衣也被脱掉。她撩动眼皮，衣服上的字让她再次回忆起梁梁完整的创意企划。
　　"女人是什么"，女人究竟是什么？
　　她忍不住伸手抚摸费鹰腰腹上的刺青。
　　这的确是一个值得她尊重的中国街头品牌，他和他的伙伴们也的确是一个值得她尊重的中国创业团队。
　　又或许不仅仅是尊重，还有她心中难以名状的情愫。

THE GLAMOUR

姜阑用双手撑起自己的上半身，低头，嘴唇贴上他的腰，一个个字母亲吻过去。

女人的发梢扫过费鹰的腰腹。

费鹰睁开眼，身旁的镜中，映出姜阑的动作。

他此生的理想与热血，被他喜欢的女人如此温柔而真挚地亲吻，没有任何事能够比此刻更令他心潮激荡。

很快地，姜阑察觉到了。她的语气难掩讶异："你这是？"这简直突破了她对男性人类的常识性认知，过于夸张。

费鹰一言不发地坐起来，掐着她的腰把她抱紧。

姜阑试图阻挡他的行为："今天够了。"

费鹰难得一见地没有听从她的要求。他的腹肌因用力而绷出极其性感的线条，这幅画面顿时叫姜阑放弃了阻止他的意志。

等费鹰晾干头发走回床边，姜阑已经躺进松软的双人被里了。她难敌重重困意，睡着前只觉得脸颊好像被他温暖干燥的手指碰了碰。

费鹰上床关灯，把姜阑拢进怀中。她的皮肤太薄了，他想，等天亮吃过早饭后还是应该陪她去买些适合南方的护肤品。

但是第二天睡醒后，没人提出要去买护肤品这事。

第三天和第四天依然如此。

晚上的风很舒服，姜阑坐在露台上，欣赏费鹰游泳。男人的身材实在过分卓越，她为此已经连续三天没有出过门了。

晚饭后，费鹰问她，喜欢这几天吗？觉得舒服吗？姜阑没回答。她的不言不语换来的是他微笑着给她喂了一颗薄荷糖。

大前天晚上拆封的一整袋薄荷糖，已经快被他们消耗光了。

后来费鹰披着浴巾坐到姜阑身边。他的头发湿漉漉的，泳裤还在滴水。他现在已经习惯于只要靠近她就会亲吻她。姜阑偶尔会疑惑，这个男人到底是素了多少年，在他这样的年纪怎么还会有如此炽热不休的蓬勃欲望。

最后一颗薄荷糖的糖纸被费鹰剥开，两人亲吻了一会儿。

姜阑的手指穿过费鹰潮湿粗硬的发。她身上套着他的居家 T 恤，这件 T 恤在亲吻中也被他剥开。她轻轻喘气："会有人看见。"

费鹰按住她的腰："不会。"

这时费鹰的手机响了。

他笑着亲了她一下，暂停了这个吻。

电话接通，杨南的声音从壁挂蓝牙音箱中传出来："费鹰。"

费鹰暂时没找到他的耳机："你说。"

杨南说："费问河心脏大手术住院，我是今天回老厂家属院儿那边听人说的。你应该还不知道吧？"

费鹰没说话。

他把这通电话挂了，切断蓝牙连接后，拿着手机走进屋里。

离开前，他完全忘记要和姜阑打个招呼。

费鹰去给自己倒了杯水，然后喝着重新拨给杨南："具体怎么回事儿，你现在说。"

杨南说："说是动大手术，开胸置换心脏瓣膜的那种。"

费鹰问："什么时候手术？"

杨南答："手术已经做完了，费问河现在被转到下面的二级医院养着。手术前后费用不低，他又没补充商业保险，据说欠了不少钱。"

费鹰沉默着。

杨南又问："你回不回来？要不要去看看？我一会儿把医院地址给你发过去。"

费鹰还是沉默着。

第六章

　　杨南也不知道能再说什么，他从头到尾都没用"你爸"这俩字儿，他没那个胆子开口，只能像费鹰一样叫费问河的大名儿。
　　虽然现在连这仨字儿也很少能从费鹰口中听到了。

　　姜阑看着费鹰拉开门走出来。
　　他走到她面前，俯身低头重新亲吻她。她嘴里还有没吃完的薄荷糖。他有些重地把那颗糖咬碎了。
　　男人的头发又黑又湿，他的双眼又红又干。
　　姜阑听到费鹰说："对不起，我需要临时回一趟北京。等我回上海后再去找你好吗？"

BOLDNESS ✦ WUWEI

第7章

母 亲

THE GLAMOUR

035　母　亲

　　杨南是个稳妥人。他帮忙打听清楚了费问河这几年的近况，从街坊邻里到费家亲戚，都有谁给他借过钱，又分别借了多少钱。费问河大半辈子都活得很窝囊，要不是靠着上一辈在京郊县区还有那么一块宅基地的老破房子能收点租，他这次连动手术的钱都凑不上。

　　费鹰上飞机前给杨南转了一笔钱，托他帮忙把费问河的一屁股债结了。杨南没推脱，这事也只有他能帮着费鹰办了。费鹰虽然还姓费，但他早就和姓费的没有任何社会关系了。

　　费鹰回京，杨南来机场接他。车先开回杨南家，杨南媳妇已经给两人做好了饭。费鹰两碗炸酱面下肚，杨南问要不要喝点酒？费鹰摇了摇头。

　　吃完饭，杨南把车钥匙递给费鹰，说你要有什么事儿随时打电话啊。

　　费鹰没和他客气。

　　费问河术后养病的医院不是什么好医院。

　　费鹰现在很有钱，他完全可以把费问河转诊到国外，找一流的心外科医生给他做治疗，但是费鹰没这么做。

　　开车去医院的路上，费鹰频频走神，他想起了十六岁的自己。

　　十六岁的时候，费鹰曾发狠地拿定主意，就算有一天费问河死了，他也绝不会去送葬。

　　但他现在居然回了北京，在开车去医院的路上。

　　费鹰想，他身体里终究还是流着李梦芸的血。那血液里的善良与宽容，或许就要这样跟随他一辈子，让他做不成真正的狠人。

　　住院区不大，旧房子的楼道里满是消毒水的味道。

　　三楼前台的护士给费鹰指了个方向，费鹰谢了，走过去。护士犹疑地盯了盯费鹰的背影，她没想到住在307六人间的那个姓费的窝囊老头居然会有这样气质的晚辈亲戚。

　　不大的病房里用布帘子隔开病床，来陪床的病人家属把行军床和各种生活物品堆在狭窄的走道里，很拥挤，很杂乱。

　　费鹰站在门外，没进去。他透过门板上的小块玻璃窗向内看去。离门最近的那张病床上，就躺着他的亲生父亲。

　　费问河吊着水，闭着眼睡在病床上。

　　他们已经有很多年没有彼此见过面了，躺着的费问河看上去又老又病，脸上的肉松松垮垮地掉在下巴两边，费鹰几乎没能一眼认出这个人。

第七章

如果费问河醒着，他也未必能一眼认出费鹰。费鹰这些年的变化很大，他早就不是当年的那个费鹰了。

在门外站了一会儿，费鹰走了。

从医院离开前，费鹰去护士台打了几张单子，然后去住院部收费处把钱交了。

护士给他打药品单的时候没忍住，问他你是307房1床的什么人啊？

儿子？外甥？侄子？她实在是没办法想象这个年轻男人和那个老头能有血缘关系。但如果不是亲戚，她又实在想不出还能有什么人愿意给这老头掏钱。

费鹰没回答。

费鹰长得不像费问河，他长得像他妈。

他妈李梦芸非常漂亮，打小他就知道他妈妈是个大美人。

李梦芸嫁给费问河的时候很年轻，才二十三岁。婚后一年就生了费鹰。等费鹰长到六岁时，李梦芸拿自己的积蓄在钢厂家属院外头开了个小服装店，做点小生意补贴家用。费问河在厂里上班，工人阶级虽然光荣，但收入实在是很有限。

在费鹰十岁前的记忆中，李梦芸过得一直很压抑。

费问河有爱喝酒的毛病，每次一喝多，回家就要闹。每一次闹起来，费问河都要扯着李梦芸大声嚷嚷，追问她成天到晚不着家是在外面干什么，为什么她那个小服装店总有那么多不三不四的男人进进出出，为什么她的生意能做得红红火火，她到底是在卖衣服还是在卖身子。

费鹰每天放学都会去李梦芸的店里帮忙，他很清楚她的生意是怎么做出来的。李梦芸虽然学历不高，但很聪明，对美和流行有着她自己的感知力。她勤劳，温柔，善良，能吃苦，待人真诚，卖东西从不贪钱黑心，只要来她店里买过一次衣服的顾客通常都会再回头。

为什么美丽本身会变成一个女人的罪过，让她不得不承受无妄的攻击和指责，小时候的费鹰不明白。

费鹰八岁那年，某个夏天晚上，费问河喝了酒，一回家就把李梦芸拽进屋反锁上门。

费鹰听到父母屋里的争吵声和东西砸到地上的声音，紧接着，两个清亮的巴掌声传出来。费鹰跑去砸门，他很害怕费问河动手打李梦芸。

隔着门板，费问河在屋里怒吼："你他妈算是个什么玩意儿？摸你两下你还敢动手？老子今天操不死你！"

费鹰站在门外，浑身发抖。他分不清是因为恐惧还是愤怒。

过了很久，门打开了。李梦芸走出来，脸上有很明显的肿痕，身上的裙子被撕出一条很长的裂口。她伸出手，把浑身发抖的费鹰搂进怀中："没事儿，不怕。"

费鹰十岁那年，李梦芸终于和费问河离了婚。他跟着李梦芸从费问河的住处搬走。李梦芸走的时候什么也没要，她只要她儿子。

在那个年代，离婚的女人不好过。李梦芸新找的住处是平房，她把原来的服装店生意停了几个月，重新寻了个离新家近的地方，然后把店迁过来。一个很美丽、离了婚、带着儿子做生意的女人，背后总是免不了各种议论。费鹰就在这样的议论声中继续长大。

离婚之后的日子虽然苦，但李梦芸用她的坚忍与勤劳为自己和儿子开辟出了崭新的生活。慢慢地，新地方的街坊邻居对李梦芸的看法改变了，背后议论她和费鹰的声音也没以前那么多了。费鹰发现李梦芸会笑了，他妈妈笑起来的时候更漂亮了。

他这才明白，原来一个女人，不管日子过得富还是穷，只要她能够自由、独立、受人尊重，那么她就能笑得这样幸福。费鹰很想让李梦芸一直这样幸福地笑着过下去。

费鹰上初中时，学校开家长会。班主任姓郑，三十多岁的年纪还单身。

李梦芸去学校，给这个新老师带了点水果。开完家长会后，郑老师把水果退还给李梦芸："你是费鹰的妈妈吧？不用给我送这些。"

THE GLAMOUR

　　李梦芸有些不好意思："我平常太忙了，顾不上这孩子，还得麻烦您多费心。"
　　郑老师看着她："都是分内的事儿，您就别客气了。费鹰这孩子特别聪明，但是贪玩儿，最近几个月和校外的一帮小混混一起跳什么霹雳舞。您回家得和孩子聊一聊，千万不能因为这事儿耽误了学习。"
　　当年还没人说 Breaking 这个英文词，也没人说地板舞，大众对这个舞种的认知来自一部电影，大部分都管这个叫"霹雳舞"。
　　郑老师口中的"校外小混混"也包括了杨南。费鹰从钢厂家属院搬走之后，和杨南并没有断联系。两人经常约在放学之后一起玩。到底是谁先对 Breaking 着迷的，这个说不清也记不得了，但是在那个年代，Breaking 还不普及，跳 Breaking 的小孩在别人眼里是真的叛逆。那个时候没什么正经舞蹈工作室教 Breaking，就算有，两人也没这个钱。杨南、费鹰和其他志趣相投的七八个男孩凑在一起，只要找到一块露天空地就能跳。那会儿根本不懂什么技术动作和流派，也不懂什么 Breaking 背后的文化和属性，一群男孩就是觉得录像带里面的那些动作酷得要命，想学，要学。
　　这个纯草根和来自街头的舞种给少年时期的费鹰带来了莫大的快乐。
　　杨南那时候除了跳舞，天天就在琢磨什么时候能找个丫头亲个嘴，那滋味想想都特美。费鹰从没动过这个念头，不知道为什么，这种事总会让他想到李梦芸，还有李梦芸曾经在费问河那里受过的苦。
　　李梦芸开完家长会，回家就找费鹰谈话，问他郑老师口中的霹雳舞是怎么回事儿。
　　费鹰是真喜欢跳这个舞，从没觉得自己在外面是瞎混。他向李梦芸保证，绝不会因为跳舞而耽误学习。
　　李梦芸笑着刮了下他的鼻梁："妈妈没有要限制你的爱好，你喜欢什么，妈妈都支持你。人就活这么一辈子，总得有胆做自己真正喜欢的事，做成做不成不重要，不后悔才是最重要的。"
　　说完，李梦芸给费鹰拿来几身新的衣服裤子，让他跳舞的时候穿。费鹰觉得谁家的妈妈都比不上李梦芸。
　　后来郑老师来做家访，当老师的还给学生家长带了很多水果和食品，这让费鹰觉得有点新鲜。
　　郑老师对李梦芸说："您一个人带孩子，这么多年很辛苦吧？"
　　李梦芸给郑老师削了个苹果，嘴唇抿着笑了笑："您吃这个吧。"
　　郑老师也笑了，伸手接过苹果，慢慢地咬着吃掉了。
　　过了一年左右，某个礼拜天，费鹰陪杨南跑去参加了个小比赛。杨南那天发挥太失常，早早出局了。两人没多耽搁地直接回去了，于是费鹰比原本预计的早了好几个小时到家。
　　一进家门，他就发现地上多了一双男人的鞋。李梦芸的卧室门紧紧地关着，隔着那扇不算厚的木板门，费鹰听见屋里传出女人轻微的呻吟。
　　那天费鹰在路边的水泥墩上一直坐到晚上才回家。
　　他看着太阳西落，天色渐暗，远天有火一样的流云涌动。这是头一回，费鹰懂得了李梦芸在母亲这个角色背后，还是一个女人。而她在他所熟悉的母性之外，还有着一个女人对爱的向往与对性的渴望。
　　门板后的呻吟听起来好像有点痛苦，但那点痛苦的表皮下分明透露出极大的愉悦。
　　费鹰想到了八岁那一年的夏天夜晚，他这才知道，原来不是所有男人都会像费问河一样让李梦芸痛苦，也会有郑老师这样的男人可以让她如此愉悦。
　　再后来，有一天早晨，费鹰早起上学，路过李梦芸的服装店门口，发现门外被贴满了大字报。
　　"破鞋"和"不守妇道"这两个词被贴满了整面墙。李梦芸一个人站在店门口，一张张地把那些侮辱性的纸揭下来。
　　费鹰的脑门都要炸了："妈？"

第七章

李梦芸回头看了他一眼:"你好好去上学,别管这事儿。"

费鹰不用想都知道这事只能是费问河干的。

李梦芸和费问河离婚这么多年,费问河一分赡养费都没给过她,还隔三岔五地来问李梦芸讨钱。李梦芸要是不给钱把他打发了,他就换着法儿地闹,一次比一次变本加厉。

李梦芸从来不让费鹰掺和这些破事。

又过了一段时间,有天课间,班上好几个同学在议论,说有个男人跑到学校大闹,到教务处郑老师几年前就勾引他老婆,他老婆为了这个姓郑的带着儿子跑了,他要学校给他个说法。

学校当然不可能给这个疯男人什么说法,但这件事的影响太恶劣,郑老师被学校停薪留职。

后来郑老师主动请调,去了郊区的学校教书,再也没来过费鹰家。

费鹰十六岁那年,李梦芸有很长一段时间身体不舒服。她拖了很久没去看病,后来被费鹰逼着去了医院,检查下来是乳腺癌。

当年没有现在这么先进的医疗技术,也没有为病患后续生活着想的保乳手术,李梦芸只能做了双侧全切。

医生后来把费鹰单独留下,问他:"你是患者儿子吗?"

费鹰点头。

医生说:"刚才你妈妈在,我就没直说。她的病虽然首诊就发现了,但已经是癌晚期。乳腺癌的治疗水平每年都在提高,晚期病患的五年存活率现在大概是12%,你们家有钱吗?"

李梦芸生病了,服装店只能关门。

从这一年开始,费鹰每天放学后都在外面找活干。他干过很多脏活累活,后来很幸运地找到一家连锁服装品牌的门店后仓工作。这家品牌是代理商在经营,代理商的大老板是福建人,名下的生意很多,除了代理各大品牌业务,还有好几家专门做服饰的代工厂在广东那边。

费鹰顾不上学习,满脑子都在想怎么才能多赚点钱。

李梦芸术后的身体很虚弱,第一次化疗的反应非常大。医生看过后,建议如果有钱的话可以换进口药物,进口药的副反应比较小。

费鹰就问了一句,要多少钱?

杨南的妈妈给了费鹰一笔钱。费鹰家的事她这么多年都看在眼里,她觉得这个孩子让人心疼。

费鹰很感激杨南的妈妈,但是这钱还远远不够。费鹰这辈子头一回把自尊心踩在脚底下,回了一趟钢厂家属院。

费问河对费鹰来找他借钱无动于衷。

他生了这么个儿子,但儿子从十岁开始就没再叫过他一声爸,他压根就指望不上这个儿子给他养老。

费问河张口就说自己没钱。

费鹰不信:"我妈这些年给了你那么多钱,你都花到哪儿了?"

费问河把身体瘫在沙发上,眼里都是浑浊的血丝:"你妈要是守妇道,能得这种病吗?"

费鹰盯住费问河。下一秒,他像炮弹一样弹向沙发,紧握的拳头冲费问河的脸狠狠砸下去。

那天费鹰带着一手的伤离开了钢厂家属院。

冬天,指关节处渗出的血很快就变成了红色冰碴,没多久,他的脸上也出现了冰碴。

费鹰从来没有像这么恨过。

自从李梦芸生病,他前前后后查阅过各种资料。乳房,这个让男人们从少年时就开

THE GLAMOUR

始想象垂涎的女性性征，竟然会给女人的生命和健康带来这样的隐患和痛苦。他们不懂，他过去也不懂。

费鹰甚至在想，如果李梦芸当年没有嫁给费问河，如果她前十年过得不是那么压抑，如果她后六年不是为了攒钱供他读书生活而舍不得去检查身体，那么她是不是不会得这样的病。

他不止恨费问河，他连自己都恨。

李梦芸坚持了两年的时间，在费鹰十八岁那年因癌症去世。

费鹰永远记得李梦芸最后和他说的话——病中的李梦芸在费鹰眼中仍然很美丽，她卧在病床上，很吃力地把他搂进怀中，说："没事儿，别怕。"

李梦芸一直都知道她儿子很有胆，只是她等不到费鹰长成一个能够顶天立地的男子汉了。

从医院开车回杨南家，途中经过老厂的家属院。

费鹰把车靠在路边停了一会儿。他想起小时候，冬天家家户户都要囤白菜。他和杨南把别人家的白菜堆滚了个稀巴烂，李梦芸把他抓回家打了一顿，打完又舍不得地揉了揉。

费鹰笑了一下。这笑很短。

八岁的时候，他最大的愿望就是快点长大，能够保护妈妈再也不受欺负和委屈。

十六岁的时候，他最大的愿望就是赚大钱，能够让妈妈免受病痛折磨，健健康康地活下去。

现在他三十二岁了，他长大了，也赚到大钱了，但是李梦芸再也不会知道了。

杨南一直在家等费鹰到半夜。

费鹰这次回京，没住酒店，借宿在杨南家。这些年，费鹰从没动过在北京买房的念头。从十八岁之后，北京就没有他的家了。

杨南一个字都没问费鹰这一趟医院去得怎么样，说："厨房还有饭。"

费鹰说："不饿，咱俩都早点儿睡吧。"

杨南点头说："那行吧。"

洗完澡之后，费鹰拿起手机。姜阑没有给他发微信。

他从深圳走得仓促，也没和她解释什么，他觉得自己这事办得不太妥。他想，得在睡前给姜阑发点什么，但他还没发，就收到了一条王涉的消息。王涉不知道他人在北京，更不知道他现在的情况。

王涉给他先发了一张照片，然后跟了一句话："你认认，我没认错吧？"

那张照片是从王涉办公室的监控器上拍下来的。费鹰把照片放大，746HW 的 V3 卡座里，坐着姜阑和一个他不认识的女人。

她在没有他陪着的情况下，自己和朋友跑去他曾经带她去过的夜店玩。

费鹰很真实地笑了。

他给王涉回复："没认错。劳您亲自给做点儿好吃的，别饿着她。"

036 746HW

王涉捏着手机，真想骂上一句。他这儿开的是夜店，不是食堂。他是夜店老板，不

第七章

是食堂大厨。要不是看在当年费鹰投了钱这家店才能开出来的分上,王涉绝不会站起来往后厨走。

V3卡座里,童吟在和姜阑生气。

姜阑今天从深圳返沪,落地后给她发了个地址,约她在这家叫746HW的夜店见。童吟惦记着姜阑说的"好吃的卤肉饭",连晚饭都没怎么吃,但是现在,姜阑翻遍店里的菜单都找不到卤肉饭。

童吟太饿了,她真的很生气:"你这个骗子。"

让她生气的事情不只一份卤肉饭,姜阑说要带她来"堕落",童吟本来抱着超高的期待,但是她没想到姜阑居然带她来了一家Hiphop风的夜店。

当时站在746HW门口,童吟有点奇怪:"这里和'堕落'有什么关系?"

姜阑也有点奇怪:"搞古典乐的会听Hiphop吗?你们职业团的人能看得上这种地方吗?这不是'堕落'是什么?"

童吟简直无语:"已经2018年了,美国的rapper都可以和美国国家交响乐团一起在肯尼迪中心合作演出了。这几年直接采样古典乐做beats(伴奏)的rapper也很多啊!"

Hiphop对于童吟而言一点都不陌生。不仅不陌生,她还有非常喜欢的rapper和DJ。职业是职业,兴趣是兴趣。对童吟而言,音乐和艺术只有表达层次的区别,没有高低之分。她在音乐领域的涉猎面非常广,而姜阑居然对她存在着那么深的刻板印象!如果不是因为两人已经认识了十七年,童吟真要怀疑姜阑对待朋友的真诚度了。

现在,吃不到卤肉饭的童吟非常生气。她的背挺得很直,碰也不碰卡座的沙发:"阑阑,你现在有了男人就对我不好了。"

姜阑说:"我没有。"

童吟说:"你就有。"

姜阑有点无奈,童吟一旦生气了就很难哄,这也是在过去六年中让赵疏饱受折磨的一个特质。

姜阑很不擅长哄人。以前上学的时候,每次童吟和她闹脾气,姜阑都是等着童吟自己消气之后来找她和好。姜阑在这方面很淡定,她可以等很久,久到对方主动坐不住。

搞音乐和艺术的人有时候会很偏执,生着气的童吟挪了挪屁股:"我要走了。"

王涉让人送餐到V3,他想了想,自己也走了过去。姜阑是费鹰在追的女人,她带朋友到店里来,他还是得给兄弟长个脸。

王涉一边走,一边把自己做饭卷起来的袖子放下来。放到一半的时候,他已经走到了V3边。王涉打量一眼,看见姜阑身边的女人留了一头长发,并且有一个形状很漂亮的屁股。

那头长发是深棕色的,微鬈。

王涉垂了垂目光。他不懂女人为什么要留这么长的头发,在床上得多麻烦,他想不出用什么姿势能不压坏这一头长发。

琢磨了几秒后,王涉重新抬起目光。这个女人是费鹰在追的女人的朋友,这关系太麻烦,他琢磨这事也是白琢磨,更别说他已经坚持戒烟戒酒戒色小一年了,他不能功亏一篑。

姜阑还没来得及挽留童吟,就听到一个男人的声音从身后传来:"你好。"她转过头,王涉站在V3旁边,说,"我是费鹰的朋友,746HW的老板。我叫王涉。"

他没伸手,姜阑也没伸手:"你好,我是姜阑。这位是我朋友童吟。"她对这个男人能认出她来有点意外,她今晚并没有打算借着费鹰的名义让他的朋友对她特别招待。

不过这个带着卤肉饭出现的男人解救了姜阑。

王涉说:"看你们只点了酒,我让后厨做了点吃的送来。你们慢用。"

他说话的时候压根没看姜阑,目光一直盘旋在童吟的脸上。

这个男人和卤肉饭一起出现,但是这个男人比卤肉饭更加吸引童吟的目光。

THE GLAMOUR

　　他的头发剃得极短，薄薄一层贴着头皮，染了色。他的耳朵上可能有五六七八只耳钉或耳环，融在夜店的光影中，微微发亮。他左胳膊的袖子没完全拉下来，可以看出那是一整条花臂。明明如此浮夸，但男人偏偏长着一张很冷的脸，这张脸把所有的浮夸都无声压下，只留一双极黑极亮的眼睛盯着童吟。

　　他对童吟伸出手："王涉。"

　　一个王涉加一碗卤肉饭，让童吟坐回了原位，她看上去也不怎么生气了。

　　姜阑先尝了一小口卤肉饭，很好，和上次的味道一样。她给童吟放好餐具，让她尝尝。

　　童吟半天没有动筷子。

　　姜阑说："你怎么不吃呢？"

　　童吟问："你觉不觉得刚才那个男人非常帅？"

　　王涉没回办公室。不知道出于什么心态，他让人把 V3 背后的那张 V2 清了台，自己坐了进去。这个位置能隐约听到两个女人的讲话声。

　　姜阑不解童吟对男人的审美什么时候变了："哪里帅？"

　　童吟说："你不觉得他长得就像是性能力很好的那种吗？"

　　姜阑任由她胡说八道："嗯。"

　　童吟转头看姜阑："你和费鹰平均每天做几次？我要听'Not even close'的细节。"

　　王涉听了一会儿，实在忍不住，从裤兜里把手机摸出来。他翻了翻微信，找出孙术前几天刚建的那个群。

　　王涉："费鹰一天能五次。三十二岁的男人了，你们有人信吗？"

　　郭望腾："五次什么东西？什么东西五次？"

　　孙术："从他嘴里说出来的还能是什么东西？他嫉妒了，哈哈哈哈。"

　　王涉："滚。"

　　童吟一边听姜阑讲话，一边吃了一口卤肉饭。

　　这碗卤肉饭做得是真的很好吃。童吟已经很久没有吃过这种温度的卤肉饭了，她叫的外卖保温做得再好也不如现做的。

　　童吟不会烧饭，她和赵疏在一起的六年全是靠外食和外卖度日。赵疏更不会做饭，两人为了吃饭的事情吵过无数次架。赵疏不喜欢出门去餐厅，他喜欢窝在家里打游戏，打游戏占据了他大部分的休息时间。

　　和赵疏分手那天，童吟说，以后没人会再为了吃饭和游戏跟你吵架了。

　　赵疏头上戴着耳机，根本没把童吟的话当真，他说，很好，我也吃够了你叫的卤肉饭外卖。

　　和赵疏分手后，童吟一次都没哭过。

　　746HW 的背景音浪冲击着她的耳膜，童吟咽下嘴里这口卤肉饭，眼泪毫无征兆地掉下来，一颗又一颗。

　　姜阑抱住童吟，轻轻地揉着她的背。

　　童吟趴在姜阑的肩膀上哭到崩溃，边哭边说："怎么能有这么好吃的卤肉饭呢？这饭是谁做的？不管是男是女我都要嫁给他/她。"

　　坐在她们背后的王涉不小心听到这句话，他把手里的半杯水放回桌上，然后站起来，毫不犹豫地扭头走了。

　　这一晚，姜阑把童吟带回了自己那里。

　　童吟洗完澡之后钻进姜阑的被子里。她们有很多年没有这么亲密地睡过一张床了。

　　睡觉前，童吟吸了吸鼻子："我们明天晚上能继续去 746HW 吗？"

　　姜阑把灯关了："好啊。"

　　童吟心满意足地闭上了眼。

第七章

姜阑拿着手机离开卧室。夜晚很静，她给费鹰发了一条微信，是她在746HW拍的卤肉饭照片。

费鹰一直没回复。

时间太晚了，姜阑想，他应该已经睡着了。

她看了一会儿对话框里的黑色头像，然后退出微信界面，打开手机相册。相册里面有一个文件夹，名字是"F"。

姜阑点进去，一张一张地滑动照片，一直翻到时间最早的那张。

金山岭的长城上，男人在给她买水。太阳洒在他的肩背上，他的这张侧脸让她此刻有一点想念。

姜阑自己都没意识到她不知不觉地拍了这么多张他的照片。

她想起梁梁说的话，于是打开手机微博，注册了一个新账号。

她在这个叫作@YN_YN的账号上发了第一张照片，然后把这条微博的权限设置成"仅自己可见"。

037 🎲 *Neal*

早上十点左右，姜阑在去健身房的路上接到了费鹰的电话。她接了起来："Hi。"

费鹰那边的背景音也像是在外面，他的声音里有她很熟悉的笑意："Hi，你昨晚睡得好吗？"

姜阑说："还好。"但事实上童吟一整夜踢了好几次被子，很不老实。

费鹰问："昨晚玩得开心吗？"

姜阑答："还可以。"

她其实想说，谢谢你让你朋友准备的卤肉饭，但费鹰没提这事，她就不好主动开口。他或许以为她不知道，但她并不迟钝。王涉认出了她，还能给她送来菜单上没有的卤肉饭，味道又和上次他带她去的时候一模一样。这个男人远在北京，还惦记着要让她吃上喜欢的饭。

费鹰没问她在做什么，或者这两天要做什么，他说："北京今天的空气还可以，我刚在外面跑完步。这儿有卖糖葫芦的，你会想吃吗？"

这样的对话真轻松，真舒服。姜阑的心情更加好了："什么味道的糖葫芦？"

费鹰在那头笑了："你想吃什么味道的，都能有。"

姜阑说："有薄荷味的吗？"

费鹰没说话，他的笑声转低。过了几秒，他说："我还要在北京待两天，八号回上海。"

姜阑说："好。"

长假之后的第一个工作日在她眼中居然变得有点美好了。

健身房女更衣室人不多，姜阑去她的长租柜里拿运动耳机。旁边一个女孩看了她一眼，然后忍不住又看了她一眼。这样的目光不是很礼貌，但姜阑没有不高兴。

她今天出门时穿了那件"高潮是什么"卫衣，短短一段路收获了许多类似的目光。

姜阑对上女孩的目光，说："这个牌子叫作BOLDNESS，这件卫衣10月10日会在它的天猫旗舰店上架。"

等姜阑运动完回家，童吟还在赖床。

童吟把大半张脸埋在被子里，声音听上去闷闷的："阑阑，你怎么起得那么早？"

THE GLAMOUR

早吗？姜阑昨夜睡得晚，今天已比正常作息晚起了两个小时。她把顺路买回来的早餐放在桌上，穿过卧室去衣帽间，顺路叫童吟起床吃早饭。

童吟挣扎着掀开被子坐起来，然后看见了姜阑身上的卫衣。

衣服上的字简直像是在嘲讽她的上一段恋情和她眼下的性生活状况，童吟气得七窍生烟。

费鹰跑完步回杨南家，杨南刚起床，正站在卧室门口刷手机。他看了费鹰一眼，把手机扔回床上，说："你得多注意点儿身体。"

费鹰莫名其妙。

吃早饭的时候，杨南问："今儿几号了？"

费鹰说："六号。"

杨南咬了口煎饼："哦，青奥赛该开幕了吧？"

费鹰说："有时差，十一个小时。"

杨南闷头喝豆浆，过了一会儿擦了擦嘴："你哪天走啊？"

费鹰说："后天吧。石硕海今晚到北京，我约了他明天下午喝茶。"

杨南有点惊讶："他这都多少年没回国了？那你确实得多待两天，和人见上一面。"

石硕海是费鹰上学时打工的那家连锁品牌的代理商大老板，福建人。在杨南的认知里，如果没有当年的石硕海，也就没有今天的费鹰。

从高中到大学，费鹰在那个品牌打了整整六年的课外工。十八岁时，费鹰因为一些事情引起了石硕海的注意。二十岁那年，石硕海建议费鹰自己做点衣服出来看看。二十二岁大学毕业，石硕海建议费鹰南下广东，并按当年的商业贷款利率借给他两百万人民币，没要 BOLDNESS 任何股权。两年后，费鹰向石硕海还清了这笔钱。又过了三年，费鹰为壹应资本一期募资，石硕海出资四亿人民币，做了壹应的基石投资人。

十八岁之前，费鹰没有得到过一分父爱。他的世界里没有一个像样的男性楷模。十八岁之后，费鹰认识了石硕海。

长假结束，姜阑清晨出家门前，看了一眼地上放着的那双球鞋。她穿着连衣裙和高跟鞋关上了门。

八点半进公司，她的办公桌上放着一封信。

在所有人都写邮件辞职的时代，温艺给姜阑手写了一封辞职信，以表达她的歉意和真诚。

姜阑读完这封信，然后给余黎明打了个电话。

余黎明还没到公司，在开车来的路上："姜阑，你这也太早了吧？"

姜阑没多废话："温艺的 notice period（离职通知期限）是多久？"

余黎明答："她这个级别按公司规定是两个月。但按中国本地劳动法，员工如果一定要三十天走你也拦不了，还是要好好谈。她决定了要走？留不住？"

姜阑说："是。"

余黎明问："下家是哪个品牌？你问清楚，我们再看要不要用竞业协议卡她。"

姜阑说："晚点再和你沟通。"

何亚天之前和姜阑提过一嘴，温艺最近在聊的机会也是这栋楼里的，那就都是 VIA 的直接竞品。

姜阑把温艺的辞职信收进抽屉里。

电商业务亟待推进，这块团队还没搭全，唐灵章希望转做电商，她原本负责的业务和小朋友也需要找人带，刘辛辰还不成熟，没办法独当一面，十一月马上要在北京最重要的百货做明星活动，还有一月底的 CNY campaign（中国农历新年营销战役）以及三月的上海大秀……

推开座椅，姜阑走去茶水间，从冰箱里找了瓶水。

第七章

温艺一到公司,就被姜阑直接叫去了会议室。

姜阑说:"你接下来是怎么计划的?"

温艺也不兜圈子:"阑姐,团队现在是什么情况我清楚,你的难处我也清楚。我接 offer 的时候就和下家谈好了,我在这边需要按两个月的 notice period 走。系统里我的未休年假一共十一天,我也不休了,到时候抵现就行。所有我在跟的项目我都会跟到最后一天,这个你放心。两个月之内如果能有新人入职,我也会和新人做好交接。"

姜阑看着她:"方便告诉我你接下来去哪儿吗?"

温艺笑了:"阑姐,你们不会要启动我的竞业协议吧?我这么配合,公司就别拿竞业协议说事了吧?以前又不是没人去过竞品那边。"

姜阑说:"HR 有 HR 的章程。公司里每个人的情况都不同,过去的事情没有可比性。"

下午去找陈其睿之前,姜阑先和余黎明同步了温艺的情况,余黎明就一句话:看 Neal 怎么说吧。

姜阑想这不是废话吗?

Vivian 按陈其睿的要求给他的办公室换了新的绿植。VIA 中国区的 Q3(第三季度)业绩非常亮眼,陈其睿心情很不错。不过就算陈其睿心情不错,他也没有问姜阑休假休得如何。

姜阑简单和陈其睿汇报了一下北京业主那边的要求和她这边的安排,然后提到 Petro 下周就要来的事情。

陈其睿说:"他来中国,你别惯着他。"

这就是 Neal Chen。他一面要让总部感受到他的支持与敬业,一面把总部玩弄于他的计划中,还一面要给总部的人适当的下马威。

姜阑说:"OK。"

陈其睿问:"你那边的人最近怎么样?"

姜阑汇报了一下电商那边的招聘进度,然后说到温艺的辞职决定。

陈其睿说:"这就是你当初决定给 retention bonus 的人。"他语气平平,把姜阑的识人有误毫不遮掩地说了出来。

姜阑不想提温艺家里的情况,她不认为陈其睿能对温艺的处境共情。陈其睿根本不关注这些。她说:"Cecilia 走得很配合,我和 HR 那边碰过了,都觉得没必要把事情做得太难看。老板你觉得 OK 吗?"

陈其睿看着姜阑,说:"配合吗?她走,HR 能给你保证两个月内有新人 on board(入职)?我们这行做 hiring(招聘)什么时候这么容易了?HR 不知道你现在有多缺人,还是他们不知道自己动作有多慢?我建议你们要求她至少把 notice period 延长到三个月,否则就启动竞业协议。"

姜阑说:"她的竞业限制期是十二个月,公司要付给她的赔偿金,数额不小。"

陈其睿说:"你以为她会真的选择十二个月不工作?十二个月之后她还怎么找新工作?她这个 level(职级),哪个品牌愿意等她三个月?她只能 turn down(拒绝)现在手里的这个 offer,继续一边留在这里,一边重新找非竞品的新工作。不论如何,你都可以拥有更多的时间找到合适的新人替换她。"

姜阑短暂地沉默了,她看向陈其睿的双眼:"这个做法太难看了,Ceci 在公司的时间不短,对品牌的贡献也不少,我觉得没必要这样对她。"

陈其睿一字一句道:"她已经对你形成了损失,增加了你的麻烦,在关键时刻投出不信任票,你要为她买单?姜阑,我要的手下是脑子清楚的管理者,不是慈善家。"

姜阑离开陈其睿的办公室,回到自己那儿。

这个处理方式非常难看,但是陈其睿自己不会做这么难看的事情,这件事最终还是得落到姜阑和余黎明的头上。怎么做员工沟通非常敏感,这种事情做不好传出去就影响雇主声誉，陈其睿不会允许这种结果的出现。

姜阑约余黎明，希望能够先和他聊出一个具体的沟通方案来。余黎明说下班前他都排满了会，要不一起吃个晚饭快速地聊一下。姜阑说那就晚饭聊。

六点的时候，姜阑收到费鹰的微信。

F："我回来了。你想一起吃晚饭吗？"

姜阑回复："我今晚有事。"

六点半左右，姜阑和余黎明去楼下商场找了家餐厅吃饭。

三楼新开了一家铁板烧，余黎明说别的都吃腻了，今天换一家新的吧。姜阑也同意。

两人进入餐厅，这会儿正是用餐高峰，只有角落的L形桌和吧台的并排位能坐。

姜阑没有选吧台位。自从和费鹰坐在一起吃过饭之后，她就不太想再和别人这样吃饭。

余黎明落座时，吐槽这个L形的桌位太小了，他和姜阑坐下之后挨这么近，看上去简直像情侣，这家餐厅能不能有点做写字楼商务顾客生意的意识？

两人边吃边讨论温艺的事情，饭吃到一半的时候，姜阑觉得有点心累。

她想到了自己的合同，三个月的离职通知期限，二十四个月的竞业限制期限。她又想到了下午陈其睿最后的那几句话。

这就是Neal Chen。他可以一面给她发出"Have a good rest"这种邮件，又一面在她对他印象改观之后再次把她拉回现实。

姜阑控制不住地想，如果有一天她选择离开VIA，陈其睿会用什么样的手段对付她。

余黎明问："你想什么呢？"

姜阑摇头："没什么。"

她喝了一口水，再抬眼时，看见餐厅门口刚走进来的两个男人。

费鹰下午就回上海了，回来之后先到壹应资本这边找陆晟谈事，谈得差不多了他给姜阑发微信，结果没约到她，于是他就等陆晟收了个尾，两人一起下楼解决晚饭。

进了餐厅，陆晟嫌人多，不愿意坐吧台位，说咱们换一家吧。

费鹰没回答他。

姜阑望向门口的男人，他的目光早就和她的对上了。

她想，如果他走过来和她打招呼，她应该怎么向余黎明介绍他。"男朋友"这三个字，她不认为现在的她能说得出口。她还没有正式确认和他之间的关系。她在很认真地尝试，也在很认真地感受，但现在两人之间的关系似乎还差一些。她甚至不知道他前两天回北京是为了什么急事，而他对她的了解也很有限。

姜阑不擅长应对眼下这种困境，但她又很不希望因为她的不擅长而搞砸现在的一切。

但她的担心完全是多余的——男人在对上她的目光几秒后，瞥向她身边的余黎明，然后侧过头对身旁的人说了句什么。

紧接着，两人转身离开了这家餐厅。

038 阑阑

雄性基因和动物本能不容小觑——费鹰在转身离开餐厅的时候，脑子里浮现出了这句话。

看见姜阑和别的男人一起吃饭，他要说心里没有一点想上前打个招呼的念头，那是假的。雄性动物天生的占有欲，他有；宣示主权的行为冲动，他也有。

但他是人，不是动物。无论他和她的关系是什么，姜阑始终是独立的个体，她不属

第七章

于谁,更不属于他费鹰。"占有"和"主权"这样的概念,太原始,也太低级。

吃饭的时候,陆晟问:"你给小高安排了什么任务?我看他最近每天都在各种买。"

小高是高淙,费鹰在上海这边新招的个人助理,十一前的那个礼拜刚到岗。高淙到岗后的第一件事就是给费鹰的车换沪牌,粤B的车牌在上海开起来太不方便了。这事还没办完,他就接到了费鹰从深圳远程布置的新工作。

费鹰这段时间出差加休假,陆晟就主动帮忙照看高淙每天都在忙什么。毕竟费鹰的毛病多,大家都清楚,高淙这孩子陆晟挺喜欢的,不想他一来就对新老板产生心理阴影。

费鹰回答得很简单:"给家里添点儿必备品。"

陆晟觉得离奇:"必备品?"

高淙最近天天在采购的都是女人用的东西,护肤品、彩妆、洗浴用品、家居服、内衣裤、裙子、外套、高跟鞋……总之从头到脚从里到外什么都有,而且还有规定的品牌、产品、尺码,其中像彩妆这种很容易买错的东西,费鹰还给他发了实物照片以作参考。

陆晟问高淙这是在干什么,高淙这孩子非常有职业操守,说这是老板的隐私,直接把陆晟气笑了。现在陆晟非得知道费鹰到底在干什么。

费鹰对上陆晟的满脸好奇:"怎么,我家里就不能来女人吗?"

陆晟说:"能,当然能。"他只是觉得更加离奇,"女朋友吗?"如果是,他实在太需要见一见究竟是什么样的女人能成为费鹰的女朋友。

这个问题让费鹰略作思考,然后他露出一点笑,答道:"我还在她的试用期。"

陆晟惊得把筷子直接放下了。

买完单后,两人往外走。

陆晟要去楼下停车层:"石老这次跟你一起到上海,后面怎么安排的?要来公司坐坐吗?"

费鹰说:"没什么特别安排,再说吧。"

陆晟点头:"石老要是有什么需求,请他尽管提。"

其实石硕海今年也就六十二岁,陆晟一口一个"石老",非把人往老了叫。不过能让陆晟叫"石老",也说明了他有多么尊重对方。

改革开放以来,出了许许多多白手起家的民营企业家,石硕海是实业大浪潮中的浪尖。陆晟非常敬佩石硕海的胸襟与远见,陆晟还记得当初壹应资本创立的前前后后。

五年前陆晟还在前东家工作,BOLDNESS是个很耀眼的新品牌,陆晟跑了四趟深圳,才终于见到传说中的B-boy YN。后来陆晟又跑了四趟深圳,但不论他怎么谈,费鹰都拒绝开放融资。

后来陆晟放弃了,但费鹰这个人他很喜欢,走之前他说,不管怎样,咱们交个朋友。费鹰留他吃了顿晚饭,吃完饭两人站在深圳的街头,费鹰说,你有没有兴趣和我一起合伙做个基金?专注消费品,投本土品牌。

当年的陆晟三十三岁,他还没打算要辞职自立门户。做一支新基金,找好项目和管理投资不是最难的,最难的是初期的募资。这个世界上能募资的比会投资的人少太多了。

费鹰当时的语气太平常了,陆晟很怀疑这个年轻创业者不知道自己在说些什么。费鹰做品牌是很优秀,但是陆晟不认为他懂投资。可费鹰身上总有一股让人相信他能做成的气场。陆晟考虑了一下,说,你要是能找来钱,我就跟你合伙干。

当时这话说出来,陆晟觉得自己太草率了。他觉得就算费鹰找来个小几千万,他恐怕也不会真的跟着他干。但他没想到费鹰找来了四个亿。

那是陆晟第一次见识到费鹰强悍的募资能力,也是第一次见到石硕海。石硕海的这笔钱大幅降低了他们后续的募资难度。陆晟的业内人脉很广,从市场化母基金到政府引导基金再到他多年来投过的成功创业者们,他积累的这些资源在他离开老东家的时候成功地帮助了他。

THE GLAMOUR

壹应资本一期基金首次关账近八亿人民币，这是一个陆晟根本没预想过的数字。

站在下行去地库的电梯里，陆晟想起他第一次见石硕海。

五年前在上海，这位给上百家外国品牌做过代工生产的福建商人看着陆晟说，你们愿意专注投资我们自己的消费品牌，我很高兴。

人在很年轻的时候，总会误以为年轻人的理想只属于年轻一代，却不知它其实一直都薪火相传、代代相继。

三楼这家新开的铁板烧味道很一般，余黎明说按这家店的质量，很快就该被这里的业主请走。

姜阑叫服务员来买单，听着余黎明的吐槽，心里莫名烦躁。

服务员扫码后问要不要开发票，姜阑说不用了，余黎明补了一句开上吧，这顿饭算加班，每人还能报销一百块，一百块也是钱啊。

姜阑越听越烦躁。她为什么要和余黎明约这个晚饭，为什么要进这家味道很一般的餐厅，为什么要坐这个被余黎明形容很像情侣座的位子？

离开餐厅，余黎明直接取车回家，问姜阑要不要他顺路送一下，姜阑说不必了，再见。

等余黎明走后，姜阑在餐厅门口站了一小会儿。她看向里面的那个位置，想象了一下不久前费鹰站在此地的视角，又回忆了一下费鹰转身离开的场景。

姜阑掏出自己的手机，微信里并没有费鹰的新消息，只有她傍晚时给费鹰回的那条"我今晚有事"。

当时她没多解释是什么事，她觉得没必要多说，但是现在她有点懊恼自己为什么不多说几个字。

姜阑无法判断费鹰不打招呼的离去和长时间的沉默意味着什么，但她合理怀疑他可能不高兴了。这个怀疑让姜阑很头疼。

如果费鹰真的不高兴了，那么她是不是得解释，如果解释没用，她是不是得哄他，但无论是解释还是哄人，都不是她擅长的事情。

面对童吟的闹脾气，姜阑能够很淡定，但面对费鹰的不高兴，姜阑的情绪做不到同样的淡定。

她想到在深圳的那个清晨自己说的话：她愿意尽她所能试一试。

这是一段崭新的关系。费鹰让她足够动心，也让她足够信任，她应该为这段关系突破过往面对感情的习惯，应该让他感到她的认真与诚意。她可以不擅长，但她不可以不努力。

姜阑站在商场通往写字楼的廊道里，拿着手机搜索了一会儿"男人生气了该怎么哄"，结果下面回答的高赞很多都是"生气的男人还值得要吗""换一个不需要女人哄的男人不好吗""那你就比他更生气让他来哄啊"之类的。

姜阑觉得网络上的这些人可能比她更加不擅长谈恋爱和处理感情关系。她更加烦躁了，抬手把碍事的头发拨到耳朵后面。

这时屏幕上弹出新微信。

F："吃完饭，你会想吃薄荷味的糖葫芦吗？"

姜阑心中所有的烦躁在这一秒烟消云散。她重新抬起手，把已经在耳朵后面的头发拨了拨，然后回复他："我其实一直都在想。"

费鹰在隔壁公寓楼下大堂接到了姜阑。

刷卡进电梯，三秒后电梯门缓缓闭合。费鹰的腰被姜阑抱住，她微微踮脚，嘴唇贴了上来，她的香味瞬间填满了他身上的每一个细胞。

费鹰抬手捏住她的下巴。这一个动作让她将他贴得更紧，她的情动火热而带了点克制。

他没提醒她电梯里有摄像头，也没来得及说他已经帮她办好了这里的门禁，他只听见她在亲吻的间隙呢喃："谢谢你。"

第七章

人性很奇妙。

自由和空间是情愫滋生的温床，尊重和理解是爱意萌发的催化。当人不被要求和逼迫时，反而会想要给予和付出。在这个薄荷味的亲吻中，姜阑觉得心底有什么破土而出，那不同于心动，她向费鹰打开了自己，不只是身体。

进家后，费鹰按开灯源。

姜阑看了一圈四周，这里好像和她上次来的时候不太一样了。比如说，玄关的地上多了一双女式家居鞋，它的品牌和她带去北京出差的睡裙是同一个。

她抬眼看向费鹰，男人的侧脸没什么特别的表情，也没有解释什么。

洗手时，姜阑又在卫生间里发现了更多不一样的地方。

关掉水龙头后，她照了一会儿镜子，然后伸手按了按镜子里女人的嘴角，那里很翘，看上去有点傻气。

费鹰坐在客厅的沙发上，给她弄了杯温柠檬水。

姜阑不太想喝水，也不太想坐在沙发上，她其实很想直接把这个男人弄上床，或者推倒在地毯上。但她走到他旁边，决定配合一下他的节奏。

费鹰在茶几上摊开一大包迷你糖葫芦和一大包薄荷糖："你想现在吃糖葫芦吗？"

姜阑在他身边坐下来："好啊。"

他侧过头笑道："薄荷味的糖葫芦没有买到，我只能自己做给你吃了。"

她也笑了。这个男人有时候真的有不自知的可爱。

姜阑还没来得及吃费鹰的自制糖葫芦，她的工作手机响了。她看了一眼，是 Petro 的微信语音。

自从用了微信之后，Petro 抛弃了很多传统的跨国工作软件。他不得不承认这个中国的 all-in-one super APP（多合一超级应用）的用户体验做得相当不错。

姜阑靠着费鹰，接起了 Petro 的语音。她自己都没有意识到她的这个行为有多么自然。

Petro 的语气听起来不是很愉悦，他的压力很大。Petro 说，Erika 突然决定下周要和他一起来上海。Q3 结束，在刚刚开完的集团董事会上，VIA 的中国市场被提上了一个全新的高度，Erika 认为她必须让 Neal Chen 感受到来自集团总部 MarComm 部门的重视和支持。在这个大目标前提下，Petro 的这点资历和地位在 Neal Chen 眼中根本不够看，所以她要亲自来一趟上海。

Erika 的判断一点都没错。陈其睿压根就没把 Petro 的这趟中国之行放在眼中，他还要求姜阑不要惯着 Petro。

姜阑一边听 Petro 讲话一边想，不知道陈其睿在得知 Erika Swan 要亲自来中国之后，会不会对他之前的指示做出一定的修正。

至于姜阑，她能不惯着 Petro，但她不能不惯着 Erika。Erika 毕竟是她在总部层的虚线汇报上级。

面对工作，Petro 毫不手软地把他的压力分派到姜阑的肩膀上，他要求姜阑必须和他甘苦共尝。还剩一周的时间，姜阑要带着团队重新调整出一版迎接 Erika 来中国的新计划。

费鹰听了一会儿姜阑打工作电话，然后起身去洗澡。起身前他很轻地亲了一下她的脸颊，他的意思是让她不用着急。

淋浴间的墙壁很冰凉，费鹰右手撑在上面，左手拧开花洒龙头。他想到刚才姜阑一边接电话一边无声地对他说了个"抱歉"，她就坐在他身旁，完全没有回避他。

热水顺着他的肩背往下淌，水气遮掩不住他脸上隐约的笑意。她的世界就这样向他打开。

姜阑捏着手机坐在沙发上，看着费鹰走过来，他洗完澡后的头发还滴着水，细碎的水珠落在他的腹肌上，这幅画面对她而言是无声且诱人的邀约，但她此刻没办法应邀。

她有些抱歉："最近比较忙，我得回公司加班。"

费鹰点头："行。"

THE GLAMOUR

姜阑垂下眼，看了看桌上那一堆小小的迷你糖葫芦，又抬眼看向这个无论什么时候都对她的工作表示理解的男人。

不同于傍晚的时候，她现在很希望多解释两句。

姜阑没立刻起身，她开口说："我有个小故事，是关于我的名字的。"

费鹰坐回她身边，一边擦头发一边看着她。

姜阑说："在我出生之前，我父亲曾经给我取过一个名字，叫'姜冠群'。如果我是一个男孩，那本该是我的名字。"

费鹰没说话，还是那样看着她。

姜阑笑了一下，她的目光动了动："但我是一个女孩，我的名字就被改成了'姜阑'。"她继续说，"工作对我来说非常重要。绝大多数人都不能理解，为什么我工作起来会那么拼，我很希望在我热爱的领域向他证明，他的女儿会优秀得让他后悔当年的想法。这个念头听上去很幼稚，是不是？"

费鹰没有回答她。他放下毛巾，伸手将她拢入怀中。

姜阑闻着他身上刚洗完澡的味道。这个男人的怀抱过于温暖，他的力量有一股治愈的能力，她有些留恋不舍。

他摸了摸她的后背："如果一会儿加班到很晚，就直接来这边睡觉好吗？"

他又在她耳边叫了声："阑阑。"

这个名字，比其他任何一个名字都好。

039 "体 贴"

阑阑。

这是费鹰第二回这样叫她。姜阑清楚地记得上一回的场景，她的耳郭隐隐发烫。如果不需要回去处理工作，她真想摸摸他的腹肌，再摸摸其他地方，然后把在深圳没做完的事情继续做一做。

在这种时候，姜阑仍然保持着清醒："我今晚不能来过夜。我明早不能穿同一套衣服去上班。"

费鹰说："这儿有你可以穿的衣服。"

姜阑用下巴抵在他的肩膀上，做最后清醒的拒绝："我不可以穿别的牌子去公司，那太不职业了。"

费鹰忍不住笑了："不是别的牌子。"

他想到早上收到高淙的微信汇报，这孩子昨天跑去 VIA 上海的旗舰店里，用费鹰的名字和卡扫了一季的货。高淙还不知道，这是费鹰这辈子第一次给传统奢侈品行业做出这样的生意贡献。

姜阑回公司的路上，接到了丁硕的电话。

丁硕和温艺那边沟通不畅，只能直接来找姜阑。徐鞍安近期要上一档某平台 S+ 级的综艺，导演组要求特别高，11 月份要全封闭录制，不允许艺人请假。VIA 在北京那家高端百货 11 月周年庆的活动，徐鞍安的档期调不开。丁硕一方面不想得罪综艺节目组，另一方面也不想得罪 VIA 品牌方。他斡旋多天，终于让导演组松口，同意徐鞍安请一天假，但只有一天。节目在南方某地录制，一天的假期意味着徐鞍安要当天飞北京，出席完活

第七章

动之后再当天飞回节目录制地。这个方案根本不在温艺可接受的范围内,这个风险太大,徐鞍安来程飞机要是晚点,那 VIA 的活动整个就泡汤了。温艺逼丁硕让徐鞍安在活动头一天晚上飞到北京,不管多晚。

这种事情对于品牌公关而言是家常便饭,艺人经纪团队永远不存在真的没办法的情况,品牌方也永远不存在真的不接受的情况,两边拉拉扯扯商商量量,总归能找到个平衡点。但是温艺这次态度强硬,丁硕很不高兴,问姜阑这是怎么了。

姜阑没和丁硕透露温艺最近在提辞职,和公司谈得不算好。她向丁硕问清楚徐鞍安接下来录制的具体排期和要求,表示还有一个多月,先让丁硕把请假档期定下来,具体是当天一早飞还是头一晚半夜飞,到时候看活动前一天节目录制的收工时间。

丁硕舒舒服服地把电话挂了,挂之前还问姜阑前两周收没收到他寄来的中秋礼盒,里面有徐鞍安专门手写给她的贺卡。

姜阑走出电梯,刷卡进公司。她不想认同陈其睿的某些观点,但陈其睿的某些话是她不容忽视的现实。

一走进办公区,姜阑就看见了 Vivian。

Vivian 也看见她了:"你回来是为了 Erika 突然要来中国的事情吗?"

姜阑点头:"你也是?"

Vivian 一脸的生无可恋。

她本已回家,妆都卸了,但在洗澡前收到总部 Executive Office(高层行政办公室)的通知邮件,只能从家打车赶来公司。她需要在美国东部时间的今天傍晚前做一版 Erika 来上海的 itinerary(行程单)发过去,而在这之前,她还需要得到陈其睿的首肯。

Vivian 在打车来公司的路上已经联系了差旅代理,Erika 的行程太突然,在预算范围内找合适的机酒不容易。

Vivian 抱怨道:"她来上海只肯住半岛酒店,别的都不考虑。我前面发邮件给她的助理,说时间太紧,恐怕在半岛订不到她要的房型,艾迪逊才开没多久,也在外滩,硬件更好,建议 Erika 可以考虑看看。她助理回我,你是在建议 Erika 住哪里吗?她是 Erika Swan,不是别人。"

姜阑笑了。她太能理解 Vivian 此刻的心情了。

Vivian 说:"你还笑,我跟你讲我真的受不了了。Neal 去纽约和米兰,是我给他做 itinerary;纽约和米兰的 SVP(高级副总裁)来上海,还是我给他们做 itinerary。上海同事出差去纽约和米兰,算我们的费用;纽约和米兰的同事出差来上海,还是算我们的费用。还有没有比这更不合理更不公平的?"

行政这边的全年预算被陈其睿为了中国区的利润目标一压到底,Vivian 的个人 KPI 和奖金与其息息相关。

不合理和不公平的事情多了。全中国有千千万万的外企打工人,如果每天都要计较合理不合理,公平不公平,那就都别干了,别赚钱也别养家了。

姜阑在办公桌前坐下,等电脑从休眠状态中醒来。这几秒钟,她想到了能够带着团队落实自己所有的创意主张的梁梁。

像那样在品牌总部工作、拥有完整的直接决策权是什么滋味,姜阑在以往的职业生涯中从没体验过。

但这个想法也只是一闪而过。她所热爱的时尚行业,商业的金字塔尖永远是奢侈品牌,中国企业在这个塔尖暂无一席之地,她根本没有别的合适选择。

姜阑在大约十二点的时候整理好了下周迎接 Erika 一行的全新会议框架和外出行程计划。她把这份文件发给陈其睿。

陈其睿每天早晨五点起床办公,姜阑可以在一早上班时收到他的反馈,这样她能在明天中午之前给团队新的目标指示,大家分工协作,在接下来几天安排好一切。此刻她只希望陈其睿不要在这种时候挑战团队极限。

结束加班后,姜阑直接回到费鹰那里。做这个决定她丝毫没再犹豫。她想了他三天,

THE GLAMOUR

她十分想和他共度一个夜晚，不想再多等一天。

费鹰已经先睡了。

他睡着之后非常不喜欢盖被子，这个习惯对室内空调的恒温功能要求很高。姜阑有时觉得这个男人真是个十足的矛盾体，他同时兼具极度包容和极度挑剔的特质。这种特质在别人眼中或许会被诟病，但在姜阑眼中，她觉得他十分真实。

姜阑站在床头，借着夜灯的微弱光线打量他。她不知道他前几天是怎么过的，但他看起来睡得很沉，应该不轻松。她俯下身，亲了亲他腰上的刺青。

他皮肤的触感和温度一向让她着迷，他身上的味道也让她流连。

几秒后，姜阑支在床边的胳膊被男人轻轻拉起。

费鹰醒了："阑阑。"

在这夜里，他的声音沙沙的，还不是百分百的清醒。

姜阑觉得自己迟早要被这个男人的温柔引得做出些不像她的事来。她被他拉进怀里，听见他的声音还是沙沙的："别亲了好吗？再亲下去，我怕会搞得你很累。你明天是不是还要早起？"

他的身体反应很诚实，说出来的话也很诚实。她的确每次都会被他搞得很累。

费鹰把姜阑抱在怀里，背贴着他的胸膛。她很喜欢这个姿势，每次被这样抱着她就会变得很安静，安静了没多久就会睡着。

但今夜她难得话多："我知道你是为了让我在这里方便，但以后不要再花钱买 VIA 的衣服和鞋了。我有公司配的服装津贴和内购额度，完全够用。这样太浪费了。"

她从没见他自己穿过昂贵的奢侈品服饰，他的钱也不是从天上掉下来的。财富积累不易，挥霍却不难，实在没必要这样花。

费鹰亲了亲她的脖子，他好像在笑，她不能确定。他在她耳边说："阑阑，别可爱了好吗？睡觉吧。"

入睡前，姜阑本想把手机找出来再给童吟发一条微信。

六号那天早晨，童吟气呼呼地从床上爬起来就走了，连着三天没理她。她也不知道童吟还想不想再去 746HW，但费鹰的呼吸已经变得很悠缓。姜阑难得地犹豫了，最后决定还是等早晨醒来后再找手机吧。

童吟站在 746HW 门口，看了看手机，没有姜阑的微信。她把手机放回包里，掏出刚才在街角便利店买的香烟和火机。这是她三十二年来第一次尝试吸烟。

746HW 里很热闹，每晚每人 200 块的入场费好像不要钱似的。

店门口的水泥墙被刷成脏漆色，上面贴着今晚的主题海报：Synth-pop（合成器流行乐）。

童吟连续三天晚上来这里，每天都能看到门口的海报更新。这家夜店的火爆是有理由的，它红并不全是因为王涉之前上的那档嘻哈综艺，而是因为它的足够包容和足够多样。这种包容和多样，也在一定程度上体现了老板本人的风格。

不过童吟连续三晚都没进去。她现在的生活方式不允许她像从前一样大手大脚，她不想花 200 块钱进去还点不到卤肉饭吃。上次是因为姜阑，她才吃到了菜单上没有的卤肉饭。

但她又偏偏想到这里来。

从便利店出来，王涉看见童吟站在 746HW 门口，正试图点燃一根香烟。

童吟点烟的动作很笨拙，夜风很大，她点了三次都没成功，第四次成功了，又差点燎到她那一把麻烦的长发。

王涉没走近，他从远处看着这可笑的画面。

童吟点了烟却不吸，用手指夹着烟，这样那样地比画着，好像在寻找一个最好看的吸烟姿势，但她的姿势远没有她的屁股好看。

第七章

王涉看了好几眼，随后又按下了兴致。

烟烧了半截，童吟还没吸一口，身边有男人走过，他瞥了她一眼。童吟认出他是谁，叫住了他："你好。"她的声音像她的长发，软，而且听上去很麻烦。

王涉停下脚步。

童吟说："你们店的卤肉饭很好吃，是专门请的厨师吗？"一家 Hiphop 夜店除了音乐好听，文化多样，还能做出这么棒的饭，真是很特别。

王涉一开始不响，随后不动声色道："怎么？"

这个女人难道还真为了一碗卤肉饭想要嫁人？脑子有吗？

童吟当然有脑子，她已经忘记自己那天晚上抱着姜阑说过那种没脑子的话了。在失恋后的情绪崩溃点上，人说什么都不该被计较，也不该被当真。

她说："虽然做得很好吃，但可以少放一点油。"

王涉近前一步，有点纳闷这个女人的盲目自信："你会烧饭？"看着就不像会烧饭的，不会烧饭的还敢对他的卤肉饭指手画脚。

童吟冲他扬了扬夹着烟的手指："我的手不是用来洗菜切菜烧菜的。"

王涉说："那做什么？"

童吟说："执棒。"

王涉这时才仔细打量她。她有一张很小的脸，一双很黑的眼。说话时，她的语气还是那样软，他很难相信她能依靠这样柔软的女性特质在男人称雄的职业乐团指挥圈里博得一席之地。

古典乐圈对女性从不友好，世界一流的指挥家中女性更是屈指可数。执棒的那个位子，需要强大的领导力和坚定的统治力，它从诞生之日起就被天然地认为更适合由男性占据。

王涉看了看她的眼睛，里面有细微却炽热的光芒。他这次没有立刻离开。

童吟满脑子都在想别的方面。

那些赵疏不愿做的事情，童吟迫切地想从别的男人身上得到体验。

街灯下，王涉的耳钉和耳环闪着同样冷淡的光。

童吟问："你的耳钉是什么牌子？"

王涉低头望着童吟的耳朵。她也有耳洞，此刻被一对钻石耳钉装饰着，估摸得要好几万。他回答："没牌子，淘宝货，3 块一对。"

童吟说："加个微信可以吧？麻烦你把链接发给我。"

王涉没同意。

王涉在兄弟们面前是一个样子，在女人面前是另外一个样子。兄弟们有时候很了解王涉，但兄弟们也有很不了解王涉的时候。

男人和女人之间说穿了也就那点事。童吟想做什么，王涉很清楚，干涉还有更清楚的。

女人和男人的生理构造不一样，女人想要获得高潮比男人难得多。很多男人愚蠢，看不出女人假装高潮，更想不到没有女人没假装过高潮。他们以为自己很厉害，但其实全是女人装出来的。

王涉有一套理论：作为男人，你若觉得发挥正常，那女人一定没爽到；你若觉得发挥得很好，那女人的感觉也就一般；除非你发挥出超常水准，否则女人不可能真的爽。要在床上让一个女人高潮，男人要做很多努力，那很累，不轻松，不容易。

王涉不是费鹰，他没那么体贴的奉献精神。

就算有，现在的王涉也做不到。

THE GLAMOUR

040 　高 光

姜阑早晨起床后，找到手机，里面有童吟的一条未读微信。她终于愿意理睬姜阑了。
"想睡个男人怎么就那么难呢！"
姜阑回头看向床上。费鹰还在睡，他的腰上搭着她凌晨时脱下的睡裙。姜阑很轻地笑了一下，是不太容易。

她回童吟："等我忙完这段时间，再陪你出去玩。"
姜阑接下来的几个工作日的确更加忙碌。
后半周，IDIA 作为 VIA 总部指定的上海大秀 leading agency（领头代理商），在节后带着他们第一轮的场地提案来 VIA 上海办公室。
温艺和刘辛辰把他们请到大会议室。
刘辛辰问对方带队的 Alicia："请问你们需要咖啡吗？"
Alicia 摆了摆手："不用。别客气。"她叫团队拿电脑接会议室的投影，自己从会议桌上取过一瓶气泡水拧开盖子，"时间太紧了，你们总部要求又太高，预算还卡得特别死，真为难死人了。接下来需求别再改了吧？"
刘辛辰往后面站了站。
Alicia 是 IDIA 中国区的 GM，在行业里的资历相当老，从进门开始就没正眼看过刘辛辰。当初接 brief（项目需求）的时候是她下面的人来的，这次来提案她亲自到场，相当给 VIA 面子。IDIA 虽然是 VIA 总部直接指定的国际活动公司，但 IDIA 中国区这两年挑客的名声远扬在外，不是行业标杆级的案子，他们接得很少。
温艺一边给人递投影遥控器，一边好声好气地回答 Alicia："姐姐，这事得看总部啊。也不光是我们总部，还有你们总部啊。"
Alicia 笑了："你怎么样啊最近？听说有新动向。"
温艺也笑了："您都从哪儿听来的啊？什么也没有。"她看向刘辛辰："NNOD 的人到了没？你去前台看看。"
刘辛辰看看温艺，又看看 Alicia，离开了大会议室。她这才知道最近公司里的传闻不是假的。
NNOD 的人的确已经在前台沙发区坐着了。Ken 这次带了三个人过来开会。他见到刘辛辰，站起来招了招手："Ivy。"
刘辛辰走过去："麻烦你们来一趟啦。"
Ken 说："都是小事情，别客气。下周你们总部来人，我们老板还要专程从北京飞过来开会。老板都没说什么，我们还敢叫苦吗？"
刘辛辰带他们去会议室，路上 Ken 问她："听说 Cecilia 要走，她的最后工作日是哪一天定了吗？"
刘辛辰不知道该怎么回答。
等把 NNOD 带进会议室，刘辛辰又被温艺差遣去请姜阑。
姜阑正在和陈亭单独开小会。
张格飞还在病假中，没复工，北京商场明星活动的工作由陈亭一肩挑了，她做得还不错。这会儿，陈亭正在和姜阑对预算，徐鞍安到场的公安报批费用极为高昂，品牌被要求在场内一二三楼配 400 个专业安保拉人墙，这两笔钱已不是小数。
刘辛辰不得不打断她们："阑总，IDIA 和 NNOD 的人都到齐了。"
姜阑看了一眼时间，抬起头："好。"
陈亭说："阑姐，那我晚点再找你。"
姜阑想了想，对她说："你一起来开这个会吧。"

第七章

去会议室的路上，陈亭问刘辛辰："有什么我可以帮你的吗？"

刘辛辰说："暂时没有哦。"

陈亭看了看她的脸色："哦，好的。"

会议室里，一边坐着 IDIA 的人，一边坐着 NNOD 的人，隔着会议桌，两个团队泾渭分明。

姜阑进来坐下，很简单地开场："创意概念稿 VIA 总部同步在看，我们今天先过场地。"

Alicia 说："好。"她略过展示文件里的前半部分，直接跳到场地提案的部分，"这是我的人按 brief 找的四个候选，档期都已经和场地方锁住了。"

一个在浦西，三个在浦东。每个场地距离浦西核心商业圈的直线距离都在二十公里以上。

姜阑的脸色有点冷淡。

Alicia 一直在留意她的表情，说："你们总部对秀场面积和搭建条件的要求太高，预算上限又摆在这里，离市区近的场地都满足不了要求。办秀花钱如流水，你需要分轻重，需要有妥协。"

这个语气几乎像在教育客户。

姜阑说："你们做的预算表让我看看。"

Alicia 翻到倒数第三页。

姜阑说："直接开 Excel 的明细表吧。"

Alicia 示意她的团队找出文件，打开。她知道姜阑想看什么，但她很缓慢地滑动屏幕滚轴。

姜阑没催，按这很缓慢的速度从第一行看到最后一行，然后她的脸色变得更冷淡了。

Alicia 看了看对面坐的 NNOD 的人，她不认为姜阑在这样的场合能说出什么来。她和姜阑过去没直接合作过，对彼此的了解也都有限。姜阑很年轻，就算她是品牌甲方，但在这个论资排辈的行业里，姜阑还远没有资格当众给 Alicia 难堪。更何况 IDIA 是 VIA 总部指定的活动公司，姜阑得罪不起她。

姜阑什么也没对 Alicia 说，她看向坐着的 Ken："这几个场地你们怎么看？"

Ken 倒是直言不讳："太远了啊，我们不好照顾各路明星和媒体。Alicia 姐姐，你的人在搞什么啊？大家做 luxury 这么多年了，common sense（常识）要有的好吧？这场秀 VIA 总部要求二十个一线头部明星到场，中腰部的小明星和 KOL 预计也要请一百来个，秀在上海，不在北京，out-of-town（外埠）的媒体我们至少要飞 200 个人过来，从高到低什么 title 都有，这些人会住哪几家酒店大家心里都有数吧？你请你的人多想一想我们 logistics（行程后勤）的压力好吧？"

Ken 还是太年轻了，如果换了他老板坐在这里，这番话不会讲成这样。

刘辛辰坐在后排，望了望温艺。之前她还问过，为什么讨论大秀场地方案的会议姜阑要把 NNOD 也一起叫来，当时温艺没回答她。她又用余光瞥到坐在身边的陈亭，陈亭听得特别认真。

刘辛辰听见 Alicia 开口说道："多的我不必讲。这份方案已经同步发给两头总部了。要么 等等看你们总部是什么意思，好吧？"

这话不太客气，也自然不是对 Ken 说的。

刘辛辰转头看向姜阑。

姜阑的目光对上 Alicia，没急着回应。

这时会议室的玻璃门被人敲了敲，Vivian 从外面把门缓缓推开。

陈其睿走进来。

一整间会议室的人陆陆续续地都站了起来，姜阑把会议桌的主位让给陈其睿。

陈其睿坐下。其他人又多站了几秒。

Alicia 离开她的位子，笑容可掬道："Hi, Neal，好久没见了。我不知道你今天也会来。"

157

THE GLAMOUR

陈其睿示意她坐，开口道："Alicia，VIA 明年的这场秀，我对你提两个要求：第一，用最少的钱，办最大的事。什么叫最少的钱，你懂，我不多讲。第二，站在中国市场的需求角度做事情，向上管理好你们的总部，不要节外生枝。另外，IDIA 的生意盘子越做越大，你们如今的收费我也略有耳闻，但是你今天做 VIA 中国区的生意，18% 的项目管理费是我的底线。如果超过这个数字，你可以试一试 VIA 总部是否还肯继续用你们。"

Alicia 脸上的笑容没变，她让人把投在屏幕上的报价单明细文件关了。那上面的项目管理费写着 30%。

陈其睿叫跟进来的 Vivian："去做杯冰美式，拿进来给 Alicia。"

Alicia 并没说不用了。她看着陈其睿，后者面无表情。

刘辛辰很意外，她原以为 Alicia 是不喝咖啡的。温艺回头看了一眼刘辛辰，刘辛辰会意，在 Vivian 动身之前主动起来出去做咖啡。

过了一会儿，Vivian 也走出会议室，在茶水间找到刘辛辰。

这个行业里有太多不成文的上下规矩，Vivian 看着这个家境很好的女孩子："你会吗？"

刘辛辰有点讪讪。

Vivian 没为难她，自己接手。咖啡做好后，Vivian 把杯子递给刘辛辰。刘辛辰很感激："谢谢你呀 Vivian。"

Vivian 从来不为难小朋友，她始终记得自己是小朋友的时候，当年连老板的护照信息都背不下来。

刘辛辰捧着杯子好奇道："老板和 Alicia 以前就认识哦？"

Vivian 说："Alicia 职业生涯中最高光的那场秀，是当年 Neal 在老东家的时候和她一起合作完成的。"

刘辛辰感叹道："哦！"一听到 Neal 的老东家，她立刻反应过来 Vivian 指的是哪场秀。

十二年前的那场秀可以被称为一个难以复刻的传奇，它打开了欧美奢侈品牌在中国举办大秀的全新局面。

刘辛辰还是很好奇："既然 Alicia 认识 Neal 这么多年了，为什么她今天来还要为难阑总？"

Vivian 没回答，提醒道："你可以回去了。"

陈其睿在会议室里只坐了十分钟。他走后，Alicia 才拿起杯子，喝了第一口咖啡，然后看了一眼会议桌斜对面的姜阑。

姜阑当众给不了的难堪，陈其睿能给。姜阑得罪不起的人，陈其睿能得罪。

但陈其睿是什么人，这种工作级别的会议，他能不请自来吗？他的日程每天都被排得满满当当，他能是被临时邀请才来的吗？

Alicia 想到之前她的人接了需求回去之后描述的姜阑，年轻，话少，冷淡，直接，聪明。除了脑子非常清楚，向上管理还做得这么好，能预判形势并让陈其睿出来替她发话，Alicia 觉得对面的姜阑可以合作。

Alicia 说："我的人会重新做场地方案，报价也会重新调整，最迟后天下班前更新一版给到你们。"

姜阑说："辛苦你们，很感谢。"

Alicia 站起来："还有其他问题吗？"

姜阑说："我送你们。"

两人走出会议室，穿过走廊，姜阑亲自刷卡，一直把 Alicia 送到电梯门口。到这里，两人刚好完成互加微信。

走出写字楼，Alicia 的司机已经把车泊在临时停车位。她和团队打了个招呼，自行上车离开。

车门关上，她的手机响了。

Alicia 看了一眼来电，等了几秒，接了起来："什么事？"

第七章

陈其睿站在办公室的落地窗边拨出这个电话。对面接起，他却并没有应声。

Alicia 在那边也沉默了一下，随后重复了一遍："什么事？Neal。"

陈其睿开口道："几年没见，你做人做事一点没变。"

Alicia 问："几年？"

陈其睿答："三年。"

Alicia 笑了："我还以为五六年了。你记性比我好，看来还没老。三年没见，你做人做事也一点没变。在会议室里当众训我没训够，还要打电话来继续训吗？"

陈其睿说："是你为难我的人在先。"

Alicia 否认："IDIA 现在不缺客户，我只做最有把握的行业标杆级案例，VIA 的这个项目时间紧，要求高，预算少，我不是非接不可。要帮这些国际奢侈品牌在中国成功落地一场秀，你比谁都懂挑战在哪里。品牌中国区 MarComm 的负责人至关重要，脑子要灵光，判断要准确，审美要在线，情商要合格，要能搞得定中国老板，也要能搞得定外国总部，否则我的人会累死，做出来的结果也难堪。那么年轻的小姑娘，我不太放心。今天不是为难她，我只是试她一下。"

陈其睿的声音冷冰冰的："十二年前的你几岁？我看错过人？用错过人？你试她？"

Alicia 的声音变得又轻又软："好啦，别生气啦，大不了我请你吃顿饭，好不好？"

陈其睿直接挂掉了这通电话。

Vivian 从洗手间回来，刚坐下，就被陈其睿叫进办公室。

陈其睿还站在窗边。他看了一眼 Vivian："你最近和姜阑的关系不错。"

Vivian 说："还可以。"

陈其睿仍然看着她："我和 Alicia 的私人关系，姜阑是否知道？"

Vivian 跟了陈其睿很多年，她被陈其睿从老东家带来 VIA，陈其睿最看重她的忠诚和知分寸。这句话问出来，是少见的露骨敲打。

Vivian 顿时觉得自己百口莫辩："老板，姜阑多聪明呀，IDIA 在业界的口碑什么样，Alicia 有多挑客户，她能预想不到今天的情况？她之前约您今天的时间，请您抽空去会议室和对方打个招呼，完全是出于工作目的，这也是您自己答应的，和我又有什么关系呀？"

陈其睿撇开目光，看了半天窗外，然后他说："你去订个餐厅。"

Vivian 等着他继续吩咐具体的要求和用餐对象。

她听陈其睿毫无感情地说："你去问 Alicia，她什么时候有空，想要吃哪家。"

Vivian 很职业地回到位子上，打开陈其睿的工作日历，先看他的日程安排。她提前锁住两个晚上的时间，随后给陈其睿的前妻 Alicia 发微信："夏夏姐，你现在还喜欢 27 号吗？周五晚上可以吗？还像以前一样给你们订 8 楼露台位好吗？"

季夏是 Alicia 的中文名，也是 Vivian 一直用的微信备注名。

过了十分钟，季夏回复："不用了。周五晚八点，让你老板的司机把他直接送到我家。"

BOLDNESS ★ WUWEI

第8章

品　位

THE GLAMOUR

041　品位

　　Vivian 向陈其睿如实汇报了季夏的意思。

　　她知道陈其睿一向强势，在各方面都是，但她也知道强势成陈其睿这样的男人，身上也还留有一根软肋。

　　陈其睿的软肋就是季夏。

　　在陈其睿办公室的柜子里，收着一只相框。相框里放着一张他和季夏的合影。那是十年前，他和她在大溪地举行两人婚礼时的现场照片。

　　这只相框从未被陈其睿摆出来给人看过，就像他和季夏的这段婚姻。行业里的人过去听说他已婚，后来听说他离婚，但从没听说过女方的姓名。再到后来，就没有人敢再当面和陈其睿聊他的私生活了。

　　当年季夏要结婚，陈其睿同意了。季夏不想将婚姻信息公布于众，陈其睿也同意了。后来季夏要离婚，陈其睿仍然同意了。现在季夏不要去餐厅吃晚饭，要陈其睿直接到她家。

　　Vivian 看着陈其睿，陈其睿没有同意："不方便。让她选家餐厅，餐厅见。"他又吩咐道，"你叫姜阑来找我。"

　　正逢午饭时间，陈其睿带姜阑出去吃了个工作餐。这很不常见。

　　写字楼对面酒店四楼有间日料店，是陈其睿在工作日用餐的首选。这里环境很好，人也少，姜阑大概能料到这顿饭是关于什么。

　　两人点完单后，陈其睿问："电商的人看得怎么样了？"

　　姜阑这两天陆续见了三位余黎明推荐的候选人，说："见了三位，都是男性。对于加入 VIA 这样的品牌他们有一些顾虑。"

　　缺失女性客群洞察力只是其一，奢侈品光环下对建站审美的要求之高，奢侈品在电商渠道业绩目标之保守，工作中有限的自主权，决策路径过长过复杂以及直属上级是个完全没有电商经验的女性，都是这些候选人会产生顾虑的点。姜阑没有多向陈其睿解释这些，只说了最主要的因素："这个职位放给猎头在做，反馈说最大的难点是大部分电商候选人不偏好我们这种'小而美'的生意，全年预估 GMV 数字太低，这个职位对于他们个人能力的增值会很有限。除非他们想要长远地在时尚奢侈品行业发展，但这样的电商候选人数量太少。"

　　陈其睿点头："你叫 HR 继续找。"

　　服务员来上菜，添茶。姜阑等着陈其睿进入今天这顿饭的正题，陈其睿却不语。

　　姜阑只得主动问："和 IDIA 的合作，老板有什么需要再嘱咐的吗？"

第八章

陈其睿的目光停在姜阑脸上,说:"你怎么看 Alicia？"

姜阑照实说:"她本人和传言中描述的几乎一样。"

陈其睿问:"传言怎么讲？"

姜阑答:"很有能力,个人风格也很强烈,和她合作过一次就知道什么叫强势乙方。"这话还是客气了,姜阑没把她听到的原话直接讲出来。

陈其睿喝了口茶:"不觉得被刁难？"

姜阑少见地斟酌了,然后答:"如果有机会和 Alicia 这样的行业前辈合作这次大秀,我可以学到很多,也能够成长很多。"

陈其睿放下杯子。他没认可姜阑的这句话,也没给她任何反馈。

姜阑并不是一个喜欢观察老板神色的下属,然而在这次谈话中,她不得不仔细留意陈其睿的态度变化,但陈其睿始终面无表情,于是她没提任何十二年前那场秀的事情,也没有向陈其睿请教该如何和 Alicia 合作,但是她已经清楚,在那些她听到的传言中,有些事或许是真的。

Vivian 在给季夏发微信传达陈其睿的反馈,当然这个反馈经过了她的美化:"夏夏姐,我老板不想麻烦你在家亲自下厨,他还是想约你在 27 号吃饭。你们也很久没见了,第一顿饭就去 27 号嘛,好不好嘛？"

在过去,她的撒娇对季夏很有效,Vivian 不知道这一招现在还灵不灵。

季夏回:"27 号已经有点老了哦,没有当年那么让人心动。"

Vivian:"老也有老的好,熟悉,放心。不然姐姐你现在有喜欢的新餐厅吗？哪家让你更心动？"

季夏:"新的么倒也没有。"

Vivian:"那就去 27 号好不好嘛？"

季夏:"你老板怎么还在穿旧衣裳？他今天身上那件衬衫是五年前的秋冬款。你有空好帮他换一换衣橱。"

Vivian 给季夏回了个大大的"OK"表情。

季夏没再回。

Vivian 先给陈其睿更新好周五晚饭的行程日历,然后再次看了看季夏的那句话,心里有说不出的滋味。

当年陈其睿婚后的生活起居是季夏一手在打理,光是衬衫季夏就给他备了十几打,陈其睿从来不操心也不留意这些他认为的小事。在今天之前,陈其睿已经三年没碰过那些衬衫了,但他在今天却穿了其中一件进公司。

而这十几打衬衫其中的一件,居然也能被季夏在短短十分钟内认出来。

午饭后回公司,姜阑有短暂的空当。她拿着手机在窗边站了一会儿,翻出费鹰早上给她发的微信,又仔细地看了一遍。

她很忙,他也一样忙。

费鹰回上海只待了两个晚上,然后去了杭州。走之前他来公司楼下见了姜阑一面,在没人处亲了亲她。那个吻不长,但很费鹰。姜阑被这个吻勾得每天都会花一些时间回忆费鹰走之前的样子。

今早,费鹰给她发了几张他这次在杭州入住的一家国内独立设计师设计的酒店照片。这间酒店的房价比一些国际奢华五星级酒店还要高。他是去看这个酒店项目的,和他同行的有陆晟,还有一位男性长辈。

姜阑看看三人的合影,再看看费鹰的文字消息:"如果你这周末不用加班,我在杭州等你好吗？现在中国的这些空间设计师非常优秀,是突破我想象的优秀。你一定也会喜欢这里。"除了这些,还有一句,"阑阑,你昨晚睡得好吗？"

下午开会前,姜阑被唐灵章点醒:"阑姐,你今天心情看起来超级好,我还以为早上

163

THE GLAMOUR

那个会你们开得不太愉快呢。"

姜阑说:"是吗?"她自己没感觉有这么明显,也许旁观者总能看出当事人察觉不到的微妙情绪。

往会议室走的路上,唐灵章给姜阑打预防针:"PIN 是国内的媒介代理公司,做事风格和方式肯定和我们差别很大,对方的华东区客户总经理姓宋,我之前没直接接触过,也不知道是什么样的人。万一很油腻,你可别怪罪我。"

姜阑听后,配合着把对 PIN 的期待值调整到最低。

PIN 的人已经在会议室里等着了。对方真的非常有诚意,这次来的除了客户线的大区总经理,还有策略、咨询、品牌投放组、效果投放组、产品平台等相关的部门负责人,满满当当地坐了一整间会议室。

姜阑走进去,抬眼就看见会议桌最前方坐着的男人。

男人看见姜阑,站起身,伸出手:"你好,我是宋丰,PIN 华东区客户总经理。"

姜阑回握了一下,接过对方递上的名片。她没忍住,又抬眼打量了一番这个男人。

男人继续和唐灵章做自我介绍,握手,递名片。唐灵章同样没忍住,看了他好几眼。

这位姓宋名丰的男人看上去令人感到惊艳,他简直是唐灵章见过的所有奢侈品行业外的男性中最时髦有型的。这样的品位太不常见,令人无法不注目。

姜阑坐下后,把宋丰的名片搁在桌上。

她刚才很快将他从头到脚扫视了一遍,他身上的每一件单品都显示出了他对时尚的独到理解。低调不浮夸,细节彰显高级感,商务完美平衡休闲,相当体面,也相当养眼。这样的好品位是需要对时尚多年的关注和实践才能拥有的,这让姜阑对他生出了天然的好感,她甚至认为唐灵章之前对国内媒介代理公司的偏见太深。

宋丰介绍完在座的团队,给出一个恰到好处的微笑,然后说:"PIN 之前没服务过国际时尚奢侈品牌客户,但不代表我们对贵行业不感兴趣。我听说 VIA 需要寻找一家能够全面整合品牌采买和效果采买的媒介代理,为明年即将上线的电商渠道做准备。这是 PIN 的传统强项,稍后会由我的同事为各位做详细介绍。"

姜阑问:"宋总怎么看待奢侈品牌做电商生意?"

宋丰很舒展地坐在椅子上,他的袖口有一枚很昂贵却小众的 logo。他回答:"在把生意做大之前,贵行业更看重的是品牌的脸面,在线上,东西卖得好不好不要紧,顾客觉得你们品牌看起来高级不高级才要紧。PIN 在这一点上完全同意,也会完全解决你们的顾虑。"

姜阑微微笑了。

开完会,唐灵章把人送走。她回来后兴奋之情溢于言表:"阑姐!"

姜阑说:"怎么?"

唐灵章非常激动:"这位宋总是不是太棒了?这么棒的 taste(品位)!这么棒的 mindset(思维模式)!十年难遇有没有?"

姜阑认为唐灵章的描述实在是过分夸张了,但她不得不承认,宋丰和他的团队的确令她感到远超期待的意外。有这样一位本人就是奢侈品牌深度消费者并且具有高级审美和品位的客户总经理,PIN 在这次比稿中的优势显而易见。

姜阑看了看唐灵章的表情,不得不提醒她:"你是不是没看见他手上戴着婚戒?"

唐灵章"啊"了一声:"多么难得的男人啊。"

姜阑说:"所以留不住。"

唐灵章立刻撇清:"我对他并没有那方面的兴趣。要和这么时髦的男人在一起,女人的压力得多大呀。"

姜阑想了想,不知道宋丰的太太需要拥有什么样的品位,才能在时尚表达层面压得住这样的男人。

第八章

晚上回家后，姜阑确认了一下这周末的工作安排。她依然很忙，为了Erika下周的中国行，她需要提前去走一遍IDIA重新提交的几个大秀场地的候选，但她还是给自己买了一张周五晚上去杭州的高铁票。

然后她给费鹰发微信："你睡觉了吗？"

两分钟后，费鹰直接拨语音过来。

他叫她："阑阑。"

姜阑很想让他别总是这样叫她，她有点受不了，控制不住自己的生理反应。但她没说出口。她告诉他："我周五晚上去杭州。"

费鹰的声音穿过手机："把车次发给我，我去接你。"

姜阑听着他的声音，觉得心里有点软，一整天工作的忙碌疲惫突然间就有了出泄口。如果这就是一段稳定的关系能够带来的好处，那么她开始有些理解费鹰对关系的执着，也开始有些依赖这样的好处。这种依赖感，很意外地没有令她感到想象中的不适。

当然一段关系的好处远不仅于此。

姜阑伸手摸了摸床头的小硬，从耳朵到腹肌。她说："那晚安。"

费鹰的声音好像他正贴在她的耳侧："好，晚安。"

姜阑却半天没挂语音。她的呼吸声很轻。

费鹰声音有些低地笑了："睡吧，阑阑。周五晚上你就能抱着我了。"

关灯前，姜阑再一次地想，为什么这个男人能好得如此不真实？

042 我很想你

费鹰给姜阑打电话时，站在水塘边的木栈道上。夜空悬着一弯月牙，是难得明净的夜。结束通话，他把手机揣进裤兜，走回水边。

今晚他陪石硕海夜钓，陆晟一个从没耐性钓鱼的人也要来凑热闹。他看见费鹰噙着笑的嘴角，忍不住揶揄："你这试用期还要多久才能转正啊？我什么时候能见见真人啊？"

陆晟的声音不敢太大，他不能打扰到石硕海。后者正稳稳地坐于岸边，在他前方的水面上，浮着五彩荧光的夜光标。

费鹰没搭理陆晟，在石硕海身边坐下。

石硕海持钓竿的手一动不动，只转过头看他："小陆在说什么？"

费鹰毫不遮掩："我女朋友。"

石硕海重复了一遍以作确认："你女朋友。"

这么多年，费鹰从来没有对人张口说出过这四个字，而他在说这四个字的时候，语气和表情都是难见的温柔。

费鹰摸了一下耳朵："嗯。"

石硕海笑了："你小子。什么时候的事？"

费鹰说："就最近。"

石硕海收回目光："让我见见？"

费鹰点头："行啊。"

年轻男人的声音里带有雀跃的情绪，这个世界上唯有爱意难以被掩饰。石硕海微微笑了。他想起费鹰十八岁的时候。

石硕海见过费鹰人生最低谷的模样。十八岁的费鹰身上的戾气非常重，如果他的世界里没有Breaking，他可能会在别的地方和人battle（战斗），他的热血会以另一种方式被

165

THE GLAMOUR

挥洒,他或许会走上一条截然不同的人生道路。

　　Breaking 对于有些 B-boy 来说是根和信仰,但对费鹰而言,却远不止于根和信仰。Breaking 曾经救过费鹰的人生。

　　费鹰抬眼,月色和水面上的荧光照出石硕海的侧影,他的肩背和当年一样宽厚。费鹰开口:"石叔,您还记得当年您和我说过什么?"

　　石硕海说:"什么话?"

　　费鹰说:"当年您说,大起大落,是人生的主旋律,每个人都一样。"

　　石硕海没说话,有鱼咬饵,他起了竿。

　　陆晟上手帮忙收鱼,感叹道:"这句话实在啊,石老。"

　　费鹰低头笑了笑。

　　这一片水塘的另一头连着一块小型有机农场,农场背后是山,费鹰给姜阑发的这家中国独立设计师设计的酒店依山而建,这些农场和水塘都是酒店整体生态的一部分。

　　这个项目是陆晟找到的,他很想投。壹应过去很少投定位高端奢华的品牌,这类品牌很难在短期之内以高增速扩大商业规模,但陆晟这次很坚持。

　　费鹰尊重陆晟的意见。石硕海这趟回国没什么固定计划,他就带着石硕海跟上陆晟一起来看看杭州一带的山水。

　　夜钓结束,陆晟帮石硕海提着竹条鱼篓,借光往酒店走。费鹰跟在后面,边走边接了个孙术的电话。

　　孙术在那头说:"梁梁在发脾气。"他其实也很想发脾气。

　　费鹰问:"发什么脾气?"

　　孙术的语气有点不耐烦:"还能是什么?新 drop(发售)的胶囊系列被网上的黑子们骂惨了。梁梁的名字也被人搜出来挂在微博上面各种骂。"他很心疼。

　　费鹰说:"别看就行了,让她把微博卸载。"

　　孙术怒了:"你怎么回事儿?BOLDNESS 现在都被黑成什么样了,你还淡定地在外面游山玩水?你以为你的名字没被挂出来骂?骂你的比骂梁梁的还要过分夸张得多你知不知道!"

　　费鹰说:"你还有别的事儿吗?"

　　孙术气炸了。

　　费鹰听到那头把手机直接摔了。

　　走在前面的陆晟回头看费鹰:"什么事?"

　　费鹰摇头:"没事儿。"

　　陆晟看了他几秒,没再多问。

　　姜阑忙得几天都没顾得上看朋友圈和微博。周五工作结束,她一边叫车一边收拾东西。坐电梯下楼时她接到司机的电话,挂电话之后她顺手刷了一下朋友圈,然后姜阑看见梁梁在朋友圈发的各种暴怒表情图片。

　　梁梁最新的一条朋友圈配的文字是:"先搞清楚本梁梁的性别再开骂吧!一群无知狭隘的蠢货!"

　　配图是一张微博评论的截屏,截屏里是一个普通 ID 在骂:"BOLDNESS 的创意总监 LIANG LIANG 还配当男人吗?他满脑子想的都是怎么讨好女人吗?"

　　这条评论是另一条微博下的最高赞。那条原始微博来自 Usss 的主理人 Tursh,他发了八个字:"某些品牌,吃相难看。"

　　姜阑坐上车,打开微博,先搜 BOLDNESS 官微。

　　她最近的印象是 10 月 8 日那天,BOLDNESS 在官方渠道发布了一条讲述中国 B-girl(女地板舞者)的先导纪录片。在中国跳 Breaking 的不只男人,也有女人。在青奥会 Breaking 预选赛赛场上征战的中国年轻人中,不只有男孩,也有女孩。这条短片的互动数据不错,BOLDNESS 官微下粉丝的评价也很正面,当时姜阑并没有发觉任何异常。

第八章

后来她忙，就没顾得上持续关注，现在她快速地翻了翻过去这几天 BOLDNESS 的官微内容。

10 月 10 日早 10 点，BOLDNESS 正式推出"女人是什么"胶囊系列，品牌官微发布该系列型录，官方天猫旗舰店同步上架十二款单品。

BOLDNESS 的官方发声渠道延续了它一贯的低调，在发布这个系列时只释出模特型录和单品图片，没有多余的文案。每张图片的正中间都印了衣服上的那行 slogan（标语）：Be bold。Be bolder。

"女人是什么"，BOLDNESS 做了十二年街头文化，做了十二年街头服饰，做了十二年以男性顾客起家的生意，BOLDNESS 现在发问：女人是什么。

短短不到三天，这个胶囊系列在网上的负面舆论经人恶意引导之后发酵得异常迅速。男人骂 BOLDNESS，认为它想做女性市场的生意，以这样的姿态来讨好女性消费者，吃相难看。他们不愿意再为这样的男性街头品牌买单。女人骂 BOLDNESS，认为它想做女性市场的生意，以这样的姿态来讨好女性消费者，吃相难看。她们不需要这样的男性街头品牌来为女性发声。

紧接着，这十二件单品上的文字被迅速拆解，断章取义，上纲上线。

在这个碎片化的信息时代，人们看得见"乳房""高潮"，却看不见它们后面跟着的"是什么"。由曲解、污蔑和脏水组成的多维传播链，在这个网络攻击毫无成本的时代，极其容易被大规模复制和实现。

BOLDNESS 和它的主理人 B-boy YN 低调了很多年，YN 的合伙人团队同样低调了很多年。大家只知道 BOLDNESS 的创意总监叫 LIANG LIANG，于是所有人都非常理所当然地默认 LIANG LIANG 是个男人，所以当梁梁被网上的喷子们骂作男性叛徒的时候，她爆炸了。

没人知道那些喷子 ID 背后究竟是人是鬼，也没人在乎梁梁这个活生生的人究竟是男是女。你要说这事讽刺，那这样讽刺的事天天都在发生，太常见了，常见得叫人不能说它讽刺。

姜阑接着点开 Tursh 的个人微博。

之前的那场抄袭风波，她还留有不浅的印象。这些年来，BOLDNESS 在街头圈内的地位难以撼动。这回遇上这样的危机，什么样的人都敢来踩上两脚。

她又去顺便看了看 WT_G 的微博。如姜阑所料，郭望腾在短短三天的时间里刷了几百条微博。他的脾气火爆起来比梁梁夸张百倍，他的愤怒体现在每一个字符中。

当然也有支持声。BOLDNESS 的忠实顾客基本盘很大，这个世界上永远不缺乏能够理性和独立思考的人，虽然他们未必时时发声，虽然他们的声音在这种攻击宣泄的狂欢中不能轻易生存，但他们始终在。

姜阑最后回到梁梁的朋友圈。

梁梁作为 BOLDNESS 的合伙人和创意总监，就算再愤怒，也不能在微博这样的公开媒介平台上表达自己的情绪。暴怒中的梁梁仍然维持住了她的职业素养和水准。

姜阑在翻看完梁梁这几天所发的全部内容后，点开和梁梁的消息对话框。一直到此时，姜阑依然非常冷静，她不认为网络上的这些负面舆情全是坏事，也没有因为所看到的这些内容动肝火。

姜阑做了这么多年的品牌，做了这么多年的传播，什么样的场面没有见过。BOLDNESS 这次的品牌行为本身就自带高争议性，陷入一场负面舆情的风险是姜阑当初在深圳第一次看见梁梁做的产品时，就已经预料到的。

有 50% 的人支持，就有 50% 的人憎恶，但这 100% 的人都已听到和看到。如果将"女人是什么"作为一次传播事件，那么 BOLDNESS 的这个胶囊系列已经完成了它的使命。

姜阑给梁梁发了一条微信："认可你作品的人很多，只是他们并不一定会公开表达。你要相信，在你不知道的时候，他们在用自己的方式支持着你。"

姜阑这句话并没有说错。

THE GLAMOUR

　　在 BOLDNESS 的天猫旗舰店内，"女人是什么"这个系列的所有商品在三天之内全部售罄，有很多顾客甚至在未实际收到商品之前就秒点确认收货并留下评价，其中一条来自某个匿名用户的评价让姜阑的印象很深："真正的女性主义是通往自由之路，自由永不该只局限于某一种方式。"

　　姜阑的冷静一直保持到她抵达虹桥站。在过安检前，她刷到了一条直接点名骂费鹰的高热度微博："真诚发问，YN 是死妈了吗？做这种东西出来？"

　　安检的队伍后面有人催促姜阑。她把随身包袋放上传送带，抓着手机快速走过安检入口，然后弯腰拿起随身包袋。几秒之间，姜阑的冷静已荡然无存。

　　她一边走，一边用手机找到奔明的银行收款账户信息，随后她打开自己的手机银行，转了一笔二十万给对方。

　　她把转账截屏用微信发给"小小窸语重心长地说"，跟了一句解释："我有一个私人需求，单独付费请你们做。"

　　姜阑做了这么多年的品牌，做了这么多年的传播，什么样的场面没有见过，但在这一刻，她已全然忽略了这些。她这些年来引以为傲的冷静与理智，在看到那条微博之后，根本无法束缚住她心中腾然而起的怒火。

　　而在今天之前，姜阑甚至不知道她的情绪能为谁而变成这样。

　　高铁上的信号时好时坏，姜阑干脆把手机扔进包里。途中，她已经在脑海里勾勒出了计划的每一步，很详细，很完整，就等下车有信号了之后给奔明的人下需求。

　　火车到站，姜阑收到费鹰的微信，他把自己的具体位置告诉了她。

　　姜阑无法想象费鹰现在的心情，他不可能不知道现在网上对他的各种攻击。她想到前一晚他还在电话中那样温柔地和她道晚安，她难以描述自己此刻的情绪。

　　费鹰开车来接姜阑。他看见她笔直地向他走来，他没来得及和她打个招呼，就被她抱了个满怀。

　　姜阑的手紧紧地搂住他的腰。

　　费鹰不得不低下头："阑阑。"

　　他不知道她这是怎么了。

　　姜阑松开一只手，抬起摸了摸他的脸，然后她踮起脚，轻轻地碰了一下他的嘴唇。

　　她说："我很想你。"

043　真实，街头

　　酒店距离杭州东站还有将近八十公里，费鹰和姜阑驱车前往。一路上，姜阑的话很少，她一直在摆弄手机，一刻不停地快速打字，费鹰不知道她在做什么。

　　于是他问："你饿了吗？"

　　姜阑摇了摇头，眼睛盯着手机屏幕，目光半秒也没分给他。

　　费鹰又问："你要哪天回上海？"

　　姜阑还是摇了摇头。

　　费鹰乐了，他没见过比她更可爱的人。她这种专心致志的可爱让他非常心动。他叫她："阑阑。"

　　姜阑终于抬眼看他："嗯？"

第八章

费鹰说:"在车上用手机打字容易晕车。等下车了再忙工作的事儿好吗？我尽量开快点儿,你别着急。"

姜阑没说话。她看了一会儿费鹰。他的声调和神情都平静得过分,也温柔得过分。她很想说,其实他在她面前可以不必伪装或遮掩真实的情绪,她完全能够理解在面对那些汹涌恶意时,他的心情会变成什么样。

不过她并没选择说出口。如果他不想让她担心,那么她也没有必要让他知道她在做什么。

姜阑放下手机前,看到"小小窦语重心长地说"给她回复的微信:"需求都收到啦,很清晰。我们会在四个小时之内出具体的执行方案,等做好了会第一时间发过来让阑姐确认哒。"

在车上,费鹰前后接了几个电话,其中一个来自高凉,给他汇报他那辆车的牌照换好了。费鹰知道换沪牌这件事极其麻烦。高凉拍卖了一辆公司的车,又倒腾了好些流程和花了不少钱,才终于办妥了这事。高凉问是不是走公司的账,费鹰说可千万别。这事要是让陆晟知道了必定会声讨他毛病多,给他配车配司机他不要,非得这么一通折腾。费鹰要求高凉走他的私账。

挂了电话,费鹰想象了一下陆晟一旦得知后会有的反应,差点笑出了声。

这笑落进姜阑眼中,她问:"有什么好笑的事吗？"

费鹰右手松开方向盘,伸过来握住姜阑的手:"没,就我那辆车换沪牌的事儿。你说我这人是不是毛病太多了？"

姜阑又看了一会儿这个男人。都到这种时候了,他居然还能为了给车换牌的事情笑。她开始有些怀疑自己的判断,无法确定他此刻的情绪究竟是不是伪装,但是她觉得这个男人的平静实在是太不真实了。

车停到了一处江边码头。

姜阑下来打量四周。天已黑,江水自两山之间穿过,水影清清,山影苍苍,有几盏明灯的光亮浮荡在码头近处的水面上。

码头有工作人员来迎接,他们身上穿着酒店的制服。费鹰把车放在这儿,带姜阑上船,解释道:"这家酒店要乘船入住。"

费鹰先踏上船板,然后回身,冲她伸出一只手,笑着说:"阑阑。"

船下的江水悠悠地荡,男人身后的天上挂着一弯月牙,凉凉的晚风将水气吹上姜阑的面颊。

她看着他。就在这一刻,她确信了他是真的平静。那平静之下,没有伪装,没有遮掩。这是真实的他。

这 片山水很古典优美,但这艘船很现代奢华,船内软硬件配置的标准之高让姜阑没有料到。她随着费鹰在一处双人沙发坐下。

费鹰给她开了一瓶气泡水。在她喝水时,他从兜里掏出一只小瓶子,瓶子上写着"防蚊液"。

姜阑看着他有条不紊地做这些事,开口道:"我看到这几天网上对BOLDNESS的评论了。"

费鹰应着:"嗯。"

这瓶防蚊液是全新的,他不知道这玩意儿怎么用。对着光,他在研究瓶身上的那些小字。

姜阑又说:"你也看到了对吗？"

费鹰还是应着:"嗯。"

他把瓶盖拔开,闻了闻这个味,好像还行,于是他把姜阑的胳膊牵过来:"这边的蚊子特凶猛,我怕你被咬,给你喷点儿这个好吗？"

169

THE GLAMOUR

姜阑按住他的手:"费鹰。"

费鹰抬眼看她,她脸上没有表情。于是他搁下防蚊液:"我听着,你说。"

姜阑对上他的目光:"我不喜欢你被恶意中伤。你会不会很难受?"

难受吗?费鹰捏了捏她的手指:"网上的那些恶评,并不能对我造成任何实质性的伤害。但如果你不让我给你喷防蚊液,那这儿的蚊子一定会给你造成实质性的伤害。我不喜欢你被蚊子咬。你会很难受。"

姜阑低眼,看着费鹰给她的胳膊喷上防蚊液,然后他弯下腰,又给她裸露在外的腿和脚踝都喷上。

她很轻地问:"你有什么打算吗?"

他平静地答:"街头的事情,就用街头的方式解决。"

姜阑问过自己多少次,为什么这个男人如此不真实,但她又非常清楚,这个男人是她见过的最真实的人。

Keep it real,从来都不是口号或奖牌。"真实",是无畏的精神,是坚定的品格,更是足以影响和感染他人的纯粹本质。

夜晚很安静。这一片酒店别墅区做了中西结合的布局。房间很大,落地窗外正是竹林。

姜阑抵达酒店后没多久就收到了奔明发来的方案。她并没有打开看,虽然她知道这一定是一份可以快速引导并扭转舆论的有效方案。她想到了费鹰说的话。

她回复对方:"谢谢。但先不用实施。"

街头的事情,不该用这么不 real 的方式解决。

姜阑放下手机,简单收拾了一下,然后走去卫生间。费鹰站在双人洗漱台边,T恤正脱到一半。

镜中,他线条分明的腹肌处有好几个蚊子块。

T恤很快被扔进脏衣篓,费鹰准备去冲个澡,但他被姜阑一把拉住。她抬手摸了摸他的腰:"怎么搞的?"

费鹰说:"昨天晚上钓鱼去了。"

姜阑的指尖轻轻掠过被蚊子咬得红肿的皮肤处,她微微皱眉。这地方,是给蚊子咬的吗?

费鹰又说:"这儿的蚊子真的防不胜防,能往人的衣服里钻。"

姜阑没说话,矮了矮身体。

费鹰一把捞住她的腰:"别亲。痒。"

她才没理会他的这句话。

费鹰另一只手撑在大理石台面上,"嘶"了两声,整个小腹都绷紧了。姜阑一边亲着,一边顺着他的腰线往下摸。

她可真是太会折腾他了。他从来不知道痒起来的时候也能这么爽。

等两个人一起洗完澡,已经过了半夜。

姜阑坐在洗手台上,还没穿上衣服,费鹰在她的屁股下面垫了一块厚毛巾。她侧对着镜子,看他是怎么给她抹身体乳的。看了一会儿,姜阑伸手撩了撩他湿漉漉的短发,仰起下巴:"亲亲。"

费鹰顿了半秒,亲上她。他觉得这一整夜她八成是睡不成觉了。

但这个念头并没有真的实现,直到真的躺在床上要关灯时,费鹰看了一眼床头时钟,才 12 点 52 分。他伸手摸摸姜阑的脸,她已经迷糊得快要睡着了。

他想,他真的是太惯着她了。

他又想,他需要找一个合适的时候,彻彻底底地不惯着她一回。

第八章

凌晨一点，童吟走进 746HW。

她今晚不是为了吃卤肉饭来的，卤肉饭不值得她花 200 块的入场费——虽然今天 746HW 的入场费对所有的女顾客免单，一分钱都不用花。

她今晚是来看女人的。

746HW 的官微一大早就发布了今晚的活动消息："本店今晚特别活动：女 DJ 是什么，仅限女性入场。今晚入场费对所有女顾客免单，酒水一价全包。"

这条微博带了一张长海报，海报上是四位 746HW 同名 DJ 厂牌旗下签约的女性 DJ。这四位女 DJ 风格迥异，都将出现在今晚的 746HW 特别活动上。

在这样风口浪尖的时刻，746HW 的这个活动无疑是主动往网络喷子的枪口上撞。

很快地，这条微博的评论区就沸腾了。

有人骂："要脸吗？这种热度也蹭？装死很难吗？亏我还支持你们这么久，取关拉黑！"

有人骂："这家老板不愧是 YN 的好兄弟，吃相一样难看，令人作呕。"

有人骂："有想在今晚一起去 746HW 门口给它家老板烧纸的吗？"

746HW 官微给所有高赞评论的回复全部一样："本店今晚特别活动：女 DJ 是什么，仅限女性入场。今晚入场费对所有女顾客免单，酒水一价全包。"

童吟一进店，王涉就看见了。

不怪他眼神尖，实在是他的位置巧。他在帮人调音箱，站得很高。从这个角度望下去，童吟的腰细得过分。这样的腰配上这样的屁股，还能让人说什么。

王涉居高临下地看了一会儿，收回目光，继续调音箱。

童吟觉得自己今天特别幸运，在这样人满为患的夜晚，她居然还能拥有一张卡座。坐下后没多久，店里有个男孩子给她送上菜单和酒单。

童吟根本不抱希望地随便翻了翻，结果她居然在最后一页的最后一行看见了卤肉饭三个字。她有点惊讶："你们店换菜单了呀？"

男孩子不置可否。

童吟请他先帮忙去下单一份卤肉饭，然后把菜单和酒单留下继续看。

很快地，童吟就发现了异常之处。最后一页的卤肉饭三个字，似乎并不是印刷上去的。她试着用指尖轻抠了一下，那三个字就掉了。

童吟有点无语。这家 Hiphop 夜店也太不 real 了吧？

044 不行吗？

DJ 台上的女人既漂亮又性感，童吟很欣赏她和她的音乐表达。那种毫不掩饰的，强烈的，独立的欲望和火辣，无拘无束而不可一世。

90' hiphop（90 年代嘻哈），new hiphop（新派嘻哈），trap（迷幻风嘻哈），pop（流行音乐），twerk（电臀乐），这么多种风格不同的音乐被她完美融合于今夜的表演中，童吟觉得这太刺激了。

她开始认真地思考，她是否有可能从女人身上获得性快感。这个念头冒出来后，她意识到了她这具三十二岁的身体已经饥渴到了什么地步。

但童吟还没想几秒，卤肉饭就被人端来了。

来送餐的还是之前的那个男孩子。

THE GLAMOUR

童吟把菜单和酒单还给他:"不好意思哦,你们菜单上卤肉饭那三个字,被我不小心弄掉了。"

男孩子的表情变得有点尴尬。他捏住菜单转身要走,又被童吟叫住。

她刚刚快速尝了一口今夜的卤肉饭,她对它的味道不是很满意。

王涉从后厨出来,走回办公室,桌上的手机一直在振。

王涉拿起来划开,微信群里又多了几十条新消息,其中 80% 都是郭望腾这个话痨一个人发的。

这是没有费鹰的那个群。

这几天除了孙术,没人找过费鹰。这是兄弟们之间不用说出口的默契。费鹰从来不需要口头上的关心和询问。

郭望腾从微博上截了一堆图发到群里,全是今晚来 746HW 玩的女生们拍的现场照片和视频。在那些照片和视频里,几个女 DJ 身着 BOLDNESS 的"女人是什么"胶囊系列,风格迥异却都火辣性感,引得现场舞池频频高潮。其中一个名叫 ZT 的女 DJ,把"乳房是什么"这件 T 恤的胸口剪开了两个洞,完美露出里面满满镶钻的银粉色胸罩,在镜头前笑得肆意而奔放。

这张照片的转发很快破百,数字还在持续上升。

郭望腾实在是很困惑:"老王,你搞今天晚上的这个活动是想主动送死?只要你还是个男的,你现在干什么都是错的你不知道?除非你变性了。"

王涉:"滚。"

王涉一点都不想解释。

今天晚上 746HW 的这个活动压根就不是他的主意。他王涉有必要为了女人在网上送自己的人头吗?他又不是费鹰。

746HW 不只是家夜店,还是个 DJ 厂牌。王涉名声在外,但很少有人知道他的厂牌还有另外两个重要股东,一个是费鹰,一个是 DJ ZT。ZT 是个女人,曾经专研了十三年的古典音乐,后来搞编曲混音录音,再后来直接转做职业 DJ,她的多元背景让她成了一个真正意义上的 open-format DJ(开放风格 DJ)。ZT 的专业能力和技术实力很牛,在这方面王涉一直很佩服她,但也仅止于很佩服而已。

今晚的"女 DJ 是什么"这个活动完全是 ZT 的主意。ZT 甚至没和王涉商量,就直接让负责 746HW 官微日常运营的员工做了海报发了活动公告。

王涉无语。谁让那个员工也是个女孩呢?

ZT 先斩后奏之后又叮嘱王涉:"嘘,你别告诉费鹰。"

这简直就是废话。他王涉有那闲工夫掺和这些破事吗?

王涉把手机扔回桌上,心里烦得要命。

费鹰和 BOLDNESS 搞的这出事让他不能理解,但他又忍不住质疑自己为什么不能理解,到底有什么不能理解的。

作为兄弟,他应该两肋插刀,所以 ZT 的行为他没干涉和制止。但看见今天晚上来演出的几个女 DJ 身上的那些晃眼的标语,王涉有那么一瞬间感到有点窒息。类似的窒息感,只在一年前出现过一次。

办公室的门被人敲了敲。

王涉很不耐烦:"进。"

那个被他派去给童吟送餐的男孩子推开门:"老板,她说她把菜单上的卤肉饭三个字不小心弄掉了。"

王涉抬头,盯着人。

男孩子又说:"她还说,今晚卤肉饭的味道太不 real 了,难吃。"

童吟拿着手机,在看她今晚录的现场小视频,大概有十几条。等她再抬起头时,卡

第八章

座里多了一个男人。

王涉的头发染回了黑色，这个发色让他的脸和表情显得更冷了。童吟瞟了一眼他的耳钉耳环，它们还是闪着同样冷的光。

她把手机放下。

一看见王涉这张脸，她就忘了她想从女人身上获得性快感的这个念头。他的这张脸对她来说，是顶级的欲。

王涉没先开口，他听着童吟麻烦的声音在问他："你今晚有空吗？"

他简直想问，这个女人能不能把她的这点心眼藏好，还有比她更露骨可笑的吗？是他上次的拒绝不够明确，还是她太搞不清楚状况？

王涉抬抬下巴，看向桌上的卤肉饭："怎么难吃了？"

童吟答："为什么油没少放点？我上次不是讲过了吗？油可以少放点。"

王涉冷笑。

这冷笑不是对童吟，而是对他自己。

他起身："给你免单。"

童吟抬手牵住他的衣角："喂。"

王涉低头，从这个角度他能看清她的乳沟。她今晚穿了一件低胸紧腰的上衣，在这样的光线和背景音乐下，他头一次发现她的胸型也很漂亮。

童吟说："你们 Hiphop 圈的不是都把 keep it real 挂在嘴边吗？你能不能 real 一点？王涉。"

她第一次叫他的名字。原来她还记得他的名字。

王涉被她拽得坐下来。

童吟说："这张卡座是你在店里给自己留的，是吧？"

王涉不响。

童吟又说："那份有卤肉饭的菜单是临时给我做的，是吧？"

王涉还是不响。

童吟又拉了拉他的衣角："和我睡一觉，好吧？"

王涉转过头，有些怀疑自己的耳朵："什么？"

童吟说："你听见了。"

王涉看着她黑亮亮的眼睛："你知不知道我和多少个女人睡过觉？"

童吟反问："我为什么要知道？我只是想和你睡觉，又不是要和你谈朋友。"

王涉盯了她一会儿，他的语气很 real："我不行。"

童吟没懂："什么不行？"

王涉说得更直接："和女人睡觉，我硬不起来。"

童吟不信："你前面低头看我的胸，明明下面立刻就有点反应的。你以为我没发现？"

王涉的嘴角勾起来，说："对。我能硬。看女人，想女人，自己撸，都能硬。但和女人睡觉，我硬不起来。这个解释够 real 吧？你现在搞清楚了吧？"

童吟松开他的衣角。

她火冒三丈。这个男人，不仅不尊重她的性欲，而且不尊重她的智商。他为了不让她纠缠，连这种鬼话都能编得出来。

王涉在走回办公室的路上，是真见鬼了。准确地说，是一只叫白川的独立摄影师女鬼。

王涉没料到今天晚上的这个活动，ZT 会请白川来拍现场。他看着白川迎面走来，已来不及装看不见，只得皱着眉头应付："Hi。"

白川对王涉笑道："Hi，好久不见。你最近好吗？"

王涉有点想骂人。自从一年前白川跟着 746HW 跑了一趟巡演之后，王涉就再没好过。

白川问："你这什么表情啊？不会还为了一年前的事情记仇吧？你不至于到现在都没缓过来吧？"

THE GLAMOUR

王涉一个字都说不出口。他想起一年前，他在巡演转场大巴上因为无聊，随手打开看的那部白川在西南农村拍的女性纪录片，那股熟悉的窒息感又来了。

半夜一点半，黄浦江边的风很凉。

晚饭吃好，陈其睿和季夏走上九楼，他让人又开了一支香槟。这支香槟喝了两个钟头，直到季夏低头看表："很晚了。"

陈其睿没说话。

今天这顿晚饭，季夏迟到了整整100分钟。约在八点，7点50分的时候他收到Vivian的消息，说季夏和客户的会议延时很久，她希望改约。陈其睿没同意。他一直坐在餐厅里等季夏，这一等就到了9点40分。

季夏姗姗来迟，但妆容仍然很精致，底妆和口红都补过。

陈其睿知道，这是她对客户的尊重。他更知道，如果他今天没坐在VIA中国区一把手的位子上，季夏不会同他吃这顿饭。

那天她在电话里又轻又软的语气，说叫他别生气请他吃顿饭，只因为他是她的大客户的大老板。

季夏原本叫Vivian请他去她家，陈其睿没同意。他非常清楚她是要做什么安排。她如今专有一处"家"，用来款待重要客户方。她会叫餐饮公司去她"家里"准备私宴，她安排的菜品和服务比任何一家中山东一路上的餐厅都要出色。

季夏或许以为，他完全不了解她目前的状况。

季夏说"很晚了"，但陈其睿无动于衷。她看向对面坐着的男人，他的衬衫领口已解开了两颗。他喝酒后一贯是这样。

她今天其实有些累，想要早些回家休息，但VIA这场秀能够给她带来的业绩收入很可观，她不能不理会陈其睿的需求。

三年过去，这个男人的手段和做派没有任何改变。

陈其睿沉默着。季夏叫服务生新开一瓶气泡水，她今晚喝不下酒了。然后她说："30%的服务管理费是报得略高了，但18%实在太低。我们如今对别的客户最少也要收25%。Neal，你做事情要讲行业规矩，你不是一个不公平的人。"

VIA这场秀造价近两千万，加上360度的广告及公关传播等投入，至少一亿人民币预算打底，陈其睿开会一句话，直接砍掉她千万元的项目收入。

陈其睿开口："今夜不谈公事。"

季夏没别的话说了，慢慢地喝光了半杯气泡水。

她抬眼寻服务生的身影，再一转目光，看见陈其睿拿过她的杯子，亲手给她添了半杯。

他把杯子稳稳地放在她面前。

季夏没碰那只杯子。她已经记不得上一次他在细节处照顾她是哪一年的事情了。

陈其睿又去拿自己的杯子。

季夏只听清脆的一声"啪"，那只杯子摔在地上。她正要叫服务生，却见陈其睿已弯下腰去捡。

糊涂。她心里这样想着，还没说出口，就见他皱着眉直起身。

陈其睿的手指毫不意外地划破了。

季夏递给他干净的口布。

陈其睿接过，擦了擦指尖的血，然后眉头皱得更深了。

季夏说："这点小伤，你还痛？"

陈其睿抬起目光。

季夏无声地看着他，他自己比任何人都应当清楚，他是一个从来不会痛的男人。

江风一直吹着。陈其睿的目光不为风动。

第八章

他的声音很冷冰冰："怎么，我不能痛吗？"他又说，"我现在知道痛了，不行吗？"

045　女朋友

季夏说："我去下洗手间。"

她没等陈其睿再说话，也没看陈其睿，拿起手袋径直起身离开。

从洗手间出来，季夏没再回去。她买好单，开好发票，然后走出餐厅，乘电梯下楼。

在一楼大厅，季夏略停了停。她打电话叫司机把车开来。在等车的空当，她清了清手机里未回复的工作微信。

姜阑在晚上六点半的时候给季夏发过一条微信，确认周日的 site check 季夏是否会一起去。这件事季夏手下的人已经安排好了，她本可以不用亲自去，但她想到下周 VIA 总部的 Erika Swan 要来上海，她改变了主意。

季夏翻了翻姜阑的微信朋友圈。这个年轻的后辈是个话不多的女人。作为品牌甲方，她没叫手下找季夏的人确认这事，而是主动来问季夏的安排。这个举动让季夏对她的印象又加深了些。

回复完姜阑，季夏的司机到了。她走出楼，上车。司机开出去掉头，季夏给陈其睿发了条微信，告诉他自己家里有突发急事，需要先走，很抱歉没来得及当面和他告别，她回头会把致歉礼物送到他府上。

陈其睿的电话直接打过来。

季夏捏着手机等了几秒，接了起来："Neal。"

陈其睿说："我没车。"

季夏靠上车后座的枕垫，头向右偏了偏。车开得不快，窗外是夜里的外白渡桥。她说："什么意思？"

陈其睿说："我跟司机讲我今晚不需要再用车，八点他就走了。"

季夏没说话。

陈其睿继续说："Alicia，半夜近两点，你把你的客户留在餐厅自己走？你们 IDIA 的客户服务现在是这种质量？"

季夏说："我帮你叫车。"

陈其睿笑得很冷："你帮我叫车。"

从三十七岁到现在，十二年了，他什么时候坐过叫来的车？

季夏又说："我联系 Vivian，叫她帮你在半岛酒店开间房，你休息一下，明早叫司机来接。Neal，过条马路你总可以走走的。"

陈其睿说："Vivian 是我的行政助理，不是你的员工。你有什么资格和立场叫她在半夜两点替你做事？"

季夏把手机换了一只手，略微调整语气道："OK，麻烦你现在下楼，我去接你。"

陈其睿把电话挂断。

季夏下车时，陈其睿已经站在楼下。他没穿西装外套，衬衫还是开着两颗扣子。这时候风更大了，他的眼神同风一样冷。

司机下车，给陈其睿开后车门。

陈其睿坐上车，他等着季夏从另一边上来，但她一动不动地站在街边，对她的司机吩咐道："送陈总回他府上。地址我发给你，送到后告诉我。"

175

THE GLAMOUR

司机说："好的。那您呢？"

季夏说："我自己叫车走。"

陈其睿拦了一把司机要关的车门，从车内看向外面："季夏。"

他没叫她 Alicia。

季夏看向他。她的眼神和他不同，她的眼神不是冷，而是没有一点温度。

陈其睿没再说话。三秒后，他收回手，车门被司机从外关上。

车子开出去，司机问他："陈总，空调温度可以吗？"

陈其睿没回答。

他靠在后座的枕垫上，那上面有他久违而熟悉的洗发水香味。他搓了一下右手中指的指腹，那里割破的伤口有微微刺痛。

前座后面插着一只手账本，陈其睿探身，将它取出。他按开灯，翻开这只本子，里面是他久违而熟悉的字迹。季夏的字迹毫不清秀，也很不像女人写出的字。他一直都知道她写起字来很飞扬跋扈。睹字窥人，一个人的字比她的外在行为更能出卖她的性格。

一直到车停稳，陈其睿才将这本手账放回原处。

周六清晨，费鹰醒得比姜阑早。

他的腰上再一次盖着她的睡裙，这让他一大清早地就笑了。他明白了她是有多担心他睡觉时会着凉。

费鹰转头望向枕边。姜阑并没有裸睡，她太聪明了，这次来带了至少两条睡裙。

他躺回枕头上，翻过身，捞着她的腰把她抱进怀中。这么一动，她也醒了，睁开眼："早。"

房间里的遮光帘都拉着，看不出外面天光如何。

姜阑闭上眼，枕在费鹰的肩窝处："几点了？"

她的手不安分地摸上他的腹肌，那几个蚊子块一夜之后已变得很小，男人的皮肤就有这点好处。

费鹰不太想看时间，他揉了揉她的头发："你想干什么？"

姜阑把他的手拉下来，按到自己的大腿上，一路向上，滑开睡裙，直到他温暖干燥的掌心覆住她的腿间。她说："你说呢？"

两人又在床上多待了两个小时。

等姜阑睡醒回笼觉，她掀开眼皮，看见费鹰正靠在床头看平板。姜阑把手搭上他的腹部，喃喃轻语："为什么这么帅？"

费鹰失笑，捉住她的手指："再说一遍。"

姜阑清醒了些，她用脸蹭了蹭他的手臂外侧，不肯再说。过了一会儿，她很体贴地问："你饿不饿？"

费鹰稍微用劲地捏了捏她的耳朵。之前她要他出力干活的时候，可完全没管过他会不会饿，这会儿她舒服地睡足之后倒想起来了。

他说："你饿了吗？我叫了些早餐来。你想在床上吃，还是想下来吃？"

这个男人，怎么就能这么好。姜阑这样想着，也就这样说出来了："你怎么这么好？"

费鹰没觉得自己做了什么特别的事。对自己喜欢的女人好，很正常。对自己的女朋友好，更正常。

虽然姜阑还没正式承认过她是他的女朋友，但她的很多行为已经让他感受到了她对二人关系态度的极大转变。

吃早餐时，姜阑拿着手机处理工作。

她看到凌晨最近两点时 Alicia 给她的回复："周日中午十二点，从你们公司一起出发。"

姜阑不由得心生感慨，像 Alicia 这样已经做到 IDIA 中国区 GM 位子的人，周五晚上也依然要忙碌到这个点，不知道是哪家客户能让传言中的 Alicia 也这么辛苦。

这个行业，想要出色，没人容易。

第八章

费鹰坐在旁边问:"你想今晚回,还是明早回?"

姜阑扭头,顺手喂他吃了一块水果。她回忆了一下昨夜没用的那个大浴缸,又回忆了一下除了浴缸之外这间别墅里的其他空间结构,决定了:"明天一早走,我想再抱着你睡一晚。"

费鹰笑了。

姜阑以为他看出了她此刻满脑子都在琢磨些什么,但他说:"我陪你一起回。如果你想今晚走,回去了也一样能抱着我睡。"

姜阑也笑了。她凑过去亲了亲他:"好。但还是明天一早走,因为我在这里有些事要做。"

费鹰没问她是什么事,只是顺手把她的下巴捏住了。

到下午的时候,两人都忙完手上的事情。费鹰问姜阑想不想出去走一走,然后他给她喷上防蚊液,出门溜达。

天气晴朗却不热,空气很好,费鹰沿途给姜阑介绍这间酒店的建筑特色和独特的生态,她听得津津有味。

两人就这么一路走到了酒店的有机农场,在这里,他们巧遇了陆晟和石硕海。

夜钓那晚石硕海说想见见姜阑,费鹰答应了。但他始终觉得这事没必要刻意安排,刻意本身会带来不必要的压力,他不希望姜阑有任何心理负担。如果这两天在酒店能刚巧碰到,那就顺便见见。

石硕海的性格费鹰也很了解,他没有任何担心。至于在石陆两人面前要怎么介绍姜阑,费鹰更不希望给她任何压力,他决定把主动权交给她。

姜阑打量着眼前这位正和费鹰说话的男性长辈。他穿着再普通不过的衣物,头上还戴着一顶干农活用的遮阳帽,整个人的气质朴实又沉稳。她不确定他同费鹰是什么样的关系。

至于长辈旁边的那一位,姜阑很好确认。那应该是陆晟。而陆晟正目不转睛地看着她,目光中难掩好奇。

姜阑态度友好地对陆晟开口:"Hi。"

陆晟的脸上挂着笑:"Hi。"

费鹰转身,给姜阑介绍身边的长辈:"这位是我石叔。石叔,您一会儿自己介绍介绍自己的丰功伟绩啊,我就不多嘴了。"

他没向人介绍姜阑,看着她笑了笑。

姜阑主动上前两步,向这位被费鹰称为"石叔"的长辈伸出手:"您好,我是费鹰的女朋友,我叫姜阑。炎姜之姜,'阑干拍遍'的阑。"

046 亲密

女朋友。

这三个字不只是感情的投入,还有姜阑对一段关系的承诺。用以维护一段健康关系的能力、时间、精力,这些都是她曾经不认为自己拥有的东西。但在费鹰为她创造的这个毫不复杂的自由空间之内,在费鹰同她的日常相处点滴之中,她逐渐发现她或许并不需要什么特定的能力、时间、精力,她只要凭着本能去爱、去善待,这条路就可以走得通了。

THE GLAMOUR

虽然姜阑还不能确定爱究竟代表了什么，她也还没有从费鹰口中听到过这个字。

费鹰站在姜阑身边，没有露出一贯的笑容。

"女朋友"这三个字，对于姜阑这样一个曾经不期待长期关系的女人而言，意味着什么，他很清楚。这一步对姜阑而言不可能容易，虽然他并没有在她脸上看出任何难色。姜阑性格中的认真、冷静、理智，天然地赋予了这三个字更多一层的郑重及正式。如果条件允许，他其实很想要在此刻给她一个亲吻。这个欲望是纯粹的本能，他希望让她直观地感受到他此刻澎湃的心情。

但陆晟还在旁边看着，费鹰只得压下念头，对陆晟补了一句介绍："姜阑，我女朋友。"

陆晟心想这不是废话吗，他刚刚又不是没听到？陆晟又想这也太迅速了，虽然他一直都知道费鹰牛，但这一夜转正的速度未免也是有点过于牛了。

四人就近找了一处地方，坐下喝茶。

茶上桌，费鹰在替石硕海斟茶的时候，看了一眼石硕海搁在手边的那卷线装古词集。他想到刚才姜阑是怎么介绍自己姓名的，嘴角扬了扬。她一定是从一开始就看到了。

对于自己在乎的人和事，姜阑的洞察力和行动力是一流的，这一点费鹰之前有所察觉，而今天的感受则格外鲜明。

石硕海摘下帽子，他的头发已半白。他对姜阑开口道："姜阑，你平常喝茶吗？"

姜阑说："偶尔喝。"

石硕海给她取了一只杯子："年轻人是不是咖啡喝得多？"

姜阑双手接过杯子："咖啡我不喝，心率受不了。我平常喝水比较多。"

石硕海点头："喝水也好。"

户外有清风，茶香飘逸，姜阑和石硕海有一搭没一搭地聊着天。石硕海问她懂不懂茶，姜阑说略懂，于是她请教石硕海今天喝的这茶有些什么讲究。讲完茶，两人又聊了聊石硕海带在手边的那本古词集。姜阑说起自己读中学时，每个礼拜天都要去上海福州路上的古籍书店转一转，因为她那时候很崇拜学校里面一位才学很高的语文老师。不过她天赋不在此，也没什么文学才华，不然现在也许不会做时尚这一行。后来她到国外读传播学，手边带了一套中华书局版的《古文观止》，睡不着觉的时候就拿它催眠用。石硕海听得哈哈大笑，边笑边看了一眼费鹰。

陆晟坐在一边听了又看，觉得真奇。石硕海一字不提自己是做什么的，也一字不问姜阑是做什么的，更不问姜阑家里是做什么的，或者她同费鹰是怎么认识并走到这一步的。

这一趟陪石硕海出游，陆晟对什么钓鱼喝茶这些事完全无感，他比不了费鹰，他应对这些事相当消耗自己有限的耐心，因此当姜阑能够不动如山地和石硕海聊茶，聊词，聊花草，聊中国的江，聊国外的山，陆晟真是压不住内心的惊讶。

隔着桌板，陆晟低下头给费鹰发微信："你不是说你女朋友在外企，在奢侈品牌搞营销和传播？啊？这是不是有点太突破我的想象了？"

费鹰掏出振动的手机，看了看，抬头瞟一眼陆晟。

他想到和姜阑当初刚认识时，她对他的偏见和狭隘认知。可见人在这方面都是一样的。紧接着，他又想到姜阑工作微信的ID，她好像从来没用过英文名。

茶喝完，四个人又一起吃了晚餐。晚餐在酒店的中餐厅，食材都是从有机农场直采的，很新鲜，很美味。

吃完饭，姜阑向石硕海和陆晟道别，和费鹰一起走回房间。

两人走得有些慢，天色半暗，月轮初升，晚风轻拂。费鹰握着姜阑的手，她的手真的很软，他这一路上捏了又捏。姜阑后来被他捏得发痒，笑着问他干什么。那时已经走到门外，费鹰没答，开门进去后，他直接把姜阑按在墙上。

凌晨三点半，费鹰把姜阑从落地窗前抱起来。窗外的竹林随风微抖，这个频率就像不久前被压在玻璃上的她。走回卧室的路上途经那只大浴缸，浴缸边的地上落着她的内

第八章

衣。后来去冰箱里给她拿水，他又顺便从餐桌上收起她的项链。

临睡前，费鹰揉了揉姜阑的背。她趴在床上，累得一个字都说不出来。他无声地笑，笑过后，俯下身亲了亲她的脖子。

累成这样的姜阑在关灯后，居然还记得从床边抓起睡裙给他搭在腰上。搭上后，她还给他披了披，确认盖好了。

费鹰摸了一把这细薄的布料，老老实实地没反抗。

两人这一夜总共也没睡几个小时。

为了配合姜阑的行程，两人清晨出发，船转车，转高铁，再转车，在中午之前抵达姜阑公司楼下。本来费鹰想直接一路开车回上海，但是遭到了姜阑的坚决反对。她心疼他太累。

在路上，姜阑简单地化了个妆。费鹰在一旁看着她，脑中反复滚过石硕海头一天晚饭前在湖边对他说的话。

当时石硕海问他："费鹰，你小时候的事，姜阑知道多少？"

他没说话。

石硕海说："你应该告诉她。她也应该了解一个更加完整的你。"

他说："好。"

但他迟迟没对她开这个口。

从一岁到十八岁，从十八岁到二十二岁，从二十二岁到三十二岁，他始终没想好要怎么向她摊开他前三十二年的人生。他从来不是一个会回头看的人，绝大多数时候，他只愿向前远望。曾经的那些鲜血、眼泪、不堪、狼狈、暴戾，是他踩在脚下的成长基石，更是他难以开口的过往。

一段关系有多亲密甜美，就必将伴随着进一步融合过程中的难与涩。

在写字楼下分开前，姜阑踮起脚跟，亲了亲费鹰。

她说："我今晚回自己家。下周工作很忙，我不太能保证约会的时间。"

他微笑着说了个"好"。

近处没人，她伸手按了按他的后腰，又仔细叮嘱了一句："回家后记得热敷一下。"

他没忍住掐了掐她的脸。这么看不起他？

中午十二点，IDIA的人准时来接姜阑和她的团队。

两辆六座商务车，再加季夏的专车。按IDIA的安排，姜阑跟季夏的车走。温艺、刘辛辰、陈亭跟商务车走。姜阑对这个安排没有意见。

季夏的司机很有礼貌地为姜阑开车门。姜阑谢过他后上车。车里，季夏坐在左侧，她在姜阑上车时抬头打了个招呼："姜阑。"

姜阑回道："Alicia。"

季夏牵动嘴角，又低下头看手机，过了一会儿，她听到姜阑说："礼拜天专程陪我们跑一趟，真的辛苦你。很感谢。"

季夏说："不辛苦。你们Neal是什么样的人你也清楚，要是下周叫你们总部的Erika不开心了，他会是什么样的反应？我既然已经花了时间在你们身上，我就掉不起这个客户。"

姜阑没说话。

这是她头一回听到乙方有胆子对VIA的人如此露骨地评价陈其睿的为人和作风，她对这样的评价只能保持缄默。除此之外，要如何同老板的前妻在这个工作项目上相处，她也需要进一步探索和思考。

BOLDNESS ★ WUWEI

第 9 章

45/32

THE GLAMOUR

047　　45/32

　　车上延安高架，季夏放下手机。她捏了捏眉心，对司机说："开快点。"她这两天睡得少，其实很累。说完，她看看姜阑，姜阑也一直在看手机，脸上也有疲色。
　　季夏收回目光。她们这一行就是这样，多少年都一样。
　　高架外群楼林立，季夏看向窗外："你们今年 FW（秋冬系列）的 press preview（媒体预览）是找哪家做的？在上海？"
　　姜阑答："嗯，在上海。找了一家中国本土的活动公司。"今年 6 月做的，当时选址在一家艺术画廊，VIA 飞了北京重要的时尚媒体过来。姜阑没说这么细，对着季夏，没必要。
　　季夏转过头："明年 SS（春夏系列）的呢？你们什么打算？"
　　姜阑把手机放下，看着季夏："你们有兴趣接？Press preview 这样的活动对你们来说会不会太小？"
　　季夏说："要找点别的项目把这次掉的利润补回来。小活动我就不花心思了，拿给团队做。"
　　姜阑记得上次开会时陈其睿的强势砍价。虽然这事还有商量余地，但是她听出了季夏的语气。姜阑说："好，我们回头找个时间碰一碰。"
　　季夏点头。
　　姜阑的沟通风格很直接，这让她很舒服，于是她随口聊道："这个行业还是有些变化的。十几年前，讲到 press preview 和 fashion show（时装秀），所有国际大牌都必须要在北京做，现在不一样了。"
　　姜阑想起自己初入行时，一次一次地飞北京出的那些差。以前什么重要活动都要放在北京，是因为整个中国的时尚出版业和编辑群都在北京，但是世界变化得太快，从传统纸媒走下坡路的第一步开始，从数字新媒体崛起的第一天开始，时尚行业在方方面面都开始了变化。有些变化很明显，有些变化悄无声息，但无论奢侈品牌在变化之路上走得多慢，也总归是在走着。
　　姜阑很轻地笑了："在北京做大型活动，光是报批就能让人脱一层皮。我当小朋友的时候有许多不堪回首的痛苦记忆。"
　　季夏也笑了。她又瞥了一眼姜阑："你今年几岁？"
　　姜阑说："三十二。"
　　季夏觉得她的外表比实际年龄看上去还要年轻。季夏不禁想到自己三十多岁的时候，她说："我职业生涯中做过最苦的一场活动也是在北京。十二年前的事情了，当年的我只比你现在大一岁。"

第九章

这场十二年前的活动无论是对于季夏的人生,还是对于整个行业来说,都是不可磨灭的一个里程碑。

她没再多说,她身边的姜阑也很安静。

姜阑刻意选择了保持安静。

上次从北京出差回来,木文如约给她发来了他新公司的资质介绍。他的消息渠道一向多又灵通,又听说 VIA 明年 3 月要在上海办秀,他强烈要求姜阑考虑用他这家 MCN 新签的一群网红模特去给 VIA 秀后的 after party 充场子。姜阑只肯答应把他的公司推荐给 NNOD,让对方进行评估。

木文笑嘻嘻地说那也成啊,他找 Ken 去,Ken 对他可要好多了。姜阑除了笑,无话可说。木文闹完,问姜阑要不要听八卦?姜阑问什么八卦?木文说,你们这次大秀是用 IDIA 吧? IDIA 和你老板的八卦要不要听?

当时姜阑没吭声,也没说不要听。

木文心照不宣,说 IDIA 的 Alicia Ji,狠人一个,为达目的不择手段,说的就是她这样的女人。她是 Neal Chen 的前妻,你恐怕还不知道吧?

姜阑问他从哪儿听来的。

木文说,我还需要从哪儿听来?我做过多少明星活动的造型?跟过多少场大大小小的秀?北京模特圈子里有我不认识的人?和 Alicia 关系最好的模特经纪公司的老板,和我什么关系?更何况我还亲眼见过,七年前,就在北京,某场秀的后台更衣间,你老板抱着 Alicia 在亲。

姜阑说,真绘声绘色,七年前你认得 Neal Chen 长什么样?

木文哈哈笑了几声,说阑阑你真讨厌,不管亲没亲,他俩的关系我可真没编,你要不信我,你肯定要完。

木文说出来的东西,姜阑通常只会信一半。后来陈其睿带她吃的那顿工作午餐,则补上了另一半。她跟了陈其睿三年,陈其睿没带她单独吃过一顿饭,但这次他为了 Alicia,带她吃了一顿饭。

那顿饭讲到 Alicia 时,陈其睿面无表情。陈其睿根本不是一个面无表情的人,他可以很强势,也可以很冷漠,但他一向不屑遮掩情绪。

姜阑确信了木文所说的真实性。

不过木文并没有提到两人离婚的原因。这段婚姻从未对外公开过,双方对隐私的保护功夫都下得很深,除了当事人,没人能窥得个中原委。

第一处场地看完,季夏问姜阑什么感觉。姜阑说,再继续看看。于是一群人驱车前往下一处。

路上,季夏问:"你中饭吃过了吗?"

姜阑没吃,但她不想耽误所有人的时间,就点点头:"吃了。"

季夏说:"我年轻的时候同你一样的。怕浪费时间,怕给人添麻烦,其实没什么必要。"

姜阑看着她。

季夏对司机说:"改个目的地,直接去民生码头。"

民生码头应该是 IDIA 给今天安排的第四个目的地,但是季夏显然不想再浪费时间,她对姜阑说:"直接去看这个,要是这个你看不中,那别的也不用去看了。要是看得中,我们在那边吃饭。"

姜阑说:"好。"

三辆车按季夏的指示直接开到目的地。

此处距半岛酒店的路面距离在十公里之内,路况好的情况下三十分钟可达。今天过江走隧道,季夏简单地和姜阑讲了这处场地和她脑中的计划。

姜阑下车,抬目望过去。这里是一个新改造的艺术中心,它曾经是亚洲最大的粮仓,后来变成了工业废墟。改造后的它,粗粝雄壮而不失工业美感,第一眼看过去相当震撼。

183

THE GLAMOUR

姜阑露出了笑容。

IDIA之前就已和场地方打过招呼。

季夏带姜阑里里外外走了一遍，说："场外可以做艺术装置，灯或者其他，都可以。场内挑高够，空间分割也巧妙，楼下办秀，楼上做晚宴和after party。这里可用空间很充裕，容纳千人不是问题。"季夏又补充，"建筑本身极具特色，你们发稿也多一个亮点。"

她打量着姜阑的神色，笑了："喜欢这里吧？"

姜阑确定："喜欢。"

季夏说："那么你和我的意见统一了？"

姜阑点头："统一了。"

大秀选址是头等大事，场地备选提交VIA总部之后，VIA会请西班牙的一家知名建筑事务所做秀场空间创意和整体设计，这一套流程相当复杂漫长，在交付给IDIA做落地搭建方案之前，几方的沟通磨合还是未知数。但今天季夏和姜阑的意见统一，已经是一个很好的开端。

季夏发微信告诉团队，后面的两个场地不必再去，然后带姜阑走出去："寻个好餐厅吃东西。"

走到外面，姜阑和温艺说了几句话。她回头，看见刘辛辰和陈亭两个年轻人正在建筑前拍照。

刘辛辰嘴里还说："哇！"

那样的活力和可爱，是年轻人独有的资本。

姜阑笑了笑。她也有过二十多岁的时光。

曾经二十岁的她，不知道三十岁会是什么样，偶尔会焦虑，偶尔会迷茫。当她迈进三十岁的门槛后，她又会想四十岁，四十岁之后，还有五十岁，还有六十岁……

岁月和时间对每个人都是公平的。她一定会长大，也一定会变老，但没人能规定她该如何长大，又该如何变老。

季夏回头叫了姜阑一声。

姜阑走上前，跟着她上了车。在车上，季夏给了司机一个地址，然后和姜阑说："去个近一点的地方，好吗？我晚上还有个约会，不能陪你太久。"

姜阑看了她几秒。

季夏笑道："怎么，四十五岁的女人不能单身？不能约会？"

姜阑也笑了，她摇了摇头，她并不是这个意思。

季夏的卓越事业和她此刻的神采奕奕，让姜阑体会到，懂得再多道理，都不如身边有一个活生生的榜样，让她无惧年龄的增长。

季夏的工作性质让她心中有一张上海的餐厅地图。她选择的地方安静又特别，是一家复合零售空间内的独立餐厅。

坐下后，季夏叫了两杯酒。她主动碰了碰姜阑的杯沿："今天是万里长征第一步。"

熟悉之后，姜阑对季夏的印象有了一次刷新，她并不是那种外露的强势派，虽然第一次见面时她刻意给姜阑出过难题。

姜阑问："下周和Erika的几个会，你会过来吗？"

季夏反问："你需要我过来吗？"

姜阑说："有一个会，我很需要你。"

季夏又碰了碰她的杯子："那你请我，我就来。"

姜阑笑了："Alicia，我喜欢你的风格。"

季夏说："那你不要喜欢得太早，我对不同的人有不同的风格。"说完，她自己也笑了。

服务生来上小菜。他看了看季夏，很灿烂地和季夏打了个招呼："Alicia，好久不见。"

季夏冲男孩子招了招手。男孩子很开心："你今晚有空吗？我下班后可以陪你玩。"

季夏摇头："今晚不行哦，我有别的约。"

男孩子有点失望，但很快又翘起嘴角，收起餐盘转身走开。

第九章

姜阑觉得季夏的人生未免也太丰富多彩了。这种丰富多彩，是姜阑从未设想过的。

季夏问她："你有男朋友吗？"

姜阑点头："有。"

季夏自顾一笑，说："三十岁到三十五岁，正是感情中经验、精力、判断力的综合巅峰期。我三十三岁的时候，也曾经以为自己做过最好的判断。"她又问，"姜阑，我有点好奇，你喜欢的男人是什么样？"

姜阑回答得很真诚："不复杂的一个人。优秀，内心强大又温柔。"

季夏目不转睛地看着她，眼里有笑意。

姜阑对上那笑，问出了一句本不该问的话："Alicia，你三十三岁的时候，喜欢的男人是什么样？"

季夏说："相当强势，也相当卓越。那样一个人，我很难不动心，也很难不疯狂。"

姜阑很清楚这个"他"是谁。陈其睿确实如季夏所言，相当强势，也相当卓越。直到今天，陈其睿依然是国际奢侈品牌中国区少见的华人一把手。

季夏又说："当然，他对另一半的要求也十分符合他的性格，要独立，但不要过于独立；要不依赖他，但又离不开他。"她的眼里笑意更深，"是不是太难伺候了？我花了九年时间才明白，我不可能因为一场动心和疯狂就彻底改变我自己是谁。"

这时候，姜阑的手机响了。她看了一眼屏幕，再看一眼季夏。

然后她接起电话："老板。"

048　@无畏WUWEI

陈其睿在电话那头说："你发过来的场地资料和照片我看了。在浦东？码头边上？"

姜阑说："是。"

选址这件大事，在提给总部之前必然要陈其睿先过目。

陈其睿径直发问："IDIA的人寻不到更好的地方？办场秀，要过江？"他的不满溢于言表。

姜阑望一望季夏，季夏在喝酒。姜阑把手机的免提打开："Alicia和我在一起。老板，这个场地我和她都认为很不错。风格、条件、距离和匹配度都是最优选。"

陈其睿的态度很明确："我持保留意见。"

姜阑又说："要么等下周Erika和Petro来，您和他们一起去实地看看。"

陈其睿反问："我很空吗？"

姜阑不为所动："老板。"

这一声出来，陈其睿在那头沉默了两秒，然后说："先定这里。下周等Erika实地看过后听她怎么讲。"接下来他又问了问姜阑其他事情都安排得怎么样，姜阑一一回答。

结束通话，姜阑喝了一口酒。

季夏说："要求很高，也很难搞，是吧？"

这是一句明知故问。姜阑不必回答。

陈其睿之所以能坐到今天这个位子，和他的高要求直接相关。他不只对下属要求高，他对自己的要求更高。他做职业经理人这么多年，在奢侈品行业这么多年，经验和眼光一样独到老辣，没有人能在工作上糊弄得了他。想要向上管理好陈其睿，从来不是一件容易的事。

当然陈其睿有自己的驭下手段。他擅长挑战下属，但也懂得在把人逼到极限之前让

185

THE GLAMOUR

人感到被信任、被授权。

季夏又问:"你跟 Neal 共事多久了?"

姜阑答:"三年多。"

在陈其睿手下工作,有多少压力,就有多少机会。陈其睿一向是一个只要结果的人,他可以给手下铺平台、配资源,但如果要他兼顾手下的情绪,那是奢望。

季夏太了解这个男人的风格了。能跟陈其睿共事三年多,姜阑身上必定也有像他的地方。比如说她的冷静和理智,她很少表露出的强势一面,以及她从不声张但又不难看出的职业野心。

陈其睿器重姜阑,自然有他器重的道理。如他那天电话中所说,他的确从来没有看错过人,也没有用错过人。季夏略作回忆,然后迅速阻断思绪。

吃完饭,季夏问姜阑去哪里,听完后表示可以送她一程。姜阑没有拒绝。

两人回到车上。

姜阑上了车,又拿起手机给陈其睿发微信,进一步补充解释场地的具体情况和她们的选址逻辑。

季夏从手袋里掏出粉饼和口红:"礼拜天晚上,你不和男朋友约会吗?"

姜阑摇头:"下周总部来人,今晚实在没空。"

季夏了然:"你们的 Erika Swan,我听说也是个难搞的?"

姜阑抬手揉揉额角:"还好,比 Neal 要好点。"

这句话说得过于坦诚,季夏一下笑出了声。她一边补妆,一边说:"在这个行业,真正占据高位的也还是男人多。你说是不是很讽刺?"

姜阑打完最后一个字,放下手机。

这个行业。

这个世界上少有比时尚行业对女性更友好的了。姜阑从业多年,她的性别天然地为她在职场上赢得了不小的优势,她现在的团队里甚至没有任何一位男性。但如果数一数业内品牌方的一把手,男女比例仍然相当悬殊。

季夏把姜阑送回公司。和姜阑告别后,季夏下车,在写字楼外的吸烟点站了一会儿。礼拜天,这一处商业综合体很热闹,商场和酒店进出来往的人非常多。季夏点了根烟,只吸了一口,然后把烟捏在指间。

和姜阑这样年轻的行业后辈在一起,她确实会不可避免地回忆起自己的过去,也就自然会想到陈其睿。

周六凌晨分别后,陈其睿没再找过她,甚至在刚才姜阑和他通过电话后,他也没再单独联系她。

这样很好。他和她都是四十多岁的人了,不可能再像年轻人一样莽撞或矫情。做事情该有什么样的分寸,对彼此该保留什么样的体面,话不必说得太透彻,事也不必做得太露骨,他们都十分清楚。

季夏太了解陈其睿了。那夜车门关之前,他最后看向她的眼神,里面有一切。

当年两人离婚,陈其睿从头到尾没有问过她一句为什么。三年过去,他说他知道痛了,不行吗?

那痛背后,定然有愤怒。愤怒背后,应该有不解。

对陈其睿而言,季夏才是背弃两人婚姻承诺的那个人,但他骨子里的倨傲和高自尊绝不会让他把自己定位为受害者。他把过去三年中对她所有的不解和愤怒,化为如今冷冰冰的一个痛字。

三年过去,陈其睿的怒气消了吗?季夏知道不可能。

周一上班前,姜阑特别留意了一下朋友圈和微博。她始终记得费鹰的那句"街头的事情,就用街头的方式解决",她不确定他和 BOLDNESS 会如何回应这一次舆论风波。

第九章

BOLDNESS 的确并没有让大众等太久，中午十二点，BOLDNESS 官微发布了一条新的品牌动向。

BOLDNESSCHINA："@ 无畏 WUWEI"

这条微博只 @ 了另一个账号，没有任何文案，没有任何配图。点进 @ 无畏 WUWEI 这个账号，会看见它的简介：BOLDNESS 子品牌，100% 女性街头服饰。

十二年来，BOLDNESS 从来没有汉化过它的品牌名和商标，它的顾客也从来没有想过有一天，BOLDNESS 会以这样一种方式推出它的女装子品牌。

无畏 WUWEI 的官微界面只发了一条内容，那是一条裙子的照片，它不像是新品发布的型录或单品图，更像是在样板间随手抓拍的半成品。

这条裙子设计极简，极普通。两条肩带，两片布料。它的底色纯白，上面用鲜红的颜色印满了文字。那些文字，是梁梁从网上摘下的最具有代表性的恶意评论。文字中包括生殖器官描述、人身攻击、污蔑、辱骂……以及发表这些评论的每个 ID。

姜阑是在下午四点开完会的间隙看见这一切的。

在她打开 @ 无畏 WUWEI 时，这个账号在短短四个小时内已快速累积了十万个关注者。唯一的那条微博转发量已超过五千，这对于街头垂直领域的品牌来说十分罕见。

姜阑还记得在深圳时，梁梁说会在明年推出女装子品牌。现在 @ 无畏 WUWEI 的提前面世，是一次没有做好万全准备的应战。但恰恰是这样未竟的半成品，才最能够体现创作者的尖锐、愤怒、不可遏制的表达欲，才最能够体现主理人的魄力、胆识、无所畏惧的精神和人格。

姜阑一直都知道费鹰是个很有胆的人。那个被她亲吻过许多次的腰上刺青，从来都不只是一个刺青而已。

和前几天的分组发泄不同，梁梁这次在朋友圈发了所有人可见的图文。

姜阑特意给梁梁今天发的所有朋友圈都点了一遍赞，然后她给费鹰发微信："腰热敷了吗？"

费鹰给她回了个咬人的小兔子表情。

姜阑微微地笑了，她就知道他没什么可让她担心的。

到下午五点的时候，一家街头潮流头部媒体在它的公众号发了一篇专稿，这篇文章也被该媒体同步转载到官微。稿件的头图正是 @ 无畏 WUWEI 的那条裙子照片，标题是："几乎被商业化全面消解的街头精神，还有多少人记得它曾经的内核？"

街头精神的内核是什么。如果没有对主流压迫真正的反抗和叛逆，那还谈什么街头文化，做什么街头服饰？

凡事只要有头部媒体下场介入，舆情的走向就会变得更加丰富复杂。姜阑抽空看了两眼，她必须承认目前的局面要比三天前她自作主张找奔明插手的预期效果好得多。

舆论风向刚刚转弯，她认为可以多等几天，让它有进一步发酵和传播的空间。

周一晚七点，Petro Zain 先行抵达上海。他特地定了比 Erika Swan 早十六个小时的航班，目的就是为了留有充足的准备和应变时间。

但是没人想到他的抵达会这么戏剧化。

姜阑在办公室吃晚饭时，接到 Petro 的求救微信语音。他的托运行李丢了，浦东机场正在提供协助，但是很显然他今晚是拿不到行李了。

Petro 整个人都要疯了。他丢失的行李里有他所有的衣物配饰鞋履、梳洗用品，还有他精致出行所需要的一切必需品。现在他身上只有一套坐长途飞机穿的休闲装和一双球鞋。

几近绝望的 Petro 用了"难民"这个词来形容自己目前的状态。

明天 Erika 就要到上海，Petro 必须在 Erika 面前保持他一贯的得体形象。他难得十分不冷静地问姜阑该怎么办！

THE GLAMOUR

姜阑只能伸以援手，说我带你去买衣服买鞋，好吗？

Petro 拒绝了，说中国的奢侈品因为关税导致溢价太高，是美国的一点几倍，我为什么要在中国花钱买这些？

姜阑无话可说，但还是说我带你去买中国的 streetwear（街头服饰），好吗？挑看不出 logo 的那些款式，好吗？

Petro 惊讶了，说你们中国能有真正的 streetwear brand？

姜阑很有涵养地给他发了个地址，说请你从机场直接打车去这里，稍后见。

049　脾　气

姜阑说这周工作很忙，费鹰就没打扰她。

他前几天在杭州，除了孙术，没有哪个兄弟刻意找过他。今天中午"无畏 WUWEI"官宣，没过一会儿，郭望腾的电话就来了，问他回上海了吗？回来了的话有空见见。费鹰说行啊，直接店里见。

自从 BOLDNESS 上海概念店开业，费鹰就没抽出时间再去现场看看。下午四点，他先到店。半小时后，郭望腾来了。

两人在店里一楼的硕大屏幕墙前面站了一会儿。之前拍的那部讲述中国 graffiti crew 的纪录片后制完成，现在正在店里播放，丁鹏叼着烟且不耐烦的脸孔出现在屏幕正中间。

郭望腾说："老丁最近怎么样啊？听说他环保喷漆的生意不太行。"

费鹰说："是不太行。"

郭望腾又说："那当兄弟的得帮他一把，不然怎么能叫兄弟。你说是吧？"

费鹰侧过头看他。

郭望腾是什么性格和脾气，他能这么兜着圈子说话，八百年也听不到一次。费鹰说："你有话直说。"

郭望腾立刻直截了当："你和孙术怎么回事儿？这都多少年的兄弟了，犯得着吗？啊？"

费鹰没回答。

孙术那天把手机摔了，这几天就再没理过费鹰。"无畏 WUWEI"官宣前后的所有计划和细节，全部是梁梁和费鹰来沟通的。按理说这是 BOLDNESS 的内部矛盾，不该郭望腾来插手过问。但费鹰是他什么人，孙术是他什么人，梁梁是他什么人，郭望腾又不是王涉，郭望腾能眼睁睁地看着不管不问吗？

在店里的公共区域讨论这些事实在是不合适，后来两人上到二楼，进后仓坐下。

坐下后，郭望腾把他的平板摸出来，刷起了微博："746HW 今天发的那条片子你看了吗？"

费鹰说："看了。"

郭望腾啧啧感叹："ZT 这个妞儿真牛啊，之前我怎么没看出来？老王这一天天的能扛得住？"

他划拉着平板屏幕，没两下就找出这条今天被各种圈内人士和潮媒大号转发的视频："女 DJ 是什么"。

这条片子是白川拍的。而白川不止拍了那一晚的 746HW 活动。这部短小精悍的纪录片的跟拍周期长达两年，上周五晚的活动是它在收尾处的一个高潮。

片子不长，内容丰富。ZT 作为贯穿全片的中心人物，毫无滤镜地诠释了她作为一个

第九章

女DJ的日常生活和事业。不煽情，不输出观点，平铺直叙的影像有它独特的表达魅力。在片子的结尾处，背景舞池相当喧嚣，DJ booth（DJ表演台）前，ZT用两只手捧住自己穿着粉色镶钻胸罩的乳房，轻甩一下她的长卷发，问镜头外的白川："我的乳房好看吗？"

白川的画外音："内衣遮着，看不清。"

ZT正对镜头，笑着把那只满钻胸罩扯掉了。她的身上只挂着一件被剪破了两个洞的"乳房是什么"T恤。后期给该打码的地方打了码，但该保留展示的地方也保留了。

片子到此结束，片尾滑出字幕，介绍这个有着美丽乳房的女人：DJ ZT/Open-format DJ/746HW厂牌合伙人/"女DJ是什么"发起人。

这部片子的发布给本已稍许降温的网上舆论重新浇了一桶热油。之前王涉被骂得有多狠，现在ZT就被捧得有多高。好像没人再记得746HW官微发布"女DJ是什么"活动时，人们是怎样攻击它家老板蹭热度的。

郭望腾觉得这事儿实在是太讽刺了。他给王涉发了一条慰问微信："老王你这锅背得累不累？终于能放下来歇歇了。"

王涉还是那个字："滚。"

到五点左右，某家头部潮流媒体的专稿出来，又带了一波舆论风向。紧接着，又有四五家很有影响力的垂直圈内媒体跟进，深度复盘了从上周BOLDNESS发布"女人是什么"系列，到它推出子品牌"无畏WUWEI"，再到街头圈内的女性领军人物如DJ ZT和知名女性摄影师白川做的这部"女DJ是什么"纪录片。其中一家媒体写道：这不是结尾，结尾在哪里，还没人知道。

郭望腾一直扒拉着他的平板跟进网上最新的舆论进展，嘴里不停地唠叨，生怕费鹰自己不看。

快八点的时候，费鹰的手机响了。来电人是孙术。

郭望腾也看见了，他默不作声地把平板扣下。

费鹰接听了来电："什么事儿？"

他的语气很平静，好像两人之间并没有出现任何问题。

孙术的声音听起来也很正常："有几家街头和潮流媒体找来，想做你的专访。我觉得是个好机会，你考虑一下？"

费鹰说："不考虑。"

孙术说："你以前低调，不接受媒体采访，OK，大家都能理解。但现在还是以前吗？这次的事闹得还不够大吗？品牌和你被泼了多少脏水？梁梁被泼了多少脏水？就连她的真实性别都没几个人知情。你和她为什么要做这个系列，为什么要做'无畏WUWEI'，趁现在这个机会对外说清楚不好吗？媒体那边的兴趣都很大。"

费鹰还是那句："不考虑。"

孙术压着火："那你能不能同意让梁梁代表你接受媒体专访？"

费鹰说：*"你很清楚我不会同意。"*

孙术问："品牌官方对外表个态，这有什么问题？这很难吗？"

费鹰说："表态从来不靠说什么，只看做什么。"

孙术的声音拔高了："费鹰，BOLDNESS是你的，但BOLDNESS不是你一个人的。"

费鹰说："我从来没有说过BOLDNESS是我一个人的。"

孙术的愤怒穿透了手机："你是没有这么说过，但你是怎么做的？这么多年，只要是你决定的事情，你听得进去别人的意见吗？说好听点，你是一意孤行，说难听了，你是刚愎自用！"

费鹰问："这些话，你忍了多久？"

孙术答："实话实说，很久了。你以为只有我一个人在忍吗？还是你以为没人敢对你说这些话？"

费鹰沉默着，几秒后，他开口道："孙术，你觉得我脾气好，是吗？"

189

THE GLAMOUR

孙术的怒气值还在顶峰:"我敢觉得你脾气好?我敢吗?怎么着,你还要对兄弟动手?"

曾经的费鹰是什么样,孙术不是不清楚,他早年从杨南那里听说过。费鹰十六岁的时候能把他亲爸揍得满地找牙,十八岁的时候和人斗殴能把自己的半条命都搭进去。孙术能觉得费鹰是个天生好脾气的人吗?

费鹰没和孙术继续斗气,把电话直接挂了,然后他转身,发现郭望腾不知道什么时候出去了。这一架吵的,连郭望腾都不敢在旁边听。

费鹰没什么笑意地笑了下。他从后仓出去,看见郭望腾正在二楼溜达。

郭望腾看见他,问:"咱们找个地方吃点儿饭?"

费鹰摇头,往楼下走:"我出去透透气。"

郭望腾少见的没有多话。

商场斜对面的街角有家便利店。费鹰在里面买了瓶气泡水,结账时看见收银台的烟,他拿了一包。

天黑着,时间不早了,街上车流滚滚,行人匆匆。费鹰站在街边,从烟盒里弹出一根烟。在今夜之前,他已经不碰烟整整十四年了。

结账时他没要打火机。这会儿他捏着烟,搓揉几下,然后把烟扔进身边的垃圾桶。他的指腹上有很淡的烟草味,他闻了闻。

街对面的商场外壁,灯影辉煌。那些门店外墙上的艺术橱窗和硕大灯箱看起来奢华光鲜。费鹰就这样站着看着对面。他想起不久前和孙术一起在这里为了开店熬的那些夜,想起那次孙术站在商场二楼往下看,问咱们什么时候能把店开到下面那些牌子旁边。

当时他没笑话孙术白日做梦,他说,走着看看。

孙术同费鹰一起走了这么多年,结果走到了今天这个地步。

在等过街红灯时,费鹰看见了姜阑。

她离他大约有一百米,刚从一辆专车里下来。她握紧手机贴着耳朵,在和人通电话。他现在的心情不太适合走过去和她打招呼,他用目光追着她。

姜阑在街边打了几十秒的电话,然后转身,朝与他相反的方向走过去。在商场的侧门处,站着一个身材高大、棕发碧眼的西方男人。男人看见姜阑,露出了非常愉快的笑容,他迎上前,抱了抱姜阑,然后亲了亲她的脸颊。

费鹰远远地看着这一幕。

他想到姜阑之前在他家里接的那个电话,他大概能猜到这个男人是谁,和姜阑是什么关系,他也知道那个拥抱和亲吻是多么礼节性。

但就算如此,费鹰仍然难以克制这一刻勃然而起的脾气。

050 靠 近

Petro 一见姜阑,就说她看起来和上个月不一样了。姜阑问有什么不一样。Petro 露出他的招牌笑容,不说话。

姜阑带他直接进商场。

Petro 讨厌一切购物中心和百货商场,他喜欢独立的零售店,他再次吐槽中国的零售业态和模式,不明白为什么品牌在中国开店一定要看各方业主的脸色,他对中国这种流量中心化的商业现状有本能的反感。

第九章

姜阑今天真的没有富裕的精力和他开启这场辩论。她礼貌性地问他饿吗？需要咖啡吗？要的话先去负二层。

Petro 一点不客气。

去负二层前，姜阑先带 Petro 去一层的 VIA 店里，把他随身的旅行包暂存在门店后仓。刚好店经理 Leo 今天上晚班，他在面对 Petro 时非常职业又不失殷勤，姜阑把他的一举一动看在眼中。她知道朱小纹一定提前给上海所有的店经理都打好了招呼，本周总部要来人。朱小纹不可能在这种事情上容忍手下出漏洞。

在楼下买咖啡时，Petro 抱怨说 Chris 没接他的电话，不然他也不会转而求助姜阑。

姜阑十分无语。她没想到何亚天居然是 Petro 的首选求救对象。有那么短暂的一瞬间，她有冲动想把 Petro 直接扔在这里算了。

Petro 又说，时装周的时候太忙，Chris 上一趟纽约出差，连顿饭也没和他约上。

姜阑心想，何亚天当然不会和你吃饭，哪怕何亚天现在是单身，他也没有富裕的时间陪你。但她控制住了没说出口。

等买好咖啡，Petro 已经把和工作不相关的事情从脑海里剔除，开始关心正事。他听说了 Neal Chen 把中国的电商业务交给姜阑负责，还听说了 Cecilia 之前提辞职但暂未和公司谈妥。

对于前者，他话中有话地对姜阑表示了恭喜。对于后者，他问姜阑，既然 Cecilia 的心已经不在了，为什么姜阑还要让她进入明年三月大秀这个项目。

姜阑说，她目前还是我的人，我怎么安排，自然有我的考虑。

Petro 捏着咖啡杯，说明年三月的秀是品牌在中国区近阶段最重要的事情，如果 Cecilia 最后还是想出办法成功去了竞品，那姜阑要怎么面对所有人？

姜阑面无表情地说，你管得是不是太宽了？

Petro 低头看她，又露出了他的招牌笑容。

等电梯上楼时，Petro 问姜阑究竟要带他去什么店里买衣服。姜阑答是一家中国本土的 streetwear brand，这个品牌的主理人是 B-boy 出身。

Petro 问，Lan，你什么时候也开始对 streetwear 感兴趣了？

姜阑反问，那你呢？

Petro 很有深意地笑了，说现在做 luxury 的有人不关注 street culture（街头文化）吗？这个行业一直在进化，最近几年的速度尤其快。他又说，最近传言纽约 Bronx 区计划要造一个 Hiphop 纪念博物馆。Hiphop 博物馆，你能想象吗？这事情如果让那群欧洲人听见，会是什么反应。

姜阑说，Off Wh*te 的总部不也在米兰吗？现在的欧洲人已经不是从前的欧洲人了。

Petro 又用电话中的语气说，但你别忘了 Off Wh*te 的创始人仍然是非洲裔的美国人。这个世界上玩街头有谁能玩得过非洲裔的美国人？哈。

他这种潜伏式的刻薄和嘲讽让人倍感熟悉。姜阑没太快回应。

电梯抵达二楼，她才说，street culture 对中国乃至全亚洲来说的确是舶来品，但你未必了解中国，也未必了解中国人。中国人在过去几千年里最擅长让外来的东西在本地生根，长出让人不得不为之惊叹的中国果实。你明白吗？

BOLDNESS 的店头还是和开业时一样酷。

姜阑把 Petro 带到店门口，她看了一眼时间，距离商场整馆结束营业还有不到一小时。她和 Petro 在逛店购物方面都是专业的，时间绰绰有余。

进店后，姜阑没有给 Petro 介绍一个字，让他自己看，自己感受。

Petro 在店里的一楼转了转，看了看凌乱散落的艺术装置，看了看脚下脏乎乎的地板，最后站在那面硕大的屏幕墙前看了好一会儿。屏幕上正在播放的纪录片姜阑曾经在费鹰家中看过一部分，里面的海岸线、蓝天、堤坝墙、少年、五彩斑斓的喷漆、中文字，一一重新出现在她面前。今夜再看这部片子，她有了完全不一样的感受。

THE GLAMOUR

　　Petro 根本听不懂片中的中文，片子的字幕也没有做双语的，但他还是抱着胸看了很久。最后他转身，对姜阑说："Not bad。"（还不错。）

　　要上楼时，姜阑接到了唐灵章的电话。唐灵章说这么晚接到某家重要数字媒体平台的电话，对方销售线对口国际奢侈品牌的人突然生病，除他之外目前没有既熟悉这块业务又会讲流利英文的人，后面两天安排来 VIA 给品牌总部的人做 workshop（研习会）的工作恐怕要搁浅。

　　这里信号不大好，姜阑一边让 Petro 自己上楼去挑衣服，一边走出去找个地方继续和唐灵章商量该怎么调整原计划。

　　看见姜阑走进商场后，人行道红灯转绿，费鹰并没有过街。他留在原地，多站了一会儿。

　　他不是一个喜欢回头看的人，大部分时间，他都习惯远望未来。

　　这些年来他很少发脾气，但不代表他是一个脾气好的人。和他从小一起长大的杨南很清楚，他也一直知道自己这一点。

　　如果一定要逼费鹰回头看，那么母亲李梦芸的去世是他人生中最醒目的伤疤。

　　女人是什么，费鹰思考了很多年。

　　该如何对待一个女人，或者更确切一点，该如何对待他很喜欢的姜阑，费鹰始终有一个很明确的答案，那就是极尽所能地对她好。

　　这个"好"里面，包括对她独立性的尊重，包括给她自由和空间，包括为她重新定义一段不复杂的亲密关系，包括满足她对他的生理性欲望，包括让她感到幸福。

　　但他从来没有思考过，他在一段亲密关系中，会不会因对方产生负面情绪。而当他有这样的负面情绪时，他该怎么对待姜阑，才算是对姜阑好。

　　人行道灯的颜色变化了很多次。费鹰又从烟盒里弹出一根烟，重复了之前的动作，揉搓，扔掉。在他闻指腹上的烟草味时，他觉得他没有答案。

　　当没有答案时，他决定先放一放。如果他不能做到对她好，那么至少应该做到不伤害她。如果不靠近她，那么他就没有办法伤害她。

　　VIA 在这家商场有一间规模尚可的店，费鹰没多想地认为姜阑是带她的总部同事来巡店，所以当他回到 BOLDNESS 的二楼，看见那个棕发碧眼的外国男人正在和郭望腾很热络地聊天时，他觉得这个世界可能有点问题。

　　费鹰的脚步稍稍一滞，只这一下的工夫，郭望腾就看见他了："费鹰！"

　　费鹰没说话，也没动。

　　郭望腾曾经在墨西哥玩了八年街头艺术。费鹰这会儿的情绪还没平复下来，他摸着兜里的烟盒想，郭望腾是不是愚蠢到分不清楚墨西哥和新墨西哥州的区别？和美国人这么自来熟？

　　他打量一圈，没看见姜阑的身影。而一想到不久前在商场外看见的那一幕，他的脾气又忍不住上来了。

　　偏偏在这时候，郭望腾兴高采烈地对那个外国男人介绍说，Petro，这位就是我刚才跟你说的，BOLDNESS 的品牌主理人，B-boy YN。

　　Petro。

　　费鹰皱着眉想，这是个什么鬼名字？中东人吗？中东人跑去美国工作，又跑来上海出差？还又亲又抱别人的女朋友？

　　这个名叫 Petro 的男人向费鹰走近两步，露出一个非常灿烂的笑容："Hi。"

　　费鹰右手揣在裤兜里，没说"Hi"，他的表情极其冷漠，用很标准的普通话说："我只会说中文。"

　　一旁的郭望腾一脸茫然，很是不解。他没见过费鹰这么不随和的状态。BOLDNESS 和外国品牌谈联名的时候多了去了，不管是哪个国家，费鹰在面对合作方时的心态一直

第九章

很开放，这实在不像是正常的费鹰会有的行为。郭望腾觉得匪夷所思。

Petro 看了费鹰好几眼，从头到脚。他并没有因费鹰的冷漠而不高兴。相反地，他的目光里有遮掩不住的笑意，笑意里更有遮掩不住的欣赏。

Petro 尽力用他蹩脚的发音示好："Ni hao, Wo de ming zi shi Petro, Hen gaoxing ren shini."（你好，我的名字是 Petro，很高兴认识你。）

这三句话被他异常艰难地说出来，几乎掏空了他所有的中文口语储备。

费鹰无动于衷地看着 Petro，表示他一个字也听不懂。

Petro 锲而不舍地打开手机，按了几下，调出一个英中传译 APP 的界面，笑着展示给费鹰："This is my translator."（这是我的翻译。）

手机里传出甜美却僵硬的女声："这是窝的反意。"

姜阑和唐灵章讨论完工作安排，嘱咐她尽量早点睡，然后快步走回 BOLDNESS。她认为 Petro 这时候应该已经买得差不多了，明天中午 Erika 就要抵达，她会建议他早点去酒店办理入住，不要再耽误今晚的休息时间。

她一路上到二楼，抬眼一望，立刻定住了，梁梁的暗恋对象郭望腾居然在这里。

郭望腾的身边站着 Petro。Petro 正在费劲地折腾他手机上那个美国人开发的英中传译 APP。

让 Petro 这么费劲的，是另一个男人。

那个男人正一脸冷漠和不耐烦，他回了一下头，然后看见了姜阑。

上次和余黎明在餐厅吃饭，姜阑没有向男性同事介绍费鹰的身份。她一直希望能够再有一次类似的机会，让她可以弥补上一回她的迟疑。

但今天晚上的费鹰没给她这样的机会——还没等她走上前，他就已经撇开目光，转身走开了。

姜阑微愣。

费鹰直接下楼。郭望腾不认得姜阑，他匆匆和 Petro 打了个招呼，也跟在费鹰身后下楼了。

Petro 走到姜阑身边，有些遗憾地说，Lan，你来太晚了，不然也有机会认识 YN。

姜阑没说话。

Petro 又说，我真的搞不懂你们中国人。这个男人的性格这么酷，你看到他的长相了吗？还有他的身材和四肢，在黄种人里很少见。这个品牌如果懂得如何利用主理人的个人魅力做营销和传播，一定会飞速蹿红。你看看现在全球最火的那几个 streetwear brand，哪个没有在做主理人的个人营销？你们中国人，实在令人费解。

姜阑还是没有说话。她脑子里都是费鹰转身下楼前的那个眼神，她没有见过这么陌生的他。她的直觉告诉她，他在生气。

一直到把 Petro 顺路送到酒店，姜阑都无法确定费鹰的怒气是否和她有关。

Petro 不是 Erika，Vivian 不认为他够格占她的预算住半岛酒店，她给他订了公司写字楼对面的酒店。虽然也是相当不错的五星级酒店，但这安排引起了 Petro 的不满，声称受到了极大的歧视。

姜阑没耐心地说，对，就是歧视你了，请你早点休息。

Petro 打量一番姜阑的脸色，很识趣地下车了。下车前他说，Lan，如果明天我的托运行李仍然没找到，那么我还需要再去买衣服，我今天没买够。

姜阑二话不说关上车门，也不知道他是没买够，还是想要再去看帅哥。

司机从酒店大堂前开出去掉头，姜阑抬眼看向斜对面的那栋酒店式公寓。费鹰或许已经回家了。现在很晚了，她明天还有很紧凑的会议日程，她需要休息和养精蓄锐。

姜阑对司机报了她家的地址。坐在车上，她给费鹰发了条微信："早点休息，晚安。"

193

THE GLAMOUR

　　回到家，卸妆洗澡。做这些事时，姜阑觉得自己的心一直静不下来。她总是控制不住去想费鹰究竟在生什么气，以及他这样生气还能睡着觉吗？
　　在吹头发的时候，姜阑看了一眼时间。已经十一点半了，而她的手机迟迟没有收到费鹰的微信回复。
　　在这样的工作日晚上，事情的优先级排序对于姜阑而言理应十分明确。她应该倒一杯水放在床头，给手机插上充电线，然后上床关灯睡觉。
　　但是姜阑换掉睡裙，重新套上出门的衣服。她叫了辆车，目的地是费鹰的住处。
　　在坐车返回的路上，姜阑很理智地想了想，今年她三十二岁。三十二岁的人应该成熟地看待感情的投入和回报，她重视这段关系，那么她就应该拿出她重要的东西来滋养它。姜阑或许不确定维护亲密关系需要怎样的能力，但她很清楚她内心深处非常愿意为了这个男人花费她有限的时间和精力。

　　落地窗外的上海夜景非常漂亮。在临时租住的酒店式公寓里，费鹰盘腿坐在窗边地板上。他刚刚洗完澡，发梢还是湿的。他穿了条运动短裤，上身光着，左腰处有个简单的英文刺青：BOLDNESS。
　　城市的夜光照进窗户，BOLDNESS下面还有一个中文字若隐若现：胆。

　　门那边传来响动。费鹰转头，看见了姜阑。她站在玄关处，在脱鞋。她看上去回家洗过澡也换了衣服，穿着梁梁给她的卫衣，和他给她的球鞋。
　　姜阑换好鞋后，抬起头看向他。她的目光有点柔软。
　　费鹰被这样的目光罩住，一时说不出自己的心情。他刻意没去靠近她，但是她主动找来了。
　　他心头所有的燥意和火气在这一刻被收拢。
　　姜阑走到费鹰跟前，也盘腿坐下来。她伸手摸了摸男人半湿的发梢，很认真地问："你是在生我的气吗？还是有别的事情让你不开心了？"
　　费鹰盯着她，没回答。
　　男人的表情有点冷，也有点凶。
　　姜阑没被这样的表情击退，她的手指从发梢移去他的脖子，凑近说："要不要哄哄？"她又说，"你是想要亲亲，还是想要摸摸，或是你还有什么其他想要的？"
　　费鹰抬手握住她的脸。他的力气稍微有点重。然后他用拇指刮了刮她的颊侧，说："你不忙了吗？"已经这么晚了，她还跑来。
　　姜阑依然很认真："很忙。但是你对我十分重要。"
　　费鹰沉默了一下，然后把她一把拉进怀中。
　　他直接咬上她的脖子，用手把她的衣服掀开，狠狠地又亲又摸了一会儿。在某个瞬间，他很想破坏些什么，但他心疼而不舍得。他很清楚自己今天这股邪火来得毫不合理，他甚至一点都不想对她解释他看到的那一幕。
　　她皮肤的温度和身体的气味侵入他的大脑中枢，这样的暖意和香味拥有不同寻常的治愈力。他的脑袋埋在她的胸口处，半天没动。
　　姜阑搂住他的脖子，揉了揉他的耳朵，又挠了挠他的头顶，她的声音和目光一样柔软："还生气吗？"
　　这个女人怎么能这么可爱？她甚至不管原因是什么，就愿意这样哄他。她甚至不管他的负面情绪会不会伤害到她，就敢这样靠近他。
　　费鹰勃发的火气在这样的可爱面前飞快地败下阵来。他的心底伴有难以言述的悸动。十几秒过去，他直起上半身，用额头蹭了蹭她的："不气了。"
　　紧跟着，姜阑感觉到她的手被费鹰拉着按上了他的左腰。
　　她下意识地以为他是想要更多，但她错了。
　　费鹰将她的手指按在自己的腰上："你知道我为什么要在这儿做这个刺青吗？"

第九章

姜阑的指尖下有一条不长的疤痕，因被刺青完美遮挡，所以平常很难被发现。她之前多次亲吻他的身体，看出这里曾经受过伤，但她从来没有开口问过。

费鹰说："我十八岁那年，和人打架斗殴，被刀捅在这里。"

他又说："也是那年，我妈去世了。"

051　疤，战斗，精神

李梦芸一直都知道她儿子很有胆，但她不会想到她儿子把胆都用在了什么地方。

十六岁到十八岁，费鹰没再和杨南他们跳舞了。李梦芸的病让他顾不上这些爱好，他把所有学校外的时间都用在了打工赚钱上。

十八岁，费鹰一个人收拾了李梦芸的身后事。他早就和费家切断来往。李梦芸父母过世得早，有个姐姐很早就远嫁东北，关系疏冷，很多年都不再联系。费鹰从此只靠他自己。

因为母亲和家里的事情，费鹰只考上了一所很普通的大学。不过这对那时候的他而言，已经无所谓了。

费鹰第一次和人打架，是当他想要留住李梦芸的那间服装店，但他留不住的时候。他已经忘记那一架是怎么打的，只记得打架的过程让他实现了前所未有的发泄。他心中太恨了。这种伤害别人、伤害自己的暴力手段，让他得到了一场淋漓尽致的解放。

有一段时间，费鹰浑噩地沉迷于此。杨南来看过他一次，杨南说他变了。费鹰觉得就算是杨南，也不可能会懂。面对不懂的人，他不屑解释一个字。

再到后来，就是那一场架。打架的时间是在晚上，地点是在一条死胡同。打架的人约有十来个，什么样背景的人都有。打到尾声，费鹰觉得身上很湿，像被人泼了水。等人散走，他才看清这是热的鲜血。血把他的半边衣服裤子都染透了，一步一只血印。

就在那样的时刻，费鹰居然也没找任何人，他自己撑着坐车去了医院。在医院急诊外科，医生把他的衣服剪开，扒开他的伤口看了看，问他家人在哪里。费鹰没有家人。他自己签字后，给了杨南的电话。

插导尿管，拍片，进手术室，上全麻，手术之后进ICU，再转普通病房，两周半后出院。医生对他的恢复速度感到惊讶，说你这个小伙子，身体底子也太强了，以后别再糟蹋自己。

费鹰住院期间，杨南每天都来看他。他们没怎么交流。出院交钱，费鹰打的这场架耗尽了他仅有的一点积蓄。那些钱是李梦芸留给他上大学用的，也是李梦芸在生病的那两年中，瞒着费鹰悄悄攒下来的钱。

交完钱，李梦芸留给费鹰的东西所剩无几。费鹰走到医院门口，站住。杨南看着费鹰，他以为费鹰会哭，但费鹰终究没掉一滴眼泪。杨南说，我组了个Breaking crew，你一起来吧。杨南还说，费鹰，你不就是想找人斗殴吗？你来我们这儿，我们这儿有很多人都可以和你斗。

Breaking，hungry for battle 的舞种。

热血是什么，好勇斗狠是什么，发泄是什么。杨南认为，费鹰曾经一度热爱的Breaking可以再一次让他找到答案。

费鹰在医院待了三个礼拜，杨南不仅帮忙在学校那边请了假，还帮忙在费鹰打了两年工的那家品牌店也请了假。请假时对方门店负责人说，不行，店里本来就缺人，要请

THE GLAMOUR

长假干脆就别来了。

出院后,费鹰要赚学费和生活费,他准备找点其他的活干。但过了不到十天,原来那家店的负责人主动打来电话,问他身体恢复没有,恢复好了可以回去上班。费鹰说行,多谢。

复工第一天,费鹰在店里见到了石硕海。店长给石硕海解释,老板,就是这个小伙子一直负责我们店面的挑款、出样和陈列。

费鹰十六岁开始在这里打工,最初从整理后仓和包装打杂做起,后来帮忙做店面清洁,再后来帮忙出样陈列。前一任的店长发现这个年轻男孩子对客人的喜好非常敏锐,经他调整过的店面陈列都有很不错的留客效果,于是把挑款、上新这样重要的工作也交给了费鹰。自从费鹰接手这项工作,这家店连续八个月的坪效考核都是大区第一名。那位店长在三个月前晋升调走,新来的店长并没有那么了解费鹰,但是在费鹰缺席的这一个月,这家店的业绩肉眼可见地下滑。问题出现,总得解决,新店长在摸清情况并找回费鹰的同时,刚好碰上大老板来一线看店。负责北京的城市经理把这个事情作为门店运营的最佳案例,让店长向石硕海汇报。

石硕海的生意很多,除了做品牌代理商,还给不少外国品牌做代工,他的工厂大部分在南边,他北上巡店的频率不算高。所以费鹰能够被石硕海注意到,也是冥冥之中的天意。

当时石硕海看了看费鹰,问他家在哪里,是哪里人,在哪里读书,为什么要课外打工,以及之前为什么请那么久的假,请完假为什么又愿意回来继续打工。

费鹰实话实说,打架斗殴,做手术住院,出院缺钱,还得上学吃饭。

石硕海又问,你家里面的人不管?

费鹰回答,父母双亡。

其实他对这个中年男人问这些问题很是反感,但看在这份工作能让他赚到钱的分上,他没有把反叛不羁的心理表露在脸上。

当天石硕海在店里没待多久就走了。隔天,石硕海在闭店前又来了一趟,他看了看店里的陈列,在费鹰回来复工后的这一天,变化很大。看完后已经是晚上十点多了,石硕海问费鹰饿不饿,然后带费鹰去一家老居民区吃烤串。费鹰不知道福建大老板居然也吃路边摊,他默不作声地跟上了。吃夜宵的时候,石硕海说,你的胆子很大。这是一语双关。费鹰的胆,既体现在他不要命地打架斗殴,也体现在他敢于打破门店固有的传统陈列思维,做他认为有效的创新和改动。

费鹰没吭声。他一直是个有胆的人,李梦芸一直都知道。

在烤串摊子的烟熏火燎之中,石硕海对费鹰说,你还这么年轻,你应该想一想,你的胆子应该用在什么地方。

费鹰的眼睛被这烟气熏得发酸发胀。如果李梦芸还在,李梦芸会说什么。

拆完线,伤口恢复得很好。医生说得没错,费鹰年轻的身体底子很强,只要他不再折腾自己,就没什么大事。杨南扯起费鹰的衣服,把那伤疤看了又看,很嫌弃,说真丑。

在文身店里,杨南给费鹰讲他最近找了个喜欢的丫头亲嘴儿的经历。文身师的枪在费鹰腰腹上刺出血珠,费鹰就这么听着杨南的一堆屁话。后来文身师说好了,你自己看看。费鹰低头看了看,杨南也凑过来看了看,说你这文了个什么玩意儿?

从文身店里走出去,杨南问费鹰,你想不想也找个丫头亲个嘴儿,那滋味儿,嘿。

费鹰反问,你觉得现在的我凭什么找?

十八岁的费鹰什么都没有,他有什么资格找个女孩跟着他吃这种苦。

杨南也觉得自己这话说岔了,他说,行行,你先好好打工读书,等毕业工作了,工作了之后再找也不迟。

费鹰二十岁的时候,找了家小厂子做了第一批衣服。给衣服打标的时候,负责他这单的业务员问这个英文单词是个啥呀。

第九章

费鹰没解释。他不知道该怎么解释。有些事，不是他解释了，别人就能明白得了的。
后来他拿这批衣服去给石硕海看，石硕海露出了很欣慰的笑容。
石硕海有两个儿子，他一直希望这两个儿子能当创二代，而不是富二代，但现实和愿望的差距总是很大。
石硕海对费鹰说，想干就好好干。
这话不知道石硕海是用什么样的立场和身份说出来的，费鹰没问，他点了点头，然后又补了一句，石叔，商业贷款要怎么搞，您教教我。
石硕海畅快地笑了。

费鹰二十二岁大学毕业，拿着石硕海按商业贷款利率借给他的钱，南下广东。杨南去火车站给他送行，在站台上，杨南说，你这什么时候才能找上个姑娘啊？费鹰说，等不忙了再说。杨南说，你可真行，跑去个离兄弟们这么远的地方，你再看看周遭还有哪个北京人愿意跑那地儿去的，啊？
过去的四年中，杨南，Breaking crew 里的兄弟们，向费鹰诠释了什么是真正意义上的 peace&love（和平和爱）。
Breaking 对有些 B-boy 而言，是根和信仰。但是对费鹰而言，Breaking 救了他的人生。
费鹰很难得地笑了一下，捶了捶杨南的肩膀。
从不抽烟的杨南掏出烟，低下头半天不出声。
费鹰说，你不会是要哭吧？别矫情。
杨南咬着烟屁股，半天打不着火，他愤愤地说，你知不知道自己笑起来有多帅？我差点儿就忘了你其实也会笑。你往后没事儿多笑笑，什么样的姑娘都能被你迷倒。
这话说起来容易，但费鹰不知道自己看到什么样的姑娘才会发自内心地想要笑。
BOLDNESS，它是费鹰的胆，也是他的伤疤。
是他好勇斗狠的过往，更是他不懈战斗的一生精神。
所以当孙术要费鹰去接受媒体采访，费鹰做不到。
但费鹰知道孙术有一句话没说错，BOLDNESS 是费鹰的，但现在的 BOLDNESS 早已不再是费鹰一个人的。

高层的夜晚很安静。
姜阑揉了揉费鹰的耳朵，说："睡觉吧。"
费鹰答应道："好。"
床很宽，费鹰把姜阑圈在他这半边。他今天晚上不怎么想盖她的睡裙，他尝试着和她一起盖上了被子。这个微小的变化很醒目。
男人闭上眼睛，他的睫毛很长也很硬。姜阑无声地摸了摸。她终于明白了这个男人外在的强人与温柔是怎样锻造出来的，也终于明白了他今天晚上的这股强烈的负面情绪究竟是因何而起的。
BOLDNESS 作为一个品牌，带有极其鲜明的费鹰风格与烙印。这是任何一个看过 BOLDNESS、了解费鹰的人都会有的感受。
这是一把双刃剑。
想要拥有更大的品牌话语权和行业影响力，就必须走上扩大商业规模这条路。而在扩大品牌规模和保证品牌精神不被稀释的天平上，费鹰的每一个选择都不可能容易。
姜阑没有对费鹰目前的困境给出任何来自她主观的建议。今晚，她只是一个很好的倾听者。

早晨，枕下的手机振动，姜阑睁眼。她很快地关掉闹钟，然后转头看向身边。费鹰半夜还是把被子从身上扯掉了，赤裸着上半身，睡得正香。
姜阑很轻地笑了笑，把身上的睡裙脱下来，给他搭在腰上。

THE GLAMOUR

任何改变都不可能简单，也不可能一蹴而就。但拥有想要做出改变的意识，这已经十分难能可贵。

去公司前，姜阑摸了摸刚起床的费鹰，她的手搁在他的腹肌上，半天不肯离开。费鹰捏住她的手腕："阑阑，别摸了好吗？"他早晨的身体反应已经很张狂，容不得她再多碰一下。

姜阑很不舍地松开手："我今天晚上是真的要回自己家。"

费鹰笑起来的样子相当帅气："好。我知道了。"他最后又亲了亲她的额头，看着她走出家门。

姜阑以为自己到公司已经够早了，但没想到 Petro 比她还要早。

一大早的茶水间没什么人。Vivian 抓住姜阑，给她描述了一番 Petro 是如何一大早就去陈其睿办公室当面报到的。Vivian 说："你看他脑子多灵光，非常清楚什么时候该讨好什么人。"

要真玩起办公室政治，总部的这些人哪个不是人精？现在中国市场这么重要，陈其睿对 Petro 的好评比什么 KPI 完成率都有用。

姜阑问 Vivian："你这几天还好吗？也很累吧。"

Vivian 在给陈其睿做咖啡，顺手也给自己做了一杯："我真的是盼着他们早点走哦。今天中午招待 Erika，老板吩咐去吃楼下的小笼，那家又不给提前订，也没包间，你说这怎么办，还不是要我提前下楼去安排？都是大老板们的事情，我又不放心叫下面的小朋友跟呀。真的是要累死。"

Vivian 又说："还有晚餐。你们下午不是要过江去看大秀的选址吗？老板今天的时间空出来了，他要一起去，还叫我安排 IDIA 的人晚上一起和你们用餐。这又是个临时的需求，我又得重新挑餐厅订位子。"

姜阑回到位子上，打开邮箱。

没过一会儿，Petro 就来找她了。他握着咖啡，看起来很精神，不像为时差所累。他单刀直入地问，Lan，你觉得 IDIA 的 Alicia 人怎么样？

姜阑答得简单，不错。

Petro 继续单刀直入地问，她是不是 Neal 的前妻？

姜阑握着鼠标的手顿了一下。这八卦，怎么还能传到大洋彼岸去。

052　强　势

姜阑松开鼠标，正视 Petro。她问他，这种谣言你是从哪里听来的？

Petro 的招牌笑容有点刺眼。他答，这不是谣言，这是事实，当事人主动披露的。

姜阑说，你说什么？

Petro 说，是 Neal 亲自打电话告诉 Erika 的，北京时间上周日晚的事情。

姜阑沉默了。

Petro 盯住她，说 Lan，你看起来毫不惊讶，你是不是之前就从别的渠道听说了？

姜阑还是没开口。

Petro 意味深长地笑了，说 Neal Chen 就是 Neal Chen，连你都听说了这件事，他又怎么可能会想不到谣言能传成什么样？

说完这两句话后，他握着咖啡杯离开，去找何亚天了。

第九章

姜阑把办公椅往后一推，站起身面朝落地窗。外面的天空湛澈无云，像极了上周日。

她想到那天下午陈其睿打给她的那个电话。她按下的免提键，她说出口的那句"Alicia 和我在一起"，还有那句"老板"。

当时她在想什么，她以为陈其睿不知道。那时陈其睿短暂的沉默与看似的妥协，甚至让她产生了一种找到了某条捷径的幻觉。

Petro 说的话，毫不留情地击碎了姜阑的这场幻觉。她动的什么心眼，她怎么能自以为是地认为陈其睿会看不出？

陈其睿再一次让姜阑感到了她在这一类事情上的浅薄与愚蠢。她永远都不可能真正了解她的这位老板，也永远不可能真正管理得了她的这位老板。

Petro 说得没错，Neal Chen 就是 Neal Chen。

陈其睿既然怀疑姜阑知道他和 Alicia 的关系，就想得到会有更多的人听说更多的谣言。在通往集团高位的晋升之路上，陈其睿能允许他有任何软肋被别人握住吗？不可能。就算有，他也能够自己亲手抽出这条软肋。

主动披露他和 Alicia 的关系，是陈其睿的先发制人。他的意思很明确，就是要告诉相关的所有人，让工作回归工作本身，让商业回归商业本身。至于他和 Alicia，不管过去有过什么样的关系，现在他们之间都只剩普通合作关系。

仅此而已。

Erika Swan 的飞机提前了四十分钟降落在浦东机场。Vivian 亲自跟车去接机，安排先将人送到公司，再让司机把行李送去酒店。

在 Erika 还有一刻钟抵达的时候，Vivian 在微信群里通知了所有今天中午一起陪老板们吃饭的人。除了姜阑和 Petro，还有何亚天、朱小纹和孔行超。Vivian 建议大家先去楼下餐厅等老板们。

在等电梯时，姜阑看着 Petro 和何亚天谈笑风生的模样，又回忆起早晨 Petro 略显刺眼的那个笑容。她不禁怀疑 Petro 早上和她说那些话的目的。他早上去过陈其睿办公室。如果这是陈其睿的授意，让 Petro 来验证姜阑是否知情，并让 Petro 来敲打姜阑别想走任何捷径，那么他很成功。

姜阑被验证了，姜阑也被敲打了，但是姜阑没有任何证据能够证明这一切。她不能接受自己继续自以为是、浅薄和愚蠢。

餐桌是大厅的八人位。

在这种场合，何亚天一向不屑多用一点情商，他和 Vivian 用中文说："老板什么意思？请美国人民吃一家在纽约也吃得到的小笼？连招牌的松露小笼都舍不得点？这总共才几个菜？我吃不吃都饿得很。"

朱小纹看了一眼 Vivian 的脸色，说："Chris，你就少说两句吧。"

何亚天难得没和朱小纹抬杠，趁着这个空当和朱小纹聊了几句 11 月份北京那家店王周年庆的配货计划。

没多久，陈其睿和 Erika 一起走进餐厅。

服务员为两人引位，已入座的这几人看见他们，都象征性地站起来，让陈其睿坐进主位。

Erika 先和 Petro 打了个招呼，然后一一同姜阑、何亚天、朱小纹、孔行超打招呼。她的笑容很灿烂，与陈其睿形成鲜明对比。

Vivian 给她留的位子在陈其睿和姜阑之间。Erika 在落座之前，特地抱了一下姜阑，微笑着问她，Lan，你还好吗？Neal 有没有让你很辛苦？

这位美国女性只比陈其睿小一岁，留着一头金色短发，右手食指上永远戴着一颗 3 克拉的黑钻戒指。她的作风在外人眼中看起来十分亲切，也十分随和，但只有和她朝夕相处共事的人才知道她的强势之处。

THE GLAMOUR

年初 VIA 被 SLASH 集团收购时，曾有内部谣言，说集团很可能会重新派遣一位 SVP 来中国区接管 VIA。当时 Erika 是讨论度最高的人选。但这件事终未能成真。陈其睿之所以是陈其睿，正因他不是随随便便可以被替代的，哪怕那个人是已经在集团总部工作了十八年的 Erika Swan。

如果说起 Erika 和陈其睿，故事不止一两件。

之前某次，集团在全球层面要求所有国家、地区的品牌一把手承诺花二十八个工作小时学习最新的多元化和包容性政策。Erika 作为总部集团少有的女性高管之一，负责推动这个项目在各国的落地。

当时任务下达中国区，陈其睿的回应很简单：他没有这个时间。

Erika 要求陈其睿做具体说明。陈其睿的第二次回应详细了一些，他说：这个世界上还有比时尚行业更多元化、更具包容性的行业吗？还有哪个行业有这么高的女性员工和 LGBTQ 员工占比？ VIA 中国区，三个最重要的业务部门，MarComm，Merchandising，Retail，部门负责人分别是两个女人和一个 homosexual（同性恋者）。他还需要花二十八个工作小时学习如何做到更多元和包容吗？

还有某次开会。

当时讨论集团总部要如何支持各个品牌在各个国家的生意，从货品结构到营销传播，有哪些机会点可以让品牌在中国市场中更加亮眼和突出。这个会议是 Erika 主持的。

在会上，陈其睿直接表态：他不需要"亮眼和突出"，只需要总部保持清醒。譬如说，时尚行业一直是勇于为各类少数和弱势群体发声的行业，但他一点都不在乎总部在做的那些为有色人种和女性、LGBTQ 群体发声的产品和营销策略，他要求总部在对华政治立场上谨慎清醒，不要出现官网上国家地区搞不清楚归属的情况，也不要出现设计师及产品的辱华言论或设计。如果总部能做到这两点，那就已经是对 VIA 中国区生意最大的支持了。

没人能说陈其睿的这些话是他高段位的嘲讽，也没人知道 Erika 内心深处是如何看待这个非一般强势的中国男性的。

你无法说他不尊重女性和性少数群体，不然他不会在工作上如此器重和信任姜阑、朱小纹、何亚天，但你也无法说他真的对女性和性少数群体共情。人都是复杂的，陈其睿的复杂性尤其突出。

姜阑不止一次地想，如果给陈其睿开一个微博加 V 个人账号，那么他的很多言论都值得一个高位热搜。而在认识季夏之后，姜阑更不止一次地想，季夏居然能和这个男人维持了九年的感情和七年的婚姻。在姜阑看来，这实在有些伟大。

这顿午餐吃得非常商务，无波无澜。

快吃完时 Vivian 买单，在这间订不了位也没有包房、人均三百元的餐厅里，他们八个人总共只吃了九百八十元人民币。陈其睿叫服务员来添唯一点的那壶茶水，他对 Erika 说，VIA 中国区预算紧张，你是了解的。

姜阑和何亚天对视一眼。

像这种事情，除了陈其睿，还有谁能做得出来？

午餐后半小时，IDIA 的团队先到 VIA 办公室。

出发去浦东看场地之前，Erika 希望能够先和 IDIA 中国区的人梳理一遍大秀目前的完整情况，她这边也有一些信息需要同步给双方的中国区团队。

这就是姜阑需要季夏亲自来开的那个会议。季夏并没有辜负她的邀请。

在大会议室里，季夏和上次一样指挥她的人做会前准备。Vivian 给她送来一杯冰美式，季夏没有拒绝。

这是一个高级别的会议，姜阑的团队只有温艺一起列席。

第九章

　　Erika 和 Petro 走进会议室，季夏带着团队和他们一一介绍认识，交换名片，她的笑容比 Erika 的还要令人如沐春风。

　　等大家都坐下后，Erika 对季夏说，Alicia，我听不少人提起过你，今天终于见到你本人了。

　　季夏说，想必 Neal 也对你提起过我吧？

　　Erika 笑了，说是的。

　　季夏看了一圈在座的人，两边的团队也都在看着她。季夏开口道借今天这个开会的机会，我需要向大家说明一件事，Neal Chen 是我的前夫。当然，他也只是我的前夫。

　　季夏又看向 Erika，说这件事我已向 IDIA 总部主动披露汇报，VIA 是我们非常重要的合作方，我希望保证双方信息透明对称。这次合作，让我们聚焦在项目和商业本身，希望我们能够共同打造出另一个行业标杆级案例。Erika，你觉得 OK 吗？

　　姜阑看着会议桌对面的季夏。季夏的笑容自信而强势，她对陈其睿的了解，对陈其睿的预测，对陈其睿的把握，都是教科书级的。姜阑终于理解为什么季夏当年会爱上这个男人。

　　有些人和人，天生就是相配的。只可惜人和人的成长速度与需求变化不可能保持一致，再天生的相配，也不可能一成不变。

　　会后简单休息十分钟，所有人按计划出发去看大秀的实际选址。

　　Vivian 给 Erika 的上海之行全程都安排了专车，Erika 带着 Petro 直接离开会议室。季夏等团队收拾好，和姜阑一起走出去。

　　电梯很快来了，一群人陆陆续续上了电梯。电梯门即将关闭前，有人伸手挡了一下，是 Vivian。她随即让开，陈其睿迈步进来。

　　陈其睿先看了一眼姜阑，然后又看了一眼季夏。

　　季夏开口："Hi，Neal。"

　　陈其睿回她："Alicia。"

　　然后他转过身，面朝电梯门。

　　轿厢里略显拥挤。季夏站在陈其睿的背后，她的鼻尖正对着他的肩膀下方。他身上这件西装外套改过一次，上臂那里收窄过。这大约是四年前的事情，那一年陈其睿工作太忙，累瘦了好几斤。四年前的西装，他如今还能照常穿。这个男人的自律和自制也体现在他对自己的身材管理上。他真的一点都没有变。

　　电梯到达一楼，"叮"一声，季夏迅速停止回忆。

　　门打开，陈其睿率先走出去。

　　写字楼下的临时停车道上，泊着所有人要用的车。

　　季夏走到写字楼门口，看见陈其睿站在台阶上，没有走去上他的车。陈其睿侧过头看了她一眼："Alicia，辛苦你和团队今天跑这一趟。"

　　季夏微微怔住，但这只是一瞬间的事，她很快地回应："应该的，不必客气。"

　　陈其睿冲她点了下头，转身走去他的专车。

　　季夏也去另一边找她的车。坐上车时，她下意识地回头看了一眼陈其睿的那辆车。

　　之前她本以为，他真的一点都不会变。

BOLDNESS ★ WUWEI

第10章
传 奇

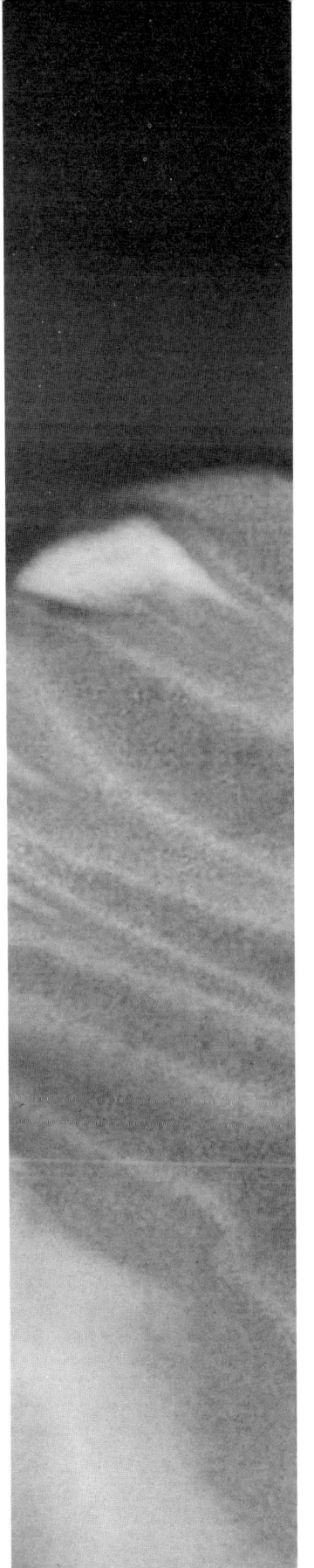

THE GLAMOUR

053 传奇

也许陈其睿是变了。但这和季夏又有什么关系？她从离婚那天起就向前走了，至于他有没有向前走，她没有关注，也并不在意。

只是如果他的些许变化，能够减少一点他作为客户方大老板的难搞程度，那么这对她和团队而言未尝不是一件好事。

在工作中，季夏不会蠢到无视和拒绝这样的变化。

一行六辆商务车，半个小时后抵达民生码头。

姜阑下车后，陪 Erika 在江边走了走。Erika 来过上海很多次，对上海并不陌生，但这里她的确是头一回来。在江边的微风中，Erika 问姜阑，Lan，这个项目对你而言最大的挑战是什么？

姜阑说，我可以诚实地回答这个问题吗？Erika。

Erika 很爽朗地笑了。她说当然。

姜阑也笑了一下，说我最大的挑战是你和 Neal 同时监管这个项目，该如何平衡你和他的意见，不容易。

Erika 说，我以为你会回答预算。

姜阑摇头，说我有自知之明。

Erika 再度笑了。她把目光从姜阑身上移到站在不远处的陈其睿身上，说，这是中国的项目，Neal 的意见比我的更重要。

姜阑听得很清楚，但她很不清楚这是否是 Erika 的真心话。

和上次一样，季夏带着 VIA 的人走了一遍这处建筑的里里外外。途中，她向 Erika 阐述了 IDIA 的专业看法，同时也再一次明确了这次项目的场地预算。

站在这座亚洲曾经最大的粮仓内部，Erika 仰头向上眺望，几十米挑高的空间和内部装置被她一一仔细看过。然后 Erika 转过身，问陈其睿，Neal，你的意见？

陈其睿没有像那天在电话中一样"持保留意见"，他一向讲求在事实基础上做决策。今天亲眼看过这片场地后，他可以很果断地推翻自己之前对浦东码头先入为主的偏见。

陈其睿的表情看不出喜恶，他说出了自己的实际感受：这里很老，也很新。

这座建筑确实才经改造翻修没多久，它很新。但这座建筑里外都保留了它曾经的沧桑和历史，它也很老。

姜阑垂下目光，看了看 Erika 脚上的那双球鞋。这是 VIA 明年春夏系列的走秀款，在纽约时装周大秀后，中国区也订了这双的公关样品，目前还在漂洋过海的途中。

第十章

她的目光又扫到 Erika 右手食指上的黑钻戒指。这是新贵与旧富的混搭。VIA 这个意大利老牌奢华时装屋的年轻化转型，美国人还嫌目前的进度不够快。

在陈其睿讲出这句话后，Erika 笑了一笑，没有表达不同意见。于是在场的人都明白，这一处选址应该没什么大问题了。

晚饭的餐厅，Vivian 订了一家米其林二星的粤菜馆。

在餐厅门口下车时，Petro 找到姜阑，低声抱怨为什么不安排一顿西餐？上海难道缺好的西餐厅吗？Erika 又不喜欢吃中餐。

姜阑说，你可以直接去向 Neal 投诉 Vivian。

Petro 当然不可能做这件事。走了两步，他又说，你看 Alicia，她怎么可以那么强势？Neal 不过是给 Erika 打了一个电话说明两人的关系，但是她怎么就能在会议室里当众说出来？你们中国女人现在已经不再讲究含蓄和面子了吗？她很耀眼，我甚至有点崇拜她了。

姜阑说，这家餐厅的汤不错，建议你一会儿多喝点。

晚餐吃得相当丰盛。一桌十个人，点了十六道菜，八道点心，按例配汤和甜点，还开了四瓶酒。这顿饭同午餐相比，称得上天壤之别。

上甜点时，季夏叫服务生买单。

陈其睿稳坐不动。

姜阑心想，这就是她的老板。他请 IDIA 的人在看完场地后一起用餐，但是 IDIA 又怎么可能在这种场合让客户掏钱？

季夏买完单，问 Erika，想去楼上坐坐吗？这里楼上有一家小的鸡尾酒吧。

她又看向陈其睿，Neal，你如果有兴趣也可以一起来。

Erika 被季夏邀请去喝酒，Petro 跟姜阑的车回酒店。在车上，他很安静，闭着眼养神，完全没提要再去买衣服或者看帅哥。

姜阑难得清净。她捏了捏眉心，在路上分了一点时间想了一会儿帅哥和他的腹肌。她无声地笑了笑。

然后她拿起手机和团队再次确认了一下明天外出看广告位的行程是否都已安排妥当。明天又将是从早到晚奔波的一天。

车程过半时，Petro 突然开口问，Lan，你觉得他们三个人现在在聊什么？

姜阑觉得这个问题真是一句废话。

在楼上的鸡尾酒吧，季夏今晚第二次主动买单。服务生离开后，季夏对 Erika 笑着说，VIA 这个项目的利润是我近五年来经手最低的，但就算如此，晚饭也得按 Neal 的要求来办，因为你们远道而来，不能怠慢。

三人坐在临窗的位置。窗外的上海夜景一如既往的漂亮。Erika 收回看向窗外的目光，问季夏，有多低？

季夏说，Neal 给我画了条 18% 的线。

Erika 看向陈其睿。

陈其睿无动于衷，拿起杯子喝了一口酒。

季夏站起身说，不好意思，我需要去一下洗手间。

季夏离开后，Erika 开口说，Neal，你为什么要苛待活动公司？我们一向尊崇和合作方建立长期的健康合作关系。

陈其睿看着 Erika，笑了。他把杯子推回桌上，说，我苛待活动公司？Erika，你们来上海出差，Petro 这个级别，光 meal allowance（餐补）就是每天 300 美金。我的人去纽约出差，同级别的，80 美金。你是不是也要说我苛待员工？

Erika 问，你想表达什么？

陈其睿说，Alicia 今天要看她的利润，我要不要看我的利润？你想让 IDIA 满意，没问题，但你不能伤害 VIA 中国区的利益。

205

THE GLAMOUR

Erika 沉默了一会儿,她不笑的时候就像是另一个人。

陈其睿又开口了,一场秀要花多少钱,你清楚,我也清楚。这笔钱总部和本地分别该承担多少,我们可以探讨。但你在和我说话之前,最好先搞明白你的立场。

Erika 双手交握放在叠着的腿上,盯着陈其睿说,我的立场是要平衡全球多品牌各地区的市场费用支出。

陈其睿点头,我尊重你的立场。我有一个建议,你从日本和韩国两个国家明年的市场预算中抽一部分支持中国明年的大秀,我们飞日韩的明星、媒体和模特过来,把这场秀做成亚洲级的盛事。日韩的预算支持我不多要,只要补上给 IDIA 中国的 7% 就可以。你觉得如何?

Erika 没回答。这个提议显然在她的预期之外,她需要一些时间考虑。

陈其睿不紧不慢地说,Erika,这是 VIA 品牌被收购后,你负责 VIA 全球营销和品牌传播的第一个财年,你应该也亟需一个让所有人惊艳的标杆级案例,对吗?

季夏在洗手间刻意多待了一会儿。她回来时,只见陈其睿一个人,Erika 的人和随身手袋都已不在。

陈其睿对上她的目光,简单说明:"要倒时差,她先回酒店了。"

季夏坐下来,问:"你们聊得如何?"

陈其睿说:"按行业正常标准,给 IDIA 25% 的服务管理费。"

季夏抬起头,没说什么,拿起旁边的水杯喝了一口。

要说眼前的这个男人有什么好处,那么和她在工作配合中的默契可以算作一样。

最初陈其睿说 18%,季夏以为他是一贯的强势心态作祟。18% 太不现实了,就算 IDIA 同意吃这个亏,但如果这个数字传出去,以后还有哪家优质乙方愿意接 VIA 的生意。陈其睿不会为了省钱而做到这个地步。季夏知道他一直是个做事公平的人。

"今夜不谈公事",不是他拒绝和她谈。要谈钱,就该找个更好的时机,更好的场合,更好的对象来谈。他需要她的配合。季夏对这个男人的某些了解是写进她的职业本能中的,那和感性完全无关。

季夏放下水杯,拿起手袋:"那么我也先走了。"

陈其睿叫住她:"Alicia。"

季夏目光轻垂,对面的男人看着她:"VIA 明年三月在上海的这场秀,会转为全亚洲级别的活动。日本和韩国的明星、媒体、模特会共同参与进来。Erika 会负责在总部层面推动协调这场秀在全球范围内的品牌传播。"

季夏没说话,站着没动。

有些事不必刻意回忆,但也不必刻意回避。

十二年前,在北京,大秀落幕。落幕的那一刻,所有人都知道这会是国际奢侈品牌在华大秀的一场传奇。

秀后的 after party 上,季夏在户外找了个没人的角落抽烟。陈其睿出来,看了她一眼,皱了皱眉。季夏把烟掐了,鬼使神差地,她伸手摸了摸陈其睿的脸。

那是她第一次触摸他。

那是一种极度兴奋下的冲动,也是一种抑制不住的渴望。

三十七岁的陈其睿虽然没有今天这么强势,但他仍然足够强势。但季夏没给强势的陈其睿留任何余地。她把他按在墙上,让一贯冷静强势的陈其睿在她面前失了态。

那一夜特别长,也特别短。

快天亮时,陈其睿第一次叫她:"夏夏。"

季夏还搂着他的脖子。

这场奢华大秀的余兴仍然刺激着她的每一根神经,她说:"我以后要在上海做一场让世界都能看见的秀。比这场秀还要盛大,还要传奇。你说好吗?"

十二年前的陈其睿没有回答她这个问题。

第十章

十二年后的陈其睿站起身,向季夏伸出手:"Alicia,我期待和你一起再创一场传奇。一场能够让世界都看见的盛大传奇。"

季夏对上男人的目光,那目光中除了野心,没有其他。

她伸出右手,简单回握。

她说:"好。"

054 圆 满

陈其睿目送季夏离开,她的背影很快消失在走廊拐角处。

他转动目光,看向她坐过的那张椅子。这道目光中终于多了点别的东西。

陈其睿今年四十九岁。

四十九岁的陈其睿,曾经一度认为他拥有一段完美的婚姻,也拥有一位完美的妻子。那样的完美,不存在于他认识的其他任何一对夫妻之间,但他从来没有怀疑过那样的完美是否真实。陈其睿从来不怀疑他已经拥有的任何东西。

直到三年前,他的妻子季夏以异常坚决的态度提出离婚。

离婚手续办理得很快,他们没有共同子女,财产和生活的分割进行得相对容易。季夏在提出离婚后的第九天就搬走了,她甚至对这套亲手打理了七年的房子毫不留恋。

这一场离婚对陈其睿而言,是他人生中罕见的失败。四十六岁的陈其睿面对失败,仍然不失冷静、不失体面、不失风度。他这一生最擅长的就是管理自己,从情绪到大脑,从身体到心理。如果他不开口,甚至没人能够看出他经历了一场感情和生活的重大变故。就连陈其睿自己,也以为他早已过了会为任何事失态的年纪。

季夏走后的第七周,某天清晨陈其睿睁开眼,看着这张半空的双人床,他的情绪突然毫无征兆地被磅礴的怒气席卷。

那种感觉就像是被人蒙头用闷棍打了,但他反抗不了,也无法知道对面是谁。

这份迟来的愤怒清楚明白地让陈其睿认识到,不管过去多少年,季夏总是有办法让他为了她失态。

那天早晨,陈其睿攥着手机,他很想问问季夏:这算什么?这么多年,她到底把他当什么?九年前,她因为一时冲动和头脑发热把他按在墙上。七年前,她再次因为一时冲动和头脑发热和他登记结婚。现在呢?这会是她又一次的一时冲动和头脑发热吗?

最后陈其睿扔下手机。

这九年来,他对季夏有求必应,从来都没阻止过她的那些冲动和脑热,连她不肯公开这段婚姻,他都包容了她。他还要怎样证明他对她的爱?她还要怎样才能满足?

这一场愤怒来势汹汹,陈其睿花了整整一天才平复情绪。

六个月后的某个周末,家里阿姨收拾衣帽间,从某个角落抽屉里找出了整整三条香烟。阿姨问从不抽烟的陈其睿,这会不会是太太的?阿姨对季夏的称呼还不改口。她和陈其睿一样抱有季夏在冲动之后还会回家的不切实际的愿望。

陈其睿没回答阿姨。他把香烟拿过来,回了书房。

在书房里,陈其睿看清这些香烟的生产批号。它们证明了季夏这些年来从来没有真正戒过烟。能写出那样飞扬跋扈字体的季夏,在小事上一向马虎,她搬走时收拾行李没叫阿姨帮忙,所以连藏在家里的香烟都忘记带走了。

从在一起的第一夜开始,陈其睿就不喜欢季夏抽烟。他一直以为她很快戒了烟,但

THE GLAMOUR

真相是，从没戒过烟的季夏，这么多年在陈其睿面前始终维持着她完美的形象。

那天，陈其睿拆开一条烟，取出一盒，弹出一根。他把烟点着，吸了一口，然后感到了来自肺部和气管的十足火气。

这一场愤怒来得毫不意外。

季夏能隐藏香烟，她当然还能隐藏别的。东西，行为，性格。陈其睿根本无从判断在这段婚姻中，真实的季夏和在他面前的季夏，差别有多大。

愤怒中的陈其睿认定，季夏是个骗子。她成功地欺骗了他这么多年，然后给了他猝不及防的重重一击。

这算什么？

季夏伪装了七年，等她玩累了不想再伪装的时候，她干脆直接把陈其睿这个累赘扔了。

那天阿姨进陈其睿书房送水，一推开门，里面满是烟气。

陈其睿坐在烟气里，脸色铁青，沉默无语。

又过了六个月，还是某个周末。阿姨请假回老家，陈其睿在外有应酬，他只能自己去衣帽间准备出门的衣物。

站在衣帽间的那一面衬衫墙前，陈其睿半天没动。

他想起从前，季夏几乎每个月都会抽时间帮他量体。他太忙了，根本没有时间亲自去衬衫店里。离婚时记不得把自己藏的烟带走的季夏，却一直记得陈其睿身体的每一处尺寸。

那天，陈其睿没出门去应酬。他在衣帽间的地板上坐了好几个小时。

那几个小时里，他回忆了很多。从九年前两人见第一面开始，一直到季夏从家里搬走的那一天。

婚后，季夏和陈其睿的事业都处在重要的攀升期，他们并没有太多的亲密相处时间。她总在出差，加班，在各种活动场地带着团队熬大夜。他总在开会，应酬，90%的精力都放在如何能够更上一层楼。陈其睿甚至都回忆不起来，他和季夏是怎么就走到了这一步。而在那些他回忆不起来的时间里，季夏对这段婚姻拥有什么样的记忆？

后来，陈其睿站起来，从衬衫里抽了一件出来。他试着想象，季夏是怎样在这些年中帮他一件件地或买或定做了这么多的衬衫，多到让他在这一刻的心口如被重石压住。

季夏爱他吗？理智的陈其睿从不怀疑。

但季夏相信他对她的爱吗？或许不。

想到此，陈其睿再次愤怒了。这次的愤怒不同于前两次，这愤怒中带着非常复杂的不解和不甘。

她能够为他做这么多，但她偏偏就不能在他面前做她自己？她对他的信任就那么点？她的坏习惯，她的强势，她的一切不完美，就不能让他看见？她就认定了他不会爱一个100%真实的她？他就不可能为了她妥协和改变？

他陈其睿，在季夏心里，就是这样一个男人？就是这样一个丈夫？

他没有答案，也无处寻觅答案。

如果在这段失败的婚姻中，陈其睿有错，那么季夏难道就无辜？

三年过去，陈其睿以为自己不会再愤怒。

IDIA首次来提案的那一天，陈其睿站在办公室的落地窗前，拨出季夏的手机号码。她并没有更换这一串数字。对面响了六声接起，传来他记忆中的声音。

在那一刻，陈其睿罕见地失语了。

季夏的声音，像烟，上瘾，难戒。而她说不过两句，就再一次成功地挑起了他的火气。

"几年？"

"三年。"

第十章

"我还以为五六年了。你记性比我好。"

在后来直接挂掉季夏电话的时候，愤怒中的陈其睿想，真的不论再过多少年，她总是可以有办法让他失态。

他的这一场愤怒一直延续到 27 号外的街道晚风中。季夏站在街边的眼神，车上的陈其睿看得很清楚。

鸡尾酒吧的服务生过来轻询，问陈其睿是否需要什么。他已经站了许久。

陈其睿的思绪被打断。他又点了一杯酒，然后走到季夏不久前坐过的那张椅子前，直接坐下来。

窗外高楼的灯光摇曳绚丽，陈其睿从季夏的角度向外看去。这是她的视野，也是她眼中的世界。他的手掌里依稀还留有她掌心的温度。

季夏和陈其睿能够坐到今天的位子，很不容易。那些不容易背后，牺牲了太多。

陈其睿还爱季夏吗？毋庸置疑。

陈其睿希望和季夏复合吗？或许没必要。

如果她已经能够过得非常真实且快乐，那么他没必要多此一举。人生之路很长，也很宽，在这条路上，选择很多，通向幸福的门永远不只一扇。

但如果让四十九岁的陈其睿做出选择，他仍然如三十七岁时一样，希望季夏的人生能够更加圆满。季夏年轻时的理想，不可能再有谁比陈其睿更了解。

姜阑在第二天起床后，看到了陈其睿在半夜发出的邮件。VIA 明年三月的大秀规模将做整体升级。

她不确定老板们在头一天晚上谈论了什么，又是如何做出了这样一个决定。但这对于 VIA 中国区，对于姜阑本人，都是一个更大的挑战和一个更大的机会。

姜阑从冰箱里拿出一瓶冰水喝了，快速洗漱化妆换衣，叫车出门。

到公司和团队会合，姜阑向 Erika 简单说明了今天在外的行程计划，然后安排一行人出发。Erika 这趟来中国，姜阑希望她能够抽出时间将上海适合奢侈品投放的传统广告位看一遍。

唐灵章在车上和姜阑吐槽："现在哪个行业还这么重视传统的线下户外广告？我看也就我们了。"

姜阑让唐灵章和媒介采买代理商确认一下机场那边的情况。唐灵章只得照做。

上午先去浦东和虹桥两个机场，看机场内的重点灯箱位。不光要看出发层的，还要看到达层安检内、行李提取区和贵宾休息室外的。专门代理机场广告位的两家广告公司特地给 VIA 的人办了进出手续和工作证，这前前后后的过程有多复杂和折腾，唐灵章真不想提，她也没法提。

机场的高端商务旅客对丁奢侈品牌来说是最需要覆盖的人群。虹桥 T2 安检内的门店组合近两年也在陆续做升级，陈其睿不肯让某家免税类的批发商帮 VIA 开店，一定要求孔行超和机场谈开直营店。

这件事被 Erika 在机场买咖啡的时候顺嘴提起，她问姜阑，你和 Neal 共事三年多，他一直都是这么强势吗？

姜阑回答，Neal 虽然强势，但他对人和做事都很公平。

Erika 笑了笑。

两个机场跑完，回到市区，姜阑看了看时间，叫司机顺路开去南京西路，带 Erika 和 Petro 把波特曼的巨幅弧形广告位和展览中心外的一整排新出大灯箱看了一遍。

唐灵章觉得这样的行程很无聊，但她又明白这样的行程很必要。

不管是什么形式和点位的广告投放，姜阑和她的团队都做不了主。每次方案都是一遍一遍地叫代理商做，然后报总部审批，总部的人对于他们没见过、不熟悉的广告位，

THE GLAMOUR

总有无数个问题返回。在唐灵章眼里的每一件可以快速决策的小事，在国际奢侈品行业的运作方式下，都很麻烦，很耗时。

唐灵章从来听不到姜阑抱怨这些，但她不相信姜阑心中对这样的工作方式没有任何想法。

看完这几处，一行人驱车去吃午餐。

在车上，姜阑忙里偷闲地刷了刷微博和朋友圈。她这两天仍然在关注 BOLDNESS 相关的事态发展。

今天一上午没什么新情况，姜阑在要切回邮箱时，看到 PIN 的宋丰新发了一条朋友圈。那条朋友圈是转发一篇某知名数字营销公众号的文章，她点进去看了看。

这篇文章深度总结了最近 To C 行业里的一些新的营销玩法和优秀案例，其中很大的篇幅是在讲述国内 AKS 集团内部近两三年新孵化的一个面向年轻客群的消费品牌。这个品牌自从问世起就靠着数字化创新和各类创意营销俘获了大批年轻粉丝，它前不久的某个新品战役更是一举斩获了业内的某个营销大奖。

姜阑坐在车上仔细地读这篇文章，她知道 AKS 是宋丰最重要的大客户之一，AKS 的品牌营销战役做得怎么样，也能在一定程度反映 PIN 的实力。文章中，有几段是编辑专访这个新品牌的总经理。该品牌总经理是位女性，很年轻，今年三十六岁，她对中国的消费品行业、国内品牌营销最新玩法和创意传播手段、品牌数字化进程和全渠道生意转化的很多看法，都给姜阑留下了很深的印象。

读完文章，姜阑把手机熄屏。

说不羡慕这样的高度自主权与空间，是假的。她又想了想，不知道自己三十六岁时，能坐到什么样的位子。

午饭吃好，姜阑在等大家去买咖啡的空当，找了处安静的地方给费鹰拨了个电话。她没什么事，只是有点想他了。

这种可以在想念时直接给男朋友打电话的权利，让姜阑有点开心。她意识到自己的这种心态，又觉得自己十分幼稚。

还没等她再多想，费鹰就接起了电话："阑阑。"

姜阑没话找话："嗯，我刚吃完饭。"

费鹰笑着说："吃饱了吗？"

姜阑说："饱了。你呢？吃饭了吗？"

费鹰说："正要吃。中午约了个朋友，有一阵儿没见了，聊聊。"

接姜阑电话时，费鹰刚和胡烈在餐厅坐下。

他俩确实有好一阵没见了，这回总算是两个人都有点时间，也都在上海，能够找个地方坐下来正经吃顿饭。

胡烈最近特别忙。他的太太刚刚怀孕了，他把必要工作以外的所有精力和时间都给了太太，所以他今天能出来和费鹰吃这顿饭，费鹰还得谢谢他。

结束和姜阑的电话后，费鹰对胡烈说："我女朋友。"

胡烈说："哦。"

他这话回得心不在焉，他还在手机上折腾产检预约，这玩意儿怪复杂的。

费鹰等着他折腾完，感叹道："你这人生也太圆满了。"

胡烈说："圆满这种东西，不存在。各有各的难。活得越久，越能明白这个道理。"他抬眼看费鹰，"你最近怎么样？"

费鹰少见地沉默了，随后说："不太好。"

胡烈说："说出来我听听。"

第十章

055 婚姻

　　胡烈比费鹰大五岁，虽然他总开玩笑说费鹰身家是他的多少倍，但是两人都清楚，在某些维度上，费鹰和胡烈完全不在一条水平线上。

　　胡烈的教育轨迹、职业生涯和创业之路堪称最优模板。他受过美国高度职业化环境的熏陶，深谙企业管理的艺术。他能够妥善处理合伙人关系，更能够将自己的强势和野心有技巧地融入公司规模扩大化的进程中。费鹰过去十二年的野蛮生长路径，和胡烈根本不能比。

　　壹应资本因为有像陆晟这样职业化出身的合伙人坐镇，费鹰不需要太操心。但是BOLDNESS成长到现在，费鹰在面对创业团队关系和公司职业化转型这两座大山时，遇到了前所未有的瓶颈。这些瓶颈的产生，很难说是因为缺乏理论支撑，更多是因为心态的不适。

　　费鹰的性格和他的成长经历，注定了他不是一个能够轻易改变自己的人。

　　今天这顿饭，本是费鹰继CHG资本的许先淮上次那件事之后来兑现胡烈的一个约。他也没打算对着胡烈提他近来的难处，他就不是个喜欢倾诉的人。

　　胡烈让他说出来听听，费鹰却并没怎么多说。

　　费鹰没多说，胡烈也就不多问。

　　胡烈从不乐于给人灌鸡汤，他从费鹰的寥寥数语中能判断出一些问题，于是他直接告诉费鹰："你不能独裁，对合伙人你得分权，对管理层你得授权。合伙就像婚姻，你能想象婚姻中永远是一方在做决策吗？这样的婚姻能平衡吗，会持久吗？"

　　费鹰当然没想过婚姻这码事，这对他来说太陌生。女朋友都还没焐热乎，他怎么可能这么快地想到结婚？拥有一个充满爱的家庭，是费鹰从小到大都不敢想的奢求。像胡烈这样，或者像杨南那样，和自己爱的女人结婚并组建一个家庭，费鹰很清楚他内心深处的渴望。但是姜阑对复杂关系的天然抗拒，让费鹰在此时此刻打住了念头。

　　胡烈想要传递的信息，费鹰清晰地接收到了。能张口就拿婚姻做例子，费鹰感受到了胡烈对他自己的婚姻有多满意。就这，还不圆满？

　　费鹰礼尚往来："你最近怎么样？"

　　他压根没想到胡烈居然会说："不太好。"

　　费鹰问："怎么？"

　　胡烈就简单地讲了讲。

　　他的太太陈渺渺高龄怀孕，孕后有几个指标不太好，后续并发症的风险性较高。胡烈一度想直接放弃这个孩子，他认为没有任何事情能比老婆的健康更重要。就这一点，胡烈和陈渺渺发生了几次不小的争执，陈渺渺对于这件事有她个人的观点和坚持，最后还是胡烈妥协了。但这件事本身让胡烈心烦意乱，险些把戒了的烟又重新捡起来。

　　人生毕竟不是童话。

　　胡烈对费鹰说："女人要做一个母亲，太不容易。"

　　有些事，不亲身经历一遍，永远无法感同身受。

　　FIERCETech因此连续推出了两项针对孕期和哺乳期的女性员工加码福利包，加上原来的女性员工生理假，这家公司已然被行业内非官方地评为最适合女性工作的科技类公司。

　　后来两人重点聊了聊行业相关的事情。To C的消费品行业近两年的变化日新月异，这对投资人的挑战大，对营销科技类公司的挑战更大。费鹰了解了一下胡烈他们公司最近在做的一些新产品的思路，胡烈也问了问壹应最新投的品牌里有没有合适他们去做生意拓展的。

THE GLAMOUR

这顿饭吃到尾声，胡烈后知后觉地问："你怎么突然就有女朋友了？是你之前微信问的那位吗？长什么样，有照片吗？"

费鹰意识到他手机里居然连一张姜阑的照片都没存。他只能实话实说："没照片。"

胡烈说："哦。人怎么样？"

费鹰想到刚才姜阑的那个电话，她没话找话的目的很明显。他不由得露出笑容："可爱又有趣。"

胡烈很不以为然："呵呵。"

一顿饭吃完，胡烈先走，他要去接太太。自从陈渺渺怀孕，胡烈就不让她再自己开车。他也不放心司机，什么事都要亲力亲为。

费鹰和胡烈告别。他有点怀疑按胡烈这种照顾方法，他那位厉害的太太能忍受多久。然后他又想到了刚才胡烈问他要女朋友的照片看。

费鹰居然没有姜阑的照片，这太不应该了。

费鹰坐在餐厅里，琢磨了一会儿，他想直接发微信问姜阑要几张照片，但又实在觉得这样的行为太幼稚。他今年三十二岁了，不是大学生，谈个恋爱要是谈成这样，也是有点太酸了。

他又在想，怎么在金山岭的时候没和姜阑合个影，那会儿他在想什么。后来去深圳，没合影情有可原，因为两人就没怎么出过门。想到这儿，费鹰忍不住摸了下耳朵，在深圳的那几天他不能深入回忆。再后来去杭州，居然也没合影，他估计是沉浸在姜阑说是他女朋友的情绪中，别的都顾不上了。

费鹰摇了摇头。谈个恋爱谈成这样，真是有点太酸了。他还像是个三十二岁的男人吗？

三十二岁的费鹰打开微信，把梁梁的朋友圈翻出来，一路找到她和姜阑在火锅店的那张合影，保存到自己的手机上。

在翻梁梁朋友圈的过程中，费鹰第一次完整地回顾了梁梁近两周的情绪起伏和她的激烈表达。费鹰在其中某几条朋友圈的停留时间格外长。

他略作思考，然后主动给孙术打了个电话。

下午三点，姜阑和 Erika 一行抵达某家高端购物中心地下一层的电影院。这是上海环境最好、票价最高的几家大众观影场所之一。

关于明年 CNY 手袋的上市传播计划，姜阑在之前提交给总部的方案中，加入了在春节贺岁档期投放电影前贴片广告的计划。这个想法毫不意外地被总部驳回了。

对于电影院这种面向大众消费者的场所，有多少观影的顾客会真的走进奢侈品门店购物，奢侈品牌广告投放能实际影响到多少购物转化，在这样合家欢的时间段面对这样的人群做这样的品牌曝光是否值得。这些问题都是总部所顾虑的。

全国的影院广告代理集中在某两三家广告公司手里，今天唐灵章和媒介采买代理商找了其中最大的那家，让对方华东区的销售代理直接在这家电影院里包了一个厅，又专门调出过去一年其他国际奢侈品牌在中国电影院内投放的所有广告，请影院安排集中播放给 VIA 的人看。

Erika 和姜阑坐在影厅倒数第三排的正中间，一边看，姜阑一边向 Erika 解释，近两年来，对于中国农历新年和七夕这样具有浓厚中国文化属性的节日，有越来越多的国际奢侈品牌都开始重点性地部署节日产品营销策略。在这两个节日，高端购物场所内的观影人群和购买奢侈品小皮件或配饰赠礼的人群在数据层面有一定的重合度。中国高端购物中心和百货商场内的电影院是个值得奢侈品牌做一定广告投入的选择。

在这次的方案中，姜阑提了五十家中国的电影院，都是位于 VIA 已开设门店的城市内的中高端商场内。她希望 Erika 在看过其他竞品的影院贴片广告之后，能够同意 VIA 中国区实施类似的策略。

半小时后，Erika 对姜阑说，你们中国人对农历新年很看重，那段时间来看电影的很

第十章

多都是以家庭为单位的客群,要做电影前贴片投放,广告本身的内容很重要。现在的广告视频创意是 VIA 在米兰的时尚创意部门在做,意大利人能做出什么东西来,很难把控。我现在没有办法承诺你任何事。

姜阑不满足于这个回答,她问,Erika,难道连你也没办法直接对米兰那边的创意团队提明确的需求吗?

Erika 很浅淡地微笑了,Lan,你看我这次来上海出差,Neal 对我的态度是什么样的?你应该能够想象,在其他国家和地区,也会出现类似的情况。我和我的团队一样有很多挑战要面对。

这一针见血的几句话,让姜阑一时无话可说。

从影院出来,Petro 去给 Erika 买冰激凌。姜阑和 Erika 就着农历新年这个话题又继续聊了几句。姜阑还是不肯轻易放弃。她问 Erika,与其让意大利人做中国文化节日的创意,是否能直接授权中国区,用中国的广告创意和制片公司、明星和模特拍摄农历新年的广告视频。姜阑还提出,如果这支广告视频做得不错,总部完全可以考虑在传播层面同步在其他国家的重点旅游城市的机场、免税店和商业区选择合适的广告点位进行投放,她相信这一定可以帮助 CNY 系列手袋在全球华人客群中的销售。

Erika 对姜阑的提议没有直接反馈。她说,这个想法不坏,但她需要一些时间思考。

姜阑点点头。

坐车回公司的路上,姜阑用手机搜索过去两年农历新年的各大品牌广告创意,她想要找一些优质的本土案例作为参考,发给 Erika 看一看。她十分希望自己这次的提案能够成功。

在搜索资料的过程中,她反反复复地看到家庭和团圆这样的主题,这令姜阑无法避免地想到了王蒙莉两周前发给她的微信。

十一的假期,姜阑没有回家。这距离她上一次回家看望姜城和王蒙莉已经过去了快五个月。

从小到大的很多事情,姜阑承认她无法轻易与之和解。但这些年来,随着她年龄渐长、思想逐渐成熟,随着她的经济收入越来越能够为自己创造想要的生活,她已经可以心平气和地看待年少时的很多经历。

真正不想让她回家的,不是那些不愉快的成长记忆,而是每次回家时王蒙莉一定会找机会要求姜阑认真考虑结婚和生孩子。这样的对话令姜阑无法忍受,她选择直接切断发生这一类对话的源头。她希望她的实际行动能让王蒙莉明白,她虽然是王蒙莉的女儿,但王蒙莉没有一丁点权利干涉她的人生选择。

对于结婚生子这件事,王蒙莉的主张主要有两点:不结婚,姜阑老了会孤独;不生孩子,姜阑老了没人照顾。姜阑未婚未育的人生现状让王蒙莉时常夜不能寐,三十二岁的姜阑还剩几年的婚育黄金期?

姜阑觉得这样的逻辑十分匪夷所思,她简直怀疑王蒙莉半辈子的科研工作是不是白做了?结婚和生孩子就一定能保证年老时不孤独吗?结婚和生孩子就只是为了年老时被人照顾吗?姜阑某次甚至想反问王蒙莉,她当年和姜城结婚,是为了什么?她当年生下姜阑,又是为了什么?

但姜阑没问出口,她在一定程度上能够理解王蒙莉的担忧,也在一定程度上能够容忍王蒙莉的荒唐。但这不代表她会接受这样的观点,或向这样的人生选择而妥协。

婚姻这件事,姜阑始终找不到它的意义。

姜阑不喜欢小孩子,也从来没有设想过自己成为一个母亲的可能性。她无法想象花费大量的时间、精力、金钱,投入在孕育另一个生命上。她需要对这个生命负起完整的责任,而且孩子一旦出生,就 100% 不可逆转。这个世界上最不能反悔重来的事情就是成为一个母亲。这是如山一般沉重的压力。

在不生孩子的情况下,姜阑更加不明白结婚的意义所在。她不需要通过婚姻获得更

THE GLAMOUR

多的物质或资源，也不需要通过婚姻实现阶级跨越，更不需要通过婚姻为自己构筑所谓的安全感。她绝不可能为了这些东西而出让自我、空间、自由。

姜阑不理解婚姻之于她能有什么实际意义。因为动心和爱吗？动心和爱，最终的指向是婚姻吗？

姜阑想到了季夏。

那样的动心，那样的疯狂，最终的走向又是什么呢？动心和爱，从来就不该是成就一段长久婚姻关系的必要因素。

车很快抵达了公司楼下，姜阑没有再继续深想。

晚饭前，姜阑有点意外地收到了梁梁的微信。

这段时间梁梁的情绪不太好，姜阑除了那次发了一条宽慰她的微信后，并没有怎么打扰她。

今天梁梁的心情明显很开心，她的每个字都透露着雀跃和期待：

"阑阑！阑阑阑阑阑阑！"

"我今天晚上就要去上海了喔！YN 同意让我代表 BOLDNESS 接受一家潮流媒体的专访。"

"你这几天或者周末有没有空嘛？我们一起出去耍好不好嘛？"

056　照　片

梁梁来上海出差接受媒体专访，孙术跟着一起过来，帮忙对接媒体那边，做前后的协调和沟通。

在飞机上，孙术把对方编辑拟好的采访提纲拿给梁梁看。因为费鹰对媒体端的多年低调，BOLDNESS 内部没有专业负责媒体沟通和品牌公关的人，孙术在这方面的判断力和专业性，别说半桶水了，连十滴都够呛。

梁梁看了半天，有点不满意："为什么他们的问题一大半都是在问 YN 的个人问题啊？不是说好了这次的采访主要是聊品牌和产品吗？"

这次的这家媒体在街头文化和潮流圈内的地位相当重要，它于十三年前创立于香港，后来在上海成立编辑、广告、商务、制片等镜像部门，是少有的在国际街头潮流圈内能有一定话语权和影响力的华人媒体。之前 BOLDNESS 先后发布"女人是什么"系列和"无畏 WUWEI"女装子品牌，国内的潮流媒体蜂拥而来，孙术左挑右选，又和费鹰商量确认，最终选择了这家做独家专访。面对这样的重要媒体方，孙术拿捏不准和对方的沟通尺度，他一方面担心委屈梁梁，一方面又担心得罪媒体。这事他真是办得别扭极了。

梁梁现在很不开心。她皱了皱小巧的鼻尖："等下飞机之后，我找阑阑问问该怎么办喔。"

孙术有点迟疑："这样好吗？把费鹰的女朋友扯进咱们的事里面？"

梁梁更不开心了："我找她是因为她是我的好朋友！你们男人看女人的角度能不能立体一点嘛！女人又不是只能是谁的女朋友和老婆！"

孙术挠了挠脑袋。他其实一点那方面的意思都没有，但是他又惹梁梁不高兴了。

把 Erika 和 Petro 分别送回酒店后，姜阑带着唐灵章在大堂吧坐下，点了些简餐和喝的，作为晚饭。

第十章

其实大堂吧隔壁就是西餐厅，这间酒店的晚餐自助很不错，唐灵章有点向往，但是姜阑显然不准备花这么多时间用来吃饭。这几天的日程安排很紧张，姜阑对团队工作的容错率相当低。在这一点上，几乎所有人都认为她在一定程度上"继承"了陈其睿的风格。

唐灵章扒拉着色拉，试着打听："阑姐，咱们电商的人招得怎么样啦？"

姜阑回答："还在看。"

唐灵章说："哦，好的。那，Cecilia 要走是真的吗？"

姜阑抬眼看她："你问过她这个问题吗？"

唐灵章摇头。

姜阑说："团队里的人都听说这件事了吗？"

唐灵章点头。

姜阑对唐灵章的忠诚度有把握，她从来不撒谎，也没什么不好的心眼。姜阑说："Lynn，你现在也在带人，什么事可以问，什么事该放在心里，你不是小朋友了。"

唐灵章拿茶杯焐手："那我在这方面就不太成熟呢。"

姜阑说："但你得逼自己成长，不能总是这样。"她对唐灵章抱有更高的期待，不论是工作，还是领导力。

唐灵章嘴上答应着："好吧。"

被动成长是一件很累的事情，变得成熟更是要牺牲很多情绪上的自由，唐灵章不是做不到，她只是不太想。谁不想活得轻松自在些呢？也不是所有人都想要成为陈其睿或者姜阑这样的人呀。唐灵章不在乎自己会成为什么样的人，她只在乎做的事是不是自己真正喜欢的。但她不可能对姜阑说出这些话。

吃完饭，姜阑和唐灵章一起步行回写字楼。

在楼下闸机处，两人碰上刚刚离开公司的温艺。三个人互相打了个招呼，没说多余的话。进电梯后，唐灵章抬眼看姜阑，姜阑的表情很平常。

温艺辞职的事情，后来的处理过程很标准。姜阑和余黎明和她谈话，一个唱红脸一个唱白脸，一个表达公司的惋惜和难处，一个表达公司的政策和立场。温艺当年入职时既然签署了重点岗位的竞业协议，那么公司就不可能把它当作废纸一张。

和陈其睿需要的结果一样，温艺只能拒绝她手里现在的这个新工作机会。

谈话结束后余黎明先离去，姜阑和温艺继续留在会议室里。两个人心里都很清楚，这道信任的裂缝已经存在，也很难再恢复如前。

姜阑当时问："Ceci，你家里的情况还好吗？如果有急事需要用钱，我可以帮点忙。"

温艺并不买账，但做 PR 出身的人可以把面子做得很好看："阑姐，谢谢你。我知道这件事你也很为难。我既然同意留下来，就肯定会一如既往地做好自己的工作。别的事都是我自己的私事，没必要给公司和你添麻烦。"

姜阑看了她一会儿："好。明年三月的大秀，你还是跟着我一起做，好吗？"

温艺也看了姜阑一会儿，说："行吧。"

那次谈话之后，余黎明迅速叫他的猎头开始做 confidential search（保密招聘），在行业内寻找合适替代温艺目前岗位的候选人。

姜阑对此不置可否。温艺找非竞品的高薪机会，不容易；余黎明那边招人，不会快。

姜阑不急。

这两天都在外面跑，案头的工作只能留到晚上统一处理。唐灵章回来就在和之前那家临时掉链子的数字媒体平台打电话，沟通明天的会议安排。她手把手地帮对方不会讲英文的替补同事改会议展示文件，然后又表示她将协助对方一起完成这次的讲座。唐灵章很心累。其实像 VIA 这种国际奢侈品牌每年的广告投放预算对于平台而言连沧海一粟都算不上，但是平台方看重这些国际大牌的影响力，指望靠这些客户来拔高自家的调性，所以不管怎样也愿意配合唐灵章的各种要求。但是，唐灵章仍然很心累。

等处理完，唐灵章和姜阑打了个招呼："阑姐，我先走了。"

THE GLAMOUR

姜阑点点头，她的手在键盘上飞快地打字。

唐灵章关心她："你还有事啊？我能帮点什么吗？都这么晚了。"

姜阑摇头："不用，你回去休息吧。明早见。"

唐灵章答应着，拿上手袋走了。

其实姜阑早就忙完了工作的事，她这会儿在忙的是梁梁的事。

回公司没多久，梁梁就给姜阑发来了求助：一篇来自某家头部潮流媒体的编辑采访提纲。梁梁对它有很多的不满意，最不满意的就是她不希望对方把注意力聚焦在B-boy YN身上。梁梁还投诉，说孙术完全不懂该怎么和媒体沟通，她很不开心！

姜阑请她等一等。

处理完工作，姜阑打开这份采访提纲。她从头看到尾，然后直接在上面做出必要的改动。在这之前，她已经好些年没有亲自做过这一类的基础工作了。在帮梁梁的过程中，姜阑忍不住疑惑，她真不知道费鹰是怎么想的，整个BOLDNESS居然连个像样的品牌公关都不放。

或许这就是玩街头的人的个性，这就叫酷。

姜阑对着屏幕微微笑了，这笑有点温柔。

关于BOLDNESS，关于"女人是什么"，关于"无畏WUWEI"，在过去这段时间，姜阑没有落下任何一条同它们相关的重要内容。这篇采访提纲她调整得很顺畅。调整完成后，她还给大部分问题添注了回答方向，供梁梁参考。在这些问题中，她特意留空了几个，让梁梁自由发挥。

把这份文档发给梁梁时，姜阑还写了一段和媒体沟通提纲调整的话术，请梁梁让孙术照此发给对方。随后她又提醒梁梁，可以提前准备一份自己的职业生平和一些照片。

最后，姜阑对梁梁说："面对媒体和大众，如果你期待被人喜欢，那么就要做好被人讨厌的准备。"

梁梁站在FMAK的店外，把姜阑发来的内容一一转发给孙术。孙术看完，感叹道："专业啊，牛啊。"

梁梁没说话，她的目光盯着FMAK临街橱窗玻璃上贴的一朵很大的立体花，很开心地笑了。

孙术留意到她的神色，顺着看过去。他揣起手机："老郭在店里，我们进去吧。"

梁梁说："喔。"

孙术带头走进去。

下飞机后，他提议带梁梁去吃夜宵，梁梁表示可以叫上郭望腾一起嘛。孙术没反对，叫司机直接开来这里。

这会儿已经快到闭店的时间了，郭望腾在店里等他们过来，正蹲在地上倒腾一个新做的艺术装置，很是全神贯注，连身后有人走近都没察觉。

"老郭。"孙术的声音先传来。

郭望腾扭过头，立刻咧嘴笑了："你们来了啊。"他目光移去孙术旁边的梁梁脸上："想吃点儿啥啊？火锅？"

梁梁指了指橱窗玻璃上的那朵大花，问："你干吗贴这个呀？"

郭望腾纳闷："你上次不是说喜欢我做的这一堆3D纸花儿吗？你来上海，我用花儿欢迎你啊。"

梁梁垂下眼："喔。"

郭望腾还蹲着，补充道："咱们不都是好兄弟吗？"

梁梁弯腰，伸出手指，弹了弹他的脑门。

郭望腾立马捂着脑袋站起来："干吗啊你？"他还向孙术求救："老孙，你看她动不动就动手！"

梁梁笑眯眯的，没说话。郭望腾真的是有点傻喔。

第十章

姜阑到家时已经很晚了。这一天很累。

卸妆洗澡后，她去卧室把小硬拿起来，摸摸这里，再摸摸那里，最后捏住它的耳朵半天不松手。

当工作压力很大时，姜阑倾向一个人独处。不管一个人的空间有多小，她的能量总可以在这样的独处中得到恢复。她并不擅长在另一半面前释放压力和求得抚慰，那样的方式反而会徒增她本就不小的压力。

和费鹰在一起很快乐，这毋庸置疑。但她仍然需要只属于自己一个人的空间和时间。

而当工作压力很大时，姜阑的性欲也会随之高涨。这就导致了一个矛盾：她既希望一个人独处，又希望费鹰能够在她身边。

姜阑抱着小硬，使劲地揉了揉它的腰。

她很想在睡觉前给费鹰打个电话，但她中午已经给他打过一个没话找话的电话了。她不想让自己看起来那么愚蠢。

姜阑感到自己和费鹰刚认识时的矫情心理又凭空出现了。她应该转移一下注意力。

费鹰的微信发来时，姜阑刚刚拉开床头柜的抽屉。

他问："你能给我发几张照片吗？"

姜阑一手握着抽屉的金属柄，一手捏住了手机。

没多久，姜阑就回复了。

刚洗完澡的费鹰点开微信，他想，他女朋友不管发来什么样的照片，肯定都非常漂亮，非常可爱。

但当他看清微信对话框里的图片——她拍了一张双腿的照片。那是他最喜欢的部位。她的睡裙凌乱地堆在大腿下面，他可以想象得出她此刻不着寸缕。

费鹰浑身的血在这一瞬间燥了。他的右手拇指无意识地搓弄了一下屏幕上的大腿根，他的某些记忆被鲜活地挑动了。

姜阑："你能也给我发几张照片吗？"

她又跟了一句："然后再给我打个电话好吗？"

费鹰打来电话。

姜阑接起："费鹰。"

费鹰在那头说："嗯。"

姜阑按了免提，切回到照片。他的腹肌在夜晚的光线下太性感了，这对她而言是无上的诱惑。

费鹰听着姜阑的呼吸声，问："你在做什么？"

姜阑没回答，她很轻地提出要求："你可以说些话吗？"

费鹰顿了一下，问："什么话？"

姜阑说："每次你摸我大腿根的时候，说的那些话。还有在那之后，说的其他话。我想听。"

费鹰的无言像沉默的火山。

大约二十分钟后，费鹰走进淋浴间，拧开花洒，重新冲了一遍澡。

冲澡的时候，他没挂电话，手机放在洗手台上，语音接着浴室里的蓝牙音箱，她在那头可以听到细微的水流声。

姜阑此时的声音变得很困很软："费鹰。"

费鹰没说话。

她就安安静静地等他冲完。

费鹰擦头发的时候，姜阑又开口道："你穿上衣服了吗？"

费鹰还没穿，但他说："穿了。"

姜阑的笑声传过来，在浴室里响着闷闷的回音。她说："那你脱了好吗？我还在看你

217

THE GLAMOUR

的照片。"

费鹰觉得他这第二遍澡又白洗了。

镜子里,男人停下擦头发的动作,把毛巾丢去一旁。他的双手按在洗手台的边缘,后背的肌肉绷得有些紧。

他的声音听不出情绪:"阑阑,你有完没完?"

只有镜子知道,男人在说这话的时候情绪有多么克制。

057 野 心

阑阑,你有完没完?

这个女人的魅力让费鹰心潮澎湃。但如果她继续没完没了,那么费鹰认为他也很难再继续克制得住自己的本能。

费鹰在今晚的克制,开始于姜阑在电话里叫出他的名字,贯穿于他同她打的这个长得不像话的电话。

他知道她这周的工作很忙碌,没有时间与他约会。这些他能够理解。他也知道她有欲望需要纾解,她迷恋他的身体。这些他也能够满足。

但对于姜阑,他本能地想要更多。如果没有克制,他应该早在点开姜阑照片的时候就出门了。

费鹰是个正常普通的男人,一个正常普通的男人对伴侣该有的欲望和冲动,他都有。那些他给姜阑的自由和空间,每一寸都在和他的雄性本能与天性作对。

打这个电话的过程中,费鹰其实很想问姜阑,她要不要过来,或者他要不要过去。但他最终选择按照她的需求满足她,他不希望让她感到任何压力和复杂。他怕姜阑会退缩。

尽管这些没说出口的话,是他在一段亲密关系中,无法轻易被忽略的强烈欲望与需求。

热恋期的感受有多炽烈,就有多不真实。甜蜜,欲望,快感,喜悦,满足……这些都会被成倍地放大,如火山喷薄而出的岩浆一般,炽热地覆盖住地表的原貌,给人产生以错觉。

挂电话前,费鹰喝光了两瓶水,他问姜阑:"你今天过得好吗?"这距离他走入浴室又过去了差不多半小时,而他终于能够问问她的日常了。

那头的姜阑又困又倦:"嗯,还好。比较忙。"

费鹰没接话,他等着她继续。但姜阑只说了这简单几个字,没多展开。她并非不让他了解自己的工作,不然不会上次当着他的面接总部同事的电话,但她从不主动披露更多给他。

除了工作,她的生活和家庭也是一样。她对他讲过关于她名字的故事,但也仅止于此。她从不提她的父母和亲密的朋友,至今没有让他接触过她的社交圈。她也从来没有邀请他到她家去过。

对于现状,费鹰并没有明显的不满情绪。他只是感到姜阑虽然愿意投入他的怀抱,但她和他之间仍然隔着一层透明而不可见的薄膜。

这层薄膜看上去轻触可破,但费鹰的直觉告诉他,那只是看上去而已。

姜阑在半梦半醒的状态中听到费鹰低声说:"阑阑,困了就睡觉好吗?"

第十章

她把脸埋进枕头中:"好,晚安。"

那头的男人回她:"晚安。"

挂了电话,费鹰看了一眼微信未读消息,里面有一条郭望腾的。

郭望腾发了个定位,是家火锅店。他说梁梁和孙术到上海了,三个人现在正在吃夜宵,问费鹰要不要一起过去。

这种事通常会是孙术来问,但今天孙术只字未提。实际上,自从那天费鹰主动给孙术打电话破冰之后,两个人之间的沟通也仅限于工作事宜。

这次费鹰在媒体采访事情上的适度妥协,是他试着逼迫自己走出"一意孤行"这条窄道,也是他真正意义上地尊重孙术作为 BOLDNESS 运营合伙人的意见。这是他作为品牌主理人对运营合伙人的分权,而非他作为兄弟为了修复关系而做的努力。费鹰的这个举动甚至将他和孙术的关系推得更加远离彼此。

费鹰很清楚郭望腾的微信是什么意思,但有些裂痕,不是一顿饭能解决得了的,也不是过几天就能翻篇的。

他回复郭望腾:"我还有事儿,就不去了。你们吃好。"

次日,姜阑开了一整天的会。

早上三个小时,Erika 要看 PR 这边的整体工作情况。NNOD 的老板袁潮为了出席这个会议,头一晚特地从北京飞来,一大清早带着上海这边的客户团队来 VIA 开会。

NNOD 的年框合同还有两个半月到期,袁潮之前特地打电话给姜阑,问她这边是不是要发起一轮新的比稿。姜阑说,这事得看 Erika 的态度。袁潮说,那还能是什么态度,VIA 被收购,Erika 接管品牌全球传播,只要能换她自己的关系户,她还能不换了?姜阑说,你这像是个公关公司的老板说出来的话吗?

今天这个会,Ken 和他的人做了将近 400 页的会议演示资料,以展示 NNOD 在服务 VIA 的三年中的"丰功伟绩"。但是袁潮和 Ken 没能按照预想中的节奏向 Erika 展示这一份壮观的资料。会议一开始,Erika 就抛出一个问题:她想听一听 NNOD 的人如何看待中国现在的时尚公关的畸形生态。

"畸形"这个词一出来,袁潮就沉默了。他没想到这位年近五十岁的美国女人这么犀利又这么直白。很多事情,业内的大家多年来心照不宣,人人都知道在中国做时尚公关是怎么回事,就说最基础的媒体拍摄明星的产品植入,哪个牌子的 PR 敢说从来没给造型师和服装编辑塞过红包?哪个牌子的 PR 敢说他们的公关价值都是挣值?还有给各路明星和头部时尚 KOL 的产品植入,如果要保证高质量返图和在社交媒体上的露出,哪个牌子的 PR 能真的牛到一分钱不掏?每个季度光是这一类的灰色账目,NNOD 都要替品牌走一大笔。所以你要靠什么赢得欧美同行的尊重?就算是在这个行业干了二十年的袁潮,心中也没有一个答案。

400 页的演示资料,3 小时的会议。结束后,姜阑亲自送袁潮出去。袁潮说,这会开得我真没话说,她到底想干什么?姜阑说,她就是和你们随便聊聊。袁潮没多说,直接进了电梯。

姜阑知道袁潮的自尊心受到了伤害,但她没有解决方法。这是全行业的疤,被揭开时每个人都会疼,姜阑也不例外。

午饭一小时,紧接着进入下午,一共六个小时的数字媒体研习会。唐灵章邀请了三家头部数字平台过来,每家两小时。

这三家平台风格迥然不同。姜阑除了请媒体的同学重点向 Erika 介绍各家针对国际奢侈品牌推出的广告服务,还请媒体一并分享了目前各平台在中国市场及海外市场针对消费品行业的所有最新玩法。

等这三场会议结束,唐灵章请媒介采买代理商的同学又补了一些信息,主要是国内新崛起的平台类选秀综艺中的服饰赞助,以及平台自制自播类影视剧的创意中插广告。

THE GLAMOUR

这两种类型都有一些极其成功的品牌营销案例。唐灵章非常清楚国际奢侈品牌不可能选择这些广告形式,但她仍然想借这个机会让 Erika 了解更多中国数字化营销的最新趋势。

这十个小时过去,Erika 和姜阑一起吃了顿晚餐。这是她在上海的最后一顿晚餐,等第二天上午和陈其睿的会议开完,她会和 Petro 在午饭后出发去机场。

晚餐后,Erika 给姜阑送了一个小礼物。那是一只玩偶的样品。这是 VIA 和某个美国的街头艺术家推出的联名系列,将在明年春夏上市。

这是个突发项目,目前在媒体端还没有放出任何消息和风声。

姜阑握着这只玩偶,想到了小硬。她很浅地笑了一下。

Erika 说,Lan,你看,这是时尚行业目前的大趋势,我们不得不跟上,不然很快就会被年轻人抛在身后。

姜阑点头,说,Erika,中国的营销领域也有很多大趋势,我很希望我们也能跟得上。

Erika 笑了笑,她说,Lan,我一直都能感觉到你是个有野心的人,你这几天安排的行程和会议更是加深了我对你的这个印象。我想问问,如果 VIA 有一天不能满足你的野心了,你会选择去哪里?

姜阑放下玩偶,回答说,这个问题我从来没有考虑过。

到了晚上,梁梁给姜阑发来微信,说今天下午的媒体采访很顺利。接着梁梁问姜阑周末有没有空,周六晚上要不要一起去 746HW 玩嘛。

姜阑答应了梁梁。

回完梁梁的微信,姜阑想起自己曾经对童吟的承诺。她在脑海中把童吟和梁梁放在一起,感到这是一个非常可爱的画面。姜阑抿了抿嘴唇。

她给童吟发微信:"周六晚上我带你去 746HW 玩好吗?给你介绍新朋友,很美很酷的女孩子。"

童吟:"不去。"

姜阑以为她是在埋怨自己这段时间太忙,于是试着换了一种方式问:"周六晚上我带你去 746HW 吃卤肉饭好吗?"

童吟:"难吃。"

童吟:"不去不去就不去!难吃难吃就难吃!"

058 🎲 渴

童吟一闹别扭,姜阑就没有办法。

睡觉前,姜阑深深思考,像梁梁那样的泼辣可爱,和像童吟这样的娇气可爱,究竟哪一种更可爱。她想了半天没有结论,内心深处却对这些可爱生出羡慕,她很希望有一天,自己也能够像这样去肆意表达情绪。但这对姜阑而言难于登天。

次日周五,一大早到公司,Vivian 就通知姜阑去陈其睿办公室开会,说是老板们已经和日韩两国的高层们开完了通气会。姜阑看了一眼时间,8 点 15 分。她真心佩服陈其睿和 Erika,在这样的年纪还能以这样的强度和速度推进工作,这让姜阑倍感压力。

走进陈其睿办公室,姜阑一眼看见了 Petro。他居然来得比她还要早。看来这场全面升级后的亚洲规模的大秀,对每个人的吸引力都成倍增长。

陈其睿叫姜阑坐。

Erika 简单地向姜阑和 Petro 分享了高层会议的结论:日本和韩国明年市场预算转拨给

第十章

中国区的具体金额,两国针对这个项目会各自成立内部的 task force 以提供支持,项目在未来几个月中的关键进程点,以及最终的完整目标要求。

这位美国女人只用了短短两天的时间,就完成了这一切。姜阑不知道她是什么时候做的,也不知道她是怎么做的。如此强悍的资源整合能力、跨国沟通协调能力、对大局的掌控力和对项目落地的推动力,令姜阑叹服。

而成功驱动 Erika 完成这一切的陈其睿,此刻正坐在他会客区的专属沙发位上,神色如常。

Petro 应 Erika 的要求,取消了原定今天飞回纽约的行程。他将转道飞东京,然后再飞首尔,代表 Erika 去和两国的 MarComm 负责人当面做项目的具体沟通。再之后,他被要求回纽约打包行李,然后再次飞回上海办公室,在这里继续他的日常工作,一直到明年三月的大秀落幕。

这样一场规模的大秀,Erika 需要放一个她 100% 信得过的人在中国一线替她盯着项目进程,合情合理。陈其睿没有反对,姜阑更不可能反对。

当着姜阑和 Petro 的面,陈其睿对 Erika 表示了感谢。Erika 说,不客气,这个项目的最终成功还需要各方的协作和团队共识。

这两个词说起来多么容易。

对于这样一场规模的大秀,内部和外部,总部和各国,有多少个不同的团队会被卷进来,每个团队的背后又代表着怎样不同的利益,要真正做到用团队精神来协同合作,是非常大的挑战。这样的挑战,是陈其睿野心的具象表现。他为 VIA 中国区要来了前所未有的高光可能性,同时也为他的团队带来了前所未有的压力和难题。

姜阑背着这些压力和难题走出陈其睿的办公室,走回自己的位子坐下,然后才给 Vivian 拨了电话。她问:"后续每个月的 all-agency meeting(全代理商项目大会),老板需要参加吗?"

Vivian 困惑道:"你刚刚怎么不直接和 Neal 说?"

姜阑说:"还是麻烦你帮忙确认。"

大秀规模整体升级,Erika 要求 IDIA 总部投入更高级别的人员进入这个项目的日常管理,IDIA 对此作出了承诺。季夏作为 IDIA 中国区的 GM,被要求放更多时间和精力在这个客户和项目上。

Erika 建议,至少每个月都需要有一场 all-agency meeting,做多方信息的汇总同步和确认。

陈其睿表示同意。

在他的办公室里,姜阑没问她不该问的话。

自从上次被间接敲打后,姜阑就再也不允许自己犯任何自作聪明和自以为是的毛病。赢得陈其睿的信任和授权不是容易的事,她丝毫都损失不起。任何涉及季夏的问题,姜阑都决定按照标准流程,一问一步,不走捷径。

Vivian 很快问来了答案。她说:"老板说,看你是否需要他出席。"

姜阑谢过 Vivian,给季夏发了一条微信,询问季夏这边的最新项目人员配置和安排,顺便也和季夏确认后续开会她是否会出席。

季夏回复姜阑:"看你是否需要我出席。"

有些事不该姜阑想,有些感慨也不该姜阑发,但在某些时刻,她仍然忍不住地觉得,季夏和陈其睿真的是天生绝配。

这天晚上,费鹰发微信问姜阑,这周的工作忙完了吗?周六什么安排?姜阑把要和梁梁约会的事情告诉了他。

费鹰看了好一会儿姜阑的回复。

在她的世界中,事业显然比爱情重要,朋友显然比男人重要。他不知道自己该用什么心情面对这个事实。

THE GLAMOUR

这样的姜阑，是费鹰非常喜欢的姜阑。但这样的姜阑，又是让费鹰非常不甘心的姜阑。

最后费鹰说："周六晚上等你们结束，我去接你好吗？"

姜阑回得很快："好。"

姜阑想见费鹰吗？非常想。但这种想念足以让她忽略难得交到的新朋友吗？不太可能。她相信费鹰能够理解。

姜阑看了看她回复的那个字，随后想到梁梁的可爱，又想到童吟的可爱。她有些犹豫。几十秒后，姜阑努力尝试了一下，又给费鹰补发了一个亲亲的表情。

周六上午，姜阑补了个觉。下午，她和梁梁见面，陪梁梁去逛了几家上海的独立买手店，然后吃了个晚饭，晚饭后又继续逛了几家，等到时间差不多的时候，两个人一起去了746HW。

梁梁今天没约郭望腾和孙术一起来，她一路牵着姜阑的手，女孩子的手摸起来真的好舒服喔。

到746HW的时候，将近十一点，正是周末非常热闹的时候。

梁梁站在店门口拨出一个电话，很快有人出来接她。

来接梁梁的是个女人，她的酷和性感分外张扬。姜阑很快认出了她就是之前那部"女DJ是什么"纪录片里的DJ ZT。

梁梁很开心地和ZT拥抱，然后把她介绍给姜阑。

姜阑本准备伸手，但ZT凑近一步，直接给了姜阑一个热情的拥抱。她贴在姜阑耳边说："你怎么这么好看？"

这个女人有着侵略性的吸引力，哪怕她是个女人。

梁梁笑得弯下了腰："ZT你就别闹她了嘛！"

ZT笑嘻嘻地松开了姜阑。

三个女人坐进卡座。

ZT点了酒，梁梁也点了酒，ZT问姜阑要什么。姜阑说可以点一份卤肉饭吗？店里的男孩子摇摇头，说："我们店现在不做卤肉饭了哦。"说完就走开了。

梁梁很不理解："王涉今天不在店里吗？"

ZT说："他在。"

梁梁问："那怎么不给做卤肉饭？"

ZT笑得有点意味深长："他不乐意就不做呀。"

梁梁立刻说："男人都好没意思喔！"当然，这个结论要排除傻乎乎只会贴大花花的郭望腾。

快到十二点的时候，姜阑看了看手机。她在晚饭后再一次问了童吟，但童吟一直没回她的微信。

ZT去打碟，梁梁跑去舞池，玩得正嗨。姜阑在此刻又想起了第一次跟着费鹰来这里的场景。那是她第一次抚摸他的腰，当时男人皮肤的触感和温度到现在她都记得很牢。

他今晚一直在等她。

她开始思考，应该找个什么样的时机和梁梁提出要走，才能不扫大家的兴。但姜阑还没想好，就看见了从门口走进来的童吟。

童吟今天非常漂亮。虽然她平常已经很漂亮了，但今天的她让姜阑感到惊艳。童吟穿着她没见过的裙子，戴着她没见过的首饰，化着她没见过的妆。

童吟一声不响地坐进卡座。

姜阑摸了摸她微卷的长头发，又挠了挠她的腰。

童吟说："做什么？"

姜阑说："确认一下你的心情。"

第十章

童吟面无表情地往旁边蹭了蹭:"我好着呢。"
大约过了一刻钟,店里的男孩子端来了一份卤肉饭。
姜阑看着这碗号称本店不做了的卤肉饭,很惊讶。惊讶过后,姜阑问童吟:"为什么你可以拥有卤肉饭?"
童吟说:"没为什么。"她把男孩子叫住,把碗一推:"我不吃哦,油太多。难吃。"
男孩子摸摸鼻子:"我们老板今天特意交代后厨少放油了。"
童吟反正就是不肯吃。
男孩子只好把碗收走了。
男孩子走后,姜阑想到第一次来的时候,费鹰说找"主厨"点菜,和她吃到的那碗卤肉饭。她又想到带童吟来的那次,没有卤肉饭的菜单,和后来她们吃到的卤肉饭,还有来打招呼的王涉。
姜阑看着童吟:"那个男孩子说谎了,这里的卤肉饭都是他们老板王涉亲自下厨做的,你不知道吗?"
童吟转回头,一时没反应过来:"嗯?"
姜阑说:"你老实交代,为什么你可以拥有卤肉饭?"
这场"逼供"仅仅开了个头,就被打断了。
梁梁和 ZT 回来了。
童吟一看见 ZT,眼神立刻亮了。她还记得上次"女 DJ 是什么"的活动之夜,这个才华和性感横溢的女人的演出是多么大胆精彩。
姜阑只好暂时放弃质问童吟,主动介绍几人互相认识。
梁梁热情地握了握童吟的手,很开心地说:"你的手也好软喔!"
ZT 说:"是吗?让我也摸摸。"
童吟主动把手伸给了 ZT。
ZT 盯着童吟的眼睛,笑容带了点深意:"我好像见过你。你是不是之前来玩,坐过 V1 的卡座?" V1 的卡座,是王涉的。
童吟点点头。她感到自己的手心被 ZT 挠了挠,那感觉像羽毛轻拂,又像蚊子叮咬,让她克制不住地痒。
她忍不住坦白内心:"我上次来,看了你的演出。你有一对非常非常美丽的乳房。我的印象很深刻。"
ZT 笑着把童吟拉近了一点,问她:"你要不要陪我一起去洗手间?"
ZT 带童吟去的是仅限工作人员使用的洗手间,不分性别。
王涉推开洗手间的门。隔间外,洗手台前,正对着镜子,站着两个女人。
他看了几秒,然后他叫人:"ZT。"
ZT 闻声回头,笑了:"我没锁门吗?"
王涉不响。他的目光透着十分的不耐烦,洗手间的门被他拉开,他的意思很明确。
ZT 松开童吟的手,整理了一下上衣,笑着离开了。
王涉松开门把手,这扇门失力后自动合上,发出很重的响声。
镜子前的女人看起来既欲又蠢。王涉心头的火气瞬间蹿高。他想到了那碗刚刚被这个女人退回来的卤肉饭。

隔着半米不到的距离,童吟在镜子里盯着王涉。男人的头发颜色又重新染了,新色配上他这一张脸的五官,在洗手间的光线下显出一点狠。他抱着胸,小臂的肌肉线条堪称完美。
这个男人拥有要人命的性感。
童吟感受着这样的性感,想到了上一次她是怎样被这个男人侮辱智商和性欲的,又是怎样眼睁睁看着这个男人头也不回地甩开她走掉的,她的愤怒几乎要突破天际。这种男人,难道她会想和他认真谈朋友吗?怎么可能?!她真的只是想和他睡几觉而已。但

THE GLAMOUR

他居然还看不上她。为了不让她纠缠,他甚至能在硬着的时候说出他不行这种鬼话。

童吟简直要恨死了。这情绪之中,还裹杂着她越想要却越得不到、越得不到就越想要的不甘,以及一股莫名其妙却挥之不去的深深委屈感。

童吟看着王涉走近。
他抬起了胳膊。
就这一个动作,童吟就已经起了一层鸡皮疙瘩。她在一秒之中幻想了很多场景,每一幕都让她头皮发麻。
但王涉没给她任何幻想成真的机会。他转身进了隔间。
童吟所有的怒火瞬间化成了水。
她被王涉活生生地气哭了。

第 11 章

表　情

THE GLAMOUR

059 表 情

童吟哭了大约十几秒，没发出什么声音，然后自动停止了哭泣。她用手背按了按脸上的泪水，从放在洗手台上的随身小包里抽出纸巾，对着镜子小心地擦擦眼角和下眼睑。她明天一大早要和团里的同事一起出发，去西南某省做慈善义演，她不能让眼睛哭肿。

童吟对着镜子开始补妆。

镜子里的女人有一张很小的脸，很黑的眼，过腰的长发微微卷。这样的发型她已经保持了十几年。

读书的时候，指挥系每届的学生人数一只手都能数过来。她还记得某一年，有一个可以跟着职业团去奥地利演出学习的名额，老师直接把几个男生叫去开会，最后选了其中一个。

童吟不知道为什么今夜她会想起这件事。她成长于一个条件优渥的家庭，这三十二年来从没遇到过什么大的困难和挫折，但她内心深处仍然藏有许许多多的委屈。很多委屈她从没说出口，很多委屈她以为自己都忘了。

童吟今晚哭，是被王涉气哭的。但她心里很清楚，她的眼泪并不是为了王涉而流的。

童吟究竟是为什么流眼泪，她自己也理不清。

和赵疏在一起的六年，童吟以为她爱，她为了爱而妥协和忍耐。和赵疏分手后，童吟只想寻找堕落的快乐。同男人不谈爱只睡觉，是她想象中最简单快乐的堕落。但这样简单的堕落，童吟竟然无法随心所欲地拥有。有时候童吟也会问自己，为什么要执着于从男人身上获得性高潮？单纯的性高潮和性满足，女人有琳琅满目的工具可以挑选，这不足够吗？为什么女人仍然会渴望被人抚摸，被人吮吸，被人亲吻，被人揉弄，被人送上快感的巅峰？这种身体与身体、皮肤与皮肤之间最原始的贴合与摩擦，为什么永远拥有令人无法轻易抗拒的吸引力？这仅仅是人类体内繁殖基因的驱动吗？

童吟不知道。

的确，被王涉接二连三地拒绝，这样糟糕的体验让童吟愤怒不堪。这当中有她女性魅力失败的恼羞成怒，更有她无法快速达到目的的无能挫败，但有一点童吟十分确定：她不可能当真喜欢上王涉这种男人。他不过是长得帅了点，性感了点，酷了点，勾人了点，看上去技巧好过大多数男人，而已。他的身上并不存在任何其他足以吸引童吟灵魂的特质。

虽然王涉成功撬动了她今夜的脆弱情绪，但童吟很清楚，她的眼泪，绝无可能是为这种男人流的。

在那些理不清的思绪和泪水中，或许埋着童吟这三十二年人生中所有的委屈，以及

第十一章

她此刻对自己的深深失望。童吟想,这些失望和失望背后的荒唐心理,应该到此为止。

王涉从隔间出来,看见正对着镜子补妆的童吟。

他不得不承认,这个女人在被他那样对待后居然没有立刻夺门离去,也没有对他破口大骂,他有那么一丁点的意外。

此刻,童吟上半身向前倾轧,凑在镜子前,在很仔细地描着眼线。这个姿势格外突显出她的腰线和漂亮的屁股。

王涉毫不客气地多看了好几眼。

他是个什么玩意儿,他自己心里太清楚了。如果这场景是在一年前,他应该下一秒就会走过去,一把撩起她的裙子,把她压在洗手台上,让她照着镜子,看他是怎么做的,但现在的王涉不可能。

王涉走到童吟旁边,拧开水龙头洗手。

她根本没看他一眼,他却看见了她有些红的眼角。

看清的那瞬间,王涉洗手的动作有点僵。他心里的那股火又重新蹿起来了:这女人哭了?他惹的?他居然把她惹哭了?

王涉还记得童吟第一次来,趴在姜阑肩膀上号啕大哭的原因。她就那么爱为男人哭?和前男友分手,来夜店发泄,看中不认识的男人,就想找人睡觉,她把他当什么,走出失恋的工具吗?既然是工具,那她现在又在哭什么?

王涉心烦意乱。他在这心烦意乱中开口问出了一句莫名其妙的话:"今晚的卤肉饭你为什么不吃?"

童吟放下眼线笔,拿出口红。她说:"难吃。"

没吃,也知道难吃?王涉觉得这个女人简直是他见过最矫情的。他关上水龙头,抽出两张擦手纸,又说:"你哭什么?"

童吟终于瞟了他一眼,说:"不是为你。"

说完,她抽回目光,继续仔仔细细地对着镜子涂口红。

王涉重重地把擦手纸扔进垃圾桶。他对自己的行为感到匪夷所思,问出这样自取其辱的两句话,他是图什么?

王涉冷笑了一下,对他自己。他转身要走,童吟却开口叫住他,说:"请你以后不要再勾引我。"

王涉怀疑自己幻听了,他回头看向这个女人:"你讲什么?"

童吟说:"你听见了。"

王涉走回去,低头:"我勾引你?"

这个女人失忆了吗?当初是谁在746HW门口捏着香烟,把路过的他叫住的?是谁找借口要加他的微信但没成功的?又是谁在V1卡座里揪着他的衣角不让他走的?他勾引她?

童吟抬眼。

男人比她高了一个头,他的目光很不耐烦,也很凶。

她说:"你为什么要给我做卤肉饭?"

这句话掷地有声。

王涉变得面无表情:"谁说是我做的?"

童吟说:"就是你做的。你不要装了,没用的。"

王涉不响。

童吟又质问了一遍:"你为什么要给我做卤肉饭?"

她还说:"你勾引我,然后还觉得我纠缠你,你是不是有毛病?让你同我睡觉你不肯,但还要继续给我做卤肉饭,让你摸我的乳房你不肯,但还要问我为什么不吃你做的卤肉饭?你是不是有毛病?"

王涉一言不发,转身就走。他根本就不可能理论得过这个女人。

227

THE GLAMOUR

　　出去没两步，王涉就看见了 ZT。

　　ZT 瞧见脸色难看的王涉，露出一个很无辜的笑容："这么快就出来了？"这句话成功地让王涉的面孔又黑了一层。

　　王涉看着 ZT，不由得想到了白川，然后就想到了一年前的自己，还有 ZT 最近搞的"女 DJ 是什么"和那部纪录片，让 746HW 被卷入网上的舆论浪潮中，没完没了，连回归正常的生意运营都一时没办法。

　　王涉觉得他现在的生活真是乌烟瘴气，一塌糊涂。他烦躁地越过 ZT 身边，直接往办公室走。

　　ZT 在后面叫他："哎！"她笑嘻嘻地说，"费鹰来了，正在你办公室吃卤肉饭。"

　　费鹰扒了没几口饭，王涉就进来了。

　　王涉的恶劣心情直接写在脸上："你今晚又干什么来了？啊？这饭是做给你吃的吗？"

　　费鹰纳闷："那是给谁吃的啊？"

　　王涉现在实在是很烦费鹰。如果费鹰不追女人，那姜阑就不可能带童吟来 746HW，那童吟就不会认为王涉勾引她。

　　王涉又想到了"一天五次"，于是他的无名火瞬间烧到了三丈高，他怎么看费鹰怎么不顺眼："我说你能不能滚远点？去你自己那屋不行？"

　　费鹰放下筷子。王涉今晚的骂骂咧咧和平常的骂骂咧咧有着本质的不同，这样的反常让费鹰警觉。他问："怎么了你？"

　　王涉敷衍道："没怎么。"

　　发泄了这么几句，情绪缓过劲来，王涉对着兄弟自知有些理亏。他问费鹰："没吃晚饭？老郭不是说孙术这两天来了？你们没一起？"

　　费鹰说："没顾上。"

　　今天姜阑和梁梁出去玩，他也没闲着，事那么多，随便捡几件就够他耗一天了。下午和严克那边过了一下成都和北京修改完的新店设计方案，一个会开了三个半小时，开完已经过了饭点，他就随便对付了几口。

　　孙术没在上海多待，梁梁采访的事情一办完，他就飞回深圳了。这趟来，他甚至没和费鹰见一面。

　　这事费鹰没打算在王涉面前提。之前"女 DJ 是什么"的活动和纪录片费鹰都看在眼里，他了解王涉的性格，这事不论 ZT 是出于什么动机和目的做的，都绝不可能是王涉会乐意的方式。

　　兄弟归兄弟，然而每个人的人生态度和理想追求都不同，费鹰不可能让所有的兄弟都无条件地支持他的每一个决定和动作。他也不想因为这件事再制造更多的矛盾。

　　王涉看看费鹰："吃吧，要是不够还有。"

　　费鹰重新拿起筷子："以前让你做饭少放点油和盐，你死活不同意，今天这饭改得还行啊。"

　　这话一听，王涉顿时又冒火了。

　　饭吃到一半，费鹰接了个电话，说："阑阑。"

　　这个语气让王涉听了想骂人，但王涉还是继续听了听。他纳闷极了，姜阑今天晚上和几个女人在这儿玩，费鹰难道不知道？费鹰来这儿，不直接去找姜阑，反倒在他办公室待半天干什么？

　　费鹰和姜阑没说两句，就挂了电话。他抬头对上王涉疑惑的目光，解释道："我来接人。"

　　王涉更加疑惑了："接人你不直接进去找人？"

　　费鹰说："不去。"

　　王涉不依不饶，非得问个所以然："几个意思啊你这是？"

　　正常的费鹰不可能搭理王涉，但今晚的王涉不太正常，费鹰看在多年兄弟的分上，

第十一章

只得本着照顾他的态度简单解释了两句。

简单解释就是费鹰很想姜阑,她还没叫他接,他就自己提前来了。为什么要在王涉办公室里待着,这一面墙的闭路监控大屏可以解释一切。至于为什么姜阑打来了电话,费鹰还不立刻去找她,费鹰的说法是:"不想给她压力。"

王涉服了,是真的服了。一个男人,把一个女人照顾成这样,不论是"一天五次",还是"不给压力",费鹰在王涉这儿已经成神了,王涉就想问问,这能是人做得到的事吗?

费鹰算着时间,看差不多了,准备从店里后门出去取车,然后开过来,接姜阑回他那儿。

王涉看着他站起身。费鹰不愧是费鹰,他能把BOLDNESS和壹应资本做到今天这样,不是随便换个人就能模仿得了的。同样的,费鹰对女朋友的心思,也不是别的男人能复制得了的。

王涉兀自想着,听到费鹰叫他:"王涉。"

他抬头:"嗯?"

费鹰从桌上拿起一张纸,问:"我前面就看见了,但没顾上问。你从什么时候开始热心公益了?"

这是一张给某机构的捐款证书,上面的金额不菲。这个机构费鹰没关注过,看字面的名称,应该是专注于为贫困地区的女性提供特殊援助的机构。这事如果真是王涉办的,那实在是太过于颠覆费鹰对王涉的认知了。

王涉看了一眼费鹰手里的纸,没什么表情:"我?可能吗?"

费鹰想了想,也是。

童吟去洗手间后没多久,给姜阑打了个电话,说第二天一早要坐飞机,自己直接回家了。

姜阑没多问,她能看出童吟今晚的情绪并不高。她嘱咐童吟注意安全,到家发微信给她。

过了一会儿,ZT也回来了,她说不能回家太晚,不然妹妹会生气。说着,她又对姜阑笑了笑,说:"你呢?太晚的话男朋友不着急吗?"

梁梁一听,立刻说:"对喔对喔,不玩了不玩了,我也要早点回酒店去睡觉!"

姜阑觉得梁梁说得一点都没错,女孩子真的都好可爱。

她给费鹰打了个电话,说自己这边差不多了。

费鹰说:"嗯。我从家过来,大概二十分钟。"

姜阑说:"好。"

二十分钟后,姜阑从店里走出来。

已过半夜,街上的车很少,费鹰把车停在746HW门口,打亮双闪。他站在车外,看着姜阑,笑了笑。

姜阑也微微笑了。她想,是应该现在过去给他一个拥抱和吻,还是应该等上了车之后再做呢?

她还没想好,费鹰就走过来了,问:"玩儿得开心吗?"

姜阑点头。她抬眼看他,这张脸她百看不厌。他靠近时,周身温热的气息瞬间就将她的触觉全面覆盖。

见面后不过短短一两分钟,姜阑就感到她被费鹰拢进了他的世界,而他甚至还没有实际碰过她。

这就是热恋吗?姜阑有点沉迷于这样的美好。

费鹰没等两人上车,直接把姜阑抱进了怀中:"阑阑。"

姜阑被这一声弄得立刻就想要回家了。

THE GLAMOUR

费鹰说:"刚才打电话,你是不是说了个'好'?"

姜阑脑中在勾画很多别的内容,心不在焉地回答:"是,怎么了?"

费鹰一手按着她的腰,另一手抬起捏了捏她的脸颊:"还缺个表情。现在补给我,行吗?"

060 情 绪

夜色很柔软,就像费鹰怀里的姜阑一样。

绝大多数时候,姜阑并不是一个靠本能和直觉驱动行为的人。但在费鹰怀里时,姜阑总能感受到令她倍感轻松的温暖空间,那些空间总在诱惑她做一些不一样的尝试。

街灯的光照在姜阑脸上。她仰起下巴,离费鹰近了一点,然后很快很快地嘟了嘟嘴。

柔软的触感擦过他的胡茬。这一个动作,让费鹰这一周心中的不甘都消逝于无形。他想,这就是姜阑。这就是喜欢着他的姜阑。

面对这样的姜阑,他还能对她提什么要求呢?他心中对这段关系的种种渴望和需求,与她这一刻的可爱相比,都得往后排。

一进家,姜阑就把费鹰堵在玄关处,她把他的卫衣下摆撩起来,又把他的脖子勾下来,咬着他的耳垂问:"你喜欢打电话,还是喜欢见真人?"

费鹰一把握住她的腰。

他在思考刚才在车上为什么对她那么客气,以及这个问题,难道不该是他来问才更合理吗?要不是他的克制,能轮得到她今晚问这话吗?

费鹰的衣服上沾着他的气味。姜阑眷恋这味道,她把费鹰脱下来的衣服抓在手里不肯丢。费鹰扯了一下没成功,一边亲她一边问:"我还没衣服好闻?"

在被情欲的热浪掀翻理智的时候,姜阑并没有意识到,费鹰很少会像今晚这样,直接表达他第一人称的诉求。

姜阑一觉睡到了周日下午的两点半。醒来时,她恍如隔世,甚至没有感到任何的饥饿,也并不想喝水,或是想去卫生间。

这样的感觉她此生都没体验过。

卧室的遮光帘拉得很紧,姜阑抬手轻揉太阳穴。费鹰并不在床上。姜阑想象得到他可能又在外面打那些没完没了的电话。

她转动脖子,看到床头柜上搁着一杯水,和往常一样透露着他的温柔和体贴。不过这个动作带给她整片肩颈背肌的酸疼。

姜阑略作回忆,她对这个男人产生了一些新的认知。

梁梁上飞机前,给费鹰打了个电话。

那家头部街头潮流媒体准备周一中午发稿,本着尊重品牌方的态度,编辑把专访的稿件发给梁梁和孙术做确认。梁梁转发给费鹰让他做最终批复,又在电话里说,她昨天晚上和姜阑吃饭的时候已经让姜阑帮忙改过一遍了。

这时候,费鹰才知道,梁梁这次来上海的媒体专访前后,姜阑帮了多少忙。而这些事情,他从他女朋友口中,竟然只字未闻。

电话里,梁梁的声音很高兴:"YN 我和你说,阑阑真的好棒喔。"

第十一章

费鹰沉默了一下，说："嗯。"

挂了电话，费鹰走出书房。他看见姜阑终于起床了，正在客厅收拾地毯上的狼藉。她没穿自己的睡裙，反而套了一件他的T恤，那件T恤是昨天晚上从他身上扒下来的。

姜阑的头发被她随手扎起，模样难得的居家。午后的阳光从落地窗外投进来，照得她整个人微微晕着暖金色的光圈。这个女人真的太让他心动，虽然他此刻的心情很复杂。

姜阑听到声音，抬起头："你吃饭了吗？"

费鹰没说话。他很想问，她是否知道，她除了是梁梁的好朋友，还是他费鹰的女朋友？怎么这些事情，她连告诉他的欲望都没有吗？

那张存在于两人之间的透明隔膜，在费鹰眼中再次变得清晰可见。

姜阑打量着费鹰的表情，站起来："费鹰？"

费鹰对上她的目光："还没。你有什么想吃的吗？"

后来两人没出门吃饭。前一晚有多折腾，姜阑有多累，费鹰一清二楚。他们叫了楼下粤菜馆的外送，简简单单的三菜一汤两个点心，很快送达。

费鹰给姜阑盛汤，叮嘱道："小心烫。"

姜阑微微地笑了。

她本想周日和他出去逛逛，很想和他手牵手地在上海的街上随意走一走。费鹰喜欢街头，她也变得有些喜欢了，但是她今天确实太累了。

她一边小口喝汤，一边问："你今天有什么安排？"

费鹰今天确实有安排。

杨南和上海这边的朋友张罗的那个国际Breaking赛事，已经初具雏形。海选即将启动，上海这边的赛事方邀请费鹰今天去场地那边再看一看。费鹰本想带姜阑一起去，让她更近距离地走入他的世界，但他现在突然没了这份心情。他回答："没什么想法。你有什么想要和我一起做的事儿吗？"

姜阑说："我有点累，等吃完饭，你可以再陪我睡一会儿吗？"

她说这话时，笑得很柔软。这样的笑容令费鹰无法拒绝。她对他感情的表达大部分都是通过身体的亲密接触，这令他熟悉，也令他感到了深压于心底的不满足。

但这是姜阑。

费鹰伸手摸了摸她的头，说："好。"

姜阑瞧了瞧他的神色。男人除了没怎么笑，并没有什么异常。

周一一早，姜阑精神抖擞地到了公司。

早上两个会开完，何亚天来找她说11月北京店王周年庆活动的事情。还有两周的准备时间，徐鞍安到场，身上穿什么衣裳背什么包，店里对应要备什么货，这些都得提前沟通确定好。何亚天受不了朱小纹到时候和他闹，稍有差池，朱小纹必定又要去陈其睿那里投诉他。

姜阑看了一下何亚天的方案，说先这样，把货调来，她这边安排徐鞍安远程做 fitting，完了发照片给总部确认。

何亚天说："真烦。"

姜阑能理解他的烦。这种商业活动，明星既要穿好卖的，又要穿能体现品牌调性的，这本身就很难平衡。何亚天按中国区商品计划选的货，又未必能让总部满意。他这么心高气傲的人还得求着姜阑一起把这事办漂亮，他心里能舒服吗？

姜阑说："你烦我也烦。所以你就别烦了好吗？"

何亚天再没说话，拿着电脑走了。

何亚天走后，姜阑终于有空去卫生间。路过会议室区域时，她看见张格飞和陈亭坐在小会议室里。

张格飞终于病愈复工，她不在的这段时间，陈亭手上所有的项目都直接向姜阑汇报，现在她回来了，这种方式不可能再继续。

THE GLAMOUR

姜阑没在会议室外多停留,这短短几秒时间,已经足够让她看清陈亭那张满是委屈的脸。

061　情愫

下午,姜阑和张格飞过了一下近期的工作事项。张格飞病假虽然休了三周多,但重要的工作邮件和微信工作群里的消息她都在看,回来后只花了半天就从陈亭手里接起了最新工作进度。

张格飞的工作能力一向让人放心。姜阑的团队就没有能力差的人,能力差的都待不久,陈其睿从不养没用的人。

全国的秋冬 trunk show 还差最后三场没做,都在东北。张格飞说:"这周五我飞长春,周六晚上再去哈尔滨。"

姜阑说:"你身体刚好,吃得消吗?"

张格飞说:"可以,没问题。"

姜阑点头:"那好。北京 11 月徐鞍安到场活动的最新进展你都清楚吗?"

张格飞说:"Tracy 都和我交接清楚了,后面的事情我会跟的。"

姜阑想了想,问:"你觉得 Tracy 在你休病假的这段时间,工作做得怎么样?"

张格飞说:"阑姐,这段时间她直接跟着你,大问题不可能有。但很多你顾不上盯的细节,她做得不到位,一是缺经验,二是太心急。"

陈亭心急是在急什么,张格飞没挑明。

姜阑再度点头。

张格飞对陈亭的评价很客观,姜阑相信张格飞给陈亭的反馈也会很中肯。至于陈亭心里的那些委屈,是每个初入职场的优秀年轻人都会有的,很正常,姜阑见多不怪,她自己也是这么过来的。

但是心急的年轻人身上有许多其他宝贵的特质,不该被忽视。还有自尊心和自信心,这两样的构建过程都不容易,需要给予适度保护。

姜阑提出一个建议:"这段时间,我一直在观察 Tracy。她对活动类的工作很有热情,而且她是个非常典型的靠热情驱动工作表现的员工。明年三月的上海大秀工作量很大,也许我们可以让她承担一部分入门级的工作。这是我的建议,希望你考虑看看。"

张格飞听进去了,她说:"好,我盘一下后面的工作。"

姜阑从不做越级管理,在这一类事情上她一直很有分寸,张格飞觉得很省心,也觉得很舒服。

快到月底,徐鞍安马上要进组录那档 S+ 级的综艺。之前丁硕把综艺造型组的服饰要求发过来给 VIA 看。姜阑的意思是只要品牌方能满足要求的就全部赞助,满足不了的,就让丁硕务必做到全程提前沟通,拒绝一切竞品上身的造型要求。

这种基础得不能再基础的工作,温艺直接让刘辛辰负责。刘辛辰和 NNOD 那边对了一下公关样衣样鞋,当季很多新款都在各路媒体手上借拍,她只好去找零售门店借货。VIA 在上海有四家大店,刘辛辰一家家跑过来,和店经理各种赔笑脸,填借货单,有些款没有徐鞍安的尺码,她只能用 PR 的内部预算领用出来,再叫裁缝到公司来改衣。这样的差事一天做下来,又累又没有成就感。

忙到快下班,刘辛辰才回到公司。她想在楼下顺便买个色拉当晚饭。在餐厅排队时,

第十一章

刘辛辰碰上了陈亭。

陈亭对她打招呼："Hi，Ivy。"

刘辛辰说："哦。你也加班吗？"

陈亭说："嗯。明天要开大秀的项目启动会议，各家公司的老板都会出席，我想再检查一下开会要用的资料。"

刘辛辰没搭腔，她不想排队了，拿出手机扫码点餐。

陈亭好心提醒："这家的主厨色拉每周一半价哦。如果你想吃意面，我们也可以一起买，周一的意面买一赠一。"

刘辛辰看了看陈亭。她握着手机的掌心里有一排新鲜的小水泡，是今天提了一天大大小小的购物袋磨出来的。从店里发到公司的同城快递需要用门店的预算，她级别太低，不好意思向店经理提出这样的要求。这会儿听到陈亭的这两句话，刘辛辰突然想哭鼻子。她想，她可真没出息，她要是能像陈亭这么坚韧、这么坦然，也许她现在已经不用干这些活了。

从来不需要在吃穿住行上省钱的刘辛辰吸了吸鼻子，说："那咱们一起买意面吧。"

两个女孩子买好饭一起上楼。陈亭帮刘辛辰把十几只购物袋一起提进showroom，说："你今天很累吧。"

刘辛辰点点头。她爸妈是绝对想不到他们女儿的日常工作是这样的，他们以为奢侈品牌PR只要擅长社交就可以了。

走出showroom，她们碰到正要下班的姜阑。姜阑同她们打了个招呼，嘱咐她们别走太晚，然后刷卡出门。

刘辛辰忍不住又回头看了看姜阑的背影。陈亭也注意到了，有点好奇："阑总现在每天上下班的路上都穿球鞋哎。"

姜阑在下班回家的路上打开微博。那篇头部街头潮流媒体的稿件在今天中午12点发布，很快就在潮流垂直圈层内引发了高度热议。

吃午饭时，姜阑匆匆浏览了一遍，终稿和她周六晚上改给梁梁的没什么差别。

潮流类的媒体和时尚大刊有很大的区别，编辑的自我意识更强，观点输出的态度也更强。梁梁的这次专访，该媒体的编辑明显带入了个人欣赏的角度，所以产出的内容读起来相对友好。从标题到正文，这篇专访将内容质量做到了极致，但最令所有读者震惊的，自然还是梁梁的性别。

文内的首张配图，就是梁梁身着"无畏WUWEI"官宣时的那条半成品连衣裙的全身照。照片是梁梁用遥控器自拍的，她坐在一面黑色背景墙前，没什么表情地看向镜头，眼神非常清澈。

这个留着一头粉金色短发的泼辣女孩，把网络上对她及BOLDNESS的所有尖锐恶评坦坦荡荡地披在了自己身上。她极具个人特色的美貌和大胆无畏的气质，足以令所有读过这篇文章的人都无法轻易忘记。

整篇专访大约八千字，全面讲述了BOLDNESS品牌所坚持的精神，品牌团队这十二年来为推广本土街头文化所做的努力，梁梁作为品牌创意总监的职业路径，她个人对这个垂直行业的贡献，以及"无畏WUWEI"推出后的目标与品牌主张。除了这些，文内还附有一段采访花絮视频。这段时长只有不到三分钟的视频，很自然地成为大家注意力聚集的焦点。梁梁在花絮里的表现，也是非常梁梁。

那段花絮视频被网友们截成不同的独立片段，在多个不同社交媒体和平台上被逐层扩散。

视频里，编辑在正式采访前热场，随意提问："在BOLDNESS这样的男性街头品牌做创意总监，你最大的感受是什么？"

梁梁答："没什么特别感受。重点在街头，不在男性。我是女人这件事可能会让不少人很崩溃喔？"

THE GLAMOUR

问:"你从欧洲老牌奢华时装屋回来,进入国内的街头潮流服饰行业,有什么很深的感触吗?"

梁梁答:"就是好希望国内能少一点号称国潮品牌的淘宝打板店嘛。你们买过Usss吗?"

问:"BOLDNESS为什么选择这个时候推出女装子品牌'无畏WUWEI'?"

梁梁答:"主要就是被骂得逆反了。本来是想明年年初推的,但是大家好像都看不懂我们做的'女人是什么'系列嘛,我们就想看看大家能不能看懂我身上的这条裙子?"

问:"那你能给我们讲一讲'女人是什么'系列吗?"

梁梁答:"女人是什么,我给不了标准答案,也没有任何人有权利做出任何标准答案。"

问:"你觉得你的外貌和性别在男性主导的街头服饰行业是个优势还是劣势?"

梁梁笑得很活泼:"你觉得是什么就是什么嘛!"

问:"今天采访真的不能问任何关于YN的问题吗?"

梁梁答:"你们胆子好大喔,现在还敢问我这个,不怕我现在直接走掉的是不是?"

到了晚上这会儿,微博上已经有大量的讨论传播,80%都是在议论梁梁的性别、外貌和她直接泼辣的采访风格。

姜阑在车上看了视频,放下心来。梁梁的外表和她的性格,非常反差也非常有吸引力,很天然地就可以赢得大量的路人好感。

向梁梁花式表白的评论和帖子层出不穷,男人女人都有。周末时,孙术已经征得费鹰的同意给梁梁开了个人微博。到现在,梁梁的这个新微博已经累积了几万粉丝,增速直逼当初无畏WUWEI的官微。

当然也依然存在不少质疑和恶评。

有一篇热帖是在论证梁梁作为女人,不自立门户直接做女性品牌,反而要去男性街头品牌做创意总监,这样的女性不是真正的女性榜样,她的职业路径不值得被尊重,她所主导推出的"无畏WUWEI"是一个男性街头品牌下的子品牌,这样的女装品牌不值得被女性消费者青睐。

这篇帖子获得了大量的赞同。

姜阑不由得想到了上一回她在BOLDNESS天猫旗舰店看到的那条匿名用户评论。

这是个人人都可以输出观点的时代,这也是个很容易丧失独立思考的时代。类似这样观点极端的帖子,如果给奔明的团队一点时间,他们可以产出至少十篇观点对立且逻辑无懈可击的内容。

但是,有必要吗?

梁梁的这次媒体专访,成功将之前关于BOLDNESS的"女人是什么"与"无畏WUWEI"的舆论引向了一个全新的方向。加上"女DJ是什么"那部纪录片的余热,已经有大量的媒体在做事件的进一步复盘发稿。

虽然这次采访的专稿通篇没提到费鹰,但是B-boy YN还是不可避免地被人在网上重新议论。这些议论以负面评价居多,主要观点是不解为什么YN自己不肯直面媒体,这样的行为似乎显得有些不够担当,不够坦荡。但这比起之前那些不堪入目的辱骂,已经温和了太多太多。

姜阑看了看,然后在微信上找到"小小窦语重心长地说",要求和对方直接通个电话。

上次姜阑转到奔明公司账上的二十万,她并没有要求退回。她一直在等一个合适的时机,在舆论发酵至恰到好处时,用奔明的专业团队为这个事件造一朵绚烂的烟花。

在电话里,姜阑嘱咐对方:"方案做得高级点,好吗?"

"小小窦语重心长地说"很认真地答应了。

挂了电话,姜阑点开梁梁的新微博看了看。梁梁在微博里发了她在媒体专访稿中的那张照片,无水印高清大图。这条微博下面有上千人喊着要嫁给她。

姜阑很开心地笑了,然后退出梁梁的微博界面,重新登录@YN_YN这个账号。

账号内,有几十条仅限自己可见的微博照片。每一张照片,都是姜阑眼中的费鹰。

第十一章

姜阑一条一条地划过，脸上的笑容变得有点甜。

小时候，姜阑看到别的女孩子为了喜欢的男生偷偷写日记，她不知道那是一种什么样的感觉。

现在的这个微博账号，就是姜阑的秘密日记本。它很忠实地记录着她对费鹰的所有情愫。

062　理想化（X）

等姜阑到家洗完澡，奔明就把方案做好发来了。这次速度之快，让姜阑有些怀疑奔明的小朋友是不是也一直在主动关注着 BOLDNESS 相关的舆情发展和走向。

"高级"是姜阑下的需求。要一家舆情公司做到这一点，并不容易。但奔明毕竟不是一般的舆情公司，姜阑很需要感谢杨素当初的推荐。

最优秀的舆情控制，从来都不是铺天盖地的席卷与覆盖，而是无声的浸润与引导。绚烂的烟花未必绽开在天空，也可以在心中。这是姜阑所谓的高级，也是奔明交出的方案。

姜阑看过方案，直接确认实施。这会是一场长达八周的舆情管控，奔明将用数千个素人号做差异化内容的主动传播和舆论影响，不碰任何小 V 和营销号，也不做任何榜单和刷贴。这和他们平常为流量明星和品牌广告主做的常规化舆情管理的手段很不一样，然而这样的做法才契合这次事件的调性，更不会让姜阑的帮助显得突兀难堪。

高级而低调，姜阑希望奔明能够 100% 地落实她的需求。

这件事，姜阑没有告诉费鹰。她不希望她的行为和决定带给他任何困扰。这是她个人的选择，也是她出于自我满足而做出的情感表达。姜阑并不认为费鹰需要知道这些。

临睡前，姜阑看了看手机。平常费鹰都会主动问问她什么时候睡，但今天没有。姜阑没有多想，主动给他发去微信："明天一早有会，我先睡了。这周还是很忙，我们周末见好吗？"

费鹰没多久就回复了："好。晚安，阑阑。"

姜阑："晚安。"附带一个亲亲的表情。

关灯后，姜阑躺在松软的被子里，小硬被她放在枕头边。她抬手捏捏小硬的耳朵，回忆着刚刚过去的这个周末。那些和费鹰相处的点滴细节，让姜阑在黑暗中闭上眼微笑。

费鹰为她重新定义的这段不复杂的关系，给予了她极大的空间与自由，温暖与体贴。这样的恋爱关系，让姜阑感到前所未有的舒适与幸福。她可以完全按照自己的方式来喜欢他。没有规则，没有框架，没有束缚，也没有令她不适的要求，甚至她一点都不需要为了这段关系而调整和改变自己。

姜阑再一次地想，这个男人真的完美得太不真实了。

半夜在浦东，费鹰和杨南找了一家海鲜馆子吃夜宵。

这地方离比赛场地不远，开车就十分钟。杨南昨天到上海，见比赛主办方的朋友，商量这次国际赛事的裁判邀请人选。费鹰头一天在家陪姜阑，没能去看场地，也没能正式把她介绍给杨南认识。今天费鹰事也多，一直忙到晚上快九点，之后就被杨南叫过来，要求他帮忙给这次比赛的各项章程参谋着出出主意。杨南和 Breaking 的事，费鹰不可能不管。更何况他还是这次赛事的赞助方，说什么也得给这事贡献一份心力。

等正事聊完，杨南说饿了，他的上海朋友指了个餐厅方向。找地方吃饭的路上，杨南已经发觉费鹰的情绪不太对，他今天根本就没怎么笑过。

THE GLAMOUR

虽然费鹰本来就不是个没事爱笑的人，但这段时间他经常会笑。原因嘛，杨南不傻，不需要问。今天费鹰不笑了，杨南琢磨着，这背后的原因应该相互有关联。

点菜的时候，费鹰拿着手机回微信。杨南问："在给女朋友发？"

费鹰很快回完，把手机扣在桌面上，说："嗯。"

这次杨南来上海，费鹰没提要给他介绍姜阑，杨南主动问："我后天走，明天有空大家一起吃个饭？"

费鹰惜字如金："她忙。"

杨南打量着费鹰的脸色，有些话本不打算问，但现在也得问出口："怎么回事儿？想聊聊吗？"

费鹰不知道该怎么聊。从哪儿聊？聊什么？这张餐桌对面坐着的是杨南，从小一起玩到大的兄弟。但就算是对着杨南，费鹰也张不开嘴。

他要怎么说？说他之前追人的时候给出了一个极其理想化的承诺？说他过于自信，以为感情关系这事说不复杂就能完全不复杂？说他低估了自己的欲望和需求，也高估了自己的心态？说他现在其实根本就搞不定自己的负面人性？

费鹰当初喜欢姜阑，是从见姜阑的第一面、听到她说第一句话开始的。在郭望腾办的那个展会上，姜阑站在那里，漂亮又特别。费鹰走过她身边，听到了她对朋友说的那句令他印象深刻的话。

这叫巧合，或许也是注定。

喜欢很容易。想要靠近姜阑的本能让费鹰极其轻易地做出了承诺。他太自信了，这三十二年来，他一直靠直觉驱动行动。他靠直觉走了这么多年，走到今天这一步。在他过去人生的每一个阶段，他都是靠直觉踏出第一步，然后踏平后面所有的障碍，踏出一条只属于他的路。

费鹰以为感情也会是一样。但喜欢只是个开始，他没想过他会被一个女人深深吸引到这个地步。

喜欢不是爱，爱很不同。在爱意滋生的那一瞬间，人的感情会变得前所未有的生动而蓬勃，人生因此而全然不同，爱让人想付出，想保护，想竭尽全力让对方幸福。但与此同时，人性中的自私、嫉妒、愤怒、占有欲、控制欲，也都会争先恐后地冒出头。这是不可抑制的基因本能。

费鹰爱姜阑吗？在他和孙术吵完架的那个晚上，在他看到马路对面的姜阑却压制不住脾气的那一刻，这个问题就已经有了清晰的答案。

可是这个答案，却解决不了费鹰的问题。

饭吃到尾声，杨南终于从费鹰嘴里听到了言简意赅的几句解释，他这才知道费鹰当初是靠什么把姜阑追到手的。

杨南直接无语。他俩认识太多年了，从小一起长到大，费鹰是什么样的性格，有什么样的毛病，没人比杨南更清楚。

现在的费鹰在别人眼里就一个字：牛，但只有杨南知道，费鹰这人最大的毛病就是他的极度理想化。理想化成就了今天的费鹰，但理想化也给费鹰的人生带来了很多问题。

像孙术这次和费鹰的分歧和争吵，就是这个原因导致的。在精神世界里，费鹰活得太纯粹，也太挑剔，他对理想的极致追求有时候会让他忽略很多现实性的问题。

Breaking，街头文化，做品牌，搞投资，这些是费鹰的根和事业。他的理想化有很多其他人帮他平衡，比如说孙术，比如说陆晟，比如说这些年来和费鹰一起打拼过的所有人。

但理想化如果放进亲密关系里，那是灾难。这个世界上还有比亲密关系更需要面对现实的吗？杨南认为没有。这个世界上最不能够被理想化的，就是爱情和亲密关系。

爱情有多美，就能有多丑。亲密有多甜，就能有多苦。

两个各有形状、成熟独立的成年人在一起，不磨得皮开肉绽疼痛难忍，怎么能靠得更近？杨南的人生经验就是这样的，所以他也就这么告诉了费鹰。

第十一章

杨南最后说："两人在一起，是要过日子的，你这样憋着不行，有什么需求早晚都得提出来。"

费鹰听了，一字不发。

他要怎么说？要怎么提？难道要他对姜阑说，他当初答应她的事情，如今他做不到？他给她的承诺，就是个他过于自信的笑话？他不但没能力给她创造不复杂的关系，还得让她配合调整改变，只因为他爱她？

这么不爷们儿的话，费鹰说不出口。这么没担当的事，费鹰做不出来。

周二上午开会，陈亭很早就到了会议室准备。刘辛辰没多久也来了。她问陈亭："有什么我能帮你的吗？"

陈亭说："那你帮我再多打印几份会议资料吧。我昨晚算错今天的总人数了。"

刘辛辰说："好。"

去打印室的路上，刘辛辰想，如果温艺之前没有提过辞职，如果温艺和姜阑的关系还是和曾经一样，那么她现在是不是可以获得更多的工作机会呢？刘辛辰很羡慕陈亭，陈亭的上级张格飞愿意分功劳给下属，陈亭之前还和姜阑直接共事过，姜阑很赏识陈亭的工作能力。

上次和 IDIA 的会议，姜阑让陈亭一起来参加时，刘辛辰曾经有过小小的负面情绪，她感到了来自同侪的压力和威胁。但那样的情绪在昨天的餐厅偶遇后很快消失无踪，陈亭的真诚与善意让刘辛辰感到了自己在某些方面的卑微和黑暗。她告诉自己，嫉妒是没用的，嫉妒只会让事情往她所希望的反方向进行。任何人都不可能靠嫉妒获得成功，这是她从小就接受的教育，她怎么能轻易忘了呢？

刘辛辰很快取好打印的文件，拿回去给陈亭。陈亭很感谢她的帮忙，说："中午我请你喝奶茶吧。"

刘辛辰说："好啊。"

其实她知道，陈亭这么聪明，怎么会算错来开会一共有多少人呢？

今天来开会的一共有四家代理商。除了 IDIA 和 NNOD，还有 VIA 目前在用的媒介采买代理和社交媒体传播代理。

等人都到齐，陈亭去请姜阑，刘辛辰去通知 Vivian。

姜阑到会议室后没多久，陈其睿走进来。他看了看会议室里的人，示意大家坐。但在他入座之前，没人真的坐下。

姜阑坐在陈其睿右手边。有陈其睿在的场合，轮不到姜阑先开口说话。

陈其睿更没什么多余的话，他给出指示："姜阑，你来讲一讲现在的最新情况。"

今天这场项目启动会议，姜阑并没有想给自己找麻烦。她在发出会议邀请时，把各家代理商的老板都放在了 optional（可选的），同样也请 Vivian 把陈其睿工作日程表上的这九十分钟设置成 tentative（暂定的）。她的意思很清晰：老板们要不要来，看老板们自己有没有空。

但陈其睿还是出席了。

同样拨冗前来的，还有季夏。就连袁潮，也再次从北京飞过来，为的就是见一见上次没能见到的陈其睿。

有陈其睿在的会议，效率一向高。

这个会向所有人同步了关于这场大秀的最新情况：规模，预算，目标，选址情况，拟邀嘉宾名单，初步秀场主创意，广告投放曝光量要求，媒体传播要求，社交媒体直播要求，每家代理商的职责与工作内容，项目主要时间节点，以及各个团队需要配合的注意事项。

等听完姜阑讲这些，陈其睿没做任何补充，先行离开了。

姜阑和她的团队继续就一些细节问题进行答疑。全部结束后，刚好一个半小时。姜阑后面有别的会，也得先离开，她走之前特地和季夏、袁潮两个人打了个招呼。这场大秀要做得成功，IDIA 和 NNOD 之间的配合必须紧密无隙。

THE GLAMOUR

　　季夏和袁潮互相认识，在行业里是老熟人了，这些年来两人合作过的大大小小的项目能有几十个。

　　袁潮邀请季夏下楼喝杯咖啡。两人分别和团队打了招呼，一起坐电梯下去。

　　十月末的天气很好。两人到写字楼对面酒店一楼的西餐厅，季夏挑了个户外的位子。袁潮点单，季夏要了杯冰美式。袁潮笑道："这么多年都不改一改啊？"

　　季夏说："懒得。"

　　他们很多年前就认识。国内一流的公关公司、模特经纪公司、造型工作室都在北京。季夏曾经有几年为了工作，每周都要往北京跑，一年有一大半的时间都在北京。当年袁潮老是抓着她问，干吗有点时间就要赶着回上海啊？北京不好啊？这么跑来跑去不嫌累啊？季夏从来没正面回答过他这个问题。

　　天空晴朗，轻风徐徐。两人迎风坐着，就 VIA 这场大秀聊了聊。

　　袁潮感慨："Neal Chen 能让美国人把日本和韩国拉进来一起玩儿，这个魄力，这个手段。"

　　季夏没附和，没反对。

　　袁潮看着她："Alicia，我听说你有新情况，VIA 这场秀是你在 IDIA 的谢幕秀。这个消息属实吗？"

　　季夏说："从哪儿听来的？"

　　袁潮喝了口咖啡："咱俩认识多少年了？给我交个底儿吧？你是什么情况？不想再给欧洲人打工了？想出去自立门户？"

　　季夏说："像你这样，不自由吗？不好吗？"

　　袁潮哈哈笑了，说："自由个屁。"

　　是人都有理想，袁潮的理想是赚钱，这行业他太熟了，光鲜的表皮下是一堆没人看得明白的东西。季夏的理想是什么，袁潮不确定。

　　到饭点的时候，袁潮看了眼时间，他得去机场，吃不成饭了。他和季夏告别："回头咱们北京见啊。"

　　季夏说："嗯，北京见。"

　　袁潮走之前又说："你的胃现在好点儿没？还是不能饿吧？就在这儿直接吃饭吧，我走了。"

　　季夏冲他摆摆手："赶紧走吧你。"

　　干他们这一行的，做乙方的，谁没点胃的毛病？季夏年轻的时候做大项目，经常要熬大夜，作息紊乱，能准点吃上饭的日子屈指可数。三十九岁那年，季夏的胃生过一次大毛病，从那之后她才学会了什么是人生中最重要的。

　　季夏看了一眼时间，确实该吃饭了。她这几年的作息已经调整得很正常，再也不会在该吃饭的时候饿着自己。

　　叫来服务员，季夏简单点了份色拉配汤。在等餐的时候，她靠在座椅的软垫上，随意打量着近处酒店和写字楼群之间往来的行人。

　　然后季夏看见了陈其睿。

　　不过几米的距离，陈其睿的目光毫不意外地扫到了她。他的脚步顿了一下。

　　季夏没什么反应，看着陈其睿走过来。

　　陈其睿应该是出来吃中饭的。他走到季夏桌前，左右看了看，开口道："一个人？"

　　季夏说："嗯。"

　　陈其睿直接坐下，解开外套纽扣，拿起菜单。

　　季夏从手袋里摸出香烟。

　　通常情况下，她会询问一下对方是否介意，但今天季夏直接跳过这个步骤，从烟盒里弹出一根，捏在指间，轻车熟路地点燃，深深吸了一口。

　　吐出的烟圈像轻雾，季夏的目光穿过雾色，看向陈其睿。

　　陈其睿的目光从菜单上抬起，对上她的。

第十一章

季夏又吸了一口。

陈其睿没皱眉，没说话，也没起身离去。他面无表情，将目光重新落回菜单上。

一分钟后，季夏实在觉得有点可笑，又觉得有点没意思。她把手里的烟摁灭在桌上的烟灰缸里。

063 砸

烟头上的红点很快熄灭。

陈其睿瞥了一眼烟灰缸，搁下手里的菜单。中午的太阳晒下来，户外的位子有一点热。他抬动手腕，多解开了一颗衬衫纽扣。

季夏盯着对面男人身上的衬衫纽扣，恍了一下神。她想到他三十七岁那一年。

那一年，季夏第一次见到陈其睿。当年陈其睿的老东家首次把大秀搬来中国办，从法国总部到中国区都致力于寻找一家最合适的活动公司来承接这个项目。季夏的团队被要求拿下这个客户。在准备会议材料的过程中，她当时的老板给她扫盲，Neal Chen 是个什么样的人。

陈其睿是个什么样的人？三十七岁的陈其睿那时候刚被他的老东家委任为中国区零售生意 VP（副总裁），兼管着零售渠道拓展和商品两大块业务，离他坐上品牌中国区一把手的目标，只差吃进 MarComm 部门这一步。当时中国区 MarComm 的部门老大是个法国人，这场大秀本归他直接负责，但不知道什么原因，这个项目内部启动后不到半个月，此人突然被调回总部，于是这场大秀就顺理成章地落到了陈其睿手中。

季夏的老板对她说，怎么可能就有这么巧的事情？还有，你别天真地以为 Neal Chen 不懂 Brand Marketing（品牌营销），不懂 PR&Communications（公关及传讯），不懂 Events（活动营销），他什么都懂，他当年在回国进入奢侈品零售行业之前一直在美国的顶级咨询公司工作，给不知道多少个外国高端品牌做过进入中国市场的战略咨询。

季夏问，这人有什么忌讳吗？

她老板说，哦，和他开会吃饭喝咖啡，都不能抽烟，他不会给任何人面子，如果在他面前抽烟，他会直接走人。

要在专业性和职业度上赢得陈其睿的信任和青睐，不是容易的任务。那次的会议开了三个小时，季夏和她的团队接受了来自陈其睿的多方面挑战。其中最挑战的，是季夏忍了整整三个小时的烟瘾。

会议结束后，季夏第一时间下楼，去指定吸烟区解决个人需求。解决完，她急匆匆地捏着手机走回写字楼大堂，结果在电梯区撞到了人，她的头发还钩在了那人的衬衫纽扣上。

季夏连说了好几个 sorry，然后眼睁睁地看着陈其睿面无表情地抬起右手，把她的头发从他的衣服上择下来。季夏很快回神，她绝不能因为这个失误丢了这次合作机会，也绝不能给陈其睿留下一个她做事莽撞冒失的坏印象。季夏表示希望能请陈其睿吃顿午饭来道歉。

当时陈其睿低头看了她几秒，应允了她的邀请。

季夏问，Neal，你想吃什么？西餐可以吗？她理所当然地认为，像他这样的身材体形和他过去的职业背景，应该会首选少油低碳的西式饮食。

陈其睿一边迈步往前，一边回答她："我工作日中饭只吃日料。"

THE GLAMOUR

十二年后，陈其睿坐在西餐厅里，叫来服务员，点了份主食色拉做午饭。

季夏听到他对服务员讲："两杯温水。"

服务员走后，季夏盯着对面的男人，一时觉得更加可笑了。

她现在的烟瘾早已没有年轻时那么强烈，大多数时候，她已经可以不必通过抽烟来提神和解压。因为身体原因，她现在对于烟酒的摄入控制很严格，这几年她只有在面对非常重要的客户时才会稍稍应酬一下。除此之外，她只会很偶尔地放纵一下自己。因此当季夏回顾自己刚才的行为时，她觉得实在是可笑，也实在是没意思。

她在想什么？难道吸上一支烟，陈其睿就会因此厌恶地从她身边离开？她还不了解这个男人吗？他问一句"一个人"还能有什么意思？如果她不希望他坐下，从一开始她就不应该下意识地回答那个"嗯"。

季夏觉得这顿饭真是个失误。

两人点的东西很快上桌。

这间餐厅的菜品很不错，哪怕是工作日的午市商务套餐，也丝毫没有降低出餐的水准和品质。

季夏对美食很钟情。她一边吃，一边拿着手机回微信。有个她之前约会过两三次的男孩子在问她这周什么时候有空，想约她去看话剧。说是男孩子，其实对方已经三十岁出头了，对方始终不认为自己是个男孩子。但这样的男人在季夏眼中，明明就还是个孩子。

回复完这个，还有另一个。另一个更年轻，才二十六岁。季夏二十六岁的时候都没找过这么年轻的男孩子，人生真是充满了不可预测性。

离婚后，季夏的生活很自由，也很多彩。但她只能用乐趣来形容这一切，这些算不上感情，也称不上关系。对男人动感情，和男人谈恋爱，太累，也太麻烦。四十五岁的季夏什么都不缺，她难得有这样什么都不缺的美好时光，她不希望这样的生活毁于男人和感情。

深爱这种东西，一辈子有过一次就够了。这种东西太耗费生命，季夏再也负担不起那样的消耗，再也燃烧不了那样的激情。更何况，她的人生中有远比男人更重要的事情。

季夏在给男孩子们发微信的时候，听到对面的陈其睿叫她："Alicia。"

她放下手机，给客户方的大老板基本的尊重："嗯。"

陈其睿说："我听人讲，你有离开IDIA的打算。VIA上海大秀是你在IDIA的最后一场秀。"

季夏看着他。

袁潮半个钟头前刚说过的话，现在又被陈其睿揭起。季夏没像问袁潮那样问陈其睿是从哪里听来的。陈其睿想要知道什么事情，没有他接触不到的渠道。

陈其睿继续说："如果真要离开IDIA，你之后的打算是什么？"

季夏说："我的事情，需要向你汇报吗？"

陈其睿说："你的事情，不必向我汇报。但你作为IDIA中国区的GM，现在手上握着VIA的项目，你如果要离职，后面的去向是哪里，我作为客户方，有基本的知情权。"

季夏看了他几秒，说："我不会跳槽去任何一家VIA的直接竞品做内部event management（活动营销管理）。这个答案，可以叫你放心了？"

陈其睿不答，又问："你要自立门户？创业？"

季夏说："Neal，你问得太多了。"

陈其睿不再开口。

季夏把桌上的手机收进手袋，站起来："我吃好了。你是客户，这单我来买。再见。"

陈其睿看着季夏转身走开。

他是客户吗？她对待他的方式，像是对待客户吗？不问对方是否介意就抽烟，不等对方吃完饭就先走，他有任何客户该有的待遇吗？

陈其睿把餐具扔在桌上。

季夏的背影很纤细，她的胃不好，吸收是个问题，再怎么吃也不胖。四十五岁的季夏，

第十一章

背影看起来和三十三岁时几乎没什么差别。

陈其睿想到季夏刚才的语气,那语气背后是她的答案。

四十五岁的季夏头脑发热起来,和三十三岁的季夏也没有什么差别。季夏出生在盛夏,她的性格就像如火的夏天,热烈而奔放。在某些时刻,她冲动起来就像没长大的孩子一样,做事情和做决定十分随心,完全不过脑子。这一点,陈其睿曾经体验过好几次。

Vivian 打来电话,提醒陈其睿下午的会议行程。

挂掉电话,陈其睿抬手系衬衫的扣子,站起来,把外套的纽扣也系上。他在走回写字楼的路上,很细微地皱了皱眉头。

四十五岁了要辞职创业?扔掉她现在所拥有的一切?不怕辛苦不怕失败?她是不是不清楚自己的身体情况?

陈其睿走进写字楼的电梯。照着电梯轿厢的镜面,他想起了当年。

当年,三十三岁的季夏没一点三十三岁该有的样子,如今,四十五岁的季夏也没一点四十五岁该有的样子。

陈其睿转过身,又不禁自嘲,他四十九岁了,他有四十九岁的男人该有的样子吗?碰上季夏,他陈其睿又什么时候真的冷静和理智过?

姜阑在下午去陈其睿办公室汇报近期工作。陈其睿开口就问她电商这边的招聘进度,姜阑如实汇报,没有大的进展。

陈其睿说:"一直没人,事情就一直不做?"

姜阑没回答。她没有电商从业经验,现在专业人才不到岗,这一块工作要怎么开展?但这种话,能说给陈其睿听吗?他会不清楚这个吗?

陈其睿说:"明年线上生意目标的数字你清楚,2 月时装周之前,电商建站必须完成。招不到人,你就得自己做。先启动 TP(电商代运营供应商)的 pitching(比稿),这很难吗?"

姜阑的新职位头衔和薪资将从 11 月起正式生效。她不能尸位素餐,陈其睿也不会允许他的手下空有野心却无能,他向来只要结果,姜阑就必须交给陈其睿这个结果。

下午为招人的事情,姜阑和余黎明差点吵起来。

余黎明有他的难处,像姜阑这样一个没有电商专业背景的年轻女性上级,很天然地就让很多资深男性候选人不愿意考虑这个机会。HR 今年有自己的 KPI 要达成,集团总部 HR 要求全球核心业务部门保证员工的多元化构成,性别占比要均衡,余黎明不希望姜阑的团队连一位男性员工都没有。这个情况姜阑很清楚,但她不在乎这种政治正确的任务,她很强势地要求余黎明给出解决方案。姜阑只问余黎明要结果。

余黎明很少见地发火了,他质问姜阑,别的部门要交的结果在她眼里是不是空气?

姜阑撂下一句话给余黎明:如果余黎明不尽快给她招到人,那她这活没法干,她也只能走,她走了之后余黎明的招聘压力只会更大。

余黎明气得直翻白眼。

和余黎明的争执没有结论,对话过程也很糟糕,姜阑对自己有点失望。但陈其睿要的结果让她没多余的时间对自己失望。

姜阑给杨素打了个求助电话。美妆行业的电商搞得如火如荼,领先奢侈品零售行业起码八万米。她向杨素请教电商代运营比稿的重点是什么。隔行如隔山,虽然都是做市场的,虽然都是做女人生意的,但是杨素也不敢乱给姜阑支招。

姜阑心烦意乱,只能硬着头皮上。

晚饭前,姜阑去楼下商场的进口超市买了两瓶酒,提上来。在茶水间找杯子的时候,姜阑手里的酒瓶被 Vivian 看见了。Vivian 主动来关心她:"你还好吗?"

姜阑说:"还行。"

Vivian 想到什么,提醒她:"公司今年的体检 10 月底截止,你别忘了抽时间去做啊。"

姜阑这才想起来这码事,她回到座位,一边喝酒,一边约了周六一早去体检的医院。

姜阑忙，费鹰也很忙。

经过深思熟虑，他决定把梁梁和她的创意设计团队搬到上海来。为了配合设计，BOLDNESS要在上海新成立一个开发部门，并且在江浙沪一带重新搭建供应链和工厂关系。原来在深圳总部的开发部门不动，珠三角那边的供应链和生产物流等工厂关系也仍然继续维护。

周尧从深圳飞来上海，和高淙一起为BOLDNESS在上海即将成立的分部选址。周尧来后，告诉费鹰他在深圳挂牌的那两套房子都已经找到了合适的下家。

费鹰说行，尽快卖掉。

说到房子，他就想起了和姜阑在深圳待的那几天。那几天太美了，也太甜了。那些薄荷味直到现在都还在费鹰的大脑底层存留着。

费鹰忍不住想，他在上海是不是也该换一套更大点的房子？像深圳南山的那套一样。或许换一套大点的房子，姜阑会觉得空间更大、更自由、更放松，她就会更愿意到他这儿来。

这么想着，费鹰就叫高淙在上海找合适他需求的房源，然后费鹰给姜阑打了个电话。

第一遍没人接。

第二遍响了很多声，姜阑接了："嗯？"

费鹰听见她的声音，那里面有点明显的烦躁。他说："我今晚要飞成都，看新店的施工进场情况。你有空吗？我们见一面。"

虽然说好了周末再见，但是费鹰被杨南那天的建议说得有些动摇，他想试一试。

姜阑在那头安静了几秒，然后拒绝了："费鹰，我这两天真的很忙。我们不是说好了周末见吗？"

费鹰没多说，他说："行，那就这样。"

挂了电话之后，费鹰捏着手机的手指有点僵。

不管姜阑现在是在公司还是在家，她和他的地理距离不会超过两公里。他忙成这样，但是他在百忙之中仍然能抽出时间。她就那么忙？连见一面的时间都抽不出来给他？她是不是压根就不想见他？

这些问题，费鹰一个都不能多想。

他直接下楼，开车去机场。

周六一早，姜阑空腹抵达医院。

这家高端私立医院的体检中心是姜阑过去三年一直选择的，她很熟悉地坐电梯上楼到前台，登记后等护士带她进去。

姜阑这几天压力很大，工作很累，睡得不好，她只希望今天能够快速完成这趟常规年度体检，然后回家吃饭补觉。费鹰将于今天下午返沪，两人一周没见了，姜阑想让自己用尽量轻松的情绪和他约会。

体检流程一切顺利，直到影像环节。

在B超检查室，医生给姜阑照完甲状腺彩超，然后示意她可以解开上衣。姜阑解开上衣，医生先为她检查右乳，然后是左乳。左乳的时间有点久，姜阑问："有什么问题吗？"

医生说："你稍等一下。"

随后她调阅了姜阑在这里过往三年的乳腺彩超检查结果，皱眉道："你最近一年有在其他医院或体检中心做过乳腺检查吗？"

姜阑说："没有。"

医生说："你左边的乳房有一个新发结节，和你以前的良性囊肿都不同，我按经验会给它打到4a分类，有恶性可能，你需要尽快转诊去乳腺外科做进一步检查。"

姜阑没说话。

医生又说："你不要紧张，影像分级只是提供一个可能性参考，4a类的恶性概率较低，有很大可能是良性的。"

正式体检报告没出来，但是体检中心的前台护士已经被告知了姜阑的情况。她很快地帮姜阑安排乳腺外科的专家门诊，并同姜阑确认时间，目前只有下周的工作日下午可约。

姜阑掏出工作手机，看了看下周的工作安排。她下周仍然很忙，只有周三中午有一个小时的空当，于是她和护士确认约在该时间段。

护士帮她完成预约。姜阑谢过护士，走出体检中心，乘电梯下楼，坐车回家。

到家后，姜阑吃了点东西，然后去洗澡。洗完澡后，她对着镜子涂抹身体乳，在涂到左边乳房的时候，姜阑的动作停了停。

镜子里的女人很美丽，她的身体是宝藏。

姜阑设想了一下她失去一只乳房的模样，愣了愣。这一刻，她的心口很迟钝地收紧了一下。她难以描述此刻的情绪。她头一回发现，这个世界上存在着令她无法接受的事情，哪怕它发生的概率很低。

午后开始下雨，温度转凉。姜阑没有睡觉，坐在窗边，花了几个小时在网上查询和乳腺癌相关的所有知识和病例。

后来，姜阑合上电脑。她望向窗外，雨水把玻璃淋得很狼狈。她有点想找人倾诉，但是她不知道能倾诉什么。这只是一个尚未被确诊的极低可能性，她有什么必要让爱她的人为她一起担心？姜阑不想矫情，她选择了沉默。她没有找王蒙莉，没有找童吟，也没有找费鹰，就这么一直看着窗外。

不知看了多久，她的手机响了。

是费鹰。

费鹰在电话那头说："我回上海了。你在家吗？"

姜阑没说话。

费鹰问："阑阑？"

姜阑说："嗯，我在家。"

费鹰说："那我现在去接你好吗？"

姜阑有些犹豫。她不确定今天的情绪是否适合见费鹰，于是她说："费鹰，我们能改天再见吗？"

费鹰在那头也沉默了几秒。

姜阑并没有等到他的理解和同意，他罕见地提出要求："我已经在你楼下了。我想见见你。下楼吧。"

在等姜阑下楼的时候，费鹰想得很清楚。事实上，在他去成都出差的这几天里，他已经把这件事翻来覆去地想了无数回。

如果"有胆"和"真实"是费鹰人格和精神的一部分，那么他在面对姜阑时，也应该有胆，也应该真实。

他应该直面现实，也应该让她了解现实。哪怕这个现实是指他无法维持当初给她的承诺，哪怕这个现实是让她知道他心底有多么强烈的渴望和需求。

楼下雨雾里，一辆纯黑车身反暗银色字贴的BMW打着双闪。

姜阑看见站在车外的男人。

费鹰在姜阑上车后，绕回去坐进驾驶位。车上的空调早已调高。他从副驾手套箱里找出全新未拆封的纸巾，递给姜阑。

姜阑接过，拆开，抽出两张，擦了擦腿上的水。

费鹰顺手把她用过的纸巾拿过来，团了团，塞在他这边的车门槽里。

他问："你饿了吗？"

姜阑摇摇头。

THE GLAMOUR

　　费鹰侧过脸看她,她的表情有点冷淡,似乎对于见到他并没有太大的喜悦。他想了想,问:"那去我那儿吗?晚上住我那儿,我抱着你睡觉。"
　　姜阑说:"我可以改天再去吗?"
　　费鹰无声地看着她。
　　姜阑转头对上他的目光。男人今天并没有笑。
　　费鹰说:"姜阑,你怎么了?"
　　姜阑没说话。
　　费鹰又说:"有什么事儿,不能和我说吗?还是你压根儿就不想见我?还是你觉得烦了?"
　　经这几问,姜阑微微皱眉:"我有什么事,都一定要和你说吗?"
　　费鹰左手搭上方向盘,他似乎是在组织语言,然后开口道:"你是我女朋友。我希望你有什么事儿,都可以主动告诉我。"
　　姜阑问:"这是你新制定的规则吗?"
　　费鹰说:"如果你不告诉我,我会觉得你不在乎我。"
　　姜阑重复了一遍:"你觉得,我不在乎你。你觉得我不在乎你——是这样吗?"
　　她的语气很平静,但这样的平静令费鹰无话可说。
　　姜阑转过头,说:"费鹰,你自己曾经说过的话,你忘了吗?"
　　费鹰当然没有忘。每一个字,他都记得很清楚。
　　姜阑继续问:"你其实根本做不到,是吗?"
　　费鹰说:"抱歉,我做不到。我需要更多。我希望你能理解。"
　　他把他的胆和真实,放进了这十八个字里。他这辈子,都没有为自己说过的话道一声歉。
　　姜阑一直知道这个男人够硬,但她没想过他连道歉都能说得这么硬。他这一刻的硬,戳得她心底很难受。
　　她说:"如果我不能理解呢?我从一开始就告诉过你,我没有能力处理复杂的关系。在这一点上,我从来没有欺骗过你。"
　　但是他呢?这算什么?
　　费鹰沉默了。他没设想过她会这样回应。
　　他说:"你想怎么样?"
　　然后他听到姜阑说:"你做不到你承诺的,我不能理解你需要的。你觉得我们还有必要继续在一起吗?"
　　费鹰盯住姜阑。
　　男人的目光很凶,这样的目光是姜阑从未见过的。
　　他说:"姜阑,有些话你不要轻易说,因为你一旦说出来,我就会当真。"
　　姜阑说:"我已经说出来了。"
　　然后她撇开目光,转过身,伸手去开车门。
　　下一瞬,她的左手腕被男人一把攥住。他的力气非常大,只钳住她一只手,就让她没办法如愿下车。
　　姜阑并没有转过身来。
　　费鹰听见她的语气依然平静:"你弄疼我了,请你松手。"
　　有胆如费鹰,心底也有恐惧的事。费鹰的体内流着费问河的血,他这些年来最怕的就是自己会变成像费问河那样利用性别优势欺凌女人的畜生。
　　姜阑的一句话,让费鹰如被刺到。他松开了她。

　　姜阑下车后,没回头地向前走。
　　就在这栋楼下,费鹰说过的每一个字她都记得很清楚。那些话就像一场梦。她曾经以为费鹰是上天为她造的一场梦。她居然忘了,梦总会醒。

第十一章

　　此时此刻,各种情绪一齐堵在姜阑的胸口,她分辨不了,也几乎忍受不了。
　　姜阑只知道,她再一次地搞砸了。她这样的性格和她对亲密关系的无能,让她根本不配拥有任何梦。

BOLDNESS ★ WUWEI

第12章

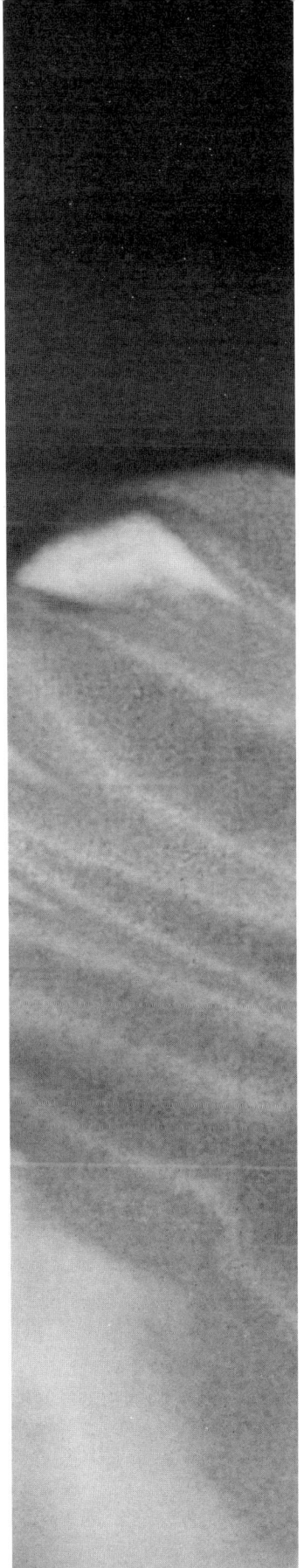

失　控

THE GLAMOUR

064 失控

姜阑很决绝地下了车。

费鹰握住方向盘，没去看她的背影，他试图让自己冷静。

十几秒后，他踩下油门，驶离这里。

行驶在雨水四溅的街道上，费鹰的怒气有增无减。和姜阑谈崩到这个地步，他知道自己错得离谱。

不在乎他？她如果真的一点都不在乎他，她能在看见他生气后大半夜地跑去他那儿哄他吗？她能每次睡觉都惦记着给他盖睡裙吗？她能在街道路灯下为了他学做可爱的微信表情吗？她能每次吃饭的时候都把他喜欢吃的留给他吗？她能同意他在某些时刻不惯着她吗？

太多了。费鹰数不过来，也不数了。

他就是因为知道她在乎他，才能在情绪上头时说出他觉得她不在乎他这种话。他的某些负面情绪压抑了太久，导致他在被姜阑质问时，张口就说出了这种混账话。

费鹰以为，两个人吵架，就只是吵架。他说了混账话，姜阑可以生气，可以愤怒，可以和他大吵大闹，甚至可以做更过分的事情，这些都行，无所谓，他没什么接受不了的。吵完就完，他可以道歉，可以解释，他只希望能够和她好好的。

但姜阑直接切断了和他的感情。

这算什么？她对他的那些在乎，显得多么讽刺。她如果真的在乎他、在乎和他的感情、在乎和他的关系，她能那么轻易地就说出分手这种话？

两个人要在一起谈恋爱，需要双方共同确认。但两个人要分手，只需要单方做出决定。

姜阑说那句话时，那么冷静，那么理智。

费鹰从没见过她情绪失控的样子。她的冷静和理智像是与生俱来的一样，她和他分手，不是情绪化的冲动，是她冷静理智的决定。

这样的冷静理智让费鹰根本就压不住自己的脾气。愤怒之中，费鹰甚至怀疑姜阑是否真的拿出过真心对待这段感情。

停好车，费鹰坐电梯上楼，刷卡进门。这套他临时租住的酒店式公寓里，处处都是姜阑的东西。衣帽间的三分之二都是他为她准备的衣物。洗手间，卧室，客厅，玄关，哪里都有她的痕迹。

她总共也没来过几次，但他刻意让这套房子保持着她来过的样子。

从一开始到现在，费鹰始终尽他所能地给予姜阑最大化的尊重、空间和自由。他内

第十二章

心深处一直希望她在这样不复杂的关系里，能够主动向他贴近，与他深度融合，但她始终游离在她觉得舒服的区间内，他内心深处的渴望和需求，她从来都感知不到。

如今，费鹰将他的渴望与需求说出口，换来的是姜阑的决绝分手。

现在，费鹰一眼都看不了这些姜阑待过的痕迹。

他拿出手机，让高涼给他订酒店。高涼问订几天，费鹰说先订一个月。挂了电话，费鹰直接出门，坐电梯下楼，重新取车。

三十天，够他收拾姜阑在他心里留的这一堆狼藉了吗？

姜阑一回家，就打开了电脑。她无法处理此刻胸口堆积的种种情绪，她选择放置不管，开始工作。工作是她情绪的良药。工作从来不负她。

杨素给她发来了不少关于品牌电商的资料。这些资料够她看一个晚上。一个晚上的工作，一定可以让她恢复如常。

大约一个半小时后，姜阑离开工作台。那些资料，她陆陆续续地看了一百多页，但她一个字都没看进去。

姜阑的心口堵得异常难受。

她走到窗边，往外看。雨停了，楼下的街道只余积水。

她不知道费鹰是什么时候走的，只能记得费鹰最后看她的目光。那目光很凶，里面有强烈的愤怒，也有极深的失望。

姜阑很迅速地闭了闭眼，然后走去厨房找酒杯，然后又找出两瓶家里剩的酒。她一声不响地先开了一瓶，给自己斟上。

如果工作不能解决她的情绪，那么酒一定可以。

半瓶酒下肚，姜阑的意识逐渐有了实感，她和费鹰分手了。

想着分手这两个字，她又拿起酒瓶往杯子里倒。一边倒酒，她一边想，她说出口的话真不留余地，她怎么能说得出来那样的话？这么想着，她又觉得可笑，她对亲密关系的无能，正是她说出这种话的原因。她难道还不清楚吗？

姜阑盯着手里的酒瓶。

那样的话，一定很伤人。费鹰一定被她狠狠地伤到了。但无所谓了。费鹰觉得，她不在乎他。

在一起的这段时间，她连让他感到被在乎都做不到。在他眼中，她是多么差劲的一个女朋友。费鹰应该并不需要她这样一个差劲的女朋友。

一瓶酒见底，姜阑又开了第二瓶酒。

开第二瓶酒的时候，她想起下午查看的那些医学资料。乳腺有问题的女性，应该尽量少地饮酒。但这并没有阻止她的行为。

此时此刻的姜阑，有了一种想要破罐子破摔的念头。事情还能变得有多坏？事情已经被她搞得这么砸了，还能更砸吗？她这么多年，最擅长的就是压抑，她能不能发泄一回？

费鹰对她有多失望，姜阑就对自己有多失望。她真希望自己能像童吟和梁梁那样，肆意地表达情绪，表达渴望，表达需求。但她就是做不到。从八岁那年的歇斯底里之后，她就再也做不到了。

面对费鹰，她居然连一句为自己解释的话都说不出口。她唯一能说得出口的，就只有切断一切后续冲突可能的决绝狠话。那句狠话，是她情绪化和失去理智状态下的唯一表达。

姜阑越喝越快。

酒意上头，她心里终于松快了些。她想，费鹰真是个混蛋。他造了一个虚假的梦境把她骗进来。他食言，他误解她，他逼迫她，他还对她那么凶。她又想，这个世界上不可能再有比费鹰更好的男人了。

这样的费鹰，就这样被她决绝地推开了。姜阑感到头痛欲裂。

THE GLAMOUR

破罐子破摔的姜阑把两只空酒瓶摆在地上。她起身，迈出的第一步就踢倒了其中一只。她弯腰，立刻头晕目眩，只能放弃，直起腰。

后来姜阑回到电脑前，重新读那些电商资料。电脑屏幕上的文字和字母浮在空中，上下左右乱跳，她根本看不清。

这些资料让她的心中生出莫名其妙的巨大委屈感，她冒出了一股更加强烈的想要破罐子破摔的欲望。借着酒劲，她摸摸索索地捞过手机，打开微信，翻出一个联系人，然后编辑了一条微信，点击发送。

等到终于把自己弄回床上，姜阑只觉得天旋地转。在这样的天旋地转中，她坚持着翻过身拉开床头柜的抽屉，她想要睡一场好觉。然而这一瞬，她又不可抑制地想到了费鹰。

她想到费鹰是怎样每一次都让她到达巅峰状态的。这个男人永远有着耐心，他知道她从头到脚的每一个敏感点，该怎么触摸她，怎么亲吻她，他和任何一个男人都不同。喝醉的姜阑回忆起金山岭的酒店窗边，那时费鹰抱着她问，怎么做，你能舒服？她咬着他的耳朵对他提了这样那样的很多要求，他一一照做。从那一次开始，到后面的每一次，他都是那么在乎她的感受，愿意前置她的体验。

这样的极致快感，这样的费鹰，以后都不会再有了。

酒意冲头的姜阑，突然觉得悲从中来。她用手背按在双眼上，过了好一会儿，她脱掉身上的睡裙，把它搭在枕头边的小椅上，自己光溜溜地钻进被子里。

姜阑睡到第二天的下午一点左右醒来。

宿醉后的胃部痉挛首当其冲地让她皱起眉。紧接着，像要爆炸的太阳穴令她几乎喘不过气来。

二十分钟后，姜阑终于起床给自己弄了一杯温水。

站在厨房的梳理台前，她逐渐恢复意识和记忆。和费鹰已经分手的这个事实，让姜阑沉默地垂下目光。她看着杯中的柠檬片，半天才喝下了这杯水。

等走回卧室，看到床头的手机时，姜阑的太阳穴突地一跳。她想到昨夜，喝醉后的自己好像是发了条微信。

姜阑拿起工作手机解锁，迅速打开微信，和陈其睿的对话框出现在她眼前。

姜阑点开，看了五秒，然后把手机熄屏。过了一会儿，重新打开。

和陈其睿的对话框仍然纹丝不动地在那里。

里面有一条姜阑发给陈其睿的微信："老板我太难了。电商的东西我不会。你会吗？你会的话为什么不能教教我？我不像你，所有的事情都可以做得那么游刃有余。我不想让你失望，但我自尊心太强了，软弱的话我说不出口。你能不能多理解理解下属的心理呢？你应该不能，因为你太强势了。"

不意外地，陈其睿没有任何回复。

姜阑把她发的这段话读了三遍，在这个过程中，她全身的血液都冲上了头顶。昨天晚上，为了男人，为了感情，她居然会情绪失控、毫无理智到这个地步。

她还是姜阑吗？

姜阑想到陈其睿一贯的性格和作风，她的头皮阵阵发麻。陈其睿从不允许部门总监级以上的管理人员在做事情时情绪化，在他眼中，情绪化是职业性的天敌。陈其睿也不可能接受来自下属的正面挑战，他的权威不可撼动。

姜阑的冷静理智和她强悍的行动力，向来被陈其睿欣赏，她之所以被陈其睿器重，是有原因的。

但是现在，姜阑搞砸了。

人的每一个行为，背后都有对应需付出的代价。如果陈其睿直接炒掉她，姜阑也不会感到意外。

洗漱时，姜阑用冷水冲了很久的脸。她的脸和眼睛都是肿的，很难看，很夸张。她

第十二章

已经有很多很多年没有让自己这样难以收拾了。

擦脸时,姜阑想起一句老话。什么情场失意,职场得意,纯粹就是鬼扯。

像姜阑,她不仅搞砸了感情关系,还搞砸了工作的上下级关系。她以为事情不可能更糟糕了,但她成功地把所有的事情都搞得更砸了。

从一段亲密关系中剥离出来的负作用,此刻的姜阑很真实地感受到了。她不仅在亲密关系中无能,在走出亲密关系时同样无能。姜阑从未像此刻这样厌恶无能的自己。

一直到吃饭时,姜阑才鼓起勇气,打开私人手机的微信。她扫了扫未读消息,里面并没有来自费鹰的。

这本就是理所应当的结果。

像费鹰那样硬气的男人,不可能在被她这样对待后,还继续像从前一样。她心中如果存有奢望,那么每一分奢望都是笑话。她奢望什么?他能理解和明白她在感情中的无能、她的高自尊心、她的困顿、她的失控与情绪化和她其实有多么在乎吗?说出决绝狠话的人是她,费鹰又凭什么要理解她?

她失去他,是她活该。

昨晚她哭了,闹了,发了疯,破罐子破摔搞砸了一切。这就够了。她需要让自己的生活回到正轨,她不能因为一段失败的感情关系折损更多。

除此之外,姜阑不做任何奢望。

姜阑做了这么多年奢侈品行业,但她始终负担不起一样奢侈品,那样奢侈品,叫作爱情。

065 信 任

周一早上到公司,姜阑已经做好了被陈其睿找去谈话的准备。她做出了那么冲动且不职业的行为,她应当勇于直面一切后果。

午饭前,Vivian打电话来,叫姜阑到陈其睿的办公室。她说老板今天非常忙,但还是要求她临时挤出个空当给姜阑。Vivian说,你这边有什么突发的大事吗?

姜阑心说,陈其睿要炒掉她,这算不算是大事?

陈其睿再忙,人的事情也会排到最高优先级。坐在他这个位子,管理的核心是管人而不是管事,人始终是最重要的。有了对的人,人的状态对了,高质量的结果自然就能有了。这一套陈其睿的管理逻辑,姜阑很熟悉。

现在陈其睿要来解决姜阑这个不对的人。

进入办公室,姜阑开口:"老板。"

她没有主动解释她那天晚上的行为,她开不了这个口。她无法告诉陈其睿她那天经历了什么,她喝醉了酒,在失控之下做出了那么疯的举动。她也无法低头认错,痛哭流涕地让老板大人有大量不计前嫌,她做不出来。如果陈其睿要炒掉她,那么姜阑愿意接受这个结果。

陈其睿示意她坐。

姜阑坐下。她先看了一眼陈其睿的桌面,那上面并没有放任何像是人事文件一类的纸张,于是她收回目光。

陈其睿的做事风格强硬直接,从不拖泥带水。他要怎么处理她,她很快就会知道。

姜阑目不转睛地看着陈其睿抬起右臂,伸手打开他桌上的名片盒,在里面略微翻找,然后抽出两张。

THE GLAMOUR

他把那两张名片扔到姜阑面前:"这两位是我的朋友,认识多年了。你可以约他们喝个咖啡聊一聊,不懂的事情直接请教。"

姜阑拿起那两张精美印刷的小卡纸。她看清公司和职位,一位是某家全球时尚买手电商平台中国区的 MD(董事总经理),另一位是国内某头部垂直电商平台的服饰事业部运营负责人。

姜阑捏住名片:"谢谢老板。"

陈其睿说:"我早上和余黎明聊过了。你这边的招聘,他不必按总部多元化的规定走。如果总部来 challenge(挑战)他们,我去沟通。"

姜阑又说了一遍:"谢谢老板。"

陈其睿示意她可以离开了。他见姜阑没动,问:"还有其他事?"

姜阑一时组织不了恰当的语言,事情的发展和她想象中的差距太大,她说:"我原本以为……"

她没说下去,她知道不合适。

陈其睿等了她几秒,向后靠上椅背:"你原本以为,我会 fire(炒掉)你。你以为我无法接受来自下属的正面挑战,我不能理解下属会有偶尔的情绪崩溃。你以为我是一台不通人情的工作机器,所以我会把下属也当作工作机器。"

姜阑说不出话。

陈其睿的目光很犀利:"姜阑,这些都是你的偏见。"

姜阑无法反驳。她想到了那封"Have a good rest"的回复邮件。这已经不是她第一次用偏见来认定陈其睿会有什么样的反应了。她一直试图纠正自己的偏见,但显然没有任何成效。

陈其睿说:"你是一个高自尊心的人。一般情况下,我不会主动对高自尊心的下属做针对她个人的意见反馈,除非很必要。"他又说,"如果你不反对,我今天可以和你简单聊一聊你的一些问题。"

姜阑点头:"好。"

她的确很少听到来自陈其睿针对她个人的反馈。在过去,陈其睿给到她的反馈全部基于她的工作和领导力表现。

陈其睿讲得很直接:"我不在乎你这次情绪崩溃的原因是什么,但是你崩溃的结果是讲出了你在正常情况下不会对我讲的话。这是为什么?你崩溃后,想当然地认为我会 fire 你,这是你的自以为是,也是你对我的偏见。但这只是表象,背后真正的原因是什么?这两点,你应该想一想。"

姜阑想了想,在这么短的时间里她想不出个所以然。

陈其睿说:"很多人认为,你的性格和做事风格和我有不少相似点,因此我欣赏你、器重你。这是一个客观事实,我不否认。但实际上,你和我有着本质的区别,这个区别就是内心对他人的信任机制。"

姜阑听着。

陈其睿继续道:"我信任一个人,从 100 分开始,如果对方做出任何消耗我的信任的行为,那么我会减分,直到不及格。而你信任一个人,从 0 分开始,对方需要不断做出赢取你的信任的行为,你才会加分,直到及格。这是我和你共事三年多的直观感受,也是我想要给到你的核心反馈。"

他略作停顿,等着姜阑消化。

姜阑的确在消化。

陈其睿作为她的直接上级,看待问题的角度和别人不同。这三年中,她对上的沟通方式、管理方式、工作方式,陈其睿必然有他的看法和结论。这些看法和结论不一定百分百正确,却可以给到姜阑足够的启发。

陈其睿又说:"这两种信任机制,没有孰优孰劣,也没有正确与否。姜阑,你对上级和对平级的很多沟通和合作模式,背后的原因都是因为你对人普遍缺乏必要的信任导致

第十二章

的。你这次崩溃后发微信讲的那些话，正常情况下为什么讲不出口？因为你对我没有底层的信任，你断定我只会judge（批判）你，认为你能力不够，抗压性低，或是其他。你在发泄之后，又默认我一定会fire你，你进我的办公室，不解释，不道歉，因为你认为解释和道歉是软弱的表现，你无法对自己不信任的人示弱。"

姜阑看向陈其睿："我从来没有想过这些。"

陈其睿说："那么我建议你进行深度思考。在工作中，你已经向我汇报了三年多，以后应该还会更久。我希望你能够和我建立良好健康的互相信任关系，杜绝类似这次的情况再发生。人不能总寄望于靠崩溃和失控来发泄自己的内心所想。"

姜阑很认真地说："好。"

姜阑一个人下楼简单吃了些东西。陈其睿说的话，不得不让姜阑反思。

姜阑很了解自己。今天陈其睿的这一席话，也就只有陈其睿这样的角色说出来，才能让她听得下去、听得进去并给予重视。

陈其睿举的例子很形象。姜阑不知道自己这次的崩溃和发泄在陈其睿那里被扣了多少分，她兢兢业业了三年多，才在陈其睿那里保持着高信任分值。这次丢掉的分，她要花多大的力气才能再赚回来？在那之前，她不能再做出任何出格的行为。陈其睿给到了她充分的反馈，他能理解她这一次，但他也只能理解她这一次。

姜阑想，像陈其睿那样的性格，或许可以在见人第一面的时候就因为对方的某个举动直接扣掉五十分。但是她呢？她能因为对方的一个举动，就给人加五十分吗？不可能。

三年了，陈其睿能够给予姜阑高度信任，能够在姜阑面前透明地讲出管理思路和他的手段，当初的staff retention，他对总部的手腕，该怎么处理温艺的辞职……他相信姜阑能分得清他的立场和主张，她不会盲目地judge他的强势，这是陈其睿对姜阑的信任。但姜阑完全没有给予陈其睿同等的信任，她面对这位老板，从来都不会说出自己心中真实的感受和想法。

这样鲜明的对比，让姜阑进一步地反思，在信任他人的机制上，陈其睿显然比姜阑要公平得多。

姜阑不确定曾经被她不公平对待的人究竟有多少。她无意识地摸了摸手机，想到了费鹰。

下一秒，她就扔开手机。

姜阑根本不能想到这个男人，哪怕一秒。她怕她会再一次地失控。

周三中午一点，姜阑准时抵达医院。

她在乳腺外科前台确认预约，接着去量血压，换衣服，披露家族癌症病史，补充个人用药基本信息，然后被护士带去见医生。

医生是一位英国人，男性，年近六十，态度很和善。他查看了姜阑在体检中心的乳腺彩超报告，然后对她的双乳进行触诊，表示需要她在门诊影像科重新做一次超声检查。

护士陪姜阑前往门诊影像科。超声医生的水平和经验差距很大，对患者病症的诊断也会有不同的结论。门诊超声室给姜阑做检查的是一位四十岁左右的女医生，姓崔。

按流程先检查右乳，没什么问题。接着检查左乳，和上次在体检中心一样，用时有些长。姜阑侧过头看向这位看起来非常干练的女医生："崔医生，我的情况怎么样？"

崔医生说："你怎么这么着急呀？"

姜阑说："我两点还有一个会。"

崔医生向下望着姜阑的脸："为了工作，健康都不要啦？什么事情更重要，你分不清？"

姜阑被训得没话说。

崔医生检查了很久，久到姜阑几乎丧失耐心。然后姜阑听到她说："你左乳这个结节如果叫我打，我会打3类。不过你这个的血流信号还是蛮明显的，体检中心那边打到4a也不为过。我估计爷爷会叫你直接做个穿刺活检，看看情况，一劳永逸。"

THE GLAMOUR

"爷爷"应该是指那位 Dr.Ivan Jones。姜阑觉得啼笑皆非。她没忍住，笑出了声。

崔医生说："多笑笑好，保持心情愉悦，什么问题都没有。"她又问姜阑，"怎么样，你的想法呢？3类结节也有小于2%的恶性概率，你要不要直接穿一下？老外医生都不喜欢叫患者超声随访，他们觉得麻烦，还有没必要的后患，相比较而言穿一下更方便。"

姜阑觉得这个医生太有个性了。穿刺活检在她口中像是穿针一样简单，似乎"穿一下"只要一下下就好。

崔医生给姜阑解释："局部麻醉，用真空针取样，过程中你不会感到任何疼痛。结果很快就能出来，如果是良性的，你自己也好早点放心呀。"

姜阑问："如果我不'穿'呢？"

崔医生说："那就三个月后再来复诊。到时候如果结节有变化，你还是得穿。"

姜阑犹豫着。不知出于什么心理，她并不想面对这个"快速知道结果"的活检手段。如果检查结果是恶性的，她无法想象自己要怎么面对。她宁可选择拖三个月，再来面对这一切。

姜阑觉得自己像一个愚蠢的逃兵。

崔医生去和"爷爷"沟通姜阑的超声检查情况。姜阑在诊室外等了一下，其间她看了一眼手机时间，应该能够赶得上回去开会。

崔医生很快出来，护士重新领姜阑进去。

"爷爷"同意了姜阑的选择，请她三个月后准时来复诊。他同时告诉姜阑，对于乳腺癌，欧美部分国家已经把它归类为像糖尿病那样的慢性疾病，而且现在的医学手段很先进，如果要进行手术，不论是保乳还是重建，女性患者有很多选择，他希望姜阑不要为此过于忧虑。

姜阑谢过他，告辞离开诊室。

对于医生，姜阑相信他的专业和经验，但姜阑不认为他能真正感同身受她作为一个女性在经历这一切时的心理。

结账时，前台和姜阑确认："姜小姐，今天是商保直付对吗？"

姜阑点头："是。"

前台打单，给姜阑签字。

签字后，姜阑叫车，她一分钟都不能再耽搁。等车时，姜阑想到崔医生的话，她能不能分得清什么更重要？

健康当然很重要，但是工作一样重要。

没有工作，姜阑连现在的这份高端商业医疗保险都买不了，也根本不可能认识崔医生。她始终记得几年前，她的保险经纪帮她录入合同个人信息时，其中的某条告知事项：如果是无工作的职业主妇进行投保，那么必须要一并附上她丈夫的书面签字确认书。

一个女人，如果选择在家做职业主妇，那么她居然连为自己买这样一份保险的独立权利都没有。

姜阑走出乳腺门诊，看见医院侧门处摆放着一面非常大的粉色宣传板。这家医院正在进行粉红丝带公益月，各式内容很多，今天在医院住院部的空地处有公益市集，所有收入都会作为这家医院的乳腺癌公益基金款项。

姜阑仔细看了看活动宣传板，她想去公益市集买一些东西，但是她的车还有两分钟就抵达，她有些迟疑。

迟疑中，姜阑转动身体，一抬眼，就看见了几步之外的男人。

男人正看着她。

姜阑怔住。她不知道他已经这样看了她多久。

这家高端私立综合医院近两年作为上海市的民办医院标杆项目之一，公益类的项目做了不少。这次的粉红丝带公益月，该医院和美国麻省总医院合作，从海外请来一流的

第十二章

乳腺外科专家做义诊。费鹰给这家医院这次的公益项目捐了二十台手术和两百个真空辅助活检的费用。这笔钱将被专项用来招募经济拮据的贫困乳腺癌患者。

过去这些年中，费鹰一直在给全国各地的各类乳腺癌公益基金和医院公益项目捐款。他希望尽他所能地让这个世界上少一些李梦芸，少一些十八岁的费鹰。

今天是该医院粉红丝带公益活动的最后一天，费鹰和周尧去看完BOLDNESS上海分部的选址，然后看了一眼导航，正好顺路，于是就自己驱车过来感受一下医院里的活动氛围。他根本没想到会在这里碰见姜阑。

几天过去，费鹰心头的怒火已经变成余烬。取代那天所有的愤怒和失望的，是某种难以名状的复杂情绪。他不能理解自己究竟是怎么把事办成这样的。

费鹰一直认为他是一个有着充足耐心的人。他搞了这些年的投资，用他的耐心搞定了一个又一个的品牌创始人。但是和姜阑在一起，他想不通他为什么如此迫不及待，他的那些磅礴不可遏制的渴望和需求到底是从哪里冒出来的？她和他才在一起多久？他凭什么这样要求她？

这个女人，对他来说太挑战，也太难。

比如现在。之前费鹰还没来得及搞明白该怎么把女朋友焐热乎，他就被这个女人狠狠地甩了。现在这个女人又给他带来了一道全新的难题：他该怎么和前女友相处？

面对姜阑，费鹰感到他的雄性本能又在蠢蠢欲动，一如当初。但他克制住了自己想要靠近姜阑的本能。

靠近她又能怎么样？重来一遍？做出一个他根本实现不了的承诺，让她抱有不切实际的期待？然后经历被深深吸引、甜蜜相处、不满足、争吵，最终再次走到被分手这一步？

在没把所有的问题想清楚之前，费鹰绝不可能重来一遍，因此他没向姜阑靠近哪怕一步。

姜阑的目光对上费鹰。她不知道自己该有什么样的反应才是得体的。男人的脸上没有什么特别的表情，他新剪了头发，身上的衣服也是新的，总而言之还是一如既往的帅气。手机在这时候振动，她低头，是专车司机，她想也没想地挂断了。

姜阑又抬起头。

费鹰仍然望着她。

姜阑上前一步，抬手把头发拨到耳后，对他说："Hi。"

她不知道这是从何而来的勇气，也不知道她为什么愿意信任这个男人仍然会给予她回应。

在这一刻，姜阑感到她左边乳房的结节细胞组织似乎被真空针管抽出，她在忐忑不安地等待检查结果。

这个幻觉只停留了很短的一瞬，她很快恢复了正常。

她听到男人说："Hi。"

费鹰看着面前的姜阑。她看起来还是那么漂亮、独立、特别。他的目光向下扫去，看见她手里拎着一个医院纸袋。

女人察觉到他的目光，很快地把这只纸袋背到了身后。

费鹰想，她真的是一点都没变。他根本不应该指望她会主动告诉他什么。他迅速地掐灭了心底刚刚升起的一点希望，嘲笑了一番自己的自作多情。

手机这时候响了，费鹰看了一眼来电，又看了一眼姜阑，然后选择转身接起这个电话。

一分钟后，费鹰挂断电话，回过身，但他已经看不到姜阑的身影了。

066　他的理想

电话是陆晟打来的，催促费鹰动作快点。下午他们要见一个相当重要的LP，陆晟已经抵达约定地点，但是他没找见费鹰。

对费鹰而言，今天到医院来是一个计划外的行程，在这里偶遇姜阑更是计划外的计划外。他在电话里对陆晟说，你们先聊，我晚点儿到。陆晟问，你要晚多久啊？五分钟还是十分钟？费鹰在心里估摸了一下医院到姜阑办公楼的距离，如果他开车把她送回去，自己再折返去找陆晟，至少得半小时。

费鹰说半小时吧，然后他没管电话那头陆晟的不满情绪有多么强烈，直接把电话挂断，回过身，但他已经看不到姜阑的身影了。

费鹰去停车场取车。

坐进驾驶位，他没系安全带，也没发动车子。他握着手机，想到姜阑拎着的那个医院的纸袋。她病了吗？什么病？严重吗？费鹰犹豫着要不要给姜阑拨个电话，问问她现在在哪儿，要不要他顺路送她回公司。但他又想，他这是顺了个什么路。难道他不了解他前女友是什么性格吗？他被分手得还不够吗，还要继续自欺欺人并且自取其辱吗？就因为她主动对他说了一句"Hi"？

费鹰打开微信，想找个人问问该怎么样和前女友相处，可以既得体又不惹人烦。但他没划两下屏幕，就打消了这个念头。他这一帮兄弟，能有一个靠谱儿的吗？

当初问胡烈，胡烈找他太太陈淼淼，陈淼淼让费鹰把主动权交给女方。费鹰现在才彻底醒悟，陈淼淼是女人，女人只会帮女人，女人会管男人要什么吗？女人如果能考虑到男人的需求，姜阑就不可能这么绝情。

后来杨南给的建议，费鹰又听了，听了之后的结果就是他被姜阑狠绝地甩了。

还有王涉，费鹰已经一年多没见他找过任何女人了，更何况像王涉这种男人，又能给出什么建设性意见？费鹰也压根儿没想过去找孙术和郭望腾，这两人和梁梁之间的破事儿他们自己都折腾不明白，还能帮别人出谋划策吗？

至于陆晟，今天就是陆晟打来的这个电话，让费鹰直接丧失了能顺路送姜阑回公司的机会。

费鹰心烦意乱。他这一帮兄弟，真的就没一个靠谱儿的。

心烦意乱的费鹰把手机揣进裤兜里。

手机振了振，有新微信。他又摸出来，很不耐烦地解锁。

LL："我两点有个会，所以先走了。你平常打电话总是会打很久，我等不了，就没当面和你告别。"

姜阑坐在车上，紧紧地捏着手机。

她本来以为费鹰不可能再理她了。她说出了那么狠的话，用分手这样决绝的行为伤害了他，在她把一切事情都搞砸了之后，他那样的性格怎么可能还会搭理她？

但或许是陈其睿那天的话起了些作用，她突然就有了勇气想要尝试着信任一次，相信费鹰仍然会给予她回应。

而他居然也真的回应她了。

没有人比姜阑更清楚，她走上前的那一步，打的那一声简单的招呼，对她而言是多么大的突破。破开固有熟悉的茧很难，这个过程很磨也很疼，茧外的世界陌生又未知，她一切的安全感都要重新构建，但她仍然勇敢地走出了这一步。

费鹰回应她的那句"Hi"，给了姜阑超出期待的反馈。她想，或许他并不会完全不搭理她，她还是可以同他正常讲话的。

第十二章

犹豫了很久，已经坐上车的姜阑又试着补发了一条微信。

没多久，费鹰回复她了。

F:"好，你自己注意安全。"

回到公司，姜阑在会议室区域遇见了刚从另外一个会议出来的陈其睿。

姜阑迎面对陈其睿说："老板，谢谢你。"

陈其睿看了看姜阑脸上不太常见的笑容，虽然不知道姜阑这没头没脑的一句话是什么意思，但他还是接受了她的谢意："不客气。"

三十岁出头的下属，在陈其睿眼中还是年轻人，年轻人有时候会做出些莫名其妙的行为，他或许不能完全理解，但他至少可以给予包容。

当天下午，Petro 从纽约再次飞来上海。他先打车到酒店办理入住，然后直接到公司找姜阑。明年 3 月的大秀是 Petro 这次来上海工作的重中之重，他身携一柄无形的 Erika 的尚方宝剑，姜阑不得怠慢他。

姜阑给 Petro 安排好他的办公区域，然后带他到楼下的商场里转了转，告诉他用餐有哪些适合他的选择，楼下有进口超市，其他任何生活需求酒店都应该能够满足他，然后问他，还有什么要求吗？

Petro 说，Lan，你真可爱，谢谢你这么照顾我。

姜阑有点警觉，保持着沉默。

果然，Petro 又说，你可以再帮我一个小忙吗？

姜阑问，小忙是多小？

Petro 笑得很灿烂，他说，上次你带我去的那家 BOLDNESS 我非常喜欢，我回纽约之后把它推荐给了我的一个朋友，我那位朋友是个涂鸦艺术家，他对这个品牌很感兴趣，想问问对方有没有做艺术家联名款的愿望，我想托你帮我找到 BOLDNESS 主理人 YN 的联系方式。

姜阑一时不知道说什么好。Petro 不知道她和费鹰的关系，自然也不知道她本人就有 YN 的联系方式。姜阑犹豫着，她和费鹰目前这样的关系，介绍给别人实在是太尴尬了。

姜阑本想直接拒绝，但她转念又想起当初她和费鹰去那家高级餐厅用餐时，费鹰说过的话。他和 BOLDNESS 一直在和北美的街头品牌谈联名合作，谈得很艰难，但是再艰难也得谈，因为中国的年轻人，中国的街头文化，中国的品牌力，值得被更多人看到，不是吗？

说那些话时，餐厅褐黄的灯光打下来，费鹰的模样看起来有那么一点不羁，也有那么一点野心勃勃。

姜阑收起回忆。这个男人就算只在她的回忆深处出现短短几秒，依旧令她十分心动。然而这样的心动，却让现在的她心中十分不是滋味。

费鹰和他的理想，让姜阑无法拒绝 Petro 的请求。

晚饭后，姜阑坐在办公桌前，翻来覆去地看手机的通讯录。过了一刻钟，她终于按下费鹰的名字，拨出电话。

那边接通后响了两声半，费鹰接起电话。他说："姜阑。"

姜阑没出声。

男人的声音勾起了她很多鲜明的记忆。她居然开始莫名其妙地紧张。她过去从不会对费鹰紧张，从最初认识这个男人开始，她就没有为了他而紧张过，但是现在，一切都似乎变得不同了。

费鹰在那头说："找我有事吗？"

姜阑迟迟才开口："我的总部同事，哦，就是上次你在店里见过的那位外国人，他叫 Petro Zain，嗯，他的一个朋友在纽约做涂鸦艺术，看了 BOLDNESS 之后很欣赏你们的文化理念和产品设计，想和你们聊聊艺术家联名款的合作可能性。"

THE GLAMOUR

费鹰没打断她，也没多问任何一个问题。

姜阑不确定他的态度，就又说："我打电话，是帮他问问，你有兴趣吗？如果有的话，你想和他见面聊一聊吗？"

费鹰说："你一起来吗？"

姜阑没反应过来，说："嗯？"

费鹰沉默了一下，没再重复。他回答："有兴趣。什么时候聊？我这周五晚上有空。"

姜阑说："那我拉个微信群吧，你可以和他约具体时间。"

费鹰说："行。"

姜阑没有别的事了，也找不出别的话了，只能说："那我暂时没有别的事了。"

费鹰说："哦。好。再见。"

姜阑说："再见。"

挂了电话，姜阑摸了摸手机屏幕，然后很快拉了个微信群，把 Petro 和费鹰一起加进来。她简单说明了一下目前沟通下来的情况，然后请他们自行约定见面时间和地点。

Petro 的回复非常快，他立刻在群里发了一堆表情——姜阑不知道他是什么时候学会这项新技能的——然后问费鹰，周五晚上几点？在哪里见？他会让他的涂鸦艺术家朋友到时候远程视频加入。

费鹰好半天才回复，八点，然后发了个定位到群里。

姜阑看了一眼那个定位——746HW。

周四上班，Petro 又来找姜阑，请求姜阑周五晚上陪他一起去见 YN。Petro 的理由很单纯，YN 这个中国男人太酷了，他上次在 BOLDNESS 店里和这个男人从头到尾也没成功沟通几句话，他需要姜阑帮忙帮到底，陪他一起去搞定这个中国帅哥。

姜阑问，你要怎么搞定他？

Petro 说，我没任何计划，到时候再说。对了, Lan, 你是怎么拿到 YN 的联系方式的？

姜阑敷衍地说，我的一个朋友是那家商场的招商租赁部门的负责人。

Petro 相信了。他露出标志性笑容，说，Lan, 我就知道你在行业内的人脉非常广。

周五下班后，Petro 请姜阑帮忙叫车，两人一起前往 746HW。

路上，Petro 说，我没想到在上海也会有这样风格的 Hiphop 夜店。他没具体说是什么风格，姜阑也没问他是不是又在网上查了什么资料。她现在心里有些莫名的忐忑，她没空理会 Petro。姜阑没告诉费鹰她也会去，她不知道他是不是乐意见到她。

过了一会儿，Petro 又说，Lan，你今天的妆容很不一样，是为了要去夜店特意化的吗？

姜阑说，你周一要给 Erika 交的作业做完了吗？

Petro 哈哈地笑了，让她在这时候别扫兴。

车子停在 746HW 门口。姜阑下车时看了一眼时间，7 点 55 分。还没到营业时间，746HW 当然不可能开门。

Petro 给费鹰发了一条微信，说我们已经到门口了。

费鹰用中文问，你们？

Petro 用微信自带的翻译功能捣鼓了一下，然后兴高采烈地回，对，Lan 和我一起来的。

费鹰没回复。

两分钟后，姜阑看见 746HW 的门从里面被人打开，费鹰走出来。他穿着很简单的 T 恤、外套、运动裤、球鞋。这风格非常费鹰，也非常街头。

Petro 热情洋溢地上前打招呼，表达他这趟来上海能够再次见到费鹰实在是太荣幸了。

费鹰瞥他一眼，又看向旁边的姜阑，随后转身，带 Petro 和姜阑走进去。

一路穿过吸烟区、吧台、舞池、DJ 台。昏红的霓虹灯亮着，四处一片安静，这间没开门的夜店正熟睡着。

姜阑走在后面，一直望着费鹰的后背。她想起他第一次带她来这里的情景，和现在是多么相似，又是多么不同。

走到头，费鹰推开那面墙。墙内是他在 746HW 的那间会客厅。

Petro 没想到这里竟然别有洞天，用十分夸张的惊叹语气说出了一连串称赞的话，然后走进去。Petro 边走边对姜阑说，Lan，你能想象吗？这太酷了。这个男人对空间的审美令人着迷。

姜阑没说话。

她曾经不能想象，而她现在也没资格想象。她知道这个男人有多酷，更知道这个男人对空间的审美有多么极致。他能够令人着迷的事情，远不止这一项。

但这个男人，现在已经不再是姜阑的了。

费鹰请 Petro 随意坐。他今天仍然"不会讲英文"，全程都请姜阑协助翻译。

姜阑不太明白这个男人今天的脾气是从哪里冒出来的，但她不想多事，她今天陪 Petro 来，本就是为了帮他。来之前，她已经在网上查询过 Petro 的那位朋友，对方的确是全球街头涂鸦圈很知名的一位人物，她很希望 BOLDNESS 能够谈成这次的联名合作。

Petro 按费鹰说的，在沙发区随便坐下。他掏出平板，接无线网络，然后开视频软件，连线他在纽约的朋友。

姜阑也坐下。

费鹰走过来，把身上的外套脱了，搭在沙发扶手上。他在姜阑的九十度侧面坐下，姜阑可以很清楚地看见他的锁骨。

她转开目光，没有再多看。

谈正事前，Petro 试图聊点什么热场，他问费鹰，YN，你长得这么帅，性格这么酷，有女朋友吗？

费鹰说，没有。

Petro 惊讶，怎么可能？！

费鹰说，刚被甩。

Petro 更加惊讶了，是什么样的女人？她太残忍了！

费鹰沉默了两三秒。他没看 Petro，说，她对我是很残忍。

姜阑看着费鹰。男人的表情毫无波澜，语气也很冷静。

费鹰转过头，目光落在姜阑微怔的面孔上，开口道："姜阑，这两句话你怎么不翻译？"